劉鴻澤 장편소설

진시황제 (3)

지성문화사

차례

25

초나라를 정벌하라

진왕 영정 21년(BC 226년)에 대장군 왕전은 연나라를 공격하여 태자 단의 목을 베고 함양성으로 그 수급을 보냈다. 연왕은 요동으로 달아나 일단 진군의 공격을 피하였다. 그리고 그 이듬해 왕전의 아들인 왕분이 위나라를 공격하여 도성인 대량을 함락시켰으며 그곳에 숨어 있던 위왕 가를 사로잡았다. 이로써 위나라는 진(晉)을 나누어 나라를 세운 지 179 년 만에 진나라에 의해 멸망하였다. 이에 따라 영정은 정의군결책(廷議 君決策;조정에서 협의하고 왕이 의사를 결정하는 관례)에 따라 함양성에 서 전전군사회의(殿前軍事會議)를 개최하였다.

이날 조정 대신들이 시간에 맞추어 함양궁 대전으로 모이자 영정은 앞 으로의 군사 활동에 대한 신하들의 의견을 물었다. 제일 먼저 앞으로 나 선 이사와 풍거질이 초나라부터 공격하자고 주장하였다. 그런데 반하여 승상 왕관과 몽의는 제나라를 멸망시켜야 한다고 강력하게 건의했다. 조 고는 환관의 신분이라 회의에는 참석할 수 없었지만 형가의 암살 사건으로 자결한 전객 왕오의 사무를 대신하고 있는 중이었고, 또한 조나라를 멸망시키는 데 공이 많아 이날 특별히 회의에 참가할 수 있었다.

영정은 순조롭게 통일 대업이 이루어지자 점점 자신감에 넘쳤고 때문에 신하들의 의견보다는 자신의 의견을 앞세우곤 하였다. 다만 이날은 몹시 기분이 좋아 잠시 대신들의 의견을 경청하고 있었다. 그러나 무신들은 입을 다문 채 문신들만 의견을 내자 더 이상 침묵을 참지 못하고 자리에서 일어났다.

「무신들은 어찌하여 입을 다물고 있소? 과인은 답답하기 그지없구료.」

영정의 꾸지람에 무신들이 마지못해 입을 열었다.

몽염과 양단화는 북쪽의 대에 조왕 가가 건재하고 아울러 연왕이 요동으로 달아나 활동하고 있으므로 주력군을 북상시켜 두 세력을 먼저 평정해야 한다고 주장했다. 그러자 왕전과 왕분은 한, 위, 조의 삼진(三晉) 지방을 평정한 지 얼마되지 않아 민심이 동요하고 불안하므로 많은 병력을 주둔시켜 먼저 안정을 취한 다음에 남쪽에 있는 초나라를 공격해야 옳다고 말했다.

「옛말에 이르기를 '토지를 뺏으면 백성을 정착하게 하고, 현사를 불러 다스리게 해야 한다'고 하였사옵니다. 우리가 비록 삼진의 땅을 차지했지만 불안한 백성들은 더 이상 그곳에 머무르려 하지 않고 현사들도 모이지 않사옵니다. 계속 이렇게 된다면 민심이 흐트러져 도저히 다스릴 수가 없게 되옵니다. 더욱이 남쪽에서 초나라가 극성을 부리는 바람에……」

왕전이 주청을 하는데 곁에 있던 이신이 한 발짝 앞으로 나서더니 그의 말을 끊었다. 그런 이신의 행동에 사람들이 모두 놀랐다. 이신이 왕전을 노려보며 소리쳤다.

「왕 장군께서는 초나라를 들먹이며 군의 사기를 꺾으려 하지 마십시오! 소장(小將)이 보기에는 조왕 가와 연왕 희는 조그마한 땅덩이를 부여잡고 발버둥치는 하루살이에 불과합니다. 또한 형초의 군대는 숫자만 많을 뿐 내정이 혼란하고 병사들의 사기는 바닥에 놓여 있습니다. 지금 천하에 누가 감히 우리 진나라에 대항할 수 있겠습니까?」

이신의 목소리는 매우 호탕하고 거침이 없었다. 그의 말에 대신들이 고개를 끄덕였다. 이신은 열다섯에 분수(汾水)로 사냥을 나갔다가 호랑이를 단칼에 잡은 용맹이 널리 알려진 젊은 장수였다. 그만큼 이신은 혈기왕성하였고 조금도 두려움이 없었다. 그는 조나라의 한단성을 공격할 무렵 등승의 휘하에서 수많은 공로를 세워 이미 도위 직에 올라 있었다. 이신은 신정의 반란을 평정하고 한왕을 체포하는 데에도 공을 세웠으며, 왕전을 따라 연나라를 공격했을 당시 연수(衍水)에서 태자 단의 목을 베고 연군의 주력군을 괴멸시키는 데 커다란 역할을 하였다. 단의 목이 함양성에 도착했을 무렵 그의 명성은 하늘을 찌르고도 남을 정도였다. 진나라 사람들은 왕전, 몽염, 이신을 군중삼걸(軍中三杰)이라 불렀는데 그 가운데에서도 진왕은 특히 용맹한 이신을 매우 아꼈다.

영정은 이신의 결연한 태도에 마음을 굳혔다.

「이즈음 천하를 살펴보건대 통일의 기운이 완전히 무르익은 듯하오. 과인은 초나라를 먼저 치기로 마음을 굳혔소. 형초 오랑캐들이 그대로 날뛰게 놔둘 수는 없지 않겠소?」

영정의 말이 끝나자 남군에서 등승의 밀사가 왔다는 소식이 들어왔다. 그 소리에 영정이 기대 가득한 표정으로 소리쳤다.

「빨리 들라 이르라!」

남군의 밀사 자격으로 대전에 도착한 만량은 좌우를 훑어보며 대전으로 들어와 보좌 앞에 줄지어 부복하고 있는 이사와 이신을 알아보고 반가운 눈짓을 보냈다. 그는 등승과 능매의 혼례식 때 영정을 잠시 본 적이 있었다. 만량은 무릎을 꿇고 예를 올리며 영정의 얼굴을 살펴보았다. 서른네 살이 된 영정은 그때보다 더 늙지는 않았지만 몸이 많이 불어 있었다. 약간 검은 얼굴에 이마는 예리한 검날처럼 번득였고 날카롭게 뻗은 눈썹이 사람들에게 위압감을 주었으며 물고기 지느러미처럼 생긴 눈꼬리에서는 차가운 빛이 뿜어져 나왔다. 영정은 냉혹하고 잔인하며 탐욕스러워 보이면서도 한편으로는 고집이 세고 의지가 굳건해 보였다. 만량은 순간적으로 진왕과 한왕을 비교하였다. 한왕이 힘 없는 닭처럼 비실비실하고 유약하다면 진왕은 강철처럼 굳세고 날카로웠다. 만량은 영정에게 남군의 상황과 등승의 조치를 간략하게 보고하고 밀서와 여러 가지 공문서를 올렸다.

「등 군수는 나라의 보물로 소중한 인물이니 그대는 하루빨리 등 군수의 가족을 이끌고 남군으로 떠나도록 하라.」

영정이 흐뭇한 표정으로 만량에게 일렀다. 그 말에 만량은 깜짝 놀랐다. 다른 대신들도 영정의 조치에 놀라지 않을 수 없었다. 진율은 물론이고 다른 나라의 경우에도 장수들이 변방으로 떠나면 가족들은 도성에 남아 인질의 역할을 하는 것이 관례였다. 따라서 영정이 등승의 가족을 남군으로 보낸다는 사실은 신임의 정도가 대단함을 나타내는 조치였다.

사실 만량이 함양성에 온 이유는 두 가지 일 때문이었다. 우선은 능매와 이대퇴를 남군으로 갈 수 있게 주청하는 것이고 그 다음은 맹상을 찾기 위해서였다. 만량은 등승을 대신하여 영정의 조처에 깊은 감사를 올리고 자리에서 물러날 준비를 하였다. 이때 영정이 갑자기 만량을 자리에 세우더니 태의령을 불렀다.

「양생환(養生丸)이 남아 있으면 가져오시오.」

태의령 하무차가 급히 달려와 머리를 조아리며 말했다.

「아직도 많이 남아 있사옵니다.」

「그렇다면 세 갑을 가져오시오. 과인이 등 군수에게 하사할 것이오.」

영정은 하무차에게 지시를 내리고 대신들을 바라보며 말했다.

「이 양생환은 조왕부(趙王府)의 비방으로 전해지는 환약으로 왕 노태의가 한단에서 가져온 것이오. 창포, 녹용, 꿀과 여러 약초를 섞어 만들었는데 심장을 보호하고 오장을 강화하며 눈과 피를 맑게 하는 효능이 뛰어나다오. 경들도 한 알씩 들어보시오.」

영정은 하무차에게 다시 양생환 한 갑을 더 가져오라고 덧붙이고 만량에게 말했다.

「등 군수가 남군에서 반포한 명을 그대로 시행하라고 정위에게 이르겠으니 등 경을 보필하여 어려움이 없게 하라.」

만량이 물러가자 영정은 대신들에게 등승이 보고한 내용을 간략하게 설명하고 이사에게 말했다.

「등 경은 남군에 도착하자마자 치안을 장악하고 안륙현의 반란을 사전에 제압하였으며 민심을 확보하는 공을 세웠소. 이 경은 등 군수에게 문서대로 시행하라는 조서를 서둘러 보내도록 하시오.」

영정은 이사에게 지시를 내리고 초나라를 공격하는 문제를 다시 끄집어내었다. 대신들은 영정의 결정에 아무도 이의를 제기하지 않았다.

「그렇다면 누구를 대장군으로 삼아야 좋을지 경들이 천거해 보시오.」

왕전은 일찍이 초나라를 치는 데에는 자신이 적임자라고 생각하여 여러 가지 방안을 강구해 놓고 있었다. 그러나 지금은 앞에 나서서 자청하고 싶지 않았다. 사태를 파악해 보니 영정이 이전처럼 자신을 신임하는 것 같지 않았으며, 시기적으로도 초나라의 군대를 만만히 볼 수 없었기 때문이었다.

초나라는 토지가 남북으로 5백 리, 동서로 천 리가 넘는 대국이었고 민풍이 진나라만큼 강건하고 소박했다. 사치와 향락에 급급하고 백성들의 기개가 유약한 한, 위, 조나라와는 근본적으로 달랐다. 더욱이 초나라에는 항연이라는 뛰어난 장군이 있었고 이름뿐이라 하더라도 수십만의 대군이 건재한 상태였다. 결코 이삼십만 명으로 제압할 수 있는 나라가 아니었다.

왕전은 입을 다문 채 조용히 자리만 지켰다. 조정의 대신들은 모두들 왕전이 적임자라고 생각하며 눈짓으로 그에게 뜻을 전달했으며 영정 또한 마음 속으로 그가 대장군감이라고 점찍었다. 그런데 한참이 지나도 왕전이 스스로 나서지 않자 영정이 화가 나 소리쳤다.

「왕 장군은 어찌하여 가만히 계시오?」

왕전은 영정이 자신을 거명하자 하는 수 없이 한 발짝 앞으로 나서며 입을 열었다.

「소장이 알기에 초나라에는 40만 대군이 삼중(三重)의 방어선을 구축하고 있사옵니다. 또한 민월(閩越;지금의 복건성과 광동성 지역)의 만족(蠻族) 병사를 20만이나 모집하였다고 하옵니다. 게다가 삼진에서 망명한 수많은 귀족과 장수들이 초나라에서 진의 원한을 갚겠다고 으르렁거리고 있사옵니다. 이밖에도 초나라로 가는 길에는 수로가 복잡하고 성이 많아 공격하기에 어려움이 많사옵니다. 만일 민월의 오랑캐들이 선봉에 선다면 우리 진나라는 60만 대군으로도 막기 어려울 것이옵니다.」

「경은 지금 60만 대군이라고 하였소?」

영정이 놀라 소리쳤다. 그는 평소에도 장수들이 출정할 때 군사가 15만 명이 넘으면 그들이 반란을 일으킬까 불안하여 침식을 잊은 적이 한두 번이 아니었다. 그런데 왕전이 언급한 60만 대군이면 진나라 병력의 반이 넘는 수였다. 영정은 왕전의 말에 난감한 표정을 지었다. 영정은 왕전의 충성심을 조금도 의심하지는 않았지만 털끝만큼의 방심도 용납되지 않았다.

「60만 대군은 너무나 많소! 너무나 많소!」

영정이 고개를 가로저으며 탄식하자 이신이 앞으로 나섰다.

「대왕마마, 소신은 비록 둔하고 능력이 부족하오나 대임을 맡겨 주신다면 기꺼이 나서겠사옵니다.」

영정이 겁 없이 나선 이신을 바라보며 걱정 어린 표정으로 물었다.

「그대는 얼마나 있으면 되겠소?」

「20만이면 족하다고 생각하옵니다.」

영정은 이신이 못 미더운지 다시 물었다.

「적은 병력으로 많은 병력을 치기 위해서는 용맹이 필요한 게 아니고 계책이 필요하오. 장군은 적을 너무 가벼이 보지 마시오.」

「소장이 어찌 적을 가벼이 보고 대임을 맡으려 하겠사옵니까. 소장에게 그 일을 맡겨주신다면 두 갈래로 병력을 나누어 일군은 적의 후방을 뚫고 일군은 전면에서 초군의 방어선을 격파한 다음 민월의 오랑캐들이 합세하기 전에 적의 도성인 수춘을 함락시키겠사옵니다.」

이신이 손짓발짓해 가면서 큰소리로 자신의 의견을 내놓았다. 조용히 그의 말을 듣고 있던 노장군 몽무가 엄한 목소리로 물었다.

「아군은 적고 적군이 많은데 말처럼 그 일이 쉽겠소?」

그러자 이신이 피식 웃으며 대답했다.

「초군은 숫자가 많아도 모두 분산되어 있습니다. 대부분 대별산(大別山)과 회하(淮河)의 양쪽으로 길게 방어선이 늘어져 있기 때문에 우리가 회하를 건너 남하하면 결코 병력이 적다고는 볼 수 없을 것입니다.」

승상 왕관은 평소 왕전과 몽무의 세력을 질투하고 있던 차라 이신을 은근히 지지하였다. 그는 짐짓 이신을 나무라는 척하면서 입을 열었다.

「대왕마마, 소신이 듣기에 초나라의 항우(項羽)라는 젊은 장수는 산을 뽑아올리고 정(鼎)을 맨주먹에 깨뜨린다고 하옵니다. 이신 장군에게 그런 용력이 있는지 시험해 보시면 어떻겠사옵니까?」

그 말에 영정이 대전 문 앞에 늘어서 있는 정을 바라보았다. 이신은 왕관의 의도를 알아차리고 얼른 밖으로 나가 세 발 달린 제일 큰 솥 앞에 멈춰섰다. '옹주(雍州)'라고 양각되어 있는 그 솥은 주나라 천자에게 전해내려오는 보물이었다.

춘추 시대에 초장왕(楚庄王;BC 614년-591년 재위)은 중원의 패자가 되기 위해 주나라의 아홉 개 정을 약탈하려고 계획한 적이 있었는데, 그때의 3격 6익(三鬲六翼)이 바로 함양궁 대전 앞에 있는 것들이었다. 대전 앞에는 발이 없는 세 개의 정과 몸통에 귀가 달린 정이 여섯 개 있었는데, 당시 사람들은 발 없는 정을 격이라 했고 세 발 달리고 몸통에 귀가 있는 정을 익(翼) 또는 이(耳)라고 불렀다. 옹정(雍鼎)이라 불리는 세 발 달린 솥은 그 가운데 하나로 가장 크고 무거웠다.

일찍이 용력이 뛰어나기로 소문이 자자했던 진무왕은 역사(力士) 하육(夏育)과 맹분(孟賁)을 이끌고 성주(成周;동주의 도성으로 지금의 낙양)에 가서 정을 구경하고 힘을 자랑하고자 친히 옹정을 들었다가 그 무게를 이기지 못하고 깔려 죽은 일이 있었다. 그때부터 사람들은 정을 들어 옮길 수 있다면 아낌없이 그 자를 천하의 용사라 믿어 의심치 않았다. 훗날 진나라는 주나라를 멸망시키고 성주에 있던 아홉 개의 정을 함양으로 옮겼는데 그 중 하나는 사수에 빠뜨렸고 여덟 개는 함양궁의 대전에 다른 정들과 배열했다. 영정은 이 세상에 옹정을 옮길 장수는 없다고 생각해 왔었다.

옹정 앞에 선 이신이 영정에게 무릎을 꿇고 주청했다.

「대왕마마, 소장에게 이 옹정을 들어올릴 수 있도록 허락해 주옵소서.」

영정이 고개를 끄덕이자 이신은 열 손가락을 폈다 오므렸다 하면서 배에 힘을 모으더니 잠시 후 옹정을 두 팔로 끌어안았다.

「으랏차차!」

이신이 있는 힘을 다해 옹정을 들고는 대전 안으로 발걸음을 옮겼다. 이 모습에 조정 대신들이 모두 놀라 입을 딱 벌렸다. 이신이 대전 가운데에 옹정을 내려놓고는 제자리로 물러났다. 영정은 이신의 용력에 깜짝 놀라면서 수백 년 만에 옹정을 들어올린 장수가 자신의 신하라는 사실에 너무나도 기쁜 나머지 자리에서 벌떡 일어나 소리쳤다.

「왕 장군은 생각이 깊고 경험이 풍부하여 초나라를 치는 데에 가장 적임자이지만 이번만큼은 용력이 뛰어난 젊은 장수에게 양보를 하셔야겠소. 그에게 한번 기회를 주는 게 어떻겠소?」

왕전은 영정의 결정에 반대할 수가 없었다. 영정은 이신을 대장군으로 삼고 몽염을 부장으로 천거한 뒤 20만 병력을 내렸다.

그로부터 며칠 후 영정은 창문군과 창평군의 종군(從軍)을 허락하였다. 이들 두 사람은 초나라 출신으로 초나라의 지리와 민정(民情)에 밝고 8여 년 동안 아무런 벼슬도 맡지 않고 자숙하고 있던 점이 인정돼 종군할 수 있었다. 두 사람은 속으로 영정을 미워하고 있었지만 드러내 놓고 욕하지는 않았다. 그들은 오랜 세월 한을 삭이며 때를 기다리고 있었는데 다행히 친분이 있던 이신이 주장(主將)으로 초나라를 치기 위해 떠나자 자신들의 재산을 처분하여 수만 금을 군비(軍費)로 내며 종군을 자청했던 것이다. 이신은 이 사실을 영정에게 고하고 쉽게 종군을 허락받았으며 이 소식을 들은 창문군과 창평군은 떨 듯이 기뻐했다.

이신과 몽염은 초나라로 떠날 모든 준비가 끝나자 각각 10만의 병력을 이끌고 두 길로 나누어 진격하기로 결정하였다. 두 사람은 회하 북쪽에서 만나 함께 도강하기로 약속하고 출전의 깃발을 높이 올렸다.

진왕 영정 19년(BC 228년), 초나라에서는 애왕이 왕위에 오른 지 두 달 만에 서형(庶兄)인 부당에게 살해되는 정변(政變)이 일어나 부당이 스스로 왕위에 올랐다. 부당은 어려서부터 야심이 많았고 공자로서의 우아한 몸가짐과 태도를 지니고 있었다. 그는 겉으로 보기에는 고고하고 위엄이 넘쳤지만 내면은 무척 유약하고 겁이 많았다. 부당에게서는 주문왕을 섬겼던 초나라의 선조인 웅씨의 용맹이나 초나라를 열국의 반열에 오르도록 만든 초무왕(楚武王) 웅통(熊通)의 기백을 전혀 찾아볼 수 없었다. 부당은 진나라가 삼진을 멸하고 연병(燕兵)을 격파한 기세를 몰아 남쪽의 초나라를 공격한다는 소식에 어찌할 바를 몰랐다. 그는 며칠 동안 조회에도 나오지 않은 채 병권을 대장군 항연에게 맡겼다.

항연은 초나라의 이름난 장군가(將軍家)의 후예로 하상(下湘;지금의 강소성 숙천현 서남쪽)에서 태어나고 자랐다. 하상은 초나라의 아주 초라한 구석 지방으로 그곳은 영성이나 수춘처럼 우뚝 솟은 장화대나 아름다운 세요궁(細腰宮), 그리고 3가 6항(三街六巷)과 같은 복잡하고 번화한 저잣거리가 일체 없었다. 하상은 초목이 우거지고 관도마저 없는 황량한 곳이었으며 수로나 육로로도 통행하기가 매우 불편한 지역이었다. 그러나 이런 열악한 자연 환경은 그곳 사람들에게 아주 강인한 체력과 정신력을 갖도록 만들었다. 하상의 귀족들은 대부분이 평민들처럼 어로나 수렵을 하는 등 생업에 종사하였는데 그런 이들에게 사치와 향락은 구경조차 할 수 없었다. 그들은 상무 정신이 투철했으며 이웃하고 있는 민월의 흉흉한 만이(蠻夷)들과 끊임없는 싸움을 벌였기 때문에 무술과 병가의 전술을 자연스럽게 익혔다. 강인한 체력과 꺾이지 않는 의지력은 그들을 지켜주는 힘이었고 조상의 유구한 문화를 계승하는 기반이 되었다.

초나라에는 역대 이래로 무사들을 뽑을 때 무예를 겨루어 승자를 선발하는 제도가 있었다. 따라서 화려한 옷이나 맛난 음식을 찾아먹으며 안일한 생활을 누려온 영성이나 수춘의 귀족들은 가혹한 환경에서 수렵을 하며 살아온 하상의 청년들을 도저히 당할 수가 없었다. 이렇게 해서 초나라가 들어서고 수백 년이 지나면서 궁궐의 이름난 위사들과 국경을 지키는 장수들은 대부분이 하상 출신들로 채워졌다.

항연은 하상 출신 가운데에서도 가장 이름난 장수였고 하상 세력의 중심이자 우두머리로 존경을 받았다. 또한 힘으로 산을 뽑고 기개로 하늘을 덮는다고 천하에 널리 알려진 항우가 바로 그의 손자였다.

항연은 부당으로부터 병권을 위임받자 출전을 준비하기 시작했다. 그는 우선 부장 경기(景騏), 큰아들 항량(項梁), 둘째아들 항백(項伯)과 여러 문무 대신들을 회수 가에 위치한 부한각(賦閑閣)에 불러 진나라의 공격을 막아낼 계책을 상의하였다. 부장 경기는 회수에서 상수에 이르는 방어선을 굳건히 지키는 게 상책이라고 주장했다. 그는 초나라가 오랫동안 경영하고 지키고 있는 이곳 방어선을 소홀히 하거나 물러나면 진군에게 패망할 것이라고 역설하였다.

그런 한편 항연의 큰아들인 항량은 초나라의 군사들이 널리 퍼져 있기 때문에 경기가 주장하는 방어선에서 물러나 대별산으로 병력을 집결해야 비로소 적군과 대등하게 전투를 벌일 수 있다고 주장했다. 항연은 용맹하고 패기 넘치는 장군이면서 또한 병법에도 조예가 깊었다. 그는 진군이 비록 병력수는 적지만 전투 경험이 풍부하고 용감하며 기동력이 뛰어나기 때문에 만일 초군이 장사진을 치고 대응한다면 당연히 패할 것이라 생각했다. 그런 이유로 병력을 분산시켜 배치하는 전략은 좋은 계책이 될 수 없었다.

이렇게 여러 의견이 분분해 있는데 한구석에서 조용히 입을 다물고 있던 한 유생이 천천히 몸을 일으켰다. 그 유생은 얼굴이 깨끗하고 눈썹이 수려했으며 단정한 복장에 맑은 눈매를 가졌고 목소리 또한 부드러웠다.

「우리 군중에 저런 사람이 있었던가?」

항연으로서는 처음 보는 인물이었다. 그러자 곁에 앉아 있던 항연의 둘째아들인 항백이 조용히 입을 열었다.

「아버님, 저 사람은 한나라 공자인 장량으로 저의 벗입니다. 장 공자는 경사에 밝고 병법에 뛰어난 인재로 아버님께 소개시켜 드리고자 오늘 함께 나왔습니다.」

그제서야 항연은 고개를 끄덕이며 장량을 뚫어지게 바라보았다.

한나라가 망하자 장량은 상수에서 몰래 배를 타고 수춘으로 망명하였다. 그는 그곳에서 항씨 문중에 추천되어 항백과 형제의 의를 맺었다. 그 동안 장량은 영성으로 잠입하여 한왕과 연락을 취하면서 신정의 반란을 꾸몄으며, 영성에서 거사를 준비했다가 실패하자 다시 초나라로 들어오게 되었다. 장량은 진나라의 침입에 맞서 초나라 대신들이 회의를 갖는다는 소식에 항백에게 간청하여 이 회의에 참가하였다.

「그대가 장 공자이시구려. 이 아이에게 일찍이 그 명성을 들었는데 이제야 만나게 되었소.」

항연이 부드럽고 온화한 태도로 장량에게 미소를 보냈다.

「소자와 같이 미천한 유생이 장군님을 뵈오니 몸둘 바를 모르겠습니다. 외람되이 이 자리에서 계책을 하나 올릴까 하는데 허락해 주시면 감사하겠습니다.」

「어떠한 계책이라도 좋으니 좋은 말씀이 있으면 들려주시오.」

항연의 허락이 떨어지자 장량은 감사의 예를 표하고 말을 시작했다.

「〈손자〉에 이르기를 '훌륭한 용병(用兵)이란 적의 예봉을 피하고 둔한 곳을 치는 것이다'고 했습니다. 지금 진군은 수많은 전투에서 승리했기 때문에 사기가 하늘을 치솟고 있습니다. 따라서 초군은 진군의 실(實)을 피하고 허(虛)를 공격해야 합니다. 그 옛날 손빈이 계릉에서 방연을 칠 때 쓰던 위위구조(圍魏救趙)의 계책이면 틀림없이 이길 수 있을 것입니다.」

장량의 의견은 많은 사람들의 반향을 불러일으켰다. 특히 부장 경기가 가장 민감하게 반응하였다. 경기는 초나라에서 가장 많은 수를 자랑하는 경씨(景氏)의 적손(適孫)으로 무예가 출중하고 자존심이 남달리 강했다. 그는 일개 망명객에 불과한 장량이 항연의 이름을 빌려 자신의 의견에 반대되는 계책을 서슴없이 말하자 매우 화가 났다.

「장 공자, 그대가 말하는 위위구조란 어떤 계책이오?」

경기가 물어보려고 입을 열려는 순간 항연이 먼저 장량에게 설명을 요청했다.

「진나라의 대장군 이신은 젊은 장수로 호승심이 강해 곧바로 경기병 (輕騎兵;날랜 기마병)을 이끌고 수춘을 공격할 것입니다. 여러분들도 아시다시피 수춘은 회수에 둘러싸인 험지로써 공격하기는 어려워도 지키기는 쉬운 곳입니다. 따라서 초군은 주력군을 우회시켜 남군을 공격하고 영성을 탈취하는 전략을 써야 합니다. 남군이 무너지면 진나라의 파(巴), 촉(蜀), 무(巫) 지역이 위협을 느끼게 될 것입니다. 그렇게 되면 진왕은 이신에게 수춘의 포위를 풀고 남군을 돕도록 명령을 내리게 되겠지요.」

장량의 계책을 들은 사람들은 찬성하는 쪽과 반대하는 쪽, 두 패로 갈라져 웅성거리기 시작했다. 장량의 계책을 들은 항연은 속으로 무척 놀랐다. 그는 이제껏 한번도 그렇게 대담하면서도 상대의 허를 찌르는 계책은 생각해 내지 못했었다.

좌중의 소란이 더욱 커지자 항연이 자리에서 일어나며 소리쳤다.

「모두들 조용히 하시오. 장 공자의 말이 아직 끝나지 않았으니 계속 들어봅시다!」

장량이 항연을 힐끗 바라보더니 계속 자신의 전략을 설명했다.

「맞은편에서 적을 맞는 일은 마치 제방을 쌓아 물을 가두는 것과 같습니다. 제방이 아무리 높다 해도 물은 막을 수 없지요. 이는 한나라가 망한 이유를 보면 금방 알 수 있는 교훈입니다.」

항연이 고개를 끄덕이며 장량에게 계속하라고 눈짓을 보냈다.

「남군은 초나라의 옛 땅입니다. 또한 옛 도성인 영성에는 남군의 군치소가 있습니다. 진나라는 이곳을 점령한 지 그리 오래되지 않아 아직 그 기반이 약하지요. 지금 초나라 백성들은 초군이 오기만을 기다리고 있습니다. 이는 걸주와 같은 폭정에 하상의 백성이 성군(聖君)을 기다리고 있는 이치와 같습니다.」

「이 몸이 한 말씀 올리겠소.」

부장 경기가 참지 못하고 끼어들었다.

「지난번에 안륙현에서 거사를 일으킬 것이니 병력을 보내달라고 해서 그 말을 믿고 남군을 공격했지만 결과는 참패였고 애꿎은 병력만 잃고 말았소.」

경기는 안륙현의 거사를 들먹이며 그 사건의 주모자인 장량을 은근히 공격하였다. 그때 경기는 자신의 막하에서 5천의 병사를 뽑아 안륙현으로 보냈지만 거사는 계획을 세우던 중 먼저 들통이 났고 초군 5천 병력은 남군 군수 등승의 계략에 말려 전멸하고 말았다.

「지난 안륙현 거사 실패는 병력이 너무 적었고 거사 일정과 출정 시간이 맞지 않았기 때문입니다.」

장량이 애써 변명을 하며 말머리를 돌렸다.

「5천의 병력으로는 영성을 공격할 수 없습니다. 이신의 병력이 수춘으로 향한다면 적어도 수만 명의 정병이 영성을 공격해야 이신을 남군으로 끌어들일 수 있을 겁니다. 그때 회군하는 이신의 경기병은 틀림없이 지치고 사기가 떨어져 허점이 보이게 되겠지요. 그때 초군이 그 기회를 놓치지 않고 적의 강점을 피하고 약점을 집중적으로 공격하면 승리할 수 있습니다.」

항연은 연신 고개를 끄덕이며 장량의 계책에 수긍하였다.

장량이 초나라의 정예병을 동원하여 남군을 공격하자고 주장하는 데에는 전략적인 의미도 있지만 남군 군수 등승이 한나라를 멸망시킨 원흉이기 때문이었다. 특히 그는 자신의 친동생을 죽인 등승을 결코 살려 둘 수 없었다.

「이신은 진나라에서 가장 용맹한 장수로 수천의 기병을 이끌고 연나라의 내륙으로 천 리를 달려 태자 단의 목을 벤 자요. 그런데 과연 우리가 이신이 이끄는 경기병의 기동력을 누그러뜨릴 수가 있겠소?」

경기가 의심 어린 눈으로 장량을 노려보며 말을 이었다.

「형초는 북방의 초원과는 지형이 매우 다릅니다. 우리는 다만 험지를 지키면서 적군을 견제하기만 하면 됩니다. 여러 성채에서 진군을 막으면 그 속도가 줄어들 테고 병력도 분산돼 쉽게 대응할 수 있을 것입니다.」

경기가 이렇게 주장하며 매서운 목소리로 장량에게 소리쳤다.

「그대와 같은 유생이 어찌 병사(兵事)를 알겠소! 이신이 그대의 계책에 놀아날 성싶소?」

「경 장군, 전투는 계책이 앞서야지 용맹이 나서면 안 된다고 생각합니다. 〈위료자(尉繚子)〉에 이르길 '싸움이란 무(武)로써 기둥을 삼고 문(文)으로써 뿌리를 삼으라'고 하지 않았습니까. 이신은 필부(匹夫)에 불과한 자로서 이제껏 요행이 따랐을 뿐입니다. 그 자는 병법에 능한 지자(智者)를 만나면 백전백패할 것이 틀림없습니다.」

장량이 경기를 마주보며 당당하게 말했다.

「장 공자의 말씀이 옳소.」

항연이 박수를 치면서 장량의 말에 찬동하였다. 그러자 하상 출신의 무장들이 모두 항연의 뜻에 따라 장량의 계책에 박수를 보냈다. 경기의 의견을 따르는 문무대신들은 묵묵히 고개를 숙인 채 더 이상 입을 열지 않았다.

이신의 출정은 매우 순조롭게 이루어지고 있었다. 이신이 이끄는 진군은 초군의 방어를 쉽게 뚫으며 여남(汝南;지금의 하남성 상채현 서남쪽)을 탈취하고 이어서 평여(平與;지금의 하남성 평여현 서북쪽)를 점령한 다음 수춘을 향해 계속 진격해 갔다. 그 사이 몽염은 침(寢;지금의 하남성 고시현 침구 지방)을 공략하고 뒤이어 백(栢)으로 나아갔다.

수춘으로 의기양양하게 진격하던 이신은 초의 대군이 남군을 공격한다는 급보를 받았다. 남군 군수 등승의 병력은 대홍산(大洪山)에서 방어망을 굳게 세웠지만 초군의 막강한 공격으로 하나 둘씩 무너지고 있었다. 남군이 위험하다는 급보는 함양성과 이신의 군영에 속속 보고되었다. 시간이 지날수록 남군의 상황이 악화되어만 가자 등승은 할 수 없이 남군의 병력을 영성으로 소집하였다. 초군이 영성으로 진격한다는 소식은 성내의 백성들을 동요시켰다. 수많은 초나라 백성들이 밤을 틈타 성을 빠져 나가자 민심은 극도로 불안해지기 시작했다.

한편 만량은 능매, 이대퇴와 함께 함양성을 떠나 영성으로 돌아왔지만 사흘이 지나도록 등승의 얼굴을 볼 수 없었다. 능매는 군수부에서 등승이 한시빨리 오기만을 기다렸다. 등승과 헤어져 얼굴을 못 본 지가 이미 수개월이 지났던 것이다. 능매는 영성에 도착하자 곧바로 등승을 만날 수 있으리라 기대했지만 도대체 그의 그림자조차 구경하지 못했다. 그러던 나흘째 되던 날 마침내 등승이 군수부로 돌아왔다. 안으로 들어오던 등승이 능매와 이대퇴가 돌아온 것을 알고 큰소리로 말했다.

「할아버지, 능매, 저를 욕하지 마십시오. 제발 화내지 마십시오!」

이대퇴는 등승의 목소리가 들리자 방문을 열어제치며 반갑게 소리쳤다.

「허허허, 왕사(王事)에 바쁜 군수 나으리를 어떻게 욕할 수 있겠는가. 너무 걱정하지 말아라.」

등승은 눈물을 흘리며 이대퇴 앞으로 달려가 바닥에 무릎을 꿇고 큰절을 올렸다. 그러자 이대퇴가 등승의 눈물을 소매로 닦아주며 말했다.

「나는 너무 걱정하지 말아라. 다만 능매가 외로움과 그리움에 지쳐 있으니 얼른 가서 위로해 주거라.」

능매는 너무나도 상심해 있었다. 그녀는 등승이 들어오면 얼굴조차 보지 않으려고 다짐했다. 그동안 얼마나 자신을 생각하지 않았으면 사흘이 되도록 오지 않았을까 하는 원망이 들었기 때문이었다.

이때 등승이 방문을 열고 들어오면서 조용히 말했다.

「능매, 내가 왔어. 자, 얼굴을 돌려보라구.」

등승의 목소리가 들리자 능매는 조금 전 다짐했던 것도 몽땅 잊어버리고 자신도 모르게 고개를 돌렸다.

「등 오라버니, 어쩌자고 얼굴이 이렇게 야위었어요? 며칠만 더 있으면 뼈만 남겠어요.」

바싹 마른 등승의 모습을 보고 놀란 능매가 그의 품에 안기며 울먹였다.

잠시 후 이대퇴와 등승, 능매가 오랜만에 한자리에 모여 이야기를 나누며 즐겁게 식사를 하는데 안류현에서 급보가 날아왔다.

「군수 대인, 안류현의 종 이사가 왔는데 그곳이 초군에게 함락당했다고 합니다!」

이 소리에 밥을 먹던 등승이 젓가락을 내려놓고 자리에서 벌떡 일어나더니 의관을 갖춘 뒤 이대퇴에게 절을 올리며 말했다.

「사태가 급박하니 다시 떠나야겠습니다.」

등승이 서둘러 밖으로 나가자 능매는 눈물을 글썽이며 그의 뒷모습을 바라보았다.

26

대 결

항연이 이끄는 초나라 대군은 파죽지세로 남군을 공격하였다. 이에 따라 이신과 몽염은 공격의 방향을 바꾸지 않을 수 없었다. 본래 그들의 계획은 성부(城父;지금의 안휘성 호현 동남쪽)에서 합세하여 남쪽의 하채(下蔡;지금의 안휘성 풍태현)를 공략한 다음 회수를 건너서 수춘을 포위하려 했었다. 그런데 이신의 병력이 거양(巨陽;지금의 안휘성 부양현)에 이르렀을 때 갑자기 남군에서 급보가 날아오기 시작했다. 항연의 주력군이 남군을 공격하여 멀지 않아 영성도 함락될 위기에 처해 있다는 소식이었다. 어쩔 수 없이 이신은 거양에서 군사 회의를 소집하였다.

회의에 참석한 몽염과 여러 도위들은 원래의 계획대로 밀고 나가자고 주장했다. 혈기 왕성한 젊은 장수 티를 벗어던진 몽염은 백전노장으로서 지난날 진의 명장으로 이름을 날렸던 그의 부친 몽무를 그대로 빼닮았다.

「항연이 영성을 공격하는 것은 우리 주력군을 후퇴시키려는 계책이오.

만일 초군이 회수와 상수의 방선을 지키거나 또는 들판에서 우리를 맞거나, 수춘을 버리고 다른 곳으로 도읍을 옮기게 된다면 반드시 우리에게 패하게 되어 있소. 그런데 항연은 이 사실을 알면서도 오히려 우리의 허를 찌르고 있는 것이오. 이런 상황에서 우리는 남군을 버리더라도 수춘을 공격해야만 하오.」

이신은 남군 군수인 등승에게 여러 차례 은혜를 입은 처지라 위험에 빠져 있는 그를 돕지 않을 수 없었다. 하지만 몽염의 주장에도 일리가 있었다. 적군이 아군의 허를 찌르면 아군도 적군의 허를 찌를 필요가 있었다. 이신은 쉽게 마음의 결정을 내리지 못했다.

이신을 따라 초나라 국경선에 다다른 창문군과 창평군은 남다른 감회에 젖어 있었다. 그동안 고국의 산천은 많이 변했지만 풀 냄새와 물 색깔은 여전했다. 두 사람은 항연이 남군을 공격하여 등승을 궁지로 몰고 있다는 소식에 속으로 쾌재를 불렀다.

몽염의 이야기를 듣고 있던 창평군이 입을 열었다.

「몽 장군의 말에도 일리는 있소이다. 형초는 오랜 전화(戰禍)에 시달려 아군이 밀고 내려가면 쉽게 점령할 수 있소. 또한 항연과 같이 야심 많은 자는 수춘이 위태롭다 해도 결코 초왕 부당을 구하러 돌아오지는 않을 것이오. 오히려 이 장군의 손을 빌려 부당이 죽도록 놔두고 자신이 이끄는 수십만의 대군으로 남(南), 무(巫), 촉(蜀)을 점령하고 자립하여 왕이 될 것이오. 이렇게 되면 역모를 꾸며 왕이 되었다는 오명도 피하고 형초 백성들은 오히려 이곳을 점령한 진군에게 한을 품게 되겠지요. 이 장군께서는 잘 생각해서 결정하셔야 하오.」

이신은 창평군의 말이 설득력 있다고 생각했다.

'역시 승상을 지낸 사람은 다르구나. 생각하는 게 깊고 주도면밀하단 말이야. 몽 장군 말에도 일리는 있지만 항연이 대업을 이루게 해서는 안

되지.'

이신이 창평군을 바라보며 물었다.

「그렇다면 창평군 대인의 뜻은 어떻습니까?」

「본인이 생각하기에는 우선 남군으로 대군을 보내 그곳의 포위를 풀게 끔 만들어 대왕마마와 등 군수의 걱정을 던 다음 그 뒤에 남군에 있는 적군의 주력군을 괴멸시켜 수춘을 공격하는 게 좋을 듯하오. 이 장군은 이미 북이(北夷;연나라를 가리킴)의 무리를 쓸어버렸는데 감히 남만(南 蠻;초나라를 가리킴)의 잡종들이 대항할 수 있겠소?」

창평군의 말을 듣고 있던 몽염이 벌떡 일어나며 소리쳤다.

「남군으로 군사를 돌리는 건 절대로 안 되오. 그곳에 당도하기 전에 전군이 지쳐버릴 것이오.」

그러자 창평군이 몽염을 쏘아보며 말했다.

「많은 병력으로 적은 병력을 치고, 정예군이 급조된 군사들을 공격하 며, 강국이 약국을 누르는데 어찌 승리하지 않겠소? 더욱이 여기 젊고 용맹무쌍한 이 장군이 있는데 무엇이 걱정이겠소?」

이신은 창평군의 찬사에 자신감을 갖고 마음을 굳혔다.

「본인은 이미 결정을 내렸소. 내일 대군을 이끌고 영성으로 떠나려 하 니 몽 장군은 침성(寢城)에 주둔하여 후방을 지켜주시오.」

몽염은 이신의 결정을 번복시킬 수 없다는 생각이 들자 자리에서 일어 나 밖으로 나갔다. 이신에게 인사를 하고 나가는 창평군과 창문군이 마 주보며 빙그레 미소를 지었다. 이날 초묘(楚廟)에 들러 향을 피우고 돌 아오던 창평군 형제는 초군(楚軍)의 항연에게 은밀히 사람을 보내 이신 의 결정 사항을 통보했다.

한편 영성을 포위한 뒤 수차례에 걸쳐 집중적인 공격을 퍼붓던 항연은 예상 외로 영성의 방어벽이 견고하고 수비병들이 필사적으로 저항을 하는 바람에 번번이 공격에 실패하였다. 항연은 시간이 지날수록 장량의 예측에 따라 전황이 전개되자 그의 지략에 감탄하지 않을 수 없었다. 첩보에 의하면 진왕이 직접 영성을 위기에서 구하기 위해 대군을 이끌고 무관에 이르렀고, 이신도 수춘을 공격하다 방향을 바꿔 영성으로 향한다고 하였다. 항연은 장량의 계책을 받아들여 영성의 포위를 풀고 이신의 대군과 결전을 벌일 준비를 하였다. 그러자 등승은 초군의 계책을 꿰뚫어보고 항연 군의 후방을 집요하게 공격하였다. 항연은 등승의 공격을 막으면서 주력군을 대홍산에 배치하고 휴식을 취하며 이신의 병력이 오기를 기다렸다.

이신의 대군은 10여 일 동안 쉬지 않고 행군을 하였다. 병사들은 피곤에 지쳤고 많은 수가 뒷전에 처졌다. 그러나 이신은 부장들의 의견을 무시한 채 용맹만 믿고 줄기차게 행군을 독려한 끝에 진군은 마침내 초군이 주둔하고 있는 대홍산에서 10여 리 떨어진 곳까지 이르게 되었다. 이신은 행군을 멈추고 군영을 설치한 다음 십여 명의 정탐병을 이끌고 직접 초군의 진영으로 다가갔다. 대홍산 맞은편 언덕에 숨어 초군의 진영을 살펴보던 이신은 가슴이 철렁했다. 초군의 깃발이 산허리에 가득한 것이 생각보다 대군인 듯싶었기 때문이었다. 이신은 행군하던 중 여남과 평여에 각각 5천의 병력을 주둔시켰고, 또한 낙오된 병사가 2만에 이르러 현재 그 수중에는 7만의 병력이 있을 뿐이었다.

불안해진 이신은 초군 진영으로 더욱 가까이 다가가 그들의 모습을 살폈다. 그제서야 그는 겨우 안심을 할 수 있었다. 초군은 숫자만 많았지 대부분이 누워서 쉬고 있었고, 몇몇 병사들은 물을 길어 밥을 짓거나 하며 아주 한가한 모습이었다. 손에 든 무기만 아니면 여느 촌락과 다를 바 없었다.

이신은 창평군의 말에 따라 남군으로 들어온 자신의 선택이 옳았다고

생각하며 고개를 끄덕였다. 게다가 한가로운 초군과는 달리 자신이 이끌
고 온 정탐병들은 두 눈을 반짝거리며 긴장된 모습을 보여줘 그를 기분
좋게 만들었다. 그는 초군의 실상을 더 세밀히 탐지하기 위해 앞으로 나
아갔다. 이때 난데없이 숲속에서 백여 명의 초군이 나타나 이신에게로
달려들었다. 그러자 이신은 직접 초군의 전투력을 시험하기로 마음먹고
그들 가운데로 뛰어들어가 철과(鐵戈)를 휘둘렀다. 십여 명에 불과한 이
신의 정탐병들이 피하기는커녕 대담하게 자신들과 맞서자 백여 명의 초
군은 혼비백산하여 모두들 검을 버리고 달아나기 시작했다. 이신은 겁을
집어먹고 달아나는 초군의 뒷모습을 바라보며 호탕하게 웃었다.

　초나라 부장군 경기는 이날 십여 명의 진군 정탐병에게 백여 명의 초
군이 당했다는 보고에 화가 머리 끝까지 치밀었다. 그는 그날 밤 진군의
군영을 습격하기로 결정하고 3천 명의 정예 기병을 뽑아 삼경에 군영을
출발하였다.

　한밤중의 진군 군영은 매우 조용하였다. 순찰을 도는 병사들의 모습만
이 간간이 눈에 띌 뿐 열흘 동안의 빠른 행군 탓에 모두들 곤한 잠에 떨
어진 모양이었다. 다섯 명이 한 조가 되어 순찰을 돌고 있던 진군은 초
군 3천 기병이 숨어 있던 숲 근처에서 말이 움직이는 소리를 들었다. 숲
속으로 들어간 이들은 칠흑 같은 어둠 속에서 인기척이 들리자 재빨리
적군으로 판단하고 호각을 불어댔다.

　경기는 진군 순찰병들에 의해 습격이 탄로나자 일제히 공격을 명령하
였다. 곧 초군의 습격병은 진군의 사방을 공략하기 시작했다. 진군은 급
습에 놀라 잠시 혼란에 빠졌지만 즉시 전열을 정비하고 반격에 나섰다.
진군은 스물다섯 명을 한 조로 하여 두 개 조가 한 막사에서 숙식을 하
고 훈련을 받았다. 또한 엄격한 규율과 숱한 전투 경험으로 인해 어떠한
혼란이 와도 쉽게 재정비를 할 수 있었다. 진군의 오열(伍列)과 십열(什

列)은 재빨리 진용을 갖추고 각자 위치로 달려가 방진(方陣)을 형성하기 시작했다.

경기가 이끄는 초군 3천 기병은 쉽게 진군의 군영을 뚫었지만 곧바로 포위를 당하고 말았다. 진나라 병사들은 호각과 북소리에 맞춰 일사불란하게 각기 자기 위치에서 습격병을 공격하였다. 경기는 진군이 이처럼 빨리 전열을 정비할 줄 전혀 생각지 못했다. 경기가 불안에 떠는 기병들에게 소리쳤다.

「적을 베는 자는 상을 받을 것이나 후퇴하는 자는 참할 것이다!」

경기가 말을 마치고 앞으로 진격하려는데 갑자기 후비대가 동요하기 시작했다. 이에 그는 분노가 치밀어올라 이들을 징계하기 위해 말머리를 돌렸다. 이때 곁에서 따르던 교위가 경기를 만류하며 외쳤다.

「빨리 피하십시오! 이신의 중군이 들이닥치면 우리는 이곳을 벗어날 수 없습니다!」

경기는 이 말에 정신이 번쩍 들었다. 그는 어쩔 수 없이 후퇴를 명령한 뒤 홀로 말을 타고 진군의 군영을 빠져 나갔다. 그러나 3천에 이르는 기병들은 대부분이 진군의 방진을 뚫지 못하고 생포되거나 죽음을 당하였다.

가까스로 초의 군영으로 돌아온 경기는 곧바로 항연에게 전투 상황을 설명하였다. 그러자 항연은 의외로 아무런 문책 없이 경기를 돌려보내고 홀로 막사에 남아 조용히 진군의 방어진을 뚫을 방책을 강구했다. 그러나 아무리 생각해도 뾰족한 수가 나오지 않았다. 고심 끝에 그는 각 군 장수들에게 오후에 군사 회의를 개최한다고 통보했다.

초군의 습격을 물리친 진군은 진지를 더욱 공고히 구축하고 방어 태세를 점검하였다. 전투가 있던 다음날 이신은 항연이 보낸 서신을 받았는데, 진군을 우습게 보는 항연의 방자하고 오만한 문투로 가득찬 내용이었다.

「참으로 가소롭기 그지없군.」

이신은 서신을 구겨버리며 비아냥거렸다. 그는 직접 초군의 군영을 정탐한 뒤 더욱 자신감에 차 있었다.

이런 이신의 모습에 부장들이 걱정스러운 얼굴로 입을 모았다.

「장군, 우리 병력은 지금 매우 피로한 상태입니다. 적어도 이틀은 쉬어야 전투를 할 수 있습니다. 그때까지 참고 기다리는 게 좋겠습니다.」

그 말에 이신은 눈을 감고 빙그레 웃으며 답했다.

「두 해 전에 본 장군은 기병 천여 명을 이끌고 하루에 백 리를 달려 열흘 만에 계연(薊燕)을 점령하였소. 그때도 병사들은 전혀 피곤하다고 말하지 않았소. 그런데 무엇이 걱정이겠소?」

이때 밖에서 누군가 뛰어들어오며 소리쳤다.

「장군, 서신에 곧바로 응전을 해서는 안 되오!」

안으로 들어온 사람은 창평군이었다. 그는 걱정스런 눈빛으로 말을 이었다.

「항연은 초나라의 명장이오. 결코 가볍게 보아서는 안 될 존재라오. 항연은 진군이 지쳐 있을 때 공격하기 위해서 기회를 엿보고 있소. 이럴 때일수록 쉬면서 상황을 점검하는 게 옳다고 생각하오.」

이신은 자존심이 무척 강하고 한 번 결정한 일은 쉽게 번복하지 않는 인물이었다. 하지만 창평군의 말은 무척 설득력 있게 다가왔다. 그는 항연과 당장에 겨루고 싶은 마음이 굴뚝 같았지만 참지 않을 수 없었다. 한참을 씰룩거리던 이신이 겨우 말을 꺼냈다.

「대인의 뜻에 따르겠소.」

한편 진군으로 떠난 사자를 기다리던 항연은 잠시 후 이신의 답서를 가져온 그로부터 진군의 군영에 관한 자세한 정보를 얻을 수 있었다.

이날 오후, 항연의 진중에서는 군사 회의가 열렸다. 각 군의 장수들이 모두들 막사에 도착하자 항연은 자리에서 일어나 회의를 시작했다.

「내일 드디어 진군과 결전을 벌일 생각이오. 여러 장군들은 의견이 있으면 서슴없이 말해 주기를 바라오.」

「우리에게는 30만 군이 있지만 이신의 군은 겨우 10만에 불과한데 어찌하여 이제까지 기다리고만 있었습니까?」

경기가 그의 깊은 뜻을 헤아리지 못하고 물어오자 항연은 아무 말 없이 빙그레 웃었다.

이때 항량이 자리에서 일어나며 말했다.

「폐장이 생각하기에 진군이 그렇게 진을 치고 있는 것은 여러 나라를 멸한 기세와 수차례에 걸친 전승으로 오만에 사로잡혀 정면으로 우리와 승부를 내겠다는 뜻으로 보입니다. 따라서 많은 수만을 믿고 저들과 정면으로 싸운다면 우리에게 불리할 것입니다.」

항연은 상황을 분명하게 이해하고 있는 항량을 대견스럽게 바라보며 다시 물었다.

「그렇다면 어떻게 하는 게 좋겠느냐?」

그러자 항량이 장량을 가리키며 말했다.

「선생께 틀림없이 계책이 있으리라 생각합니다.」

항량의 말에 장량이 자리에서 일어나 간단하게 예를 표한 후 입을 열었다.

「여러분께서는 혹시 제나라의 기격무사(技擊武士)라는 말을 들으신 적이 있습니까?」

막사에 모인 여러 장수들은 장량의 말뜻을 알아차리지 못하고 두리번거리며 수근댔다. 장량이 주위를 둘러보며 말을 이었다.

「제왕(齊王)은 특히 무사를 뽑을 때 매우 엄격했습니다. 말에 올라서는 창을 활처럼 던져야 하고, 말에서 내려서는 단숨에 언덕을 뛰어오를 수 있어야 참으로 용맹스런 무사로 인정받습니다. 바로 이를 두고 기격무사라고 하지요.」

장량의 설명에 막사에 모인 장군들은 모두들 시큰둥한 반응을 보였다. 다만 항연만이 그 깊은 뜻을 알아차린 듯 고개를 끄덕였다.

「그렇게 정병을 뽑는 것은 참으로 좋은 방법이라 생각되오.」

「하지만 삼진(三晉)에서 무사를 뽑는 방법은 더욱 훌륭합니다.」

장량의 말이 떨어지기가 무섭게 항연이 물어왔다.

「그곳에서는 어떻게 무사를 뽑소?」

「위나라에서는 삼갑(三甲)을 입고, 손에는 12석(石)의 기(機)를 쥐고, 등에는 50대의 화살을 넣을 만한 활통을 메고, 과(戈)와 검(劍)을 찬 채 반나절 동안 백 리를 달려야 무사로 뽑힐 수 있습니다. 그러나 일단 무사로 뽑히면 그 집안은 모든 부역과 조세에서 면제되기 때문에 삼진의 젊은이들은 갖은 고통을 겪으면서도 훈련을 마다하지 않고 죽음에 임해서도 결코 두려워 하지 않습니다.」

「흥, 과연 그렇다면 삼진의 세력이 천하를 종횡해야 하는데 결과는 진나라가 날뛰지 않소이까, 장량 선생!」

경기가 입을 비쭉이며 비웃었지만 장량은 전혀 아랑곳없이 제 할 말을 계속해 나갔다.

「경 장군께서 이의를 제기하시는 문제에 대해서는 이미 순황 선생께서 말씀하신 바가 있습니다. 선생께서는 '제나라의 기격무사는 단지 소적(小敵)을 막고 일시의 승리를 얻을 수는 있겠지만 강병(强兵)을 막기는 어려우니 곧 망국(亡國)의 병졸에 불과하며, 위나라의 위사(韋士) 또한 나라를 위태롭게 만드는 병졸인데 그 이유는 모든 무사에게 부역과 세금을 면제해 준 탓에 국고가 비고 농지가 피폐해져 근본과 지엽이 바뀌는 결과를 낳았기 때문이다. 하지만 진나라의 예사(銳士)는 가히 천하를 제패할 만한 병졸이다'라고 하였지요. 진나라의 병사들은 가볍고 예리한 무기를 들고 편히 움직일 수 있는 갑옷을 입으며 오와 십으로 대오가 짜여져 조직이 엄밀합니다. 또한 공을 세우면 반드시 상을 내리고 법을 어기면 어김없이 처리하며, 죄인이라도 공훈이 있으면 죄를 사하여 줍니다. 따라서……」

「장량 선생, 잠깐 말을 멈추시오. 우린 지금 오합지졸에 불과한 진군의 허명(虛名)을 듣자고 이렇게 모인 것이 아니오. 다만 기격무사에 대해서 알고 싶을 뿐이오.」

항연이 얼른 장량의 말을 막았다. 장량이 더 이상 진군을 찬양하는 말을 계속하다가는 부하들의 반감을 살까 염려해서였다.

주위를 한 번 둘러본 경기가 날카로운 목소리로 소리쳤다.

「그대는 어찌하여 진군을 찬양하며 우리 초군의 사기를 꺾으려 하시오!」

장량은 막사 안에 모인 여러 장군들의 분노에 찬 눈동자를 바라보며 빙긋이 미소를 흘렸다.

「여러분, 만일 진나라 병사와 초나라 병사가 일 대 일로 맞붙어 싸운다면 결코 진군은 초군을 이길 수 없습니다. 그렇지만 오와 열을 갖춘 진군 백 명은 삼진(三晉)의 무사 2백 명을 이겨냅니다. 아니 제국의 기격무사 3백 명을 이겨낼 수도 있습니다. 옛말에 '적을 알고 나를 알면 백 번 싸워도 위태롭지 않다'고 하였습니다. 물론 진군은 강력한 군대이지만 결코 깰 수 없는 군대는 아닙니다. 어찌 도량 넓으신 장수들께서 하찮은 제 말에 그렇게 화를 내려 하십니까?」

항연은 장량의 말에 수긍하지 않을 수 없었다. 얼마 전 경기가 3천의 기병으로 급습을 하였지만 여실히 실패한 적이 있었다. 게다가 초군은 몇 명씩 무리를 지어 붕당(朋黨)을 결성했고 상벌이 공평치 않으며 군기가 풀어진 상태였다. 때문에 그 다음날 진군과 유리한 결전을 벌이기 위해서는 정면 공격보다는 진군을 유인하는 책략을 써야 했다. 하지만 장수들 대부분이 그의 작전에 수긍하지 않고 몹시 불쾌한 표정으로 장량을 노려보고만 있었다. 단지 대장군인 항연이 장량의 말을 따르고 있기 때문에 잠자코 있을 뿐이었다.

항연이 낯빛이 좋지 않은 장수들을 한 번 쭉 훑어본 뒤 장량에게 말했다.

「선생에게는 필히 계책이 있을 듯한데, 본장이 감히 가르침을 청하겠소.」

장량은 매우 총명하고 영리한 사람이었다. 그는 막사 안의 분위기를 훤히 꿰뚫어보고 있었다. 험악하게 쏘아보고 있는 장수들을 마주보며 장량이 온화한 목소리로 다시 입을 열었다.

「'날랜 당나귀가 피로하면 우둔한 말이 그를 앞선다'고 하였습니다. 지금 초군은 군사력 말고도 바람, 구름, 비, 물, 불과 같은 자연의 힘을 이용할 수 있습니다. 이를 제대로만 활용한다면 어떠한 강적도 능히 물리칠 것입니다.」

장량의 말은 거침없이 이어져 나갔다. 초군의 군사 회의에 참석한 장수들은 장량의 계책을 들으며 그 밤을 새웠다.

마침내 이튿날 날이 밝아올 무렵, 진초 양군은 대홍산을 사이에 두고 결전을 준비하였다. 이신은 전군(全軍)을 오방진(五方陣)으로 구성하였는데 동, 서, 남, 북, 중앙의 다섯으로 병력을 분산시켜 통제하기 용이하도록 짜맞춘 군진이었다. 동진은 청색 깃발, 청색 갑옷으로, 서진은 흰색 깃발, 흰색 갑옷으로, 남진은 붉은 깃발, 붉은 갑옷으로, 북진은 검정 깃발, 검정 갑옷으로, 중진은 누런 깃발, 누런 갑옷으로 무장하였다. 그리고 각 진의 가운데에는 주장(主將)이 자리잡고 있었고 그 주위로 갑사(甲士)들이 방진을 이루었다. 멀리서 보면 마치 갑옷과 창으로 무장한 네모난 방벽이 움직이는 듯하였다.

초군 진영도 서서히 결전을 준비하였다. 초군의 선두는 형초의 전군(前軍)이 나서고 있었는데 민월의 만족으로 짜여진 이들은 매우 거칠고 용맹스러웠다. 그들은 대부분이 단발(斷髮)에 문신을 하였고, 짐승가죽을 몸에 걸쳤으며 여러 가지 무기를 들고 있었다. 전군의 중앙에는 입에 선지(仙芝)를 문 신령스런 거북이가 그려진 깃발이 힘차게 휘날렸다. 이들은 대오를 갖추지 않고 이리저리 흩어진 채 진격 명령만 기다리고 있었다.

이신은 오합지졸처럼 아무렇게나 서 있는 민월의 만족을 보며 가소로운 듯 크게 웃었다. 잠시 후 형초 전군의 진중에서 커다란 함성소리가 울려퍼지면서 그들 사이에서 위풍당당한 장군 한 명이 앞으로 달려나왔다. 은색 투구 아래 큰 눈이 밝게 빛나는 형초의 장군은 몸에 검은 전포(戰袍)를 걸치고 그 위로 갑옷을 입었으며 표범가죽으로 만든 신발을 신은 것이 몹시 우람하고 날렵해 보였다. 오른손에는 과를 쥐고 왼손에는 방패를 든 채 말을 타고 있는 그의 모습은 가만히 있어도 바람이 일 정도로 매섭고도 늠름하였다.

그가 나타나자 초군의 진영이 갑자기 술렁거렸다. 진군의 병사들도 그 당당함에 잠시 넋을 잃고 그를 바라보았다. 이런 광경에 질투심이 일어난 이신은 차가운 표정으로 크게 웃으며 갑자기 말을 타고 앞으로 달려나갔다.

형초의 장군은 진군 진영에서 검정색 준마를 탄 이신이 달려나오자 말 궁둥이를 발로 차며 앞으로 힘껏 뛰쳐나갔다.

「그대가 바로 이신인가? 나 항연이 상대해 주마!」

형초의 장군 항연이 이신에게 달려들며 외쳤다.

이신은 두 마리 용이 꼬리를 틀어올린 모양의 쌍룡권미관(雙龍卷尾冠)을 머리에 쓰고 동편(銅片)으로 만든 어린갑(魚鱗甲)을 입었으며, 등에는 괴수수올도(怪獸壽兀圖)를 그려넣은 피갑(皮甲)을 걸치고 있었다. 그는 허리에 장검을 찬 채 장극(長戟)을 손에 들고 춤추듯 항연에게 달려들었다.

마주친 두 사람은 조금도 물러서지 않고 힘차게 과와 극을 휘두르며 대결을 벌였다. 극이 움직이면 바람이 일고 수풀이 넘실거렸으며, 과가 하늘을 찌르면 구름이 갈라지고 우박이 쏟아지는 듯하였다. 이신과 항연, 두 호적수는 일진일퇴의 공방전을 전개하며 한 시간이 넘도록 무예를 겨루었지만 좀처럼 승부를 내지 못했다. 그러나 시간이 지날수록 항연은 점점 지친 듯한 표정이었고 반면에 이신은 갈수록 용맹스러워 보였다.

진나라 진영은 처음에 초군의 수에 기세가 눌렸으나 주장인 이신이 점차 적장을 압도해 가자 기회다 싶어 전군에게 공격을 명령하였다. 이윽고 공격 깃발이 하늘 높이 펄럭이자 오방진이 서서히 움직이면서 전진을 시작했다.

항연은 진군이 공격을 시작해 오자 느닷없이 말머리를 돌리며 소리쳤다.

「오늘은 승부를 가릴 수 없으니 내일 다시 겨루어 보자!」

말을 마친 항연이 쏜살같이 초군의 진영으로 달아났다. 초군은 항연이 진영으로 돌아오자 겁을 집어먹은 듯 긴급히 뒤로 물러나기 시작했다. 너른 벌판에는 기세등등한 진군의 진격만이 있을 뿐이었다. 이신은 초군이 자신의 기세에 눌려 후퇴했다고 지레 짐작하며 전군에게 진격을 멈추고 전열을 가다듬도록 명령하였다.

이때 갑자기 앞산에서 커다란 외침이 들려오며 초군의 소장(小將) 한 명이 달려나왔다.

「그대가 믿을 신(信) 자 이신이냐, 아니면 겁쟁이 이신(李腎)이냐? 나의 부장(父將)을 이기지 못하면 스스로 목숨을 끊어야 할 터이다!」

이신은 그 말에 분을 참지 못하고 앞으로 뛰쳐나갔다. 초의 소장은 이신과 십여 합(合)을 겨루다가 힘이 부치는지 말머리를 돌려 달아나면서 다시 소리쳤다.

「오늘은 이만 돌아가지만 내일 반드시 네 목을 따러 다시 오겠다!」

이신은 이를 갈며 활을 꺼내들었지만 그는 이미 사정권 밖으로 달아난 뒤였다. 이신은 분을 참지 못하고 전군에게 공격을 명령했다. 이에 진군의 도위들은 초군이 주둔하고 있는 산지가 협소하고 공격하기 어렵다며 회군을 건의했지만 이신은 한마디로 묵살하였다. 그의 눈에는 자신을 우롱한 초군의 용렬한 장수들만이 보일 뿐이었다.

「저런 오합지졸을 그냥 두어서는 아니 된다. 이 기회에 단번에 무너뜨려 기를 꺾고야 말겠다!」

도위들은 감히 이신의 명을 거역할 수 없었다. 진군의 군법에 따르면 주장(主將)이 선두에 나서는 경우 부장과 병사들의 후퇴는 결코 용서되지 않았으며, 만일 전투 중에 주장이 죽으면 이에 상응하는 적군의 주장을 생포하거나 죽여야만 죄를 받지 않았다.

이날 진군은 이른 아침에 식사를 마치고 반나절이 가깝도록 초군을 추격하는 바람에 병사들 대부분이 몹시 지쳐 있는 상태였다. 하지만 대장군인 이신의 저돌적인 공격에 앞으로 나서지 않을 수 없었다.

초군은 한발 앞으로 나오며 진군에게 대들었다가 다시 뒤로 빠지는 수법으로 점점 멀리 진군을 유인하였다. 흥분한 이신은 판단력이 흐려져 계속 전진을 명령하였다. 그는 후퇴하는 초군이 겁에 질려 달아나는 것이라 믿고 있었다. 해가 서산으로 기울어질 즈음 검은 구름이 갑자기 하늘을 가득 뒤덮었다. 그제서야 사태를 파악한 이신이 급히 행군을 멈추게 하였다.

그때였다. 초군 진영에서 소장 두 명이 달려오더니 큰소리로 외쳤다.

「하하하, 겁장이 이신이 드디어 겁을 먹고 쫓아오지를 못하는구나!」

이 말에 이신이 다시 자리를 박차고 말에 오르자 창문군과 창평군이 재빨리 앞을 가로막고 나섰다.

「장군, 저런 조무라기들과 맞설 필요는 없소이다. 우리 형제가 나가 목을 따오겠으니 염려놓으시오.」

이신이 고개를 끄덕이며 승락하자 두 사람은 쏜살같이 앞으로 내달으며 극과 과를 휘둘렀다. 두 사람의 기세에 눌린 듯 초군 소장들이 몇 합을 겨루지 못하고 달아나기 시작했다. 그러자 창평군이 앞으로 내달리며 소리쳤다.

「어디로 달아나느냐? 목을 내놓지 않으면 갈 수 없다!」

창문군 또한 그 뒤를 쫓으며 외쳤다.

「어디까지 달아날 수 있는지 시험해 보겠다!」

초군 소장 두 명이 선발대와 함께 급히 퇴각하기 시작하자 이신은 전군에게 다시 명령하여 전진토록 하였다.

이미 해는 서산으로 기울고 계곡은 어둠에 싸여갔다. 이신은 점점 계곡이 깊어지고 좁아들어가자 자리에 멈춰 곁에 있는 도위에게 물었다.

「이곳이 어디인가?」

「장군, 이곳은 방칩령이라고 합니다. 몇 리만 더 가면 협곡이 끊어지게 됩니다. 그러니 어서 빨리 군대를 돌리셔야 합니다.」

그 말에 이신의 낯빛이 새하얗게 변했다.

「어찌하여 이제서야 그 말을 하는가?」

「장군께서 창평군 대인을 뒤쫓으시는 바람에 미처 말씀드릴 기회가 없었습니다.」

이신은 자신이 함정에 빠졌음을 깨닫고 얼른 창씨 형제를 불러오도록 명령하였다. 잠시 후 그의 명을 받았던 도위가 나타나 보고했다.

「앞서 가던 창문군, 창평군 두 사람은 초군 진영으로 달아났습니다.」

두 사람의 계략에 말려든 이신은 이를 갈며 하는 수 없이 그 주변에 군영을 설치하도록 지시했다.

그날 밤 자정이 지나자 큰바람이 불고 폭우가 내리기 시작했다. 비는 다음날 날이 밝을 때까지 내렸고 빗발은 다소 줄었지만 그렇게 이틀간이나 계속되었다. 수만 명의 진군 병사들은 깊은 계곡에 갇힌 채 보급을 받지 못하고 나무나 바위 아래에서 겨우 비와 바람을 막았다. 진군은 사흘 동안 비가 내리는 바람에 밥을 짓지 못하고 생쌀로 배고픔을 달래며 추위로 온몸을 부들부들 떨었다. 더욱이 감당하기 힘든 추위와 배고픔에 허덕이면서도 순찰을 돌고 정찰을 나가야 했기에 대장군 이신에 대한 이들의 불만이 쌓여갔다. 이신은 뜻밖에 사태가 악화되자 낭패한 표정으로 군영을 돌면서 이들을 진정시키기에 여념이 없었다.

계곡으로 들어온 지 사흘째 되던 날 마침내 비가 그치고 날이 개이기 시작했다. 다행히 계곡 양쪽이나 산 아래에서 초군의 모습은 발견되지 않았다. 안심한 진군이 정신없이 방침령을 벗어날 즈음 갑자기 초군이 사방에서 나타나 진군이 제대로 대오를 갖추기도 전에 중군을 뚫고 밀려들어오기 시작했다. 삽시간에 적군이 들어오자 몸과 마음이 흐트러진 진군은 어쩔 바를 몰라 갈팡질팡했다. 그 와중에서 이신은 후군(後軍)으로 몸을 빼낸 뒤 포위망을 뚫으려 하였다.

초군은 검은 말을 탄 이신을 발견하자 맹수처럼 그에게 달려들었다. 이신이 후군의 호위를 받으며 서둘러 후퇴하자 그동안 엄격한 군율의 통제를 받아온 진군의 군영이 급속하게 무너져갔다. 이신은 대세가 기울어졌다고 판단하고 포위를 뚫는 데 전력하였다. 마침내 가까스로 방칩령을 벗어난 이신은 수치심과 패배의 굴욕을 이기지 못하고 말에서 뛰어내려 검으로 자신의 목을 찌르려 하였다. 이를 본 측근 도위 두 명이 잽싸게 몸을 날려 이신의 팔을 부여잡았다.

「장군, 적진에 버려두고 온 우리의 형제들을 그냥 민월의 오랑캐 손에 놓아두실 생각이십니까? 일단 물러났다가 다시 전열을 정비하여 복수해야 할 것입니다.」

이 말에 이신은 검을 거두고 후군의 호위를 받으며 다시 후퇴하기 시작했다.

27

초나라의 멸망

이신의 도움으로 항연의 포위를 뚫은 등승은 남군의 민심을 수습하느라 정신없이 바쁜 나날을 보내고 있었다. 그러던 어느 날 등승은 중거부령 조고로부터 만량의 연인인 맹상을 찾았으며 그녀가 조고의 저택에서 쉬고 있다는 내용의 서신을 받았다. 등승은 그 다음날 당장 만량과 맹상의 어머니를 함양으로 급히 보냈고 두 사람은 열흘이 걸려서야 마침내 함양에 당도할 수 있었다.

조고는 두 사람을 따스하게 맞이하며 후원으로 길을 안내하였다.

「만량 오라버니, 귀, 귀신이 쫓아와요! 살려줘요!」

후원으로 발을 들여놓던 만량과 맹상의 어머니는 어디선가 들려오는 비명소리에 등골이 오싹해졌다. 갸날프고 다급한 목소리의 주인공은 바로 맹상이었다. 애타는 그 목소리에 만량은 찢어지는 듯한 가슴을 부여잡으며 눈물을 떨구었다.

맹상이 쉬고 있는 방안으로 들어가보니 그녀는 멍하니 침상에 누워 있었다. 맹상은 비쩍 마르고 얼굴이 반쪽으로 야윈 것이 혈색이라고는 눈을 씻고도 찾아볼 수 없을 정도였다. 너무도 처참한 몰골에 만량은 한참을 우두커니 서서 그녀를 바라보았다.

「이 여인이 맹상이란 말인가? 그토록 곱고 아름답던 맹상이 바로 이 여인이란 말인가?」

만량은 도저히 믿기지 않아 침상 머리맡에 털썩 주저앉으며 다시 한 번 맹상을 뚫어지게 바라보았다.

그녀의 어머니도 터져나오는 슬픔을 참지 못한 채 맹상의 가슴에 얼굴을 묻으며 마구 흐느꼈다. 그 소리에 맹상이 악몽에서 깨어난 듯 놀란 얼굴로 만량과 어머니를 바라보았다. 있는 힘을 다하여 침상에서 겨우 몸을 일으킨 맹상이 힘겹게 입을 열었다.

「어머니와 만량 오라버니의 얼굴이라도 보고 죽게 되니 여한이 없어요. 하지만 억울한 맹상의 원한은 꼭 풀어주세요.」

그녀는 남아 있는 힘을 다하여 그동안 겪은 고초를 만량에게 털어놓았다.

등승을 따라 남군으로 향하던 중 괴한에게 납치를 당한 맹상은 그 뒤 알 수 없는 한 장소에서 매일같이 한 남자로부터 능욕을 당하였다. 그러던 얼마 전 그녀는 감시가 소홀한 틈을 타 탈출을 시도하다가 괴한들에게 발각되어 실패하고 말았다. 맹상을 범하던 남자는 그녀에게 싫증이 났는지 언제부턴가 나타나지 않았고 그로부터 며칠 후 괴한들은 그녀를 수레에 태우고 그곳을 떠나 어디론가 내달리기 시작했다. 밤새워 달린 수레는 어느 깊은 숲속에 멈췄는데 맹상은 직감적으로 입을 막기 위해 자신을 해치려는 음모임을 눈치채고 수레에서 뛰어내려 도망쳤다. 뒤쫓아오던 괴한의 검에 등을 맞은 맹상은 그만 벼랑으로 떨어지고 말았다. 그렇게 많은 시간이 흘렀다. 벼랑 아래 바위 틈에서 정신을 잃었던 맹상은 시간이 지나자 조금씩 의식을 회복해갔다. 뼈마디가 부서지고 온몸은 상처투성이었지만 살아야 한다는 집념 하나로 맹상은 기다시피 계곡을 빠져 나와 지나던 길손의 도움으로 함양으로 다시 돌아올 수 있었다. 맹상은 다행히도 안면이 있는 조고의 눈에 띄어 치료를 받고 있었지만 등의 출혈이 너무 심해 오래 살 것 같지는 않았다.

가까스로 이야기를 마친 맹상이 품에서 붉은 술이 달린 구슬 하나를 꺼내 만량에게 건넸다.

「만량 오라버니, 원수를 갚아주세요. 원래 그 구슬은 두 개인데 그 중 하나를 제가 몰래 훔쳐 놓은 거예요. 그 구슬의 임자가 원수이니 반드시 제 한을 갚아주세요.」

눈물을 흘리며 마지막 말을 맺은 맹상은 그 이튿날 한 많은 생을 마감하였다.

조고는 만량과 맹상의 애절한 이별을 바라보며 착잡한 심정을 억누를 수 없었다. 조고의 머리 속에 문득 누이동생 조희의 얼굴이 떠올랐다. 그러나 조고는 맹상을 그렇게 만든 마음의 가책을 지워버리려는 듯 머리를 세차게 흔들었다. 가문의 복수를 위해서는 사사로운 인정은 절대 금물이었다. 만일 맹상의 일이 발각된다면 모든 것이 수포로 돌아갈 터였다. 조고에게 가장 중요한 것은 어떤 수단과 방법을 써서라도 진왕의 총애를 잃지 않는 일이었다. 조고는 다시금 마음을 다잡고 태연하게 그녀의 장례를 준비하였다. 그녀의 장례는 조고의 주관 하에 매우 성대하게 치러졌다. 특히 진왕 영정은 일개 백성의 장례에 조의를 보내는 성지를 내려 만량을 감격스럽게 했다. 만량은 영정의 성은에 감읍하여 함양궁이 있는 쪽을 향해 거듭 절을 하였다.

맹상의 일이 무사히 마무리되자 영정은 홀가분한 마음으로 제자리로 돌아와 국사에 힘썼다. 그러던 어느 날 영정은 초군을 정벌하러 간 군대의 부장인 몽염이 보낸 서신을 받았다. 그의 서신에는 이신이 적을 얕잡아 보고 무리하게 진격을 하다가 대홍산에서 매복에 걸리는 바람에 10만 대군 대부분이 괴멸하고 일곱 명의 도위를 잃었다는 충격적인 내용으로 가득차 있었다.

서신을 읽는 영정의 눈 앞에 대홍산 계곡에 널부러진 진군 수만 명의 처참한 주검이 떠올랐다. 그는 숨이 탁탁 막혀오는 것 같아 도저히 그대로 앉아 있을 수가 없었다. 서신을 내려놓은 영정의 안색이 몹시 창백해지고 호흡이 흐트러지자 곁에 있던 조고가 깜짝 놀라 급히 노태의 왕충을 찾았다.

왕충은 한단성에서 진왕 영정에게 살육을 멈추라는 간언을 한 뒤 그의 부름으로 함양성에서 태의로 일하고 있었다. 영정을 진맥한 왕충은 안도의 숨을 내쉬며 환약을 꺼내 영정이 삼키도록 하였다.

조금 뒤 다소 안정을 찾은 영정은 주위 사람들을 모두 물린 다음 조용히 생각에 잠겼다. 그의 귓전에는 얼마 전에 한 왕전의 말이 맴돌았다.

「대왕마마, 초나라 땅은 매우 넓사옵니다. 남북으로는 회북에서 등림, 동서로는 동백(桐柏)에서 운몽까지이며, 또한 백성들이 강건하여 60만 대군이 아니면 물리치기가 어렵사옵니다.」

영정은 이신의 용맹만을 믿고 초나라 정벌에 출전시킨 자신의 행동을 뼈저리게 후회했다. 깊은 고뇌 끝에 영정은 왕전을 급히 입궁시킬 것을 명했다. 그러자 조고가 내전으로 들어와 보고했다.

「이신 장군이 출정하던 날 왕 장군은 병으로 인해 고향으로 내려갔사옵니다.」

영정은 그제서야 3개월 전에 왕전이 퇴위를 청한 사실을 생각해 냈다.

「왕 장군의 의견이 옳았어. 하지만 일국의 군주로서 어찌 잘못을 시인하고 다시 그를 부를 수 있다는 말인가.」

영정은 군왕의 체통을 지켜야 할지 어려운 상황 속에 빠진 초나라 정벌군을 생각해야 할지 분명한 판단을 내리지 못하고 갈팡질팡했다. 이때 곁에서 영정의 눈치를 살피던 조고가 조심스럽게 입을 열었다.

「대왕마마, 왕 장군의 가문은 대대로 진의 세족(世族)으로 충성심이 남달랐사옵니다. 지금 비록 왕 장군이 병으로 쉬고 있다고 해도 나라에서 부른다면 틀림없이 올 것이니 너무 심려마시옵소서.」

「하지만 왕 장군은 자신의 뜻이 관철되지 않아 내려간 사람이오. 과인이 잘못을 시인해야만 돌아올 터인데 어찌 군왕으로서 신하에게 공공연히 잘못을 시인할 수 있단 말이오. 그게 걱정이오.」

「대왕마마, 그러하시다면 신이 마마께 몇 자 글월을 올리겠사오니 대왕마마께서 살펴보시고 결정해 주시옵소서.」

영정이 고개를 끄덕이며 허락하자 조고는 그 자리에서 백서에 글월을 적어 영정에게 바쳤다.

「음, 〈도덕경〉에 나오는 글귀이군.」

백서를 훑어본 영정이 중얼거렸다.

「'숭고한 덕행은 마치 깊은 산의 골짜기와 같아 모든 빗물을 감싸 안으며(上德若谷), 깨끗한 행동은 이해하기 어려워 욕을 당하는 것과 같다(大白若辱)'라고……」

「대왕마마, 그렇사옵니다. 상덕(上德)과 대백(大白)은 모든 것을 감싸안고 치욕을 받아들일 수 있사옵니다.」

그제서야 영정은 조고의 의도를 이해하고 수레를 대령하도록 명령했다.

이때 이신의 군이 초나라 항연에게 대패했다는 소식을 들은 승상 왕관, 정위 이사, 어사대부 풍거질, 노장 몽무가 급히 궁중으로 들어오다 밖으로 행차하는 영정과 맞닥뜨렸다. 영정은 그들의 예를 가볍게 받고는 아무 말 없이 부리나케 함양궁을 빠져 나갔다. 그런 영정의 행동에 사람들은 어리둥절해 하며 서로 얼굴만 바라보았다. 영정의 수레 행렬은 왕전이 물러나 기거하고 있는 빈양으로 달렸다.

왕전은 진왕 영정이 친히 자신의 처소로 행차를 하자 매우 감격스런 얼굴로 급히 마중을 나왔다. 영정이 미복(微服;왕이 밖으로 몰래 나들이를 할 때 입는 평복)을 한 채 중거부령 조고와 함께 왕부로 들어왔다.

왕전의 안내로 중당에 든 영정이 자리에 앉으며 말을 꺼냈다.

「장군은 무엇 때문에 과인이 이곳까지 왔는지 아오?」

왕전이 짐짓 모르는 체하며 대답했다.

「알지 못하옵니다.」

「왕 장군은 과인과 춘추 오패(五霸)의 군주를 비교할 때 누가 더 뛰어나다고 생각하오?」

「신하된 도리로 어찌 군주의 위 아래를 감히 비교할 수 있겠사옵니까?」

그 말에 영정이 껄껄 웃었다.

「충직한 간언은 귀에 거슬리지만 행동에 이롭고 좋은 약은 비록 입에서는 쓰지만 치병에 좋다고 하였소. 그러니 장군께서는 거침없이 의견을 말하도록 하시오.」

영정이 이렇게까지 나오자 왕전은 대답하지 않을 수 없었다.

「오패의 군주는 대왕마마의 발 끝에도 미치지 못하옵니다. 참새와 제비, 토끼와 호랑이의 차이라고 할 수 있지요.」

「장군은 무슨 근거로 그렇게 생각하오?」

「오패의 권위는 천자를 옆에 끼고 호령하는 데에서 나왔지만, 대왕마마께서는 혼자의 몸으로 조정을 장악하고 삼진(三晉)을 무너뜨렸사옵니다. 그리고 더 나아가 북계를 멸하고 지금은 형초를 손아귀에 넣으려는 순간이옵니다. 조만간 제업(帝業)이 이루어지면 그 어느 누구를 감히 대왕마마와 비교할 수 있겠사옵니까.」

영정은 기분이 좋은 듯 얼굴빛이 화사해졌다. 그러나 그것도 잠깐 영정은 다시 미간을 찌푸리며 침통한 표정으로 입술을 떼었다.

「장군의 말은 틀리오. 과인은 사람에게 일을 맡기면서 현명하지 못한 처사를 많이 하였소. 그러니 제환공이나 진문공의 발 끝에도 미치지 못하오. 과인은 장수를 잘못 선택하여 수많은 병사들을 죽음으로 몰아넣었소. 만일 장군의 충언을 들었다면 이신 장군을 보내지 않았을 것이오. 듣자 하니 승전에 들뜬 형초의 무리들이 감히 서진(西進)을 하겠다고 공공연히 떠든다고 하는데 이런 지경에서도 왕 장군은 과인의 걱정을 돌보지 않는구려.」

왕전은 영정의 말에 가슴이 덜컹 내려앉았다.

「미천한 신이 어찌하여 진력을 다하지 않았겠사옵니까? 그런 게 아니오라 워낙 재주가 없고 병이 깊어 어쩔 수가 없었사옵니다. 대왕마마께서는 부디 이를 헤아려 주옵소서.」

「사람이 태어나서 어찌 한 번쯤의 실수를 하지 않으리오. 과인은 형초 정벌의 대임을 장군에게 맡기려고 하는데 받아주기 바라오.」

왕전은 영정이 자신을 찾아온 본뜻을 밝히자 감히 거절할 수 없었다. 진나라의 대장군이었던 백기의 경우, 그는 명성이 대단한 장수였지만 소양왕의 청을 거절하였다가 화를 당한 바 있었다. 이를 잘 알고 있는 왕전은 더 이상 발뺌을 하지 못했다.

「대왕마마께서 신을 필요로 하신다면 한 가지 청이 있사옵니다. 형초 정벌은 최소한 60만이 넘어야 가능하옵니다.」

영정은 왕전의 청을 승낙하지 않을 수 없었다.

「장군의 뜻대로 하시오. 그런데 부장은 누구를 천거할 생각이오?」

「노장군 몽무를 추천하옵니다.」

영정은 그 자리에서 수락을 한 뒤 다시 함양으로 돌아왔다.

진왕 영정 23년(BC 224년) 초여름, 왕전은 형초 정벌군을 이끌고 출정할 준비를 갖추었다. 이날 영정은 왕전의 출정을 축하하기 위해 문무대신들을 이끌고 함양성에서 수십 리 떨어진 유수의 강변에까지 배웅을 나갔다.

부드러운 강바람이 끊임없이 뺨을 스쳤고 향기로운 들풀이 서로 키를 다투며 바람에 나풀거리고 있었다. 백록원(白鹿原)의 너른 들에는 창검을 높이 든 병사들이 위풍당당하게 도열한 가운데 여기저기에서 수레바퀴 구르는 소리가 하늘을 진동하는 듯했다. 정벌군의 전군(前軍)은 이미 사흘 전에 출발하였고, 중군을 이끄는 왕전은 이날 출발할 예정이었다. 영정은 유유히 흐르는 유수를 바라보며 깊은 생각에 빠져들었다.

채회태양기(彩繪太陽旗;대군이 낮에 행군할 때 표식이 되는 깃발) 아래 왕전의 백마가 눈부시게 서 있었다. 대장군 왕전이 말에 올라 출발신호를 하자 영정이 천천히 그에게 다가가 술잔을 건넸다.

「승전 소식을 빠른 시일 안에 보내주기 바라오.」

왕전은 영정이 주는 어주를 연달아 석 잔 받아마셨다.

「그렇게 하겠사옵니다. 다만 이번 먼 거리를 떠나는 노신에게 청이 하나 있는데 부디 대왕마마께서 허락하여 주옵소서.」

영정이 미소를 지으며 대답했다.

「무슨 청이든 말해 보시오.」

왕전은 소매에서 대나무통을 꺼내 영정에게 바쳤다. 거기에는 함양성에서 가장 기름진 전답과 아름답고 웅장한 주택 몇 채가 전각(篆刻)되어 있었다.

「대왕마마, 노신은 이미 무장으로는 최고의 자리인 18급 대서장(大庶

長)에 올랐사옵니다. 그러니 이번에 공을 세운다한들 무인은 봉후(封侯)를 받을 수 없다는 진율에 따라 아무런 상도 얻을 수 없을 것이옵니다. 그래서 말씀드리는 것이온대 후세를 위하여 여기 새겨져 있는 전답과 저택을 남기고 싶사옵니다.」

「왕 장군, 그간 과인은 수차례 출정을 나가는 장군을 배웅했지만 오늘 같은 청은 처음이오. 장군의 청을 받아들이겠으니 마음놓고 출정을 하시오.」

왕전의 자신만만한 태도에 영정이 기분좋게 웃었다.

영정에게 예를 올린 왕전이 출정 명령을 내리자 북이 크게 세 번 울리는 것을 신호로 전군이 앞으로 나아가기 시작했다.

대군이 무관을 벗어날 즈음 왕전을 따르던 몽무가 나지막이 속삭였다.

「출정을 나가는 무장이 사사로이 이익을 추구하다니 남이 비웃을까 걱정이오.」

이 말을 들은 왕전이 몽무에게 말했다.

「대왕마마께서는 60만 대군을 이끌고 출정하는 나를 완전히 믿지 않는 것 같습니다. 군법에 '장수가 출전하면 임금의 명을 받지 않는다'는 말이 있지 않습니까. 때문에 대왕의 의심을 받지 않기 위해 사사로이 함양성에 있는 자식과 전답에 미련을 두고 있는 사람처럼 꾸민 것입니다. 제가 그렇게 말씀드린 것은 대왕마마께 절대로 두 마음을 가지고 있지 않다는 표시를 한 것뿐입니다.」

왕전의 깊은 뜻을 알게 된 몽무가 고개를 끄덕였다.

「만일 대왕마마께서 나를 의심하여 내 가족에게 해를 끼친다면 전선에 있는 내가 어찌 마음놓고 전투를 할 수 있겠습니까?」

왕전은 이렇게 말하며 다시 진왕 영정에게 함양성의 이름난 장원을 한 채 더 청한다는 글을 써서 보냈다. 몽무는 왕전의 주도면밀함에 고개를 숙이지 않을 수 없었다.

영정은 왕전이 출정을 나간 뒤에도 서너 차례 장원과 전답을 계속 청하자 더 이상 그를 의심하지 않았다. 그러나 조정 대신들은 전투를 치르기도 전에 왕전이 여러 번 상벌에 대해 언급하자 그대로 보고만 있을 수 없었다.

조회에 참석한 대부 안설이 왕전을 의심하는 대신들을 대표하여 앞으로 나섰다.

「왕 장군이 대장군으로서 사사로이 이익에 전념하니 심히 걱정이옵니다.」

안설의 말에 영정은 아무 대답 없이 빙그레 미소만 지었다.

「항연은 지혜와 용맹을 겸비한 장군이라고 하던데, 왕 장군이 겁을 집어먹지나 않았는지 모르겠사옵니다.」

처음에 영정은 대신들의 주청을 그저 못 들은 척 넘겨버렸지만 갈수록 이들의 원성이 커지자 점차 의심하는 마음이 생겨나기 시작했다.

왕전과 친밀한 사이였던 이사는 조정 대신들이 그를 겁장이로 몰아붙이며 영정의 근심과 의심을 자꾸 불러일으키자 왕과의 독대를 청하였다. 왕전을 굳게 믿었던 영정은 대신들이 자꾸 그를 의심하고 나서자 왠지 왕전이 옛날같지 않다는 생각이 들었고, 60만이라는 너무 많은 병력이 부담스러웠다. 영정은 은근히 왕전에게 대업을 맡긴 것이 후회스러웠다.

영정과 단 둘이 만난 이사가 무릎을 꿇고 이야기를 시작했다.

「대왕마마께서는 일단 온 나라의 병사들을 충성스런 장군에게 맡기셨으니 결코 그를 의심하거나 이간질에 빠져서는 아니 되옵니다. 혹여 이런 사실이 병사들의 귀에 들어간다면 반드시 전투에 패하고 마옵니다. 왕 장군이 대왕마마께 거듭하여 전답과 저택, 장원을 요구하는 것은 그 마음이 언제나 함양에 있다는 뜻을 전달하는 증거이오니 크게 걱정하지 않으셔도 좋을 듯하옵니다. 바라옵건대 빠른 시일 내에 장사(長史)를 통해 왕 장군을 격려하는 글을 전장에 보내어 대왕마마의 신임이 두텁다는 표시를 해두신다면 병사들이 동요하지 않을 것이옵니다.」

이사의 말을 들은 영정은 그제서야 겨우 근심을 털어버릴 수 있었다.

한편 항연은 이신의 군대를 대파한 공으로 초의 상주국(上柱國;초나라의 무관 벼슬 중 최고 직위로 진의 국위와 같음) 자리에 올랐다. 진의 주력군을 물리친 항연이 그 여세를 몰아 남군의 영성을 다시 공격하려던 차에 뜻밖에 진나라에서 활동하는 첩자로부터 급보가 날아왔다.

'왕전을 대장군으로 하는 60만 진군이 밤낮으로 행군하여 이미 천중산(天中山;지금의 하남 상수현에 위치)에 도착했음.'

항연은 급히 초왕 부당에게 나아가 이 사실을 고하고 서둘러 전장으로 떠났다. 이날 밤 항연은 상주국부에서 장수들을 긴급 소집하여 군사회의를 열었다. 장수들 대부분이 이신을 격파한 기세를 믿고 주력군을 파견하여 정면으로 승부를 짓자고 주장하였다. 그러나 장량은 고개를 설레설레 흔들며 심각한 표정으로 말했다.

「진나라의 이신을 격파했다고 해서 두 나라의 강세가 뒤바뀌는 않습니다. 소생은 비록 재주는 없지만 그래도 계책을 올린다면 적을 깊숙이 유인하여 각지에 분산시킨 다음에 격파하는 게 가장 좋다고 생각합니다. 그러니까 적이 내지로 깊숙하게 들어오면 곧바로 회수의 북쪽을 막아 군량의 보급로를 끊으십시오. 그렇게 하면 적군이 비록 용맹하다할지라도 먼 길을 행군했고 또한 굶주림이 겹쳐 패졸로 변할 것입니다. 상주국 대인께서는 이를 심사숙고하여 주십시오.」

항연은 장량의 말에 수긍하지 않을 수 없었다. 초나라 장수들은 이신을 물리친 것에 대해 지나치게 자만하고 있었다. 그러나 이신과 왕전은 전혀 다른 성격과 지략을 가진 장수였다. 결코 이신의 경우만 생각하고 전투에 나설 수는 없었다.

항연은 근심 어린 눈빛으로 장수들을 훑어보았다. 모두들 장량의 의견에 불쾌한 표정이었다. 그때 항연 곁에 앉아 있던 경기가 자리에서 벌떡 일어났다. 그는 이신과의 전투에서 항연과 나란히 공을 인정받아 항연 다음가는 벼슬에 올라 있었다.

경기가 장량을 노려보며 소리쳤다.

「지난번 이신과 싸울 때 우리 초군의 사기는 하늘을 찌르고도 남았소이다. 게다가 지금은 그때보다 사기가 더욱 높아 있소. 왕전은 나이먹은 노장에 불과할 따름이오. 그런데 장 선생은 어찌하여 군의 사기를 떨어뜨리는 망발을 함부로 떠들고 있단 말이오!」

경기의 말을 듣고 있던 항백이 자리에서 일어나 장량을 변호하였다.

「고정하십시오. 장 선생은 다만 깊이 생각하여 전투에 임하라는 충고를 하셨을 따름입니다.」

항백의 말에 장수들은 두 패로 갈려 시끄럽게 떠들기 시작했다. 이때 밖에서 다시 급보가 전해졌다.

'진군은 천중산에 다다르자 일체의 전진을 멈추고 군영을 설치하였음. 군영은 해, 달, 용, 호랑이, 뱀, 까치, 이리를 수놓은 깃발로 표식하였음.'

급보를 들은 경기가 크게 웃으며 말했다.

「진과 초는 국력이 엇비슷하여 지난날 진왕이 천중산을 경계로 하자는 제안을 한 바 있었소. 이신이 대패한 후 진나라는 겁에 질려 천중산을 방어하려는 게 틀림없습니다.」

다른 장수들도 경기의 의견에 찬동하였다.

「그렇소. 진나라는 공격을 하러 온 게 아니고 방어를 하려는 게 분명하오.」

항연도 장수들의 말이 옳다고 생각했다. 이런 광경을 안타깝게 지켜보던 장량은 조용히 그곳을 빠져 나갔다.

진왕 영정 23년(BC 224년) 여름, 형초 대군은 진군에 맞서 천중산에 집결하기 시작했다. 그 무렵 진군은 상수의 북쪽에 높이가 두 장이나 되는 성벽을 쌓았고 성벽 바깥에는 너비가 육 척(尺), 깊이가 한 장(丈)이 되는 해자를 팠다.

그 소식을 들은 항연이 고개를 가로저으며 중얼거렸다.

「왕전이 진정 겁에 질려 방어에 치중한단 말인가?」

이날 항연은 진군의 진영에 전서(戰書)를 보내 응전을 촉구하였다. 그러나 진군에서는 서신을 일체 접수하지 않았다. 또한 초군이 진군의 군영으로 가까이 다가가 온갖 욕을 퍼부으며 진군의 동요를 촉발하였으나 진군은 아무런 반응도 보이지 않았다.

항연은 이런 진군의 동태를 보고받고는 기분좋게 웃음을 터뜨렸다.

「하하하, 이신이야말로 진정 장군이로다. 비록 나에게 참패를 당하였지만 왕전이나 몽무와는 비교가 되지 않을 훌륭한 장수로군.」

초왕 부당은 항연으로부터 진군 대장군인 왕전의 동태를 전해듣고, 또한 진왕 영정이 보낸 화약 요청서(和約要請書)를 받고는 사신을 함양으로 보냈다. 초나라에 투항한 창평군과 창문군은 진나라의 계략에 속아서는 안 된다고 수차 간언했지만 부당은 이를 듣지 않았다.

상수 남쪽에 목책을 세운 항연은 진나라와 수개월 동안 대치 상태에 있었다. 그간 초군을 따라 천중산으로 들어온 장량은 항연에게 계속 간언을 했지만 아무런 효과도 보지 못했다. 장량은 마지막 간언이라 생각하고 항연에게 군영의 질서가 점차 문란해지고 있으므로 무엇보다 개혁이 중요하다고 건의했다. 항연도 그 의견에는 일리가 있다고 생각했다. 사실 수십만의 초군과 민월의 남만족이 모이는 바람에 제대로 된 훈련이 부족했으며 군율도 많이 흐트러져 있었다. 더욱이 이신을 대파한 후 공을 받은 병사들이 수없이 군관으로 승진하여 지휘 체계가 엉망이었고, 공을 내세워 군량을 갈취하고 병사들을 혹독하게 다루는 사례가 빈번하게 일어났다.

항연은 장량에게 그 실태를 조사해 달라는 부탁을 하였다. 그러나 이 계획은 어느결에 곧장 경기의 귀에 들어가게 되었고 수많은 장수들이 그런 계획은 받아들일 수 없다고 경기에게 의견을 표하였다. 이날 저녁 경기가 항연을 찾아왔다.

「장군, 장 선생의 주장을 따를 수 없습니다. 선왕의 법은 수백 년 동안 지켜져 온 것인데 느닷없이 개혁이라니, 많은 장수들이 분노하고 있습니다. 옛날 초왕이 오기를 중용하자 그는 사졸을 자식처럼 아끼고 출중한 지혜로 수없이 공을 세웠지만 군대의 개혁을 시행하는 바람에 참혹하게 죽음을 당하였습니다. 상주국 대인께서 개혁을 단행하려 한다는 소문이 수춘에 당도하면 그곳의 조정대신들이 들고 일어나 그 결과는 아무도 예측할 수 없게 될 것입니다. 일개 유생이 아무것도 모르고 한 말을 따르시면 아니 됩니다.」

물론 항연도 정군(整軍 ; 군대를 정비하고 군기를 바로잡음)의 이념이 하루아침에 나온 얘기가 아님을 잘 알고 있었다. 초도인 수춘에서는 초나라가 부흥하기 위해서는 반드시 군대의 개혁을 단행해야 한다는 주장이 나돌았다. 하지만 경기의 말처럼 쉽게 단행할 성질이 아니었다. 백여 년 동안 수많은 개혁 인사들이 이 때문에 목숨을 잃었고 조야(朝野)가 들끓지 않은 적이 없었다. 항연은 어떻게 해야 할 지 마음의 결정을 내리지 못했다.

그로부터 사흘 후 정군령(整軍令)의 기초를 마련한 장량이 항연이 머물고 있는 호장(虎帳:호랑이 깃발로 표시한 군영)으로 들어왔다. 정군령을 힐끗 훑어본 항연이 그것을 탁자 위로 내던지며 입을 열었다.

「일을 꾸미는 것은 사람이고 그것을 이루는 것은 하늘에 있다고 하오. 선생의 학식은 그 누구보다 뛰어나고 기개는 매우 굳건하지만 진흙탕과 같은 곳에 있으니 안타까울 뿐이오.」

항연은 괴로운 표정으로 금덩이를 꺼내 장량에게 건네주며 항백에게 그를 배웅하라 명했다.

한편 천중산에서 초군과 대치하고 있던 왕전은 영정의 격려 서신을 받고 빙그레 웃으며 사신에게 '적이 피곤하기를 기다렸다가 공격하고, 바보처럼 약하게 보이다가 교만에 빠진 적을 일거에 무너뜨리는 전략'을 추구하고 있으니 때를 기다려 달라는 서신을 써보냈다.

이런 자신만만한 왕전의 서신을 받은 영정은 그대로 시행하라는 조서를 내린 후, 대부 왕관을 통해 초나라와 화약을 맺는 담판을 빨리 끝내도록 독촉하였다. 영정은 한편으로 화약을 맺으며 다른 한편으로는 서북의 초원에서 말을 구하여 은밀하게 왕전에게 보내고 있었다. 또한 파촉군(巴蜀郡)에서는 수많은 갑옷과 군량을 마련하여 왕전에게 운송하였다.

진군은 천중산을 견고하게 방어하면서 공격할 날만 기다리고 있었다. 왕전은 매일 장수들과 군영을 돌면서 군의 사기를 점검하고 훈련을 감독하였다. 진군은 방벽을 수축하는 일 이외에는 대부분 훈련과 놀이에 열중하였다. 그들은 대오를 편성하여 투석전, 씨름, 무거운 돌 들어올리기, 축국, 말타기 경주, 빨리 노젓기, 깃발 뺏기와 같은 시합을 즐겼다. 병사들은 군위들이 자신들과 어울려 씨름이나 축국을 함께 하자 더욱 이들을 존경하고 따랐다. 군영 생활도 고달프지 않았다. 고향에서 농사를 짓는 일보다 오히려 마음이 편했고 먹고 입는 것에 아무런 구애를 받지 않았다. 그런 가운데에서도 왕전은 똑똑한 병사를 뽑아 초나라의 상인이나 문사(文士), 떠돌이 백성으로 분장을 시켜 초나라로 잠입하여 정보를 수집하도록 하였다.

진군과 초군은 대치 상태에서 그렇게 반년이란 시간을 보냈다. 이 기간 동안 진군의 투지는 더욱 왕성하게 솟아올랐지만 초군은 탈주하는 병사가 점점 늘어났다. 어느덧 겨울이 닥쳐오자 매서운 서북풍이 병사들을 몹시 괴롭혔다. 칼날과 같은 추위가 병사들의 사기를 여지없이 잘라냈다. 두 차례 큰눈이 내리자 물살이 빠른 상수도 얼어붙기 시작했다.

병사들의 식량과 옷이 제대로 보급되지 않은 초군의 군영에서는 추위를 막기 위해 인근의 산에서 나무를 베어 불을 피우기 시작했다. 그렇게 한 달이 지나지 않아 초군의 진영을 둘러싼 야산은 어느덧 민둥산으로 변해갔다. 더욱이 초군의 진영에 잠입한 진군의 첩보병이 흘린 유언비어가 급속도로 초군들 사이에 퍼지고 있었다.

「이렇게 보급이 되지 않는 것은 높은 사람들이 모두 빼돌려서 그렇다는군.」

「군관들은 매일 막사에서 고기를 구워먹는데.」

이런 말을 수군거리는 초나라 병사들의 눈에는 어느덧 원망과 분노의 빛이 번득이고 있었다.

항연은 이런 군영의 분위기를 감지하고 애초에 장량의 의견을 받아들이지 않은 것을 깊이 후회하였다. 이런 상태에서는 도저히 전투가 불가능하다고 판단한 항연은 초나라 대장군의 자리에 있는 몸이었지만 어쩔 수 없이 왕전과 화약을 맺고 후퇴하지 않을 수 없었다. 그러나 항연이 화약을 맺는 서신을 쓰고 있을 시각 진군의 진영에서는 총공격을 준비하고 있었다.

그러던 어느 날 새벽, 왕전은 부장 몽무가 회하를 건너 수춘으로 들어가 초왕 부당을 사로잡았다는 급보를 받았다. 그는 새벽 동이 트기도 전에 전군에게 공격을 명령했다. 항연도 이날 아침에 수춘이 함락되었다는 소식을 접했다. 그는 전군에게 후퇴를 명령했지만 이미 진군의 총공격이 시작된 뒤였다.

진군의 전군, 후군, 중군은 질서있게 도열하여 폭풍처럼 초군의 진영을 강타하였다. 수십 리에 달하는 전선이 과(戈)와 모(矛)의 바다를 이루는 가운데 진군은 얼어붙은 상수를 쉽게 건너 밀물처럼 초군을 몰아붙였다. 비록 초군의 사기가 바닥에 떨어졌다 해도 반년 동안 이루어 놓은 방비벽은 매우 튼튼하였다. 그러나 진군의 공세는 겨울 서북풍의 매서움보다 수백 배나 더했다. 전투가 벌어진 지 한 시간도 못 되어 진군의 기갑병은 초군의 진영을 가로질러 후방에서 공격하기 시작했다. 5백 명을 한 조로 하여 조직된 진군의 기갑병은 모두 다섯 조가 일개 사(師)를 구성하였다. 말을 탄 무사들은 모두 1장 8척 길이의 장모(丈矛)를 치켜들고 몸에는 중갑(重甲)을 걸쳤으며 그들이 타고 있는 말 또한 갑옷으로 무장한 채였다. 그렇게 한 몸이 된 무사와 말은 동사철마(銅士鐵馬)와도 같았다. 기갑병들은 땅이 꺼질 듯한 굉음을 내며 초군으로 밀려들어 일거에 수십 명씩의 목을 베기 시작했다.

항연은 기갑병의 기세에 너무도 놀랐다. 장량이 말한 위력보다 몇 배는 더한 듯했기 때문이었다. 항연은 말을 타고 진영을 뛰어다니며 큰소리로 부하들을 격려했다. 이런 항연의 모습은 쉽게 진군의 눈에 띄었고 진의 사수들이 일제히 그에게 화살을 날리기 시작했다. 항연을 따르던 부장이 재빨리 방패로 화살을 막았지만 이미 몇 대의 화살이 항연의 팔과 다리에 박힌 뒤였다. 초군은 대장군이 화살 공격을 당하자 더욱 사기가 떨어졌다. 진군의 중갑기병이 마음껏 초군을 휘젓고 다니게 되자 중군에서 대기하고 있던 기갑병과 전차병이 일제히 공격에 나섰다. 항연은 전군에게 필사적으로 대항하라고 독려했지만 이미 대세는 기울어진 참이었다. 초군은 단 한 번의 전투에 대패하여 속수무책으로 후퇴를 거듭하기 시작했다.

상수를 건넌 진군은 파죽지세로 회하의 북쪽으로 진격하였다. 여러 갈래로 나뉘어 초군을 추격하던 왕전의 군은 황현관(黃峴關), 평청관(平淸關), 무승관(武勝關; 3관은 모두 지금의 대별산 지역에 위치)을 지나 수춘을 점령한 몽무의 군대와 합류하였다. 이렇게 해서 춘추전국 시대 이래 일만 대의 전투 수레를 지니고 있던 초나라는 하루아침에 진나라에 멸망을 당하고 말았다.

초나라 부장 경기는 후퇴하던 길목에서 분노에 휩싸인 자국 병사들에게 죽음을 당하였다. 그런 한편 항연은 대장군으로서의 책임을 통감하여 모든 권한을 큰아들인 항량에게 넘기고 자신은 서성(徐城)으로 피신하여 재기를 도모하기로 결심하였다. 서성에 도착한 항연은 뜻밖에 그곳에서 창평군과 창문군 형제를 만날 수 있었다. 두 사람은 이신의 군대를 격파하는 데 세운 공으로 상경에 임명되어 수춘에 있었으나 그곳이 몽무에게 함락당하자 서성으로 도망쳐 왔던 것이었다. 두 사람을 만난 항연은 다시 힘이 솟는 듯하였다. 항연은 여러 장수들과 상의한 끝에 초나라의 종실인 창평군을 왕으로 추대하고 초나라의 부흥을 획책하였다.

수춘에서 이 소식을 들은 왕전이 기막힌 듯 껄껄 웃었다.

「피라미보다 못한 종자들이 한벽한 땅에서 못하는 짓이 없구나.」

왕전은 곧바로 양자강을 건너 백월을 공격토록 명령하고, 군대의 일부는 서성으로 보냈다. 창평군은 항연과 더불어 마지막까지 진군에게 대항했지만 모든 것이 역부족이었다. 단 며칠 만에 진군은 서성을 점령하고 창평군과 창문군을 사로잡아 두 사람의 목을 베었다. 다행히 항연은 진의 포위망을 뚫고 멀리 피신할 수 있었지만 분하고 억울한 마음을 차마 가누기 어려웠다.

「너희 둘은 결코 망국의 한을 잊어서는 아니 된다. 반드시 진나라를 멸하여 이 아비의 한을 풀어다오.」

항연은 항량과 항백을 불러 피맺힌 절규를 한 뒤 스스로 목숨을 끊었다.

이로써 초나라는 주성왕 때에 웅강(熊絳)이 입국한 이래 8백여 년이 지난 진왕 영정 24년(BC 223년)에 멸망을 하였다. 왕전은 초나라의 옛 땅에 초군(楚郡)을 설치하였다.

진왕 영정은 왕전과 몽무가 수춘을 함락시키고 초왕 부당을 사로잡았다는 소식에 기쁨을 감추지 못했다. 영정은 너무도 흥분이 되어 버릇처럼 해오던 점심식사 후의 낮잠조차 이루지 못할 정도였다. 그는 마음을 가라앉힐 겸해서 조용히 서재에 앉아 창밖으로 보이는 하늘을 물끄러미 바라보았다.

마침 태양이 제 빛을 수그러뜨리며 검은 구름 속으로 빨려들어가고 있는 중이었다. 시간이 흐를수록 구름은 점점 더 두터워졌다. 이때 갑자기 햇빛 한 줄기가 구름 사이를 뚫고 화살처럼 지상으로 쏟아져 내렸다. 그리고 그와 동시에 사방을 울리는 천둥소리가 미친 듯 불어오는 바람에 실려 영정의 귀를 때렸다. 몇 줄기 날카롭게 떨어지던 태양빛은 더 이상 두터운 구름을 뚫지 못하고 대지는 순식간에 어둠에 싸였다. 천둥과 소나기와 광풍이 한데 어우러져 온 세상을 무너뜨릴 듯 울부짖어대자 궁궐 여기저기에서 황문령들이 다급하게 뛰어다니며 등에 불을 밝히느라 야단들이었다. 엄청나게 내리퍼붓던 폭우는 그로부터 반 시간이 지나서야 그치기 시작했다. 검은 구름이 순식간에 흩어지자 어디론가 사라졌던 태양이 그 얼굴을 내밀며 누리를 환하게 비췄다. 그리고 조금 전

내렸던 폭우의 흔적인 듯 궁궐 곳곳마다 움푹 패인 땅바닥에 흥건한 물
이 햇빛에 반사되어 잔잔한 별처럼 실낱 같은 광선을 사방으로 날리고
있었다. 언제 폭풍우가 있었는가 싶게 영정이 앉아 있던 서재는 다시 정
적에 휩싸였다.

영정은 쏟아지는 햇살에 눈살을 찌푸리며 변화무쌍한 자연의 신비를
곰곰이 생각했다. 한동안 생각에 잠겼던 그가 조고를 불렀다.

조고는 영정이 평소 그렇게 달콤하게 즐기던 낮잠조차 이루지 못하고
자신을 부르는 이유가 궁금하여 한걸음에 서재로 달려왔다.

조고가 나타나자 영정이 자리에서 일어나며 다급하게 말했다.

「내일 급히 행차할 곳이 있으니 준마와 금위군 5백 명을 대령하오.」

서재에서 물러난 조고는 영정의 명에 따라 서둘러 행차 준비를 하였
다.

이날 저녁, 영정이 조고를 다시 불렀다.

「경은 총명하기 이를 데 없으니 과인이 어디로 행차하려는지 알겠소?」

조고는 영정의 마음을 익히 읽고 있었지만 짐짓 모르는 체 대답했다.

「생각 깊으시고 뜻이 높으신 대왕마마의 흉중을 어찌 미천한 신이 헤
아릴 수 있겠사옵니까?」

「과인은 남군으로 행차할 생각이오. 그런데 왜 그곳으로 가려 한다고
생각하오?」

조고가 눈을 동그랗게 뜨고 영정을 바라보았다.

「한번 알아맞춰 보오, 틀려도 괜찮으니.」

영정이 미간을 찌푸리며 말했다. 그 말에 조고는 어리둥절한 표정을
버리고 얼른 대답을 했다.

「며칠만 지나면 청명절이온대, 혹여 초국을 얻은 기쁨을 친히 하늘에
감사드리려 하시는 게 아니옵니까?」

「하하하, 그것도 하나의 이유가 되오만……」

영정이 말꼬리를 흐리며 조고를 힐끗 쳐다보았다. 조고는 이때가 기회다 싶어 다시 입을 열었다.

「다른 뜻이 또 있으시다면 혹시 전날 남군에서 올린 밀서 때문이 아니옵니까?」

「그렇소. 바로 그 일 때문이오.」

영정이 고개를 끄덕였다.

며칠 전 안륙현의 현승인 종희가 밀서 한 통을 함양궁으로 보낸 일이 있었다. 밀서에는 영성에서 반란을 꾀했던 사마공의 탈주 사건이 낱낱이 보고되었는데 실상 이 사건은 등승과 그다지 관련 있는 일은 아니었다. 반란이 사전에 발각되고 이에 따라 사마공 일행이 체포되어 영성 감옥에 이송되었을 때 능매와 이대퇴가 우연히 그 광경을 목도하게 되었고 사마공은 두 사람에게 살려달라고 애원하였다. 사마공을 가엾게 생각한 능매와 이대퇴는 졸장 만량을 설득하여 사마공을 풀어주도록 했는데, 후에 이 사실을 전해들은 등승은 비록 자신의 아내와 할아버지가 잘못은 했지만 혈육에게 죄를 물을 수 없다고 판단하여 그대로 묵인하였다. 그러나 종희는 그것이 부당하다고 생각해 몰래 함양궁으로 밀서를 보냈던 것이다.

영정은 이 때문에 등승이 행여 두 마음을 품지는 않았나 염려되었고, 남군의 동태를 직접 살펴보고 싶었다. 그리고 이날 서재에 앉아 폭풍우가 쏟아져 내리는 모습을 보다 보니 갑자기 남군으로 떠나야겠다는 마음이 들었던 것이다.

진왕 영정 24년(BC 223년) 봄도 여느해와 마찬가지로 싱그러운 풀 냄새가 대지를 흠뻑 적시고 있었다. 함양성을 둘러싼 강한평원(江漢平原) 또한 이름 모를 들풀과 들꽃으로 가득해 너른 들판이 봄 냄새로 진동을

하였다. 이 년 전 진나라와 초나라의 치열한 전쟁터가 되었던 남군은 그
즈음에는 밭 가는 농부들의 손길이 몹시 분주한 농촌의 모습을 되찾았
다. 지난날 퇴락했던 영성도 부서진 성벽을 다시 쌓고 수로(水路)를 정
비했으며 길에 판석을 새로 깔아 깔끔하게 단장한 상태였다. 초왕의 거
처였던 궁전과 여러 건축물들 역시 새롭게 장식을 하여 화려했던 옛 명
성을 되찾아갔다. 초왕궁의 궐문에는 '진율(秦律)'과 남군 군수 등승이
공포한 여러 법령들이 나란히 붙어 있었다.

청명절 이틀 전부터 영성에 있는 군수부의 병사들과 하인들은 사방팔
방으로 뛰어다니며 온갖 귀한 음식들을 구하는 데 여념이 없었다. 천리
를 멀다 않고 순풀을 얻었고, 양자호(梁子湖)에 사는 잉어는 물론 한수
와 강수에서 자라는 자라도 준비하였다. 그밖에도 복우산에서 나는 팔미
고저, 점춘의 훈제 근사(鞿蛇)와 여양(汝陽)의 원숭이골과 흰참나무버
섯, 그리고 형산(衡山)의 황화(黃花:꽃잎이 누런 국화)와 같은 이름난
음식들이 정(鼎:세 발 달린 솥), 조(俎:높은 접시), 두(豆:나무 제기), 반
(盤:밑둥이 넓은 접시)에 소담스레 놓여져 있었다.

졸장 만량은 평소 무척이나 검소하던 등승이 갑자기 진수성찬을 준비
하느라 법석을 떨자 어리둥절한 표정을 지으며 군수부로 들어왔다. 그는
주방에 들어선 다음에야 비로소 대단히 귀한 손님이 군수부에 온다는
사실을 알았다.

「도대체 누가 오길래 이렇게 많은 음식을 준비한단 말인가?」

만량은 혼자 중얼거리며 이대퇴를 찾아 후원으로 발길을 옮겼다. 만량
의 말을 듣고 고개를 갸우뚱거리던 이대퇴는 그 사연을 알고자 등승이
쉬고 있는 내실로 몸을 향했다. 마침 내실에서는 등승과 능매가 이야기
를 나누고 있었다. 내실 앞에서 두 사람의 목소리를 들은 이대퇴는 등승
이 일에 바빠 자주 내실에 들리지 못하고 있다는 사실을 생각해 내고 자

리를 피하기 위해 몸을 돌렸다. 그때 갑자기 흐느끼는 능매의 울음소리
가 이대퇴의 귀에 들려왔다. 이대퇴는 깜짝 놀라 발걸음을 우뚝 멈추고
살그머니 창가로 다가가 안을 살펴보았다. 등승이 능매의 손을 잡으며
그녀를 위로하고 있었다.

「능매, 너무 상심하지 마. 내일 청명절에 우리 함께 가서 맹상 아가씨
의 영혼을 위로해 주면 되잖아. 만량을 남양으로 보내 맹상 아가씨의 어
머니를 모셔오도록 할 터이니 우리 이곳에서 함께 지내자고.」

능매는 맹상의 일로 무척 상심해 있었다. 그런 능매를 다독이며 등승
이 말을 이었다.

「이제 마음이 풀어졌으면 능매가 주방에 나가 일 좀 도와주도록 해.」

「이상하시네요. 예전에는 주방에 나가려면 막으시던 분이 어쩐 일이세
요?」

「능매, 오늘 저녁에 대왕마마께서 친히 영성에 행차하셔.」

등승이 목소리를 낮추며 말했다. 이 소리에 이대퇴가 깜짝 놀라 더욱
귀를 세웠다.

「대왕마마께서 이렇게 먼 곳을 어찌해서 오시나요?」

「대왕마마께서는 그동안 조정 일에 너무 몰두하셨어. 아마 지금쯤은
쉬고 싶으신 모양이야. 다행히 우리 남군으로 오신다니 번거로워도 준비
를 철저히 해야 하지 않겠어?」

「그렇다면 주방에 나가야겠군요. 할아버지 자라탕 끓이는 솜씨가 일품
이니 도와달라고 해야지.」

능매가 눈물자국을 닦으며 자리에서 일어나려는데 문밖에 있던 이대
퇴가 어느새 안으로 들어오며 호쾌하게 말했다.

「손녀가 부탁하는데 어찌 모른 척할 수 있겠느냐? 가자, 주방으로!」

진왕 영정은 이날 해가 저물기 전에 영성에 도착할 예정이었다. 하지

만 관도의 풍경이 너무나도 아름다워 영정은 주변 풍경을 감상하기 위해 행렬의 속도를 늦추도록 명령하였다. 어느덧 시간은 해정시(亥正時)에 이르렀지만 영정과 5백의 금위군은 그제야 겨우 형산을 벗어나 강한 평원의 한복판을 달리고 있었다. 평복을 입은 영정은 준마에 올라탄 채 교교하게 떠 있는 달을 감상하며 여유있는 미소를 지었다. 해시가 지나서야 행렬은 속도를 내기 시작했고 잠시 후 영정 일행은 영성에 입성하게 되었다.

등승은 이날 오후부터 남군의 관리들인 군공조사(郡功曹史), 군장사(郡長史), 조전사(曹篆史), 군독우(郡督郵)와 안륙현승 종희를 비롯해 수십 명의 친위병을 이끌고 성문 앞에서 진왕 영정을 기다렸다. 그러나 도착 예상 시간에서 두 시간이 지나도록 진왕 영정은 나타나지 않았다. 아무리 기다려도 군왕의 행렬이 보이지 않자 등승과 그 수행원들은 초조한 기색을 감추지 못하고 주변을 두리번거리며 서로 귀엣말을 나누었다.

영성은 질서가 완벽하게 잡혀서인지 해시가 되자 인적이 모두 끊어졌다. 영정을 기다리던 남군의 관리들은 모두들 수군거리기에도 지쳤는지 우두커니 성문 밖만 바라보고 있었다. 그때 짙은 어둠 속에서 만량이 뛰어오며 소리쳤다.

「군수 대인, 행렬이 나타났습니다! 그런데 수레 대열은 없고 모두 기병뿐입니다.」

이 소리에 등승이 황급히 성문 앞으로 걸어나가 영정 일행을 마중할 채비를 하였다. 얼마 지나지 않아 수백 명의 국왕의 기병들이 군수부 앞에 당도하였다. 국왕을 맞이한 군수부는 대낮같이 불이 밝혀지고 수백 필의 말을 마구간에 매어두느라 시끌벅적하였다. 어수선한 가운데 군마의 숲을 뚫고 여느 기병의 옷과 같은 갑옷을 걸친 영정이 앞으로 걸어나왔다.

이대퇴와 능매는 주방 문틈 사이로 영정의 모습을 자세히 엿볼 수 있었다. 영정은 은색의 갑옷을 걸친 채 힘찬 발걸음으로 군수부 정문을 지나 중당으로 몸을 향했다. 보통 갑옷을 입은 그였지만 어깨가 우람하고 동작 하나하나에 힘이 넘치는 몸가짐이 매우 존귀해 보였으며, 옆으로 길게 누운 눈썹과 굳게 다문 큰 입이 군왕으로서의 위엄을 그대로 드러내 보이는 듯했다. 영정을 처음 보는 사람이라도 그의 위압적인 모습에 저절로 무릎을 꿇을 만큼 그는 몸 전체에서 군왕의 존엄함을 물씬 풍겼다. 영정을 바라보던 이대퇴가 자신도 모르게 중얼거렸다.

「대단한 위풍이야.」

그러나 능매는 등승과 혼례를 올리기 바로 전날 밤 꿈에서 만난 사내의 모습이 얼핏 영정과 닮았다는 느낌을 받았다. 이런 생각이 들자 그녀는 무척 기분이 좋지 않았다.

많은 사람들이 영정의 뒤를 따라 중당으로 몸을 옮기자 이대퇴는 숨을 한 번 길게 내쉰 뒤 하인들에게 음식을 중당으로 옮기도록 지시했다. 영정의 호탕한 웃음소리가 주방에까지 들려왔다.

「하하하! 등 군수, 이렇게 많은 음식을 준비하느라 고생이 많았겠구려.」

「여기에 마련된 음식들은 모두 영성에서 쉽게 구할 수 있는 것들이옵니다. 조만간 천하가 통일되면 음식들이 더욱 풍성하게 올라오겠지요. 대왕, 관도가 훤하게 뚫리고 도적들이 소탕되면 각지의 특산물이 빠르게 교환되어 그동안 이름만 들었던 음식들을 맛볼 수 있으리라 생각하옵니다.」

「천하일통(天下一統), 창생안녕(蒼生安寧)은 과인이 가장 바라는 대업이오.」

「그렇사옵니다. 아직도 천하에는 도적떼가 들끓어 백성들의 두려움이 그치지 않사옵니다.」

「등 군수, 이곳의 맹 낭자도 그런 낭패를 당했다는 안타까운 소식을 중거부령으로부터 들은 적이 있소.」

만량과 능매는 맹상의 일이 입에 오르자 그만 눈시울이 붉어졌다.

「과인은 부녀자를 겁탈하거나 백성을 핍박하는 무리들을 진율에 따라 가혹하게 처벌할 생각이오.」

만량은 진왕 영정이 일반 백성의 일에까지 관심을 기울이자 무척 감동하였다.

영정이 등승을 바라보며 계속 말을 이었다.

「과인이 남군으로 오는 도중 이곳 남군의 민풍을 살펴보니 정말로 화목하고 질서가 잡혀 있었소. 들판에는 씨 뿌리는 농부의 모습이 평화로웠고 강에서 고기잡는 어부들의 노랫소리가 우렁찼소. 아직 영성은 제대로 둘러보지 않았지만 궁궐의 처마 끝이 보이지 않는 것을 보니 그 규모를 미루어 생각할 수 있겠소. 대읍의 기상으로 조금도 부족하지 않소이다.」

「대왕마마, 이곳은 역대로 초왕이 수축한 가궁(假宮;임시 궁전), 대전(大殿), 누대(樓臺), 방응궁(放鷹宮)을 합쳐 열 개의 건축물이 있사온대 대왕마마의 성지를 받들어 이미 궁도(宮圖)를 준비했사옵니다.」

「하하하, 〈시경〉의 '산골짜기 시냇물'이라는 시에 보면 '집은 발돋움하고 팔 벌린 모습이오, 모퉁이는 화살촉처럼 반듯하네. 추녀는 새 날개처럼 날렵하고 꿩이 나는 듯 아름다우네'라는 구절이 있는데, 예로부터 세상의 아름다움이 위수에 흐르고 웅장함이 함양에 쌓였다고 하였소만, 이곳도 함양처럼 꾸미고 싶으니 궁도를 소부(少府) 장한(章邯)에게 건네도록 하시오.」

영정이 껄껄 웃으며 말했다. 주방에서 영정의 말을 듣던 이대퇴가 머리를 저으며 중얼거렸다.

「이렇게 한벽한 영성을 함양성처럼 웅장하게 가꿀 필요가 있을까?」

이대퇴가 잠깐 생각에 잠겨 있는데 영정의 목소리가 다시 그의 귀에 흘러들어왔다.

「과인은 일찍이 초나라 사람들이 의롭고 용맹하다고 들었소. 따라서 초인들의 문신과 피발, 파(巴) 땅의 노래와 초(楚) 땅의 춤은 진율에 따라 금하도록 하겠소. 앞으로 명절과 제사는 관중(關中;진나라의 내지)과 같이 지내도록 조치하고 봄과 가을에 천제와 함께 행해지던 여러 놀이는 금하게 하오.」

등승은 영정의 조치에 무척 놀랐다. 초나라의 법속을 지나치게 금한다면 백성들이 쉽게 복종하지 않으리라는 생각이 들었다. 그리고 그와 동시에 지난날 만량이 사마공을 사사로이 풀어준 일이 떠올랐다.

「대왕마마, 신이 일찍이 일을 잘못 처리하여 죄인을 풀어준 적이 있사옵니다. 그 자는 사마공이라고 일개 유생에 불과하며 반란에 직접적으로 참여하지는 않았사옵니다. 신이 측은한 마음이 들어 풀어주었으니 이를 헤아려 주시기 바라오며, 아울러 이곳의 민풍을 급속히 바꾸면……」

「등 군수, 사마공의 일은 잘 알겠소. 그리고 옛말에 잡풀을 없애려면 아예 뿌리를 뽑아버리라고 하였소. 등 군수의 마음을 모르는 바는 아니니 너무 걱정하지 마오.」

영정은 등승의 간청을 일거에 물리쳤다.

「과인이 청명절에 이곳으로 온 까닭은 우선 남군의 다스림을 살피기 위해서이고 그 다음은 지난해 대홍산에서 전몰한 진병을 위로하기 위함이오.」

영정의 말에 그를 수행한 5백여 금위군들이 감격하여 모두들 무릎을 꿇었다. 영정은 주위를 한 번 둘러본 다음 얼굴 가득 미소를 띠며 상 위에 놓인 음식을 가리켰다.

「이 향기로운 음식은 누가 만든 것이오?」

「신의 조부와 처가 만든 음식이옵니다.」

「하하하, 그렇소? 그렇다면 어서 이 자리에 부르지 않고 뭘 하고 있소.」

영정의 말에 등승은 매우 당황하였다.

「신이 망령되이……」

등승이 어쩔 바를 모르자 영정이 밝게 웃으며 나무랐다.

「경은 어찌하여 그렇게도 격식을 따지려드오. 과인도 이처럼 미복을 하고 오지 않았소? 거추장스런 예의는 거두고 어서 들라 하시오.」

이대퇴는 영정의 부름에 신바람이 나 중당으로 급히 걸어왔다. 그러나 능매는 어거지로 끌려나와 어찌할 바를 모르며 이대퇴의 뒤만 쫓았다. 두 사람이 나타나자 영정은 아주 기분이 좋은 듯 소리 높여 웃었다. 능매는 평상시에는 대범하고 의젓하게 행동했지만 이때만큼은 군왕의 앞인지라 당혹스러워 하며 얼굴을 붉혔다.

능매는 할아버지 이대퇴와 함께 영정 앞에 나아가 세 번 절을 하며 떨리는 목소리로 말했다.

「소첩이 대왕마마를 뵈옵니다.」

능매를 바라보던 영정의 머리 속에 언뜻 맹상의 얼굴이 떠올랐다. 영정의 곁에서 부복하고 있던 조고가 그런 눈치를 알아채고 가느다랗게 헛기침을 했다. 그 소리에 영정이 얼른 정신을 가다듬고는 등승을 바라보았다.

「자, 과인이 등 군수에게 술 한 잔을 내리겠으니 받으시오.」

등승에게 술잔을 건네던 영정이 갑옷이 다소 불편한 듯 허리춤에 손을 집어넣었다. 그 순간 등승 곁에 무릎을 꿇고 앉았던 만량의 눈에 영정의 허리춤에 달려 있는 구슬 하나가 들어왔다.

'맹상이 내게 말한 원수가 혹시?'

만량은 떨리는 가슴을 진정시키며 다시 한 번 침착하게 구슬의 모양을 훔쳐보았다. 틀림없이 맹상이 죽으면서 건네준 구슬의 다른 짝이었다. 만량은 피가 날 정도로 이를 악 다물며 눈물을 삼켰다.

28

시황제에 등극하다

남군을 시찰한 영정은 그로부터 사흘 후 다시 함양성으로 돌아왔다. 영정은 남군에서 등승이 역모를 꾸미려 하는 어떤 징후도 발견하지 못하자 안심을 하고 6국의 하나인 제나라와 그 나머지 세력을 치는 데 몰두했다. 전국 시대를 풍미했던 여섯 제후국 가운데 이제 남은 나라는 황하의 하류에 위치한 제나라 하나뿐이었다. 영정은 제나라를 치기 전에 먼저 요동으로 달아난 연왕 희와 대(代)에서 세력을 키우고 있는 조왕 가를 공격하기로 결정하였다.

진왕 영정 25년(BC 222년) 겨울, 두 갈래로 나누어 연왕 희와 조왕 가를 공격한 진군은 쉽게 두 사람을 포로로 잡을 수 있었다. 그러자 이듬해인 진왕 영정 26년(BC 221년) 봄, 진의 위협을 느낀 제나라는 모든 병력을 국경에 배치하고 진의 공격에 대비하였다. 왕전을 대장군으로, 몽염을 부장으로 하는 20만의 정연군(征燕軍)은 연왕 희를 친 후 방향을 남쪽으로 돌려 제나라를 공격하기 시작했다.

제나라는 이미 환공과 관중이 이끌던 춘추 시대의 패자가 아니었다. 군의 사기는 땅에 떨어졌고 전투 의욕은 털끝만큼도 보이지 않았다. 진군은 별 저항 없이 수월하게 남진하여 제나라의 도읍인 임치(臨淄)에 이르러 성을 함락시키고 제왕 건(建)을 포로로 잡았다. 제나라는 태공망 (太公望;강태공을 일컬음)이 주(周)로부터 봉후를 받아 일으킨 나라로 무공(武公)이 서주 여왕(勵王) 8년(BC 850년)에 사직을 열면서 제후의 반열에 올랐다. 하지만 제나라는 무공 이래 전씨가 사직을 대신한 동주 안왕(安王) 23년(379년)까지 470년, 전제(田齊;전씨가 제나라의 왕이 된 시기)가 제를 다스리다 진왕 영정 26년(BC 221년)에 멸망할 때까지 158 년 하여 모두 618년 만에 역사의 무대에서 자취를 감추게 되었다.

이로써 마침내 진왕 영정은 친정을 시작한 이래 17여 년 만에 6국을 통일하여 천하통일의 꿈을 이루게 되었다. 6국의 멸망으로 빈번하던 전쟁이 끝나자 백성들은 모두 환호성을 올렸고, 각국의 왕손들은 천하를 떠돌아다니며 재기의 기회를 노렸으며 출세에 눈이 먼 문사들은 함양으로 몰려들기 시작했다.

천하의 중심으로 떠오른 함양성의 봄볕은 그 어느 해보다 따사로웠다. 함양궁 깊숙이 자리잡은 이화원(梨花苑)은 아침부터 푸르른 서기가 숲의 장막을 뚫고 하늘로 피어올랐으며, 영롱한 이슬은 은색의 하늘빛에 반짝거리며 배나무잎 끝에 맺혀 아롱거렸다. 멀리서 나무 찍어대는 딱다구리 소리가 경쾌하게 들려오는 이화원 숲 가운데에 넓게 펼쳐진 풀밭에는 돗자리가 깔려 있고 그 위에 배나무로 짜맞춘 식탁이 정갈하게 놓여져 있었다.

이날 중거부령 조고는 정위 이사와 그의 큰아들인 대부 이유(李由)를 이화원에서의 아침 식사에 초대하였다. 조고가 이사에게 자리를 권하며 말했다.

「고(高;조고)는 내정(內廷)의 낮은 직책에 있으면서 대왕마마의 성은으로 중거부령을 맡아 정위 대인께 많은 폐를 끼치고 있습니다. 오늘 두 분 부자를 아침 식탁에 초대하게 되어 영광스럽기 그지없습니다.」

이사는 조고의 공손한 태도에 가벼운 미소를 머금었다. 이미 반 백의 나이에 접어든 이사는 얼굴은 관옥처럼 깨끗했으며 은색 실로 단정하게 묶은 머리는 나이를 말해주는 듯 희끗희끗했고 몸에는 꽃 무늬가 엷게 수놓아진 망포(蟒袍)를 걸치고 그 위에 짙은 보라색의 심의(深衣)를 겹쳐 입었다.

이사는 진왕 영정의 총애 아래 십 수년에 걸쳐 조정 일을 보아왔으며 그런 만큼 그동안 수많은 암투와 견제를 받아왔다. 때문에 이사는 항상 웃음을 띄우고 부드러운 얼굴로 다른 사람을 대했지만 마음 속으로는 항상 경계심을 풀지 않고 말을 삼갔다. 일찍이 그의 사부였던 순황은 이사에게 나라의 권세를 잡으려면 항상 행동과 말과 생각을 조심하라고 이른 바 있었다. 그는 순황의 당부를 가슴 깊숙이 간직하며 한시도 잊지 않았다. 전날 저녁, 조고가 자신을 다음날 아침 식사에 초대했을 때에도 이를 염두에 둔 채 흔쾌하게 승낙했다. 조고는 진왕을 아주 가까이에서 모시는 측근으로 그와 친할 필요는 있어도 굳이 멀리할 이유는 없었기 때문이었다.

조고 또한 이사처럼 심계가 깊어질 대로 깊어졌다. 숱한 고난을 이겨내며 생존의 법칙을 스스로 터득한 조고는 항상 웃음띤 얼굴에 그 누구와도 원한을 갖지 않았다. 불그스레 상기된 채 사람 좋은 미소로 상대방을 대하는 조고를 경계하는 사람은 없었다. 하지만 조고는 자신의 권력을 든든하게 다지기 위해 언제나 가슴 속에 칼을 품고 있었다. 이날 이사 부자를 이화원의 아침 식사에 초대한 까닭도 오랜 세월에 걸친 계책 중 하나였다. 조고는 이사 부자가 초청에 쾌히 응하자 매우 기뻤다. 이렇게 해서 조고는 함양성의 여러 세력과 끈을 맺는 작업을 끝내게 되었다. 그는 유학을 숭상하는 함양성의 귀족파와 법치를 주장하는 객경파(客卿派), 즉 외국의 유세객과 문사들로 이루어진 이들과, 신선방술을 숭상하는 음양파 등 모든 세력들과 가까이 지내는 데 온 정성을 다 쏟았다. 널리 알려진 대로 이사는 법치를 주장하는 객경파의 수뇌였다. 더욱이 천하를 통일한 진왕 영정은 법가의 이론에 따라 전국을 통치하려는 생각에 이사에게 중임을 맡길 계획이었다. 이러한 사실을 탐지한 조고는 우선 이사를 아침 식사에 초대하였다.

이화원의 맑은 공기와 상큼한 분위기가 마음에 든 이사는 연신 미소를 흘리며 감탄사를 연발했다. 더욱이 참새들이 나무 사이를 날아다니며 지저귀는 소리가 듣기에 좋았다.

「정위 대인, 한 잔 올립니다.」

조고가 침묵을 깨고 이사에게 술잔을 건넸다. 조고의 잔을 받은 이사가 술을 입 속으로 털어넣더니 그 맛과 향기에 취한 듯 중얼거렸다.

「참으로 향기 좋은 술이오. 순하면서 맵지 않고 독하면서 취하지 않으니 진정 훌륭한 술이오.」

「그렇습니다. 이 술은 왕 태의께서 손수 제조하신 술로 보기노삼주(補氣老蔘酒)라고 합니다.」

「산삼이 들어서인지 향기가 입에 가득하오이다.」

이사가 맞은편에 앉아 있던 왕충에게 찬사를 보냈다.

「하하하, 지나친 칭찬이외다.」

손을 내저으며 가볍게 웃던 왕충이 탁자 밑에서 옥갑을 꺼내 이사에게 건넸다.

「이 옥갑에는 연명양생환(延命養生丸)이 있는데 정위 대인에게 드리는 선물이외다.」

「아니 그 환약은 대왕마마께서 늘상 복용하시는 성약이 아니오?」

이사는 언젠가 진왕 영정이 등승에게 선물로 내린 양생환을 떠올리며 물었다.

「그렇소이다. 이 환약은 그때 것보다 약효가 더 뛰어나지요. 지황, 산삼은 물론이고 십여 가지 약초를 찌고 달여서 벌꿀과 배합해 환약으로 만든 것이외다. 이 환약을 먹으면 기가 왕성해지고 피의 순환이 활발해져 수명을 연장하고 정신을 맑게 해준다오.」

왕충이 양생환의 효능에 대해 자세히 설명하자 이사는 고개를 끄덕이며 흐뭇한 표정으로 그것을 받았다.

「지황은 함양산의 특산물로 약효가 대단하다던데 사실인가요?」

이사가 왕충에게 질문을 던졌다.

「정위 대인께서 한 알만 드셔보시면 알게 될 것이오.」

왕충이 옥갑에서 양생환을 꺼내 이사의 손에 쥐어주었다. 그러자 이사는 서슴지 않고 약 하나를 입으로 집어넣더니 꿀꺽 삼켰다.

「달콤하면서 쓰지 않고 부드러우면서 향기가 가득하니 과연 일품이오.」

이사의 아들 대부 이유도 왕충에게서 환약 두 알을 받아 목구멍으로 삼키더니 감탄사를 늘어놓았다.

이사 부자의 모습에 만족한 미소를 지으며 태의 왕충이 허연 수염을 쓰다듬었다.

「함양의 야산에 지황이 많기는 하지만 약재로 쓰일 만한 것은 매우 적소이다.」

왕충의 말에 이사가 호기심을 이기지 못하고 다시 물었다.

「지황을 쓰는 데도 가리는 게 있소?」

「지황뿐 아니라 모든 약재는 깊이 살펴서 가려야 한다오. 지황의 경우

가장 왕성한 싹을 뽑아 물에 띄운 다음, 그 중 뜨는 지황은 천황(天黃)이라 하여 약재로 쓰이지 못하고 또한 반쯤 물에 잠기는 것도 인황이라 해서 역시 약재로 이용하지 않는다오. 바닥에 가라앉아야 비로소 진짜 지황이므로 그것만이 약재로 사용되지요. 그리고 약재로 쓰이는 것 중에서도 이슬이 내리는 한로일(寒露日) 인시(寅時)에 뽑은 지황을 최고로 친다오.」

이사는 약재에 대한 왕충의 높은 식견에 고개를 끄덕이며 감탄하였다. 한자리에서 왕충의 이야기를 듣던 조고는 이사보다 더욱 기쁜 표정으로 입을 열었다.

「사람도 지황과 같다고 생각합니다. 약재로 쓰이지 못하는 지황이 물에 뜨듯이 사람도 천박하면 가벼워 보이지요. 정위 대인은 형률(刑律)에 정통하고 집행에 공평하며, 더욱이 명리를 탐하지 않으시니 으뜸의 지황과 같이 널리 공경을 받고 있습니다.」

이사는 자신이 명리를 탐하지 않는다는 조고의 찬사에 가슴이 뜨끔했다.

제나라를 멸한 뒤 영정이 내린 논공행상(論功行賞)에서 왕전과 몽무, 몽염이 가장 높은 상을 받았다. 특히 몽염은 함양 내사의 직책까지 맡게 되었다. 그러나 이사는 어떤 공로도 인정받지 못하고 여전히 정위에 머무르고 있는 터였다. 이러저러한 일로 가뜩이나 울적했던 이사는 조고가 명리를 탐하지 않는다고 추켜세우자 그만 난처한 표정을 지었다.

조고가 칠기 쟁반을 받쳐들고 공손한 태도로 이사에게 음식을 건넸다. 이사는 조고의 태연하고 온화한 모습에 속으로 저으기 감탄했다.

'조고는 무서운 사람이야. 결코 가볍게 볼 수 없는 자야.'

이사는 음식을 받으며 조용히 술잔을 기울였다.

「나쁜 기를 몰아내고 몸을 보호해 주니 과히 영약이라 할 수 있습니다. 나라의 안녕도 영약과 마찬가지로 법을 엄하게 집행해야 보장될 것입니다.」

이유가 보기노삼주를 들이키며 호탕하게 말했다. 이제 스물하나의 나이인 그는 인삼주의 기운에 호기를 누르지 못하고 있었다. 그런 아들의 태도에 불안해진 이사가 이유를 가볍게 질책했다.

「헛되이 조정 일에 대해 거론하지 말거라.」

「아버님께서 늘 저에게 말씀하시기를 '선비는 마땅히 나라의 부흥과 안녕에 힘써야 한다'고 하지 않으셨습니까. 저는 비록 나이는 어리지만 한시도 국은(國恩)에 보답하려는 생각을 잊은 적이 없습니다. 이제 천하를 통일하고 제업(帝業)을 이루고 나니 사람들이 헛되이 인의가 어떠니 떠들면서 법치를 반대하고 나서는데 어찌 이를 가만히 앉아서 보고 있을 수 있겠습니까?」

이유는 젊은 혈기를 이기지 못하고 마음 속에 있는 말을 그대로 내뱉었다. 조고는 이사 부자가 속마음을 감추지 못하고 논쟁을 벌이자 이날 자리를 마련한 자신의 목적이 이루어지는 같아 너무도 기뻤다. 조고는 마음 속에서 솟아나는 기쁨을 억누르며 아무것도 모른다는 듯이 이사에게 물었다.

「엄한 법치는 진나라의 전통인데 어떤 불초한 무리가 선왕의 도리를 저버리고 법가의 가르침을 위반하려 드는 것입니까?」

「조 중거부령도 모르고 있었소? 요즘 조정에서는 국체(國體)를 무엇으로 해야 옳으냐는 유법(儒法) 논쟁이 치열하다오. 대왕마마께서는 이 몸과 왕 승상에게 그 문제를 해결하라고 성지를 내리셨지만 참으로 해결하기 어려운 문제라오.」

이사가 매우 난처한 표정으로 설명했다.

「정위 대인은 천하를 통일한 진나라가 여전히 형법에 의거하여 통치를 해야 한다고 생각하십니까?」

갑자기 숲속에서 키가 아주 작은 사람 하나가 걸어나오며 큰소리로 외쳤다. 이사가 조고를 바라보며 물었다.

「저 유생은 누구요?」

조고는 모르겠다는 듯 고개를 설레설레 흔들었다. 마침 태의 왕충이 입을 열었다.

「저 이는 제로(齊魯;지금의 산동성 지역) 지역의 유명한 학자인 순우월(淳于越) 선생이라 하오. 제비(齊妃)마마의 오라버니가 진궁박사(秦宮博士)로 천거하였지요. 오늘 제비마마께서 알현하신다고 하셨는데 그 때문에 궁에 들어온 듯하오.」

이사는 순우월이 그즈음 진왕 영정의 총애를 받고 있는 제비의 측근이라는 말에 눈썹을 찌푸리며 물었다.

「선생께서는 형명(刑名)의 학(學)에 대하여 어떻게 생각하고 있으시오?」

「이 몸은 공맹(孔孟)의 학술을 따르는 사람으로 인의(仁義)가 다스림의 근본이라고 생각합니다. 맹자께서는 말씀하시기를 '어찌하여 천하를 다스리는 데 이로움(利)만 따르려 하느냐'고 하셨습니다. 성스러운 주군이 일어나야 천하가 스스로 다스려진다고 하셨지요. 그러므로 어떻게 치학의 으뜸인 유학을 버린 다음 성(聖)을 말하고 다스림을 말할 수 있겠습니까?」

순우월의 말이 끝나기도 전에 이유가 소리쳤다.

「홍, 공맹의 무리는 입만 살았소이다! 우리 진나라가 6국을 멸하는 데 공맹의 학설에 의지하였소, 아니면 형명의 학설에 따랐소? 형법을 세우고 상벌을 공정하게 내렸기 때문에 천하를 통일하게 된 것이오. 법을 어긴 자는 엄벌에 처하고 공이 있는 자에게는 후한 상을 내려야 천하를 쉽게 다스릴 수 있는 법이오.」

「인의로 다스리지 않으면 그 공도 오래가지 못하오.」

순우월이 지지 않고 맞대꾸를 하였다.

「관자에 이르기를 '많은 백성을 다스리는 데는 법이 아니고는 불가능하다'고 하였소!」

이유가 더욱 목소리를 높였다.

두 사람의 논쟁이 그칠 기미를 보이지 않자 보다 못한 조고가 앞으로 나섰다.

「두 분의 유법 논쟁은 끝이 보이질 않으니 나중에 다시 기회를 만들어 보는 게 어떻소?」

이때 늙은 황문령이 나타나 순우월에게 귀엣말을 건넸다.

「이 몸은 제비마마를 뵈오러 먼저 자리를 떠납니다.」

순우월이 자리에서 일어나려는데 이번에는 늙은 황문령이 나타난 반대쪽 숲에서 사람들 한 무리가 나타났다.

「아, 왕자께서 오셨습니다.」

조고가 자리에서 벌떡 일어나더니 어린 왕자 앞으로 달려가 공손하게 무릎을 꿇었다. 영정의 열여덟번째 왕자 호해였다. 이제 아홉 살이 된 호해는 보름달처럼 곱고 매우 영리한 모습이었다.

「괜찮으니 모두 일어나세요. 그리고 이 대인은 부왕께서 찾으시니 빨리 가보세요.」

호해가 이사를 바라보며 또박또박 말했다. 이 말에 이사는 황급하게 자리에서 일어나 이유와 함께 급히 이화원을 떠났다.

진왕 영정은 제나라의 도성인 임치를 무너뜨리고 마침내 6국을 멸하여 천하통일의 위업을 이루었지만 한편으로는 걱정이 앞서기도 했다. 기쁨과 근심이 교차되는 가운데 영정은 천하 지여도(地輿圖)를 펼쳐든 채 깊은 생각에 잠겼다. 그를 기쁘게 만든 일은 말할 나위 없이 제업의 완수였다. 열셋의 나이에 왕위에 올랐지만 처음에는 모후인 주희와 중부인 여불위가 섭정을 하였고, 스물두 살에 친정을 시작했지만 보좌에 앉기도 전에 노애의 반란으로 위기를 당하기도 하였다. 이제 숱한 도전과 곤경에서 벗어나 17년 만에 천하를 진의 세계로 만들고 나니 지난날들이 주마등처럼 영정의 머리 속에 떠올랐다.

이제 천하를 통일한 영정에게는 진나라의 기반을 튼튼하게 다지고 이를 만세(萬世)에 길이 보전하여 전할 의무가 주어졌다. 바로 이것이 그의 새로운 걱정거리가 되었던 것이다. 상나라를 세운 탕(湯)은 17대 31왕을 이었고, 주나라를 일으킨 무왕은 34왕까지 이르게 되었다. 영정은 자신이 이룩한 통일국가가 이보다는 길게 대업을 이어야만 체면이 선다고 생각했다. 하지만 천하는 너무도 넓고 복잡했다. 각국의 풍속이 다르고, 더욱이 진나라의 통치는 천하를 다스리기에는 아직 그 기반이 그렇게 공고히 다져진 상태가 아니었다.

영정은 이 문제로 며칠 동안 잠을 이루지 못한 채 고민을 거듭하다가 이사를 급히 궁중으로 불렀다. 이사는 큰아들 이유와 함께 함양궁의 정전으로 달려갔다. 그곳에는 이미 승상 왕관, 어사대부 풍거질을 비롯하여 많은 조정 대신들이 당도해 있었다.

영정이 이사의 예를 받고 나서 조용히 입을 떼었다.

「지난날 한왕이 과인에게 땅과 옥새를 바치고 번신(蕃臣)을 청하였을 때 이를 허락하였으나 감히 조, 위의 무리들과 합종하여 우리 진에 대항하기에 대군을 보내 그 땅을 멸하고 한왕을 포로로 잡았소. 그 일이 있고 난 후 과인은 병사를 일으키지 않고 인덕으로 천하를 얻고자 하였으나 훗날 조왕이 그 나라의 승상 곽개를 보내 맹약을 맺고 왕자를 인질로 보내기에 이를 믿었더니 홀연 맹약을 어기고 이목을 등용해 태원(太

原;지금의 산서성 태원시)에서 공공연히 무력을 시위하기에 무력으로써 조를 멸하였소. 그리고 그 후 공자 가가 대로 달아나 왕을 칭하고 위왕과 밀약을 맺은 다음 우리 진에 대항하므로 다시 그 나라를 멸하지 않을 수 없었소. 또한 초왕이 청양(靑陽;지금의 호남성 장사현)의 서쪽을 할양하고 신하를 자청하였으나 수차례 언약을 파기하고 우리의 남군을 공격하였으니 과인은 어쩔 수 없이 대군을 원정보내 초를 멸하였소.」

영정은 나직한 목소리로 신하들에게 6국을 멸한 과정을 설명하였다.

「연왕은 인물됨이 어리석어 태자 단과 함께 형가로 하여금 과인을 해치려 하는 등 그 죄악이 너무 커 그 나라를 멸하고 죽음을 내렸소. 또한 제왕은 그 국토가 천하의 구석에 위치하는 지리적 이점을 이용하여 힘을 키우고 반란을 꾸몄으니 멸망을 자초하였소. 과인은 어린 나이에 왕위에 올라 선왕의 은택과 조정 대신들의 보필로 의로운 병사를 일으켜 천하의 반란을 평정하고 드디어 통일을 이루었소. 때문에 천하통일의 대제국의 왕으로서 과인은 그동안 진나라 사직에서 쓰던 명호를 버리고 새로운 천하의 질서에 걸맞게 모든 것을 정비하려 하오. 우선 경들은 제왕의 칭호로 어느것이 가장 적합한지 의논해 보시오.」

영정의 말이 끝나자 승상 왕관이 한 발짝 앞으로 나서며 입을 열었다.

「옛날 왕제(王帝)들은 통치하는 영지가 천리에 불과했으며 제후나 사방의 이족(異族)들은 스스로 복종을 청했을 뿐이옵니다. 이들은 때때로 조공을 끊고 반란을 꾸몄지만 나약한 천자는 이를 어쩌지 못하였사옵니다. 이제 대왕마마께서는 의로운 병사를 일으켜 6국의 흉악한 무리를 멸하고 천하를 통일하셨사옵니다. 이제 해내(海內;중국을 말함)는 같은 도량형과 같은 문자를 사용하고 동일한 법률이 통용되고 있사옵니다. 이러한 공덕은 전에도 없었고 앞으로도 없을 것이옵니다. 신은 여러 박사들과 협의하여 대왕마마께 태황(泰皇)이라는 칭호를 올리려 하옵니다. 옛

기록에 보면 '3황이신 천황(天皇), 지황(地皇), 태황(泰皇) 중에서 태황이 으뜸이다'라고 한 구절이 있사옵니다. 따라서 왕은 태황으로, 명(命)은 제(制)로, 영(令)은 소(詔)로, 천자는 스스로 짐(朕)이라 하고, 신하는 천자를 폐하라고 부르는 게 좋을 듯하옵니다.」

이사와 풍거질도 왕관의 제안에 동의하였다. 그 말에 영정은 몹시 기뻐하며 오랜만에 얼굴을 환하게 펴고 껄껄 웃었다.

「하하하, 옛날에 삼황(三皇)이 있었고 오제(五帝)가 그 뒤를 이었다고 하니 과인은 이제 태황 중에서 황(皇) 자와 오제 중에서 제(帝) 자를 합쳐 황제(皇帝)라 칭하겠소. 그럼 나머지 호칭에 대해서는 어찌할 생각이시오?」

이번에도 왕관이 시호(諡號)의 예법에 대해 건의를 하였다.

「선왕이셨던 장양왕은 태상황(太上皇)으로 시호를 내리시면 어떠하옵니까?」

그 말에 영정은 고개를 가로저으며 반대를 표시했다.

「그건 온당하지 않소. 듣자 하니 태고(太古)에는 호(號)만 있고 시(諡)는 없었다고 하며, 그 이후에는 생전에 호가 있고 사후에는 살아 있을 때의 행적을 살펴 시를 내렸다고 하오. 하지만 이는 아들이 아버지를 시비하고, 신하가 주군을 시비하는 일로 아래가 위를 범하는 행위이오. 따라서 과인은 시법을 폐지하겠소. 이제 과인은 스스로를 짐이라 칭하고 호를 시황제(始皇帝)라 하겠으니 나의 자손들은 2세(二世), 3세, 4세에서 만세에 이르기까지 그렇게 칭하도록 하오.」

제호의 논의를 끝낸 영정은 곧바로 관제(官制)를 의논하도록 지시했다. 왕관, 이사, 풍거질, 시황제의 장자인 부소(扶蘇)가 나란히 앞으로 나와 자신들의 의견을 말했다. 왕관은 주제(周制;주나라의 제도)를, 이사는 제나라의 체제를, 풍거질은 초와 조의 제도를, 부소는 한, 위의 제도를 따르는 게 옳다고 주장했다.

시황제 영정은 한동안 침묵을 지키고 있다 조용히 입을 열었다.

「어사 풍거질은 지난날 중승의 직책을 맡아 여러 나라의 전장 제도(典章制度)에 익숙하니 관제의 일은 경에게 맡기겠소. 하루빨리 초고를 마련하여 조정에 의논을 붙이도록 하시오. 6국의 제도를 면밀하게 살펴서 장점을 취하고 단점을 버리도록 하면 가장 좋은 관제가 나오리라 믿소. 〈관자〉에 이르기를 '나라를 지키는 도리는 예(禮), 의(義), 염(廉), 치(恥)의 사유(四維)를 바르게 하는 데 있다'고 하였소. 복장의 격식과 색도(色度)에도 차등을 주어 엄한 질서가 잡히도록 하시오.」

말을 마친 시황제는 내사를 시켜 양의 뿔로 만든 관면(冠冕)을 가지고 오도록 하였다. 잠시 후 내사가 관면을 받들고 들어오자 시황제가 부소에게 물었다.

「황자(皇子) 부소는 이 관이 무엇인지 알겠느냐?」

시황제의 장자인 부소는 열아홉 살이었다. 그는 생김새가 청년 시절의 영정과 아주 비슷했고 학문에도 깊이가 있었다. 과거 왕관이 승상 자리에서 쫓겨나 태부로 있을 때 부소는 그에게서 3년 동안 시(詩), 서(書), 경(經), 사(史)를 배웠다.

부소는 시황제의 물음에 가볍게 웃으며 대답했다.

「그건 초왕(楚王)이 썼던 해치관(獬豸冠)이 아니옵니까? 해치란 소와 비슷하게 생긴 짐승으로 신통력이 뛰어나다고 하는데 초나라는 그 짐승의 뿔로 관을 만든다고 하옵니다. 부황(父皇)께옵서는 혹시 그 관을 어사대부에게 하사하시려는 것이 아니신지요?」

부소의 총명함에 시황제는 크게 웃으며 대견스러워 했다.

「그렇다. 황자의 말대로 어사대부에게 하사할 생각이다.」

풍거질에게 해치관을 하사한 시황제가 자리에서 일어나려는데 왕관이 급히 입을 열었다.

「폐하, 드릴 말씀이 한 가지 있사옵니다.」

그 말에 시황제는 다시 자리에 앉았다.

「천하는 통일이 되었으나 아직 민심이 흉흉하고 6국의 학자들은 방황을 하고 있사옵니다. 폐하께옵서 조서를 내리시어 그들을 등용하는 정책을 펴심이 좋을 듯하옵니다.」

왕관의 말에 이사는 갑자기 이화원에서 있었던 순우월과의 논쟁이 떠올랐다. 이사가 황급히 앞으로 나아가 왕관의 말을 끊었다.

「폐하, 6국의 유생들은 아직도 마음 속으로는 옛 주군을 섬기고 있사옵니다. 또한 그들은 공명을 다투고 자신의 이익에 급급하니 등용해서는 절대로 아니 되옵니다.」

왕관이 이사의 말에 피식 웃었다.

「정위 대인은 지난날 간축객서(諫逐客書)를 올렸던 일을 잊으신 모양이군요.」

그러자 이사가 입가에 차가운 미소를 띠었다.

「일이란 때와 장소에 따라 변하는 법이오. 6국의 군주는 백성들의 바람을 벗어던지고 자신의 안위만을 찾다가 망했소. 그런데도 6국의 유생들은 우리 진나라에 의탁하지 않고 저마다 과거 자신들의 군주에게 의지하고 있소. 사정이 이러한데 어찌 소신이 진나라에 의탁한 일과 그들의 경우를 비교할 수 있겠소? 승상께서는 지금 '간축객서'를 들먹이며 이 몸을 비난하고 계신데 그 진정한 의도는 무엇이오?」

왕관은 이사에게 책망을 듣자 얼굴이 붉게 상기되었다. 곁에서 이를 지켜보던 부소가 시황제에게 말했다.

「부황께서는 이미 사해(四海)를 평정하시었으니 천하의 백성들은 모두 똑같은 신민(臣民)이옵니다. 따라서 그 장점을 잘 살펴 중용하신다면 별다른 무리가 없을 줄로 생각되옵니다. 그리고 그렇게 된다면 천하의 민심은 결국 부황께 기울어질 것이옵니다.」

부소의 말이 끝나자 이유가 얼른 반열에서 나오며 주청했다.

「폐하, 한, 위, 조, 3가(三家)가 진(晉)을 셋으로 나누어 가진 지 이미 248년이 지났사옵니다. 그 사이 전투만도 230회 이상이 있었고 작은 싸움까지 셈한다면 그 수를 헤아리지 못할 정도이옵니다. 이렇게 천하는 그동안 평화롭지 못했고 백성들은 사방을 떠돌아다니며 하루빨리 전쟁이 끝나기를 기다렸사옵니다. 그런데 마침내 천하가 하나로 합쳐졌으니 병사는 더 이상 전투에 나서지 않아도 되고 백성들은 유랑하지 않게 되었사옵니다. 농사와 누에를 치는 데 힘을 쏟고 편안하게 살게 된 백성의 마음이 어디로 쏠리겠사옵니까? 자세히 살펴보면 일하지 않고 이곳저곳을 방황하며 지난날의 6국을 다시 세우려는 협사(俠士)의 무리들이 민심을 어지럽히고 있을 뿐이옵니다. 이때 인의가 어쩌구저쩌구 하는 유생의 무리들이 이에 가세하여 법치를 부정하니 어찌 천하의 질서가 잡히겠사옵니까?」

시황제는 이유의 당찬 발언에 긴 눈썹을 치켜세우며 그를 자세히 살펴보았다.

「이 대부는 지금 나이가 어떻게 되오?」

「폐하, 스물하나이옵니다.」

이유가 조금도 주저하지 않고 당당하게 대답했다.

「하하하!」

시황제가 이사를 바라보며 큰소리로 웃음을 터뜨렸다. 그의 머리 속에 지난날 이사가 처음으로 궁중에 들어와 자신을 만났을 때의 광경이 떠올랐다.

「이 정위, 경이 처음 진나라에 들어왔을 때 아마 스물이 훨씬 넘은 나이었을 것이오. 이제 보니 위수의 뒷물결이 앞물결을 밀치는구려.」

시황제의 말에 이사는 기쁨을 이기지 못하고 황급히 머리를 조아렸다.

「어리석은 자식 놈이 감히 황자마마의 위엄을 흐트러 놓았사옵니다. 폐하의 너그러우신 용서를 간청하옵니다.」

「이 경은 어찌하여 그렇게 말하시오? 이 대부의 말은 심히 옳은 지적이오.」

시황제는 더욱 크게 웃으며 이사와 이유를 번갈아 쳐다보았다.

「이 대부, 짐의 장녀를 그대의 배필로 내리고 싶은데 어떻겠소?」

이사는 뜻밖에도 시황제가 황녀를 자신의 며느리로 주겠다고 말하자 너무도 당황해 어쩔 바를 몰랐다. 이유가 황급히 무릎을 꿇고 시황제의 조처에 감사를 올렸다. 곁에서 이를 지켜보던 왕관은 이사에게 일격을 당하여 기분이 좋지 않은데다 그의 아들이 시황제의 부마가 되자 더욱 속이 뒤틀렸다.

'오늘은 어인 일로 이리도 운이 좋지 않단 말인가!'

왕관은 속으로 깊이 탄식하며 제자리로 물러났다.

부소는 자신의 의견에 반대하는 이유의 말을 부황이 받아들이자 다시 입을 열었다.

「부황의 영토는 이전보다 수배가 커졌사옵니다. 그런데도 6국의 사람들을 쓰지 않으신다면 박사의 직책은 무엇 때문에 설치한 것이옵니까?」

시황제는 부소의 날카로운 질문에 왕관을 바라보며 대답했다.

「박사 3백 명을 임명한 것은 오로지 승상의 요청으로 천하를 다스리는 데 도움이 되라는 의미에서 받아들인 것이다.」

시황제는 이렇게 부소에게 답한 뒤 다시 조정 대신들에게 얼굴을 돌렸다.

「6국의 유생을 등용하는 문제는 이 자리에서 끝을 맺도록 하겠으니 여러 대신들은 그리 알고 모두들 물러가도록 하시오.」

시황제는 대신들이 모두 물러가자 조금 전 왕관과 이사가 다투던 광경을 생각하며 빙그레 웃었다. 그는 일부러 예민한 문제를 끄집어내어 두 사람의 세력을 견제하고 경쟁을 유도해 내었고, 자신의 의도가 맞아떨어지자 매우 기분이 좋았다.

후원으로 걸음을 옮기던 시황제는 멀리서 어린아이의 웃음소리가 들리자 바삐 숲을 헤치고 앞으로 나아갔다. 후원에서는 호해가 활쏘기를 연습하고 있었다. 호해는 가까운 거리에 있는 과녁조차 하나도 맞히지 못했지만 뭐가 그리 좋은지 계속 깔깔거리고 있었다. 호해 옆에 다가간 시황제가 호해의 활을 받아 직접 한 발을 쏘았다. 화살은 정확하게 과녁의 한가운데에 꽂혔다.

조고가 호해에게 속삭였다.

「황자마마께서도 하루빨리 폐하처럼 쏘실 수 있도록 해야 하옵니다.」

조고의 말에 호해는 앙증맞게 웃으며 대답했다.

「부황께서는 활로 천하를 평정하셨지만 나의 뜻은 거기에 있지 않고 학문에 있습니다.」

호해의 영특한 대답에 시황제는 아들의 머리를 쓰다듬으며 물었다.

「황자는 학문을 배워 어떻게 천하를 다스릴 생각이더냐?」

「부황마마, 저는 학문을 배워서 엄격한 법률을 세우고 천하를 다스릴 생각이옵니다.」

「천하를 다스리는 데 어찌하여 엄격한 법률이 필요하단 말이냐?」

「법가의 이론가인 한비 선생이 말씀하시기를 '백성을 하나로 뭉치게 만드는 규칙은 강력한 법률이다'고 하였사옵니다. 상고(上古)의 역사를 회고하면 하나라는 목룡(木龍)과 청룡(靑龍)을 얻어 초목처럼 무성하게 번창하였고, 은나라는 금덕(金德)을 얻어 금빛이 산에 흘러넘쳤사옵니다.

그리고 주나라의 무왕은 화덕(火德)을 얻어 적조(赤鳥;붉은빛을 띠고 있는 새로 봉황을 말함)를 가졌지요. 우리 진나라는 주나라를 이었으니 수덕(水德)을 받았사옵니다. 또한 우리의 선왕이신 문공(文公)께서 흑룡을 얻으셨으니 마땅히 수덕이 진나라의 기운이지요. 그래서 부황께서는 수덕으로 화덕인 주(周)와 그 제후국을 멸하셨던 것이옵니다. 역(易)의 원리에 따르면 수(水)는 음(陰)이고, 음은 형살(刑殺)이옵니다. 때문에 저는 말 타고 활 쏘는 일보다는 형명(刑名)의 학술을 배워 우리 진나라의 사직을 만세에까지 이르도록 힘쓰겠사옵니다.」

시황제는 아홉 살 된 호해의 말에 너무나도 놀랐다.

「오행의 설은 심오하고 변화가 많아 이해하기 어려운 학문인데 아홉 살 된 호해가 그런 걸 다 이해하다니 총명하기 그지없구나. 더욱이 그 품은 뜻이 원대하니 나의 어린 시절과 조금도 다를 바가 없어.」

시황제는 혼잣말로 이렇게 중얼거리다가 호해를 번쩍 안아올리며 말했다.

「오행설은 대단히 어려운 이론인데 어린 네가 그걸 모두 이해하다니 참으로 장하도다. 그래, 그 학설은 누구에게서 배웠느냐?」

호해가 손가락으로 조고를 가리키며 대답했다.

「중거부령, 바로 외숙 어른이옵니다.」

시황제는 외숙이라는 호해의 말에 언뜻 조희의 얼굴을 떠올렸다. 호해는 바로 조희의 모습을 그대로 빼어닮았다. 조고는 호해가 자신을 외숙이라고 부르자 누이동생 조희가 생각나 숙연한 표정으로 고개를 숙이며 눈시울을 붉혔다.

시황제가 호해를 내려놓고 조고를 바라보며 물었다.

「경은 어찌하여 짐도 모르는 사이에 황자에게 가르침을 주었소?」

조고가 황급히 무릎을 꿇으며 대답했다.

「진나라의 창성은 오덕(五德)의 비롯됨이요, 폐하의 승리는 오행(五行)의 기운이 순환하기 때문이옵니다. 신은 폐인(廢人)으로 감히 조정의 일을 들먹여서는 아니 되오나 일찍이 오행의 학술을 배운 바 있고, 조회 마마의 유복자이신 호해 황자에게 혈육의 정이 저절로 일어나 사사로이 오행의 가르침을 드렸사옵니다. 호해 황자께서는 매우 총명하시어 한 번 말한 바를 모두 알아들으셨을 뿐, 그 죄는 모두 신에게 있사옵니다. 죄를 내리신다면 신에게 내려주시옵소서.」

조고는 눈물을 흘리며 계속 말을 이었다.

「그리고 덧붙여 한말씀 올리면 진나라는 주나라의 덕을 이었으니 이제 수덕이 시작되었사옵니다. 주나라는 일찍이 자월(子月;11월)을 정월(正月)로 삼아 그 해의 첫달로 여겼지만 이제 진나라는 마땅히 수덕인 해월(亥月;10월)을 정월로 삼아야 하옵니다. 아울러 조복의 깃 색깔도 모두 검정색으로 하고 숫자도 여섯을 기준으로 해야 할 것이옵니다. 이에 따라 부령(符), 영(令), 법관(法冠)도 여섯 마디로 만들고 수레 바퀴의 지름도 여섯 자로 해야 하옵니다. 또한 여섯 자는 한 보(步)이고, 폐하의 수레는 말 여섯 필이 끌도록 하옵소서. 여섯은 바로 수덕을 따르는 상서로운 숫자이기 때문이옵니다. 아울러 하수(河水;황하를 말함)는 수덕이 솟구치는 곳이니 덕수(德水)로 개칭하옵소서. 그리고 치국의 법도는 형법으로 하시고 오덕(五德)에 따라 처리하시면 만세에 걸쳐 왕업이 튼튼해질 것이옵니다.」

시황제 영정은 조고의 말에 수긍한다는 뜻으로 머리를 끄덕였다. 다음 날 조회에서 시황제는 진나라의 덕은 수덕이므로 흑색을 숭상하고 모두 이에 따라 법도를 시행하라는 조서를 내렸다.

수년 간 진시황의 어의를 맡아 온 왕충은 황제를 위하여 수명을 연장시키는 '연년주(延年酒)'와 양생환을 만들어 바쳐 시황제의 총애를 한 몸에 받았다. 궁중의 많은 대신들과 궁인들은 모두들 그러한 왕충을 존경하고 따랐다. 그러나 오로지 한 사람, 태의령 하무차만큼은 왕충을 마음 속 깊이 시기하고 있었다. 그는 연나라 자객 형가가 시황제를 암살하려고 했을 때 약재 주머니를 던져 시황제를 위기에서 구한 공로로 태의령에 임명되었지만 인덕(仁德)과 의술에서 왕충에게 늘 뒤떨어진다는 자격지심으로 왕충을 질투하고 원한을 가졌다.

그러던 어느 날 하무차는 후원에서 우연한 기회에 시황제를 알현하는 기회를 얻게 되었다. 그는 시황제에게 장생술(長生術)의 비방을 거론하며 천 년 묵은 영지버섯과 선학초(仙鶴草)를 구할 수 있다면 불로장생의 선약(仙藥)을 만들 수 있다고 일러주었다. 이 말에 호기심이 발동한 시황제가 약초를 구할 방도에 대해 묻자 하무차는 엉뚱하게도 왕충을 들먹이며 그가 약초에 밝으니 그에게 구해오도록 하면 틀림없이 성공할 수 있으리라고 주청하였다.

왕충은 본래 성격이 호탕하여 들이나 산으로 나다니기를 좋아했다. 그동안 궁중에 갇혀 있어 답답하던 차에 마침 시황제의 분부가 떨어지자 왕충은 흔쾌히 응답을 하였다. 그는 천 년이 된 영지를 구하기 위해 하인들을 이끌고 강남으로 발걸음을 옮겼다. 함양을 떠난 왕충 일행은 어느덧 낯선 땅 형초에 이르러 그곳에서 수많은 약초를 구한 다음 다시 북상하여 두어 달 만에 제나라 땅에 도착하였다. 자유로운 기분으로 제로의 해안을 따라 청주(青州;산동성 위해 지역)의 끝에서 다시 서쪽으로 걸음을 옮겨 태산으로 향하던 왕충은 태산 아래에 당도하자 객잔(客棧)에 여장을 풀었다. 그 이튿날 하인과 함께 태산에 오른 왕충은 온갖 종류의 약초를 캐어낸 뒤 어느 산길의 바위에 걸터앉아 잠시 휴식을 취하였다. 왕충은 강남에서 태산에 이르는 동안 숱한 약초와 영지 몇 뿌리를 캤지만 그토록 찾고 있는 옥지(玉芝) 약초는 구경조차 할 수 없었다. 태산을 내려온 그는 다음날 파촉(巴蜀;지금의 사천성)으로 떠나기로 마음먹고 일찌감치 잠자리에 들었다. 그런데 그날 밤 왕충은 기이한 꿈을 꾸었다. 꿈에 선풍도골(仙風道骨)의 노인이 나타나더니 왕충에게 은밀한 목소리로 말했다.

「천하의 오악(五岳;다섯 개의 높은 산)에서 동악(東岳;동쪽에 있는 산으로 태산을 말함)이 으뜸이라네. 그래도 세상의 기초이화(奇草異花)가 어디 쉽게 눈에 띄겠는가? 하나 정성을 다해 기원하면 찾을 수도 있으니 돌아가지 말게나.」

깜짝 놀래 꿈에서 깨어난 왕충은 다음날 파촉으로 떠나려던 계획을 바꾸고 홀로 다시 태산에 올랐다. 어깨에 망태를 둘러멘 채 손에는 나무삽과 새끼줄을 든 왕충은 가벼운 차림으로 숲을 헤치며 옥지를 찾는 데 모든 신경을 쏟았다. 새벽부터 헤매던 것이 벌써 해가 중천에 이른 한낮이 되었지만 찾으려는 옥지는 보이지 않았다. 왕충은 다리도 쉴 겸해서 잠시 산마루의 작은 바위 위에 걸터앉아 유유히 떠도는 뭉게구름을 바라보았다. 그의 입에서 절로 한숨이 새어나왔다.

조금 뒤 자리에서 일어나던 왕충은 몸을 움직이는 바람에 언덕 아래로 작은 돌 몇 개를 굴리고 말았다.

「이크, 아래 사람이 있으면 다쳤겠구나.」

왕충은 이렇게 중얼거리며 발 밑을 가만히 내려다보았다. 언덕 아래로 두어 장 정도 밑에 서너 사람이 앉을 만한 공터가 눈에 들어왔다. 그곳은 바위 숲에 어울리지 않게 수풀이 무성하게 우거져 있었다.

「혹 어젯밤 꿈에 나타난 노인이 가르쳐 준 곳이 아닐까?」

왕충은 뛰는 가슴을 진정시키며 언덕 아래로 살금살금 내려갔다. 이윽고 바닥에 내려선 그가 조심스럽게 숲을 헤치며 바위 틈으로 들어가 보니 그곳은 바깥쪽과는 달리 매우 습한 기운이 감돌았다. 왕충은 나무삽을 꺼내 바위 틈에서 자라는 이끼를 부리나케 걷어냈다.

「아!」

왕충이 두 눈을 둥그렇게 뜨며 짧게 비명을 질렀다. 이끼가 거두어진 바위 틈에서 붉은빛이 쏟아져 나왔다. 그곳에는 연꽃처럼 붉은 옥지 두 뿌리가 바위 틈을 뚫고 힘차게 자라고 있었다.

「틀림없이 꿈에서 보았던 바로 그 옥지야!」

왕충은 정성스럽게 옥지를 캔 다음 그것을 이끼에 싸서 조심스레 망태에 담았다. 이때 갑자기 찬바람 한 줄기가 그의 얼굴을 스쳐지나갔다. 고개를 들어보니 뜻밖에도 바로 눈 앞에 등나무 줄기에 가려진 동굴이 나타났다.

「옥지가 있는 곳에는 반드시 이것을 지키는 짐승이나 벌레가 있다는 말을 들었다. 혹시 저 동굴에 그런 것이 살고 있지는 않을까?」

왕충은 나무삽으로 등나무 줄기를 헤치고 가만히 안을 들여다보았다. 가느다란 태양빛이 내려앉은 그곳에 푸른빛을 띤 커다란 뱀이 왕충을 노려보고 있었다. 뱀을 발견한 왕충은 깜짝 놀라 서너 걸음 뒤로 물러나며 두 손으로 나무삽을 꼬옥 움켜잡았다. 새빨간 혀를 날름거리던 뱀이 쏜살같이 등나무 줄기를 타고 그에게 접근하기 시작했다.

「어이쿠!」

독이 바짝 오른 뱀의 모습에 당황한 왕충이 계속 뒤로 물러나다 그만 돌부리에 걸려 넘어졌다. 그러자 기회를 엿보던 뱀이 갑자기 몸을 길게 뻗으며 그의 목덜미를 향해 뛰어내렸다. 푸른 뱀이 자신의 목을 겨누고 달려들자 왕충은 그만 눈을 질끈 감고 말았다.

「퍽!」

갑자기 나무 막대의 둔탁한 소리가 왕충의 귀에 들려왔다. 눈을 떠보

니 땅바닥에 주저앉은 왕충의 곁에 푸른 뱀이 널부러져 있었다. 때마침
동굴 속에 있던 사람이 뱀의 목을 쳐서 왕충을 구해주었던 거였다.

「옥지를 남겨 놓고 가면 목숨은 살려 주겠소!」

동굴에서 나타난 사람이 차가운 목소리로 소리쳤다. 그 목소리에 왕충
이 고개를 들어 그 사람의 얼굴을 보았다.

「아니, 왕단의 목소리가 아니더냐?」

「아버님이 아니십니까?」

동굴에서 나온 사람은 다름아닌 왕충의 아들 왕단이었다. 오랜 세월
헤어져 있는 동안 아버지 왕충은 많이 늙었고, 왕단은 수염을 길러 서로
를 알아보지 못했던 것이다. 왕충에게 절을 올린 왕단이 아버지의 품으
로 뛰어들었다. 왕충 또한 아들의 머리를 쓰다듬으며 눈물을 흘렸다. 잠
시 후 왕충은 망태에서 술과 음식을 꺼내 아들에게 건네며 해가 저무는
줄도 모르고 그간의 회포를 풀었다.

그동안 왕단은 한산에서 이목이 조고 일행에게 화를 당했을 때 오히려
조고를 같은 편으로 착각하여 그들을 놓아준 죄책감으로 천하를 돌아다
니며 울분을 삼켰다. 여기저기 유랑하던 왕단은 지난달에 이르러서야 태
산에 올랐고 그 후 이 동굴에서 무술을 연마하고 있었다.

왕충이 왕단에게 술을 건네며 조용히 입을 열었다.

「이제 천하는 진나라로 통일이 되었단다. 이제 너도 그만 아비를 따라
함양으로 돌아가 조정 일을 하는 게 어떻겠느냐?」

왕단은 한동안 생각에 잠기더니 고개를 천천히 저었다.

「저는 오랫동안 협사로 세상을 떠돌아다니며 가난하고 약한 사람을 돕
는 일을 낙으로 여기며 지내왔습니다. 앞으로도 불평한 세상을 바로잡으
며 살아가겠습니다.」

「단아, 너는 시황제와 나이가 같은 서른아홉이다. 황제 폐하도 너만큼

고생을 하고 천하를 통일하였다. 그분은 성덕을 갖춘 군주란다. 그래서 하늘이 이렇게 옥지를 내려보내지 않았겠느냐.」

「아버님께서는 그전 날 저에게 말씀하시기를 '네가 하고 싶은 일이 옳다면 언제든지 그렇게 하라'고 하셨습니다. 이곳 산중은 어떠한 폭력과 불의도 없는 선경(仙境) 그 자체입니다. 차라리 아버님께서 저와 이곳에 남아 여생을 보내시는 게 어떻습니까.」

왕충은 아들의 뜻이 매우 강건하자 길게 한숨을 내쉬었다.

「사람에게는 각자 갈 길이 있는가 보구나. 이 아비도 더 이상 강요는 하지 않겠다. 이 옥지 한 뿌리는 네가 가지고 가서 보신을 하거라.」

왕단은 옥지라는 이름을 숱하게 들어보았지만 그것의 용도와 효능은 잘 알지 못했다.

「아버님, 이 옥지는 어떤 효력이 있는 약재입니까?」

「옛날에 그것은 상서로운 풀이라고 해서 서초(瑞草)라고 불렸다. 〈효경〉에서 위희(威喜)라고 하는 것은 바로 이 옥지를 가리키는 것이란다. 송진이 땅에 스며들어 구천(九泉)에 응결되어 천 년 동안 눈비를 맞고 난 후에 복령(茯笭)이 되고, 복령이 다시 숱한 풍상을 이겨내면 그 위에 연(蓮)이 옥(玉)처럼 자라나서 '목위희지(木威喜芝)'라고 불리는 옥지가 되지. 이 옥지는 밤에도 빛을 뿜어내고 몸에 지니고 있으면 물이 침범하지 않고 불도 피할 수 있단다. 도검(刀劍)도 이 빛을 피한다고 하니 보물 중의 보물이지.」

왕단과 헤어진 왕충은 곧바로 함양으로 발걸음을 옮겼다.

통일 국가의 관제를 재정비한 시황제는 날을 잡아 황제의 자리에 올랐다. 그때 나이가 서른아홉, 시황제가 진나라의 왕위에 오른 지 스물여섯 해 만의 일이었다.

시황제가 제위에 오르고 사흘째 되던 날, 조회에서 승상 왕관이 주청을 올렸다.

「부소 황자는 장자로서 총명하고 어질며 지혜로우시니 태자로 세우심이 마땅한 줄로 아옵니다.」

그러자 정위 이사가 나서며 말했다.

「소신의 생각으로는 호해 황자가 비록 열여덟번째 왕자로 아직 나이가 어리시지만 자질이 우수하고 총명하며 용봉(龍鳳)의 자태를 품었사옵니다. 따라서 태자로는 호해 황자가 적격이라고 사료되옵니다.」

시황제는 또다시 왕관과 이사가 서로 다른 의견을 내놓자 가볍게 웃으며 입을 다물었다.

이날 오후 후원에 들른 시황제가 조고를 불렀다.

「경이 생각하기에 부소와 호해 황자 중에서 누구를 태자로 내세우는 게 좋겠소?」

조고는 너무나도 뜻밖의 질문에 당황하여 차마 대답을 하지 못했다.

「그렇게 부담을 갖지 말고 서슴없이 의견을 말해 보시오.」

「부소 황자는 거동과 인품이 뛰어나 소신의 소견으로는 감히 뭐라 말씀드릴 수 없사옵니다.」

시황제는 조고의 말에 아무 반응을 보이지 않으며 다른 말을 꺼냈다.

「짐은 경이 형률에 정통하고 음양오행의 학설에 조예가 깊으며 소견이 남다르다는 것을 잘 알고 있소. 내일 경은 부소와 호해 황자가 짐과 더불어 오찬을 함께 할 수 있도록 준비하시오.」

그 이튿날 시황제는 부소와 호해를 불러 한자리에서 점심 식사를 하였다. 호해는 조고와 함께 미리 와서 자리를 잡았으며 한참이 지난 후에 부소가 나타났다. 부소는 소박하고 가벼운 옷차림에 단아하게 정리된 머리에는 관을 쓰고 있었다.

「부황을 뵈옵니다.」

부소는 무릎을 꿇고 시황제에게 절을 올렸다.

「그만 자리에서 일어나 이리로 앉거라.」

조고는 시황제 곁에 부복한 채로 조용히 고개를 들어 부소의 얼굴을 뜯어보았다. 부소는 이마가 넓고 눈매가 맑았으며 코가 우뚝하고 표정이 매우 활달하였다. 그리고 눈빛이 온화하면서도 매서워 마치 시황제의 젊었을 때 모습과 비슷했다. 부소의 면모를 자세히 훑어본 조고는 시황제가 무엇 때문에 그를 그렇게 편애하는지 그 이유를 확연히 알 수 있었다.

「황자는 무엇을 했길래 그렇게도 땀을 흘리고 있느냐?」

시황제가 부소를 사랑하는 마음에서 다정한 목소리로 물었다.

「방금 숲에서 멧돼지 사냥을 마치고 오는 길이라서 그렇사옵니다. 3백 근이 훨씬 더 나가는 놈이었사옵니다.」

부소가 웃으며 대답했다.

「나도 사냥을 할 줄 알아요. 화살 한 대면 그놈의 목을 꿰뚫어버릴 수 있는데……」

호해가 입을 삐죽이며 끼어들었다.

시황제는 그런 호해가 귀여워 머리를 쓰다듬어 주었다.

「그놈, 어린 나이에 당차기는…… 아비도 화살 한 대로는 그놈 목을 꿰뚫지 못하느니라, 알겠느냐?」

시황제가 호해를 바라보며 계속 말을 이었다.

「그런 실력이 되려면 우선 활쏘기와 검술을 꾸준히 연마해야 한다. 게으르게 해서는 어림도 없지. 모든 학문도 이와 마찬가지로 쉼없이 해야 한다.」

「아바마마의 말씀이 옳사옵니다. 공자께서 이르기를 '공사를 잘 하려면 우선 연장을 날카롭게 갈아야 한다' 고 하였사옵니다.」

부소가 자리에 앉으며 말했다.

「그래, 부소 황자의 말이 옳다. 모든 일에는 순서가 있는 법이지.」

시황제가 부소, 호해와 함께 담소를 나누고 있는 동안 궁인들이 부리나케 음식을 날랐다. 조고가 조용히 부소의 맞은편 자리에 앉으며 입을 열었다.

「황자마마, 궁중에는 검을 차고 들어올 수 없사옵니다. 군신의 예에 어긋나오니 다음부터는 삼가셔야 합니다.」

부소는 급히 오느라 미처 패검을 빼지 않고 후원에 들어왔던 것이다. 그는 조고가 군신의 예를 들먹이자 그제서야 자신이 검을 차고 있다는 사실을 깨달았다.

호해가 웃으며 말했다.

「큰형이 검을 차고 있으니 멋있다.」

시황제는 형가에게 암습을 당한 이후로 궁중에서는 시위를 빼고 어느 누구도 무기를 지니지 못하게 명하였다. 그는 부소를 노려보며 소리쳤다.

「그동안 가르침이 소홀했더니 방자해졌구나!」

부소는 시황제의 질책에 얼굴이 하얗게 변하여 황급히 검을 끌러 황문령에게 건네고는 무릎을 꿇고 용서를 빌었다. 시황제는 의심스런 눈초리로 부소를 노려보며 거친 숨을 내쉬었다. 잠시 후 어느 정도 노여움이 가시자 시황제가 부소와 호해를 번갈아 바라보며 말했다.

「소강(少康)이 하나라를 중흥시켰을 때 그 아들이 방패의 역할을 맡았고, 상(商;은나라를 말함)나라의 탕(湯)은 이윤(伊尹)의 보필을 받았단다. 또한 무왕이 은(殷)을 멸할 때에는 소공(召公)이 곁에 있었고, 제왕이 흥할 때에는 관중이 그를 도왔지. 부황은 너희 둘의 의견을 듣고 싶은 게 하나 있다. 진나라의 조정 대신들 중에서 이 같은 대임을 맡을 수 있는 자가 누구라고 생각하느냐?」

부소가 고개를 숙이며 먼저 대답했다.

「우승상 왕관이 재목이 아닐까 생각하옵니다. 그는 학문이 뛰어나고 정사에 밝아 틀림없이 나라의 기둥이 될 것이옵니다.」

그 말에 호해가 눈을 반짝이며 종알거렸다.

「중거부령이 가장 적임이옵니다. 그는 글씨도 잘 쓰고 그리고 또 오행의 학설에도 밝고, 형법에도 정통하니……」

시황제가 호해의 말을 끊고 소리쳤다.

「방자하구나! 중거부령은 황문령인데 어떻게 대신이 될 수 있겠느냐? 진율에 따르면 황문들은 조정의 일에 관여할 수 없느니라.」

이렇게 말하며 시황제가 힐끗 조고를 바라보았다.

「그건 그렇고 태자를 책봉하려는데 부소 황자는 어떤지 그대 생각을 듣고 싶소.」

조고는 시황제가 갑자기 질문을 해오자 매우 당황한 표정을 지었다.

「폐하께서는 지금 한창 떠오르는 태양이시므로 태자를 책봉하는 일은 급하지 않다고 생각하옵니다.」

「음, 그렇소?」

시황제는 조고의 말에 기분이 좋아졌다. 이때 태의령 하무차가 급히 시황제의 알현을 요청했고 시황제는 태자를 책봉하는 일을 뒤로 미루고 급히 내전으로 발걸음을 옮겼다.

내전에 들어선 태의령 하무차가 옥갑 하나를 시황제에게 바쳤다.

「태의 왕충이 신비로운 옥지를 태산에서 얻었다고 하옵니다.」

시황제는 이 소식에 너무도 기뻐했다. 옥지는 천하가 태평하고 성군(聖君)이 나타나면 전설처럼 세상에 몸을 드러낸다는 보물이었기 때문이었다. 시황제는 유쾌한 마음으로 하무차와 왕충에게 상을 내리고 며칠을 들뜬 기분으로 보냈다.

29

토사구팽(兎死狗烹)

남군의 안륙현은 토지가 비옥하고 교통의 중심지이기도 하여 예전부터 중앙의 관심이 많이 쏠리던 지역이었다. 진왕 영정 23년에 처음으로 그곳에 군을 설치하고 현을 두었는데 최초에 부임한 현존은 병으로 일찍 죽고, 그 다음에 부임한 도 현승은 반란을 획책하는 바람에 그즈음에는 현존 자리가 공석인 참이었다. 남군 군수 등승은 시황제가 남군으로 행차한 이후 종희를 천거하여 현존의 직책을 대리하여 수행토록 하였다. 시황제는 종희가 일찍이 사마공을 놓아준 사건을 밀고한 공로를 생각하고 등승의 조치를 그대로 승인하였다.

안륙현의 현존으로 승진한 종희는 일거에 큰 공을 세워 더 높은 자리를 차지하려는 지나친 호승심으로 많은 일을 벌여 놓고 밤낮으로 집무에 열중하였다. 하지만 종희의 피나는 노력에도 불구하고 안륙현의 치안과 민심은 여전히 어지러웠다.

시황제 26년(BC 221년), 각 군현에 병기를 수집하여 함양으로 집합시키라는 조서가 내려졌다. 조서를 받은 종회는 황급히 현의 내승(內丞), 현위(縣尉), 옥연(獄椽), 질사(秩史)를 소집하여 대책을 의논하였다. 그러나 모두들 그렇게 빠른 기간 안에 병기를 수집하는 일에 난색을 표할 뿐이었다. 이들은 초나라 사람들이 도검(刀劍)을 생명보다도 더욱 아끼고 있다는 사실을 너무나 잘 알고 있었다. 만일 급하게 이 일을 추진한다면 또다시 반란이나 폭동이 일어날 게 틀림없었다.

지난번 현령(縣令)으로 초나라 임금이나 대신들의 제사를 금하도록 했을 때 초나라 백성들은 소리없이 불만을 터뜨리며 이를 갈았다. 그런데 이번에 만일 강제로 도검을 압수한다면 과거 초나라 백성들이 대부분인 안륙현의 현민들은 벌떼처럼 일어나 대항할 것이었다.

서로들 얼굴을 바라보며 난처한 표정을 짓고 있는데 매우 젊고 수려한 용모를 지닌 문사 한 명이 일어나 입을 열었다.

「폐하께서는 병사를 일으켜 천하를 통일하시고 형법으로 어지러움을 다스리셨소. 세상의 모든 무기를 거두어들이면 이제 전쟁의 참화는 없어질 것이오. 모두 힘을 합쳐 현내의 도검을 회수합시다.」

하지만 사람들은 청년 문사의 당찬 말에 아무도 대꾸를 하지 못했다.

종회는 어두웠던 얼굴을 활짝 펴고 이 일에 적극적으로 나서 주는 청년 문사를 바라보았다. 그는 얼마 전 안륙현에 들어와 옥리(獄吏)를 맡고 있는 장량이라는 사람이었다. 종회는 대담하게 충의와 평화를 외치는 장량이라는 청년 문사가 대견스러워 보였다.

이날부터 종회는 무기를 수집하는 일을 장량에게 맡기고 현성(縣城)의 호구를 조사하기 시작했다. 청년 문사 장량은 바로 한나라 공자인 장량, 그였다. 자신의 계책이 받아들여지지 않자 항연의 군중을 떠난 장량은 파촉으로 발길을 돌렸다. 한나라를 멸하고 동생을 죽게 만든 원수 등승이 남군의 군수로 있었기 때문이었다. 남군으로 들어온 장량은 마침

안류현에서 옥리를 구한다는 소식에 가지고 있던 재산을 모두 털어 뇌물로 바치고 그 자리를 얻을 수 있었다. 그러던 중 그는 시황제가 엄명으로 무기를 회수한다는 정보를 듣고 마침내 기회가 왔다고 생각했다. 장량은 무기 회수에 반발하여 초나라 백성들이 봉기를 일으키면 원수 등승을 죽이고 봉기에 적극 가담하기로 결심했다.

이날 밤은 견디기 힘들 만큼 무더웠다. 해가 서산으로 기울어진 지 오래건만 땅에서 솟구치는 지열 때문에 숨이 탁탁 막히는 듯했다. 이런 한여름 밤의 공기처럼 안류현의 분위기도 호흡하기 어려울 정도로 사람들의 가슴을 짓누르고 있었다. 날이 어두워지자 종회는 장량과 스무 명의 병사들을 이끌고 무기를 회수하기 위해 성의 남쪽에 있는 대부호 저택으로 향했다. 저택의 규모는 엄청났다. 저택 앞에 이르자 이미 수많은 사람들이 대문 쪽에서 종회 일행을 기다리고 있었다. 그들은 왕명에 의해 무기가 회수된다는 소식을 듣고 미리 마당 한가운데에 무기를 모아놓은 채였다. 이런 광경을 본 장량은 속으로 저으기 실망하지 않을 수 없었다. 그곳에서 손쉽게 무기를 회수한 종회는 차례로 그 주변의 다른 집에 들러 무기를 받아들였다. 다른 집들도 처음 집과 마찬가지로 모두들 순순히 무기를 내놓았다. 의외로 일이 쉽게 풀리자 종회는 마음을 푹 놓고 직접 대문을 두드리며 집집마다 샅샅이 뒤지기 시작했다.

그런 종회 앞에 빗장이 굳게 걸린 대문 하나가 나타났다. 주인을 부르며 대문을 두드리던 종회는 안에서 아무런 인기척이 없자 담을 뛰어넘어 들어가 문을 열어놓고는 홀로 앞뜰로 걸어갔다. 장량과 병사들은 종회가 그 집으로 들어간 지 조금 지나서야 도착하였다. 이들은 열려진 대문으로 들어가 보았지만 종회는 이미 뒤뜰로 가버렸는지 모습이 보이지 않았다. 사위가 고요한 것이 왠지 장량은 긴장감이 들었다. 장량은 딱딱하게 굳은 표정으로 앞뜰을 지나 뒤뜰로 재빨리 발걸음을 향했다. 이때 안쪽에서 크게 다투는 소리가 들리면서 비명소리가 흘러나왔다. 깜짝 놀란 장량과 병사들이 쏜살같이 뒤뜰로 뛰어들어갔다. 종희는 배를 움켜쥔 채 바닥에 쓰러지는 중이었고 그 뒤쪽에서 칼을 쥔 사내가 달아나려 하고 있었다. 병사들이 잽싸게 달려들어 종희를 벤 사내를 포위하였다. 그 사내는 갑자기 많은 병사들이 자신을 둘러싸자 제대로 대항해 보지도 못하고 손쉽게 체포되었다.

한 병사가 종희를 부축한 채 장량에게 물었다.

「현존께서 부상을 당하여 혼절하셨는데 무기를 회수하는 일은 어찌 해야 하오?」

장량은 혼자 몸으로 당당하게 현승에게 대항한 사내가 누구인지 몹시 궁금했다. 그는 고개를 돌려 달빛에 드러난 사내의 얼굴을 살펴보고는 소스라치게 놀랐다. 어디선가 몸매가 눈에 익었다고 생각했는데 바로 자신의 친구인 항백이었던 것이다.

「아니?」

항백을 알아본 장량은 자신도 모르게 큰소리를 내질렀다. 그러자 항백을 묶은 병사들이 장량을 쳐다보았다. 이에 장량은 임기응변의 기지를 발휘하여 항백에게 소리쳤다.

「지난번 현성에 붙인 황제 폐하의 조서를 뜯어간 놈이로구나! 네 놈을 군수부에 보내야겠다!」

냅다 소리를 지른 장량이 앞으로 성큼성큼 걸어나가 항백의 목줄기를 힘껏 움켜잡았다.

「틀림없이 그놈이로군. 이놈 목에 현상금이 걸려 있어 내가 똑똑히 보아두길 잘했어.」

「장 옥리, 정말로 이놈 목에 현상금이 걸려 있소?」

한 병사가 궁금한 듯 물었다.

「그렇소. 이놈 목에는 3천 금이 걸려 있소.」

장량이 피식 웃으며 손가락 세 개를 펴보였다.

「장 옥리, 그럼 어떻게 하면 좋겠소?」

「이렇게 하면 어떻겠소? 1천 금은 현존 대인께 드리고 2천 금은 우리가 나누어 가지는 게……」

「그렇게만 한다면 더할 나위 없겠소.」

졸장이 만족한 듯 싱글벙글 웃자 나머지 병사들도 모두 찬성하였다.

곁에서 이런 광경을 지켜본 항백은 장량의 기지에 감탄을 금치 못했다. 그 자리에서 병사들은 무기를 회수하는 작업을 중단한 채 두 패로 나뉘어 한 패는 종회와 수거한 무기를 가지고 현성으로 돌아가고, 장량과 두 명의 병사는 항백을 묶어 군수부로 향하였다.

장량 일행은 날이 밝기 전에 군수부가 있는 영성 근교에 도착하였다. 두 명의 병사가 항백을 앞세워 걸어갔고 장량은 그 뒤를 따르며 틈틈이 기회를 엿보고 있었다. 너른 밭을 지난 이들은 이윽고 숲속에 접어들었다. 이 숲만 지나면 바로 영성이 눈 앞에 보였기 때문에 장량이 손을 쓸 장소는 이곳뿐이었다. 장량은 양 손에 비수를 쥐고 흥얼흥얼 콧노래를 부르며 병사들의 뒤를 따랐다. 두 명의 병사들은 장량의 콧노래를 들으며 한몫에 커다란 돈이 굴러들어온다는 기쁨으로 등 뒤에 위험이 도사리고 있다는 생각은 꿈에도 하지 못했다.

숲에 들어서자마자 장량은 거침없이 병사들에게 달려들어 그들의 허리에 비수를 꽂았다. 그리고 재빨리 항백의 포승줄을 풀어 병사들의 시신을 묶고는 숲속 은밀한 곳에 치워놓았다. 장량과 항백은 그곳에서 멀리 떨어진 장소로 자리를 옮기고는 한숨을 돌렸다.

「어떻게 이곳까지 오게 되었소?」

장량이 항백에게 물었다.

「전투에서 진 다음 여기저기 떠돌아다니며 숨어 살다가 아까 그 집에 은신처를 마련하였는데 불행하게도 발각이 되는 바람에…… 장 선생의 도움이 아니었다면 큰일날 뻔하였소.」

항백의 말에 귀기울이던 장량이 갑자기 놀라며 자리에서 벌떡 일어났다. 현성 쪽에서 시끄러운 소리가 나면서 수많은 횃불이 모여들기 시작했다. 장량과 항백은 직감적으로 자신들의 도주가 들통났음을 알았다. 잠시 그쪽을 바라보던 장량이 품에서 패물 몇 가지를 꺼내 항백의 손에 건네며 가볍게 웃음을 지었다. 항백이 무어라 말을 꺼내려 하자 장량이 조용히 손을 들어 그의 입을 막으며 먼저 떠나라는 눈짓을 보냈다. 그러자 항백은 고개를 끄덕이며 내달리기 시작했다.

진시황이 천하를 통일했다는 소식은 마치 마른 초원을 태우는 불길처럼 빠르게 사방으로 퍼져나갔다. 잦은 전쟁에 시달린 탓으로 하루빨리 천하가 안정되기를 학수고대했던 남군의 백성들은 모두들 기쁨의 환호성을 올렸다. 그들은 세상이 평안해져 살기 좋아지면 그것으로 만족했던 것이다. 진시황이 천하를 통일하자 전쟁의 근심을 떨쳐버린 들판의 농부들은 그전보다 더욱 열심히 일하는 모습이었다. 보리가 익어가는 들판에는 풍요로움이 넘쳐흘렀고, 연밥을 따는 아낙들의 손길도 더욱 바쁘게 움직였다. 날이 갈수록 푸르름이 짙어가는 호수 가에는 다정하게 보이는 청춘남녀들이 나룻배에 앉아 한가로이 사랑을 속삭였고, 그 주변으로 어린아이들의 노랫소리가 흥겹게 울려퍼지고 있었다.

남군 군수 등승은 시황제의 명에 따라 무기를 회수하고 악습을 없애는 일에 온 힘을 다 쏟았다. 그의 노력으로 군의 치안은 어느 때보다 안정되었고 군수에 대한 백성들의 신망도 두터워졌다.

그럴 즈음 웬일인지 중추절이 지나면서 평안하던 남군의 공기가 조금씩 달라지기 시작했다. 영성에는 출처를 알 수 없는 유언비어가 어지럽게 나돌았는데, 그 내용인즉슨 진시황이 초나라 백성들의 무기를 회수하고 빠른 시일 내에 태자를 초왕으로 임명하여 과거 초나라 백성이었던 사람들을 모두 죽인다는 것이었다. 이런 소문으로 성안이 어수선해지자 등승은 영성의 곳곳에 방을 붙여 유언비어를 퍼뜨리는 사람에게는 가혹한 처벌을 내리겠다고 공고하였다. 그러나 한번 흔들린 민심은 좀처럼 가라앉지를 않았다.

등승은 '바람이 불지 않으면 파도가 일어나지 않는다'는 진리를 잘 알고 있었다. 그는 이미 안륙현의 한 집에서 초나라 사람이 무기를 내놓지 않으려고 현존인 종희에게 대든 사건을 보고받은 바 있었다. 등승은 그런 일련의 사태에 대해 심상치 않은 느낌을 받았다.

이날 저녁 일찍 일을 마친 등승은 오랜만에 후원으로 이대퇴를 찾아갔다. 그동안 등승은 너무 바쁜 탓에 이대퇴와 능매를 만나기조차 쉽지 않았지만 두 사람이 매우 쓸쓸하게 지내고 있다는 것은 늘 헤아리고 있었다. 등승은 후원 꽃밭에서 이대퇴와 능매를 금방 만날 수 있었다. 무척 오래간만이었지만 이대퇴는 오히려 아주 밝고 편한 얼굴이었다. 다만 세월의 무게 때문인지 이마와 얼굴에 잔주름이 더 많이 패어 있었다.

「무슨 일이 있기에 그리도 안색이 좋지 않느냐?」

이대퇴가 등승을 바라보며 물었다.

「할아버지, 요즘 남군의 동태가 심상치 않습니다. 함양에서 만일 초왕으로 태자마마를 봉한다면……」

등승의 걱정은 결코 기우가 아니었다.

'똥이 구리기 때문에 파리가 낀다'는 옛말처럼 천하가 통일되자 조정 대신들은 제 유리한 대로 날이면 날마다 관제(官制)는 어떻게 조정하며 분봉(分封)은 언제 내려야 하는지에 대한 문제로 설왕설래하고 있었다. '아니 땐 굴뚝에 연기 나랴'는 말처럼 남군 백성들이 동요하는 이유는 너무나도 분명했다.

등승의 걱정스런 말투에 이대퇴는 이마를 찡그렸다.

「누구를 왕으로 봉한들 그게 우리와 무슨 상관이 있나요?」

곁에 있던 능매가 영문을 모르겠다는 표정으로 물어왔다. 등승은 세상 물정을 모르는 채 순진하게 묻는 능매의 얼굴을 바라보며 대답했다.

「분봉을 하게 되면 통일된 영토를 또다시 일정하게 나눌 것이고 그렇게 오랜 세월이 지나 중앙의 통제가 약해지면 모두들 독립을 하겠다고 나설 것이오. 그러면 다시 백성들만 피해를 입게 될 터이니 걱정이 아니겠소?」

「그렇지. 그러면 양떼를 몰고 마음대로 돌아다닐 수도 없게 될 터.」

등승의 말에 이대퇴가 고개를 끄덕였다.

그러나 능매는 아직도 이해하지 못한 표정이었다. 하지만 분봉이 되면 다시 전쟁이 일어난다는 말을 듣자 고개를 가로저으며 소리쳤다.

「예전에 폐하께서 오라버니께 맹세를 하셨잖아요! 백성의 머리 위에 광명을 내리시겠다고.」

「나는 폐하를 20년이나 모셔서 그분을 잘 알고 있소. 폐하께서는 절대로 분봉을 하시지 않아. 지금 나도는 소문은 모두 유언비어에 불과하지.」

등승은 능매를 안심시키고 큰숨을 내쉬었다. 이대퇴도 옆에서 등승의 말을 거들었다.

「그래, 등와의 말이 옳다. 폐하께서는 섣부른 결정을 하실 분이 아니야.」

등승은 이대퇴의 말에 낮지만 힘 있는 목소리로 중얼거렸다.

「천하만 안녕할 수 있다면 이 한 몸을 내던질 수도 있어.」

그 말에 능매가 깜짝 놀라며 등승을 바라보았다.

「함양에 가려고 그러느냐?」

이대퇴가 걱정스러운 표정으로 물었다.

「국체(國體)가 정해지기 전에 폐하를 배알하고 간언해야겠습니다. 지금 조정에는 자신의 이익에만 눈이 먼 사람들로 들끓고 있습니다.」

「그래, 너라면 폐하께 간언할 수 있을 거다.」

이대퇴가 대견한 듯 등승의 어깨를 쓰다듬었다.

「아니에요! 가시면 안 돼요!」

등승의 굳은 결심을 들은 능매가 절규하듯 소리쳤다.

「가시면 안 돼요, 오라버니! 이젠 궁중에 들어갈 때는 친위병이나 무기가 일체 허용되지 않잖아요. 자칫 미움을 받았다간 정말 끝이란 말이에요!」

등승은 자신의 앞길을 가로막는 능매의 손을 가볍게 쥐고 빙긋이 웃었다. 너무 걱정하지 말라는 표정이었다. 이때 밖에서 병사 하나가 뛰어들어오며 등승에게 보고를 올렸다.

「안류현 종회 현존이 숨을 거두었다고 합니다.」

그 말을 들은 등승의 눈에서 눈물이 뚝뚝 떨어졌다. 잠시 마음을 진정시킨 등승이 두 손을 불끈 쥐며 중얼거렸다.

「능매, 백성들이 불안에 떨면 난리가 나는 법이오. 지금은 내가 함양으로 가지 않으면 안 되는 상황이오.」

능매는 등승이 한 번 결심한 일은 번복하지 않는다는 것을 잘 알고 있었다. 그녀는 어쩔 수 없이 고개를 끄덕이고 이대퇴의 가슴에 얼굴을 묻고 흐느꼈다.

「등와야, 이곳은 아무 걱정하지 말거라. 천하의 안녕을 위해서는 어떤 위험이라도 무릅쓰는 게 사내 대장부의 도리지.」

등승은 자신의 결심을 흔쾌히 승낙해 준 이대퇴에게 큰절을 올리고 즉시 함양으로 떠날 준비를 하였다. 다음날 아침, 날이 밝아오자 등승은 친위병 몇 명만을 이끌고 영성을 떠났다.

9월 9일 등승 일행은 마침내 함양성에 도착하였다. 등승은 자신의 병부를 친위병에게 넘긴 후 함양 내사에게 남군 군수가 도착했다는 보고를 대신하도록 지시하고 자신은 친위병 한 명과 함께 곧바로 정위 이사의 집으로 향하였다. 시황제를 만나기 전에 먼저 이사를 통하여 조정의 사정을 알아두기 위해서였다. 천하가 통일되기 전에 조정의 주요 부서는 모두 시황제가 일상적인 업무를 보고 있는 함양궁에 있었다. 함양궁은 위수가 한눈에 내려다보이는 북쪽 언덕에 자리하고 있었다.

등승은 예전처럼 위수의 북쪽으로 올라가 정위부를 찾았다. 그러나 정위부의 대문은 뜻밖에도 굳게 닫혀 있었고 사람의 그림자조차 보이지 않았다. 등승은 의아한 심정이 되어 대문을 더욱 세차게 두들겼다. 잠시 후 대문이 삐그덕하고 열리며 늙은 병사 하나가 불쑥 얼굴을 내밀었다.

「무슨 일로 찾아오셨습니까?」

「이곳이 정위부가 아니오?」

늙은 병사는 등승을 위 아래로 훑어보며 중얼거렸다.

「3공(三公) 9경(九卿)의 부서 모두가 위수 남쪽으로 자리를 옮겼고, 이곳에는 진나라 명문귀족들이 옮겨와 살고 있습니다.」

등승은 그에게 고맙다는 인사를 하고 서둘러 말머리를 돌렸다. 그가 위수의 남쪽으로 향하고 있을 때는 이미 날이 저물고 있었다. 귀족들이 들어와 살고 있다는 위수 북쪽의 함양성은 집집마다 불을 밝혀 멀리서 보면 불야성을 방불케 하였다. 등승은 말 위에 걸터앉은 채 고개를 돌려 함양성의 야경을 물끄러미 바라보며 깊은 생각에 잠겨들었다. 위수의 쌀쌀한 바람이 등승의 두 뺨을 세차게 때리고 지나갔다. 등승은 천천히 위수 남쪽으로 시선을 돌렸다. 그곳도 마찬가지로 온 성이 불빛으로 가득했다. 오래 전 그가 남양군과 남군의 군수로 떠날 때 지나던 위수 남쪽

은 널따란 벌판이었다. 이름 모를 풀과 나무가 빽빽하게 들어선 남쪽 강
변은 예전에는 귀족들이나 무관들이 사냥을 하던 곳이었지만 지금은 너
른 대지 위에 웅장한 궁전과 저택이 즐비하게 들어서 있었다.

위수의 남북쪽을 멀리서 보니 화룡(火龍) 두 마리가 위수를 사이에 두
고 용트림을 하는 듯했다. 등승을 따르던 친위병도 그런 경관에 감탄하
며 속삭였다.

「군수 대인, 무지개 다리 좀 보십시오. 너무나 아름답지 않습니까?」

등승은 가볍게 고개를 끄덕이며 미소를 지어 보였다. 위수에는 이미
무지개 다리가 여러 개 놓여져 있었는데 계속해서 몇 개의 다리가 공사
중이었다.

잠시 무지개 다리를 바라보던 등승이 말허리를 발로 차며 힘차게 언덕
을 내려가 위수로 말을 달리기 시작했다.

등승이 정위부에 도착한 시각은 늦은 저녁 무렵이었다. 정위부의 대청
에는 손님들로 가득차 있었지만 노랫소리나 춤은 전혀 보이지 않았다.
사람들은 모두들 굳은 표정으로 심각하게 조정 일에 대해 토론하고 있
었다. 등승은 자신이 왔다는 소식을 알리지 않고 슬그머니 대청으로 들
어가 구석에 자리를 잡고 앉았다.

사람들은 마침 진나라의 국체를 무엇으로 하는 게 좋은지에 대해 열띤
토론을 하고 있었다.

「폐하께서는 며칠 동안이나 조정의 중신들을 만나지 않고 있소. 몽 중
서, 나는 황자마마들께서 폐하의 생각을 어지럽히지나 않을지 걱정이오.」

어사대부 풍거질이 몽의를 향하여 큰소리로 입을 열었다. 그러자 장군
왕분이 조용히 자리에서 일어나 이사에게 말했다.

「정위 대인, 가부(家父)께서 만일 병중이 아니라면 반드시 폐하를 뵈
올 수 있을 텐데 안타깝기 그지없습니다. 가부께서는 분봉이 실시될까

걱정이 대단하십니다. 조정이 튼튼하지 못하고 불안하면 지방에서 난리가 일어난다는 사실을 모르는 사람이 어디 있겠습니까. 그러니 폐하께주청하여 분봉을 주장하는 황친(皇親)들의 생각을 물리치도록 해야만할 것입니다.」

「소신이 이곳으로 오는 도중에 왕 승상부를 지나왔는데 많은 사람들이 그곳에 모여 있었습니다. 우리도 한시바삐 조치를 취하지 않으면 안됩니다.」

한 청년 문사가 자리에서 일어나더니 우렁찬 소리로 말했다. 등승은처음 보는 그 청년 문사를 자세히 쳐다보았다. 그는 시황제에게 영향력이 있는 이사에게 분봉 정책을 취하지 못하게 하도록 강력하게 촉구하고 있었다.

이사는 아주 편안한 차림으로 이들 가운데에 자리를 잡고 있었다. 그는 청년 문사의 재촉에 빙긋이 웃으며 마침내 입을 열었다.

「여러분, 우리 진나라는 효공의 변법 이래 군현제를 실시한 지 백여년이 지났소. 그리고 동방의 여러 나라도 우리 진의 군현제를 본받아 실시하는 형편이었소. 이제 어느 정도 군현 제도가 정착되어 가고 있는데갑자기 분봉 제도가 언급되어 천하의 민심을 들끓게 하고 있음을 잘 알고 있소. 그렇지만 폐하께서는 영명하시기 때문에 그러한 견해에는 귀를기울이지 않을 것이오. 조만간 이 문제를 매듭지으실 테니 너무 걱정은하지 맙시다. 」

이사의 이 한마디는 일시에 그 자리에 모인 사람들의 마음을 안심시켰다. 조금 전 심각하기 짝이 없던 대청 분위기는 점차 화기애애하게 변하기 시작했다. 사람들은 여유있게 웃으면서 자신들의 의견을 내세우며떠들어댔다. 이사는 이런 변화에 기분이 무척 흡족했다. 조정의 대사와난국을 헤쳐가는 데 자신이 없으면 이루어지지 않는다는 자신감이 솟구치면서 자족감에 빠져들었던 것이다.

그러나 자신의 말 한마디에 조정 대신들의 태도가 완연히 바뀔 만큼 권세가 높아졌다고는 하지만 그렇다고 해서 모든 일이 순조롭기만 한 것은 아니었다. 이사는 그즈음 시황제가 자신을 대할 때 예전과는 달리 무척 덤덤하다는 점을 간파하고 있었다.

천하를 통일한 이후 시황제는 점차 신하들을 안중에 두지 않았다. 이사는 〈장자〉에 나오는 '안녕과 위기는 늘 서로 바뀌고, 재앙과 복도 자주 맞바뀐다'는 구절을 한시도 잊은 적이 없었다. 일찍이 그의 사형이기도 했던 한비는 영정을 두고 한 마리 용이지만 비늘을 거슬리면 좋지 않은 결과를 얻으리라고 말한 적이 있었다. 혹여라도 신하인 자신이 어떤 잘못을 해서 시황제의 미움을 사게 될 경우 살신지화를 입는 건 너무나도 확실했다. 이사는 숨을 크게 들이쉬고는 어떻게 시황제에게 군현제의 타당성을 주청해야 좋을지 강구해 보았다.

이때 등승이 구석 자리에서 벌떡 일어나더니 성큼성큼 안쪽으로 걸어 나왔다. 사람들은 등승이 나타나자 모두들 반가운 표정을 지었다.

갑자기 나타난 등승을 바라보는 이사의 입에서 절로 감탄사가 흘러나왔다.

'참으로 수려하구나. 나이 사십을 넘겼는데도 풍채는 예전 그대로야. 걸음걸이도 당당하고 얼굴에는 굳센 기개가 넘쳐흐르는군.'

사람들은 남군 군수인 등승이 나타나자 원군을 얻은 듯 몹시 기뻐했다. 그들은 등승이 시황제의 오랜 측근으로 간언을 할 수 있는 유일한 사람으로 판단했다. 그러나 이사의 생각은 달랐다. 어떤 연유인지 몰라도 등승이 혼인을 한 이후로 그는 시황제의 눈밖에 벗어나기 시작했다. 더욱이 지난번 남군에서 발생한 반란의 주모자를 사사로이 놓아준 사건으로 등승이 더욱 시황제의 미움을 사고 있다는 사실을 그는 잘 알고 있었다.

그런데 이번에도 등승은 제멋대로 임지를 떠나 함양성에 나타난 것이었다. 엄격한 진율에 따르면 임지의 군수가 조정의 허가를 받지 않고 다른 지방으로 여행을 하거나 움직이면 중죄에 해당되었다.

눈앞에 나타난 등승을 바라보며 순간 이런저런 생각을 하던 이사의 머리 속에 퍼뜩 한 가지 계책이 떠올랐다. 이사가 등승을 향해 빙긋이 웃으며 입을 열었다.

「등 군수, 언제 함양성으로 오시었소? 미리 알았다면 이런 실례는 범하지 않았을 텐데.」

「오늘 도착하였소. 급하게 오느라 조정의 허락도 받지 못했소.」

그제서야 사람들은 등승이 시황제의 부름을 받고 오지 않았음을 알고 저으기 실망감을 나타냈다. 이사는 대청의 분위기가 다시 썰렁하게 변하자 큰소리로 계속 말을 이었다.

「여러분, 벌써 술시가 되었으니 음식을 드시면서 이야기를 나누십시다.」

이사가 정위부의 총관에게 눈짓을 보냈다. 잠시 후 식탁이 들어오고 곧이어 세 발 달린 솥과 커다란 접시와 동이, 광주리에 고기, 소채, 술, 밥 등이 차례로 차려졌다. 저녁 때가 지나 그렇지 않아도 몹시 시장하던 사람들은 조금 전까지 심각하게 의논하던 얘기는 깡그리 잊은 듯 정신 없이 술을 따르고 음식을 들었다.

이사는 자신의 계획을 관철시킬 때 이렇게 가끔씩 분위기를 바꾸며 주도면밀하게 계책을 성사시키고는 하였다. 이번에도 그는 사람들의 이목을 음식과 술에 쏠리게끔 만들고 자신은 곧바로 등승의 곁에 자리를 잡았다. 이사는 등승에게 조정에서 벌어지는 국체 논쟁을 설명하며 군현제로 정해질 가능성이 거의 없음을 귀띔해 주었다. 이사는 오래 전 등승이 천하가 통일되면 군현제가 가장 좋은 국체라고 주장한 말을 잊지 않고 있었다. 더욱이 이번에 등승이 조정의 허락도 받지 않고 함양성에 온 까닭이 바로 군현제를 시황제에게 강력하게 간언하기 위한 것임을 직감적으로 알고 있었다. 이사는 등승을 보는 순간 자신의 이해 득실을 계산하고는 속으로 터져나오는 기쁨을 삼켰다. 등승이 시황제에게 간언을 하는 일은 어찌되었건 자신에게는 유리한 일이었다. 설사 미움을 사고 있는 등승이 시황제의 화를 돋우어 중죄를 받는다 할지라도 뒤에 냉정을 찾은 시황제는 분명 군현제 문제를 다시 한 번 깊이 생각할 것이고 그에 대해 자신의 의견을 물어오리라 판단했기 때문이었다. 등승은 어려운 상황에서 너무도 시기적절하게 이사를 찾아왔던 것이다.

「등 군수, 폐하를 배알하는 자리에서 군현제를 실시해야 한다고 강력하게 주청하셔야 할 것이오. 이 사람도 폐하께 몇 번이나 주청을 하였지만 승상 대인을 위시하여 박사로 초빙되어 온 유생들이 분봉제를 주장하는 바람에 번번이 실패하였소.」

이사의 간청에 등승은 더욱 입술을 굳게 다물고 고개를 끄덕였다.

이날 밤 늦게 등승은 위수의 북쪽에 있는 함양궁으로 달려가 시황제의 알현을 요청하였다. 그는 이 문제가 한시라도 지체할 수 없는 일이라고 생각했다. 알현이 허락되자 등승은 황문령과 함께 수레를 타고 함양궁으로 들어갔다.

「이게 얼마 만인가? 벌써 열두 해가 지났구나. 그때의 서가, 화원, 조어대는 그대로 있을까?」

등승은 시황제 영정의 시위장으로 있을 때 거닐던 함양궁의 경관을 마음 속으로 그려보았다. 궁문에 이르니 입구에서부터 함양궁의 변화는 뚜렷하게 나타났다.

붉은색으로 칠한 궁의 담벽은 매우 높고 두터웠으며 담벽 위에는 밝게 빛나는 붉은 기와가 덮여 있었다. 궁문 앞에는 12장이나 되는 거대한 청동인상(靑銅人像)이 버티고 서 있었다. 궁을 지키는 시위들의 모습도 아주 당당하였다. 시위들은 불을 밝히는 궁등(宮燈) 아래에서 창을 높이 세워들고 숨소리조차 죽이고 선 채 무표정한 얼굴로 등승을 바라보았다. 궁안은 비록 어둔 밤이라 잘 살필 수는 없었지만 무척 화려하게 꾸며져 있었다. 함양궁의 회랑은 다섯 가지 색으로 벽과 기둥을 칠하여 아름다움을 더했으며 기둥 앞에는 현무, 주작, 옥린(玉鱗)의 석상이 위엄있게 자리를 잡고 있었다. 또한 회랑의 좌우에는 외뿔소, 코끼리, 호랑이와 같은 짐승의 모양을 하고 있는 향로가 즐비하였다.

시황제는 내궁에 있는 서가에서 옛날의 시위장이었던 등승을 만나기로 결정하였다. 비록 시각은 자시에 이르렀지만 내궁은 시위 무사들과 황문들의 부산한 움직임으로 몹시 분주하였다.

'천자의 위용이라는 게 이처럼 대담하구나.'

내궁으로 들어가던 등승은 문득문득 곳곳에 배어 있는 위엄에 속으로 놀라움을 표하면서 서가로 오르는 계단을 힘차게 밟았다. 계단의 끝에 오르자 황문령이 무릎을 꿇고 등승이 도착했음을 시황제에게 아뢰었다. 잠시 후 고개를 숙이고 실내로 들어서던 등승은 지난날 시황제와 이곳에서 지냈던 일들이 새삼 떠올라 가슴이 뭉클해졌다.

'이곳에서 축객령을 철회해 달라고 간언을 했던가?'

등승은 길게 숨을 들이키며 실내를 훑어보았다. 붉은 대들보와 갖가지 그림으로 장식한 기둥 사이에 백옥으로 조각한 아홉 마리 용이 꿈틀거리는 모양의 등잔이 걸려 있었다. 실내의 가운데에는 여섯 개의 옥석으로 만든 평대가 자리하였고, 평대의 좌우에 외뿔소 모양의 향로가 놓여 있었다. 향로 사이에는 매우 고색창연한 탁자가 있었는데 탁자의 동서남북과 앞뒤에는 용 모양을 한 조각이 위엄을 더하였고, 기(夔;전설에 나타나는 동물)와 봉(鳳)이 각기 용의 좌우에서 호위를 하여 신비감을 자아내고 있었다. 자단목으로 만든 탁자의 면(面) 위에는 서통(書筒)이 가득하였다.

등승이 들어서자 잠시 후 조천락이 실내에 울려퍼지면서 많은 황문령들과 비빈들이 들어와 좌우에 기립하였다. 조금 뒤 시황제 영정이 얼굴에 웃음을 가득 띠고 안으로 들어왔다. 그는 머리에 금관을 쓰고 몸에는 해, 달, 별, 뫼, 미리(龍), 벌레 등 열두 가지 그림이 수놓아진 12장(十二章)의 곤룡포를 입고 있었다. 시황제가 용상에 자리를 잡자 그 뒤로 봉황선(鳳凰扇)을 든 여섯 명의 궁녀들이 나란히 섰다.

「등 군수는 남군에 있어야 할 몸인데 어찌하여 홀연히 함양성에 들어왔소?」

시황제가 엄한 목소리로 입을 열었다.

「폐하께 군현제의 실시를 주청하기 위하여 입경하였사옵니다.」

「그런데 어찌하여 이렇게 늦은 시각에 알현을 요청한 것이오? 조정의 대신들은 경의 그런 행동을 곱게 보지 않소.」

그러나 등승은 조금도 망설이지 않고 당당하게 자신의 뜻을 말했다.

「폐하, 신은 본래 채찍을 쥐고 살던 비천한 백성으로 폐하의 부름을 받고 따른 지 수십 년이 되었사옵니다. 신의 성격이 그런지라……」

시황제는 등승의 성격이 예나 지금이나 전혀 변하지 않았음을 확인하고 크게 웃음을 터뜨렸다.

「법은 나라의 근본이거늘 경은 조정의 허락 없이 임지를 떠나 함양으로 들어왔소. 마땅히 법에 의거하여 중죄를 내려야 하겠지만 그동안 조정을 위해 힘쓴 공로를 생각하여 그 문제는 거론하지 않겠소.」

등승은 자신에 대한 시황제의 오랜 정에 용기를 얻어 오래 전 축객령을 철회해 달라던 기백으로 다시 입을 열었다.

「폐하, 지금 조정에서는 분봉제와 군현제를 놓고 논쟁이 심하다고 들었사옵니다. 신이 생각하기에 분봉제는……」

「흥!」

시황제가 갑자기 코웃음을 쳤다. 그는 조금 전 황제의 너그러움과 덕을 과시하기 위해 등승의 죄를 덮어주려고 생각했었다. 그런데 황제의 고유 권한인 조정의 대사에 대해 등승이 간언을 올리려 하자 매우 화가 났다.

「그와 같은 대사를 짐이 어찌 모르겠소? 경이 이래라저래라 할 성질의 것이 아니오!」

시황제가 냅다 소리를 지르며 자리를 박차고 일어섰다.

「폐하, 정치의 근본은 백성의 마음을 따르는 것이라고 하였사옵니다. 따라서……」

「하하하, 백성? 경은 백성이라고 하였소?」

시황제가 냉소를 흘리며 등승을 노려보았다.

「백성은 몽매한 무리일 따름이오. 경은 관중의 말을 인용하지만 한비의 설에는 비할 바가 못 되오. 한비는 일찍이 '천하의 백성은 양떼와 같고, 신하는 양떼를 지키는 개와 같으며, 법률은 채찍이다'라고 하였소. 짐에게는 채찍과 개만 필요할 뿐, 양떼의 말은 들을 필요가 없소.」

「폐하, 신이 생각하기에 백성은 결코 양떼가 아니오라 바로……」

「그만 되었소.」

「폐하, 백성은 절대로……」

「경은 군수의 몸으로 죄를 짓고 또다시 짐을 능멸하려 드는가!」

마침내 시황제는 화를 참지 못하고 시위를 불렀다.

「저 자를 당장에 포박하여 죄를 묻도록 하겠다!」

시황제의 명령이 떨어지자 시위들이 달려들어 등승을 포박하였다. 그러자 평대 아래에 부복하고 있던 중거부령 조고가 급히 입을 열었다.

「폐하, 밤이 너무 깊었사옵니다. 마음을 어지럽히지 마시옵소서. 내일 죄를 물어도 늦지 않사옵니다.」

그 말에 잠시 숨을 돌린 시황제가 조고를 바라보았다.

「폐하, 형(刑)을 엄하게 집행하시어 아랫사람이 감히 윗사람을 범하지 못하도록 하시옵소서. 그래야 후환이 없어질 것이옵니다.」

조고가 등승을 힐끗 보며 말했다.

황문령에게 끌려나간 등승은 곧 함양궁의 감옥에 갇히는 신세가 되었다. 그러나 궁중의 황문들과 시위들은 그를 매우 공손하게 대하였다. 그들은 과거 등승이 시위장으로 있을 때 모두 그의 은혜를 입은 적이 있었기 때문이었다.

그 다음날 시황제의 조서를 받아낸 조고는 등승을 동궁으로 압송하여 황장자(皇長子)인 부소에게 재판을 받도록 하였다. 그전 날 시황제가 태자를 책봉하는 문제를 꺼냈을 때 조고는 마음 속으로는 부소를 반대했지만 조정 대신들의 두터운 신망을 받는 황장자의 위치를 생각하여 겉으로 내색할 수가 없었다. 그러던 참에 등승의 문제가 발생하자 그의 머리 속에 재빨리 한 가지 교묘한 계책이 떠올랐다.

이날 이른 아침, 시황제의 침소에 들른 조고는 등승의 처리를 부소 황자에게 맡기는 일을 주청하여 허락을 받아냈다. 만일 부소가 등승의 죄가를 가벼이 다루어 시황제의 마음에 들지 않으면 그 모든 책임은 부소에게 돌아갈 것이며, 반대로 무거운 벌을 내리면 조정 대신들이 부소에게 불만을 가질 터였다. 어떤 결과가 되었든 궁극적으로 부소에게는 불리한 상황이 전개될 것이었다.

조고가 등승을 압송하여 동궁에 이르렀을 때 부소는 마침 승상 왕관이 추천한 박사 순우월과 경전을 읽으며 토론을 벌이고 있었다. 순우월이 읽고 있는 경서는 〈좌전〉의 '자산(子産)이 정치의 관대함(寬)과 무서움(猛)을 논하다'라는 구절이었다. 순우월은 책을 눈 가까이에 들이대고 큰소리로 읽은 다음 내용을 해석하기 시작했다.

「자산이 말하기를 '오로지 덕이 있는 사람만이 관대함으로 백성을 복종시킬 수 있으며, 그 다음의 무서움만은 같지 못하다'고 하였습니다. 이 말의 뜻을 풀이하면 '무서운 정치는 불과 같아 백성들이 그것을 보고 두려워 하여 감히 가벼이 죄를 범하지 않기 때문에 법에 따라 죽음을 당하는 사람이 적은 반면에, 관대한 정치는 물과 같아 백성이 편안하게 생각하여 쉽게 몸으로 시험하려 들므로 죽음을 당하는 사람이 많다'고 하겠습니다.」

그의 설명을 가만히 듣고 있던 부소가 눈을 껌뻑거리며 물었다.

「선생께서는 이름난 유생이온대 어찌하여 무서운 정치를 주장하십니까?」

순우월이 가볍게 웃으며 대답했다.

「좋은 질문을 하셨습니다. 인(仁)은 유학의 근본입니다. 그러나 어지러운 세상에 사는 백성은 기강이 세워져 있지 않으므로 엄한 법률을 시행하여 다스려야 합니다. 이것이 진정으로 어진 정치[仁政]입니다. 그리하여 공부자(孔夫子)께서는 자산을 칭찬하여 말씀하시기를 '훌륭하도다. 정치가 관대하면 백성이 태만하고, 백성이 태만하면 사나움으로 그것을 얽어매야 하며, 정치가 사나우면 백성이 고통스럽고, 백성이 고통스러우면 관대함으로 베풀어야 한다. 관대함과 사나움은 서로 돕는 관계로 이것이 정치의 이로움이다'고 하였습니다. 따라서 정치에서 관대함과 사나움은 모두 백성을 편안하게 만드는 방법이라 할 수 있습니다.」

부소는 순우월의 해석에 고개를 끄덕이며 수긍했다.

이때 황문령이 나타나 등승을 처벌하라는 시황제의 조서를 전하였다.

곧 등승이 포승줄에 묶인 채 부소 앞에 나타났다. 등승의 눈에 들어온 부소의 모습은 시황제의 젊었을 때와 너무도 닮아 있었다.

부소는 지난날 시황제가 가장 총애하였던 등승을 물끄러미 내려다보았다. 강직하고 용감했던 등승의 이름은 어려서부터 부소의 뇌리에 깊이 새겨져 있었다. 마주 대할 기회는 많지 않았지만 등승과 관련된 이야기를 수없이 들어왔던 터였다.

'이 사람이 바로 한나라를 멸하고 형초의 오랑캐를 무찌른 등승 장군이구나. 참으로 아까운 인물이야.'

부소는 혀를 끌끌 차며 등승에게 말했다.

「등 군수는 어찌하여 사사로이 함양성에 들어왔소?」

「옛말에 이르기를 '나라를 다스리는 이치는 평범한 삶 속에 있고, 백성을 이롭게 만드는 건 정치의 근본이다'고 하였습니다. 소신은 폐하께 긴히 드릴 말씀이 있어 함양에 온 것입니다.」

「그렇다면 국체의 논쟁과 관계가 있겠구려.」

부소가 관심 있는 표정으로 등승을 바라보았다.

「그렇습니다. 분봉제는 조국의 산하를 여러 개로 갈기갈기 찢어놓아 결국은 망국에 이르도록 할 것입니다. 그래서……」

「흥!」

등승의 주장에 부소의 곁에 앉아 있던 순우월이 코웃음을 쳤다.

「그대가 무엇이길래 죄인의 몸으로 감히 선왕(先王)의 예법을 욕되게 하는가?」

그때 중대부 안설이 급히 부소를 찾아왔다. 그는 동궁에 이르자 등승을 힐끗 바라보며 부소에게 말했다.

「황자마마께서는 등 군수를 어떻게 처리하실 생각이십니까?」

부소가 손에 들고 있던 죽간을 어루만지며 대답했다.

120

「제왕의 권위를 범하거나 마음대로 임지를 떠나면 '질명(佚名)'과 '제리(除吏)'에 근거하여 참수를 할 수 있으며, 또한 '군작율(軍爵律)'의 '귀작조(歸爵條)'에 따르면 등 군수는 작위가 18급 대서장이므로 작위와 관직을 거두고 죽음만은 면하게 할 수 있소.」

부소의 설명에 안설이 다급한 표정으로 다시 입을 열었다.

「폐하께서는 황자마마의 손을 빌려 죽음을 내리실 생각이셨습니다.」

그러자 부소가 고개를 가로저으며 그 말을 부정했다.

「법은 혈육이나 우정을 가리지 않소. 마땅히 법조문에 근거하여 처벌해야 하오. 형률이 공정해야 백성이 따르는 법입니다.」

「하지만……」

「더 이상 이 문제에 대해 거론하지 마시오.」

부소는 손을 내저으며 안설의 입을 막고는 곧이어 곁에 부복한 궁연사(宮椽史)에게 명했다.

「등승은 법률에 따라 작위와 관직을 삭탈하고 일반 백성으로 영원히 관직에 들지 못하도록 하겠다. 이 판결을 폐하께 보고드리도록 하라.」

동궁에 있던 많은 관리들은 냉정하고 분별력 있는 부소의 판결에 모두들 고개를 끄덕이며 그의 능력을 높이 인정하였다.

한편 시황제는 등승의 판결을 보고받자 갑자기 함양을 떠나고 싶은 충동이 생겼다.

다음날 오전, 조회에 모인 황친들과 등승의 강직함을 싫어하던 대신들이 서로 얼굴을 바라보며 수군거리고 있었다.

「정말 잘 된 일이오. 양치던 그 촌놈이 끝내는 백성으로 강등되었다는군요.」

「폐하께서 단칼에 쑥대를 베어버리시다니 정말로 훌륭하고 영명하신 군주이시오. 이는 우리 진나라 종묘사직의 홍복이 아닐 수 없소.」

「그렇소이다. 조만간 분봉제가 실시되면 이 사람은 초나라의 영성으로 가야겠소이다.」

이렇게 말한 사람은 황족 가운데 바람둥이로 소문난 젊은이였다. 그 말에 다른 황족 하나가 장난스런 얼굴로 그에게 말했다.

「이보게 현질(賢姪), 초나라 땅으로 가면 미녀들에게 혼이나 빼앗기지 말게나.」

모두들 함양성에서 색귀(色鬼)라고 소문난 젊은 황족을 바라보며 낄낄 웃어댔다.

그때 사람들 틈에서 비쩍 마른 청년 문사 하나가 앞으로 나오더니 침통한 표정으로 입을 열었다. 그는 하늘의 별자리를 관찰하여 길흉을 판별하는 종묘봉상(宗廟奉常)의 관직에 있는 황친이었다.

「하관(下官)이 어젯밤에 별자리를 관찰하는데 뭇별들은 흐려지고 제왕성(帝王星)만이 밝게 빛나는 광경을 목격하였습니다. 이는 반드시 우리 신하들에게 좋지 않은 일이 일어날 조짐이니 조심하십시오. 특히 오늘 말입니다.」

「그렇다면 어찌 해야 좋겠는가?」

나이 든 황족 한 사람이 걱정스런 표정으로 물어왔다. 그러자 색귀라고 알려진 황족이 나서며 말했다.

「여러 대인 어르신, 오늘은 모두가 한마음으로 뜻을 모아……」

「그렇소이다. 목숨을 내던져 의를 구하는 게 바로 장부의 할 일이지요.」

순우월이 안으로 불쑥 들어오며 젊은 황족의 말을 끊었다. 사람들은 약간 비대한 몸으로 유유히 대전으로 들어오는 순우월을 보자 걱정스러운 표정을 일제히 바꾸었다. 그들은 서로 얼굴을 바라보며 시황제에게 분봉제를 시행토록 강력하게 간언할 수 있는 사람은 순우월뿐이라고 입을 모았다.

「그렇습니다. 박사께서만이 이사의 궤변을 막을 수 있을 것입니다.」

「맞소이다. 이사를 막을 사람은 박사뿐이오.」

사람들의 한결 같은 천거에 순우월이 기분좋게 웃었다.

「정위 대인은 충분히 막을 수 있으니 걱정하지 마시오.」

순우월의 말이 끝나자마자 곧바로 조고가 안으로 들어왔다. 그리고 그 뒤를 따라 이사가 들어오고 이어서 군현제를 지지하는 사람들이 모여들었다.

이사가 순우월 앞을 지나며 가볍게 인사를 하였다.

「밖에서 들으니 목소리가 우렁차시던데 어찌하여 소인이 들어오자 말을 끊었소이까?」

순우월은 이사의 비꼬는 말투에 아무 대꾸도 하지 않고 가만히 고개를 숙였다.

오시 삼각이 되자 함양궁에는 종소리가 요란하게 울려퍼지며 이어서 백조조봉곡(百鳥朝鳳曲)이 연주되었다. 뭇새들이 봉황에게 절을 하는 모습을 형상화한 백조조봉곡은 제왕이 신하들의 조회를 받을 때 연주되는 곡이었다. 조정 대신들은 작위와 품계에 따라 문무(文武) 양 관(官)으로 갈라선 후 모두들 손에 홀판(笏板)을 든 채 시황제 앞에서 만세 삼창을 크게 외쳤다.

시황제가 조회를 받는 금역전은 함양궁의 정전이었다. 시황제는 금역전 한가운데에 위치한 어좌에 자리를 잡고 앉아 신하들의 만세 소리에 저으기 만족스러운 표정을 지었다.

'이게 바로 양떼를 길들이는 채찍인가?'

시황제는 속으로 신하들을 비웃으며 더 이상 국체 논쟁을 질질 끌어서는 안 되겠다고 다짐했다. 이미 그의 마음 속에서는 국체가 결정되었지만 사전에 절대로 드러내지 않았다.

조정 대신들은 이날 바로 국체가 결정될 것임을 모두들 짐작하고 있었다. 이윽고 이날의 쟁점인 국체 논쟁이 시작되자 승상 왕관은 기선을 제압하려는 뜻으로 앞으로 한 걸음 나서며 천천히 입을 열었다.

「가정에는 부모 형제보다 친한 사람이 없고, 나라에는 종친보다 믿을 만한 사람이 없사옵니다. 연, 제, 형초 지역은 너무 멀고 황량한 땅이므로 분봉을 하지 않고는 직접 다스릴 수 없는 곳이옵니다. 따라서 노신은 여러 황자마마를 그 땅의 군주로 책봉하여 천하를 다스리시게 하는 것이 좋다고 생각하옵니다.」

「음, 그것이 바로 주무왕(周武王)의 법이 아니오.」

시황제가 담담하게 맞받아쳤다.

왕관이 더 이상 말을 하지 않고 조용히 물러나자 기회를 엿보고 있던 순우월이 재빨리 한 걸음 앞으로 나오며 말했다.

「폐하, 소신이 경전을 깊이 연구하던 중 은나라와 주나라가 천 년이나 넘도록 사직을 보존한 까닭을 찾을 수 있었사옵니다.」

「그렇다면 어서 말해 보시오.」

시황제가 순우월 쪽으로 몸을 숙이며 다음 말을 재촉했다.

「두 왕조는 똑같이 분봉제를 실시했사옵니다.」

그의 말이 끝나기도 전에 시황제가 어처구니없다는 듯 웃기 시작했다.

「그때의 상황과 지금이 같다는 말이오?」

순우월은 시황제의 물음에 그만 말문이 막히고 말았다. 그러자 왕관이 다시 보좌 가까이 나아가 입을 열었다.

「오늘의 분봉제는 지난날의 이름만 빌린 것일 뿐, 그 내용은 전혀 다르옵니다. 예를 들면 관중(關中)과 삼진(三晉)은 나라의 중심 지역이므로 분봉을 할 수 없을 터이고, 너무 멀리 떨어져서 중앙의 통제를 받기 어려운 곳만 분봉을 해야 할 것이옵니다. 이런 제도는 조정의 안녕을 보장하고 종친에게도 이로우니 폐하께서는 널리 굽어살피시옵소서.」

「음, 군현제에다 분봉제를 가미한다? 둘의 장점만을 취하자는 말이로군.」

시황제는 대신들이 들을 수 있을 정도로 중얼거렸다. 그제서야 대신들은 시황제가 왕관의 의견에 어느 정도 동의하고 있음을 알게 되었다. 시황제의 의중을 안 이들은 앞다투어 분봉제를 더한 군현제를 실시해야 한다고 이구동성으로 주장하였다. 시황제는 얄팍한 속셈이 그대로 드러나 보이는 조정 대신들을 가소로운 눈으로 바라보며 냉소를 흘렸다. 곁에서 조용히 시황제를 지켜보던 조고는 순간 그의 음흉하고 차가운 눈빛을 느낄 수 있었다.

대전에 들어선 이후 침묵만을 지키고 있던 이사는 시황제의 눈길을 의식하고 자신이 말할 시기가 되었음을 판단하였다. 이사는 왕관을 힐끗 바라본 뒤 조금도 머뭇거림이 없이 자신의 의견을 말했다.

「폐하, 옛날의 제도를 가지고 오늘의 상황에 맞출 수는 없사옵니다. 주나라의 경우 무왕과 문왕의 자제는 모두 백여 명이 넘었으며 그들은 모두 봉지(封地)를 받았사옵니다. 무왕의 동생인 강숙(康叔)은 위나라에, 성왕의 동생인 당숙우(唐叔虞)는 진(晉)나라에 봉함을 받았고, 그 외에 많은 사람들이 연, 노, 채(蔡), 정(鄭), 모(毛)나라의 군주로 봉해졌사옵니다. 그런데 결과는 어떠하였사옵니까? 분봉은 의도한 바와는 다르게 오히려 친속(親屬) 관계를 튼튼하게 만들지 못했고, 세월이 지나자 서로 남이 되어 다투기 시작하였사옵니다.」

이사는 주위를 훑어보면서 거침없이 이야기를 펼쳐나갔다. 시황제도 아주 관심 있는 표정으로 이사의 말에 귀기울였다.

「주나라는 분봉제로 말미암아 급격히 쇠퇴하였고, 그러자 형초의 오랑캐들이 천자의 권위를 노리는 사태까지 일어났사옵니다. 그런데 그러한 제도를 우리가 어찌 취할 수 있겠사옵니까? 하물며 멸망당한 제후국에 설치한 여러 군에도 지금까지 중앙의 힘이 제대로 미치지 못하고 있는데 만일 그런 곳에 봉국을 실시한다면 그 결과는 불을 보듯 뻔한 일이옵니다. 영명하신 폐하께서는 숱한 어려움을 극복하시고 천하를 통일하셨사옵니다. 이제 강력한 통치력에 의거하여 천하를 군현으로 나누고 중앙의 힘이 똑같이 미치도록 해야 할 것이옵니다.」

왕관은 이사의 말이 이처럼 논리 정연하고 위풍이 있을 줄은 미처 짐작하지 못했다. 유창한 언변에 놀라 멍하니 이사를 바라보던 왕관은 가까스로 떨리는 가슴을 진정시키고 힘겹게 입을 열었다.

「그렇다면 공을 세운 황실 종친들과 귀족들은 어떻게 대우를 하면 좋다는 말이오. 그에 대한 대책이 있소?」

「황자와 공신들에게는 나라에서 거둔 세금을 내려주고, 작위에 따라 명예와 특권을 더하면 될 것이외다. 하지만 나라의 땅은 한 치도 나눌 수가 없는 법, 군현제만이 종묘사직을 영세토록 보존시키는 유일한 방법이라고 생각하오.」

이사가 왕관을 향해 큰소리로 말했다. 시황제는 이사의 말이 끝나자 고개를 끄덕이며 소리쳤다.

「하하하, 이 정위의 말이 옳소이다!」

조정 대신들은 마침내 시황제의 뜻이 어디에 있는지 깨달을 수 있었다. 군현제의 실시를 주장하던 대신들은 자신들이 승리했다는 기쁨에 벌린 입을 다물지 못했다.

시황제는 웅성거리는 대신들을 진정시킨 후 조용히 입을 열었다.

「천하가 오랜 전쟁에 시달린 이유 가운데 하나가 바로 분봉제에 있었소. 이제 천하가 겨우 안정을 되찾았는데 또다시 천하를 어지럽히는 분

봉제를 어찌 실시할 수 있겠소. 이 정위의 의견은 참으로 타당한 것이
오.」

「폐하, 영명하신 판단이옵니다.」

왕관은 마지못한 표정으로 시황제의 결정에 동의를 하였다. 그러자 대
부 안설은 황장자인 부소를 바라보며 다시 한 번 상황을 반전시켜 달라
는 눈짓을 보냈다. 그러나 부소는 아무런 표정 없이 묵묵히 대세를 따르
는 태도였다.

시황제는 대신들이 모두 군현제에 동의하자 몹시 만족한 모습이었다.

「지난날 6국의 귀족들과 부호들은 모두 함양으로 옮기도록 해 엄중하
게 감시를 하고, 포로 5만을 뽑아 각 지역의 도로를 보수하거나 새로 놓
도록 하겠으니 빠른 시일 내에 모든 일을 처리하도록 하시오.」

시황제는 군현제를 국체로 결정하고 조회를 끝맺었다.

30

태산은 진시황을 거부하고

　승상 왕관은 군현제로 국체가 결정되자 병을 핑계로 승상의 직위에서
물러나고 싶다는 뜻을 황궁에 전하였다. 이 소식을 들은 시황제는 바로
이사를 궁으로 불러들였다.

　「국체가 이미 정해졌으니 이제 천하를 군현으로 나누는 일이 남았소.
오늘 아침에 왕 승상이 직위를 반납하였기에 짐은 경에게 승상을 대신
하여 군현의 일을 빨리 매듭짓도록 명하려 하오.」

　시황제의 명을 받은 이사는 솟구치는 기쁨을 억누르며 평소 생각해 왔
던 바를 말했다.

　「진나라는 수덕(水德)을 받아 6수를 상서로운 숫자로 삼았사옵니다.
따라서 신은 천하를 36군으로 나누었으면 하옵니다. 군에는 수(守;군수
로 행정을 담당), 위(尉;군위로 군사를 담당), 감(監;군감으로 감찰을 담
당)을 두어 삼권(三權)의 평형을 이루도록 하는 게 좋을 듯하옵니다.」

　시황제는 애초부터 군현제를 실시할 때 군수에게 병권이 집중되는 것

을 염려하였다. 그는 이사의 삼권 평형책(三權平衡策)을 듣고 이를 쾌히 수락하였다. 이사는 시황제의 명을 받아 천하를 36군으로 나누어 35군의 지역을 분할하고 각 군의 이름을 정했으며, 마지막으로 함양성을 독립된 군으로 승격시켰다.

군현제를 수립하기까지의 상황을 이사로부터 보고받은 시황제는 매우 흡족해 하였다.

「경은 국사를 처리하느라 그동안 참으로 수고가 많았소. 짐은 오늘부로 경을 우승상으로 삼으려 하니 짐을 대신하여 상계(上計)를 처리하여 주오.」

이사는 자신을 승상으로 임명한다는 시황제의 말에 머리를 조아리며 감격의 눈물을 떨구었다. 더욱이 시황제는 자신에게 상계까지 맡도록 하였다. 이사의 기쁨은 이루 말할 수 없을 정도였다. '상계'란 군왕이 신하의 치적을 평가하는 제도로, 진율에 따르면 군수들은 군내의 인구, 세수(稅收), 농사에 관한 장부를 만들어 조정에 보고하고 황제는 이를 통해 군수의 능력을 파악할 수 있었다.

다음날 시황제는 조회에서 이사를 우승상으로 임명한다는 조서를 내린 후, 매일 지방에서 수십 개씩 올라오는 죽간, 백서를 가리키며 말했다.

「이렇게 매일 보고되는 문서와 경서의 문자가 서로 달라 이를 읽고 해석하는 데 애를 먹고 있소. 어떤 문서는 주문(籒文;주나라의 태사였던 주가 만든 문자)이고 어떤 죽간은 초전(草篆)이나 소전(小篆)으로 쓰여져 있어 여간 불편한 게 아니오. 만일 군현이나 관방(關防;국경을 지키는 초소)에서 문자의 혼동으로 대사를 그르치는 일이 발생한다면 천추에 한이 될 것이오. 이 경과 중거부령, 호무경(胡毋敬) 대인은 경서에 조예가 깊으니 진의 전자(篆字)를 기초로 하고 6국의 문자를 참조하여 새로운 표준 문자를 제정토록 하시오.」

이사는 시황제의 조치에 마음 속으로 새삼 감탄사를 내뱉었다.

'영명하신 제왕이시도다!'

조회가 끝나자 시황제는 이사를 특별히 남도록 하였다.

「천하가 통일이 되었으나 아직도 각지의 계산법이 틀리니 이 또한 걱정이오. 그 예를 든다면 한중(漢中)은 흉년이 들었는데도 풍년이 들은 파군(巴郡)보다 세수(稅收)가 많이 나와 있소. 이는 서로 도량형(度量衡)이 틀려서 발생한 일이오. 이렇게 각 지역의 계산법이 틀리면 관리의 상계에도 기준이 서지 않을 테고, 관리의 평가가 공정하지 못하면 나라를 다스리는 데 어려움이 더욱 커질 것이오.」

이사는 시황제가 말하고자 하는 바를 재빨리 파악하고 머리를 조아리며 입을 열었다.

「도량형이 통일되지 않으면 검수(黔首;일반 백성을 말함)들이 교역을 하는 데에도 불편이 많고 폐단이 많사옵니다. 소신, 어명을 받아 도량형을 통일하도록 하겠사오니 너무 심려마시옵소서.」

대전을 빠져 나온 이사는 금역전을 나와 조용히 은퇴한 후 여생을 편히 쉬고 있는 왕관을 찾아 자문을 구하고 곧이어서 어사대부 풍거질과 더불어 도량형의 통일을 논의하였다.

시황제는 도량형이 통일되자 곧바로 장군 왕분으로 하여금 천하의 병기를 수거하도록 지시하고, 몽의에게는 전국의 도로 사업을 감독케 하였다. 그와 동시에 그는 '검수자경전(黔首自耕田)'의 조서를 전국에 내렸다. 검수자경전이란 모든 백성들에게 일정한 농토를 나누어 주고 조세를 받는 새로운 형태의 토지 제도였다. 백성들은 시황제의 조치에 따라 처음으로 자신의 농토를 소유하게 되자 한결같이 황제의 은덕을 칭송하였다. 시황제의 잇따른 정책으로 천하는 급속하게 안정을 되찾아가기 시작했다. 시황제는 도량형과 문자를 통일하고 마지막으로 검수자경전의 조치를 내리자 그제서야 일단 한숨을 돌릴 수 있었다.

반년이라는 짧은 기간 내에 천하의 문자와 도량형을 일거에 통일하고 토지 제도를 새롭게 시행하자 조정 대신들은 입을 모아 시황제의 영명함을 찬양하였다.

천하의 백성들이 전쟁을 잊고 사는 건 영명하신 황제 폐하의 공덕일세

모두들 새로운 삶을 찾게 되니 군주의 은혜는 길가를 다니는 개와 닭에까지 미치네

시황제가 제왕에 등극한 지 일 년이 되어갈 무렵(BC 220년) 북방에 살고 있던 흉노족이 구원(九原)을 공격하는 일이 발생하였다. 운중(雲中)과 안문(雁門)의 두 군수는 조정에 급서를 보내 그 대책을 호소하였다. 보고를 받은 시황제는 곧바로 상군(上郡)과 대군(代郡)에 주둔하고 있는 병력을 구원과 운중으로 보내 이들을 도우라는 조서를 내렸다.

바로 이 해에 진시황은 갑자기 서쪽으로 순행을 나가 농서(隴西)와 북지(北地), 두 군을 돌아보고 계두산(谿頭山)을 지나 회중(回中:지금의 섬서성 농현 서북쪽)을 거쳐 함양으로 돌아온 일이 있었다. 이는 시황제가 제왕에 오른 후 처음으로 실시한 순행이었다. 서쪽 지방의 순행을 마친 시황제는 함양성에서의 무료함을 이기기 어려웠다. 함양성에서 여산(驪山)에 이르는 광활한 지역에는 수많은 궁전과 저택들이 자리를 잡고 있었지만 그에게는 이만한 공간도 매우 작게 여겨졌다.

시황제가 무료하게 하루하루를 보내고 있던 어느 날 순우월이 알현을 요청하였다.

「폐하, 신이 듣건대 오랜 옛날 역성 혁명(易姓革命)을 단행하여 태평성대를 이룬 군주들은 어느 누구도 태산(泰山)과 양부(梁父)에서 봉선(封禪)의 예를 지내지 않은 인물이 없었사옵니다. 봉선이란 천명을 받은 군주가 지상(地上)을 잘 다스리고 이를 하늘에 다시 알리고자 하는 의식이옵니다. 폐하께서는 천하를 통일하시었으니 마땅히 사방을 순행하시고 태산과 양부에 올라 천지의 신령에게 예를 올리셔야 할 것으로 사료되옵니다.」

시황제는 순우월의 주청을 받아들여 곧바로 봉선 준비를 지시하였다.

시황제 3년(BC 219년), 조정에서는 점복을 쳐 순행의 길일(吉日)을 정하였다. 순우월은 떠날 날짜가 잡히자 곧바로 왕관의 저택을 찾아갔다. 순우월은 시황제가 친히 하사한 예복을 입고 아주 즐거운 표정으로 왕승상부의 문을 열고 안으로 들어갔다. 이때 총관이 급히 뛰어나오더니 순우월에게 일렀다.

「대인께서는 지금 몸이 편찮으셔서 누워 계시오니 다음날 오십시오.」

이 말에 순우월이 고개를 끄덕이며 말했다.

「그렇다면 문 밖에서 하직 인사나 올리고 가겠네.」

왕관의 침소 앞으로 나아간 순우월이 큰소리로 외쳤다.

「대인 어른, 소생이 늦은 시각에 찾아와 무례를 범했습니다! 폐하의 동순(東巡)이 다가와 급히 인사를 드리고 떠나겠습니다!」

왕관은 시황제의 순행날이 임박했다는 말에 창문을 열고 순우월을 안으로 불러들였다.

「대인 어른, 소생은 이제 고향으로 돌아갑니다. 언제 대인을 다시 뵐지 모르겠습니다.」

순우월의 말에 왕관은 지그시 눈을 감았다. 그는 비록 고희를 넘어선 나이였지만 정신만큼은 젊은 사람처럼 명료했다.

「즐거움이 다하면 슬픔이 오는 법일세. 나는 이제 칠십이 넘어 내일을 기약할 수 없는 몸이지만 박사는 나이도 젊고 앞길도 훤하니 모든 일을 처리할 때는 반드시 두 번, 세 번 생각해서 하시게나.」

순우월은 왕관의 말뜻을 이해하지 못하고 고개를 갸우뚱했다.

「무슨 가르침이 있으시면 서슴없이 말씀해 주십시오.」

「하하하, 〈시경〉에 나오는 구절을 인용하겠소. '깊은 냇가에 이르면 살 얼음을 밟듯이 조심해서 건너야 한다.' 내 말은 이것이오.」

「그렇다면 이번 순행에 무슨 불길한 일이라도 있다는 말씀이십니까?」

순우월은 왕관의 뜻을 아직 파악하지 못했다.

왕관은 좀처럼 속마음을 직선적으로 표현하지 않는 사람이었지만 순우월에 대해서만큼은 솔직한 편이었다. 더욱이 이번 진시황의 순행에는 유생으로 순우월 한 명만이 동행하기 때문에 걱정이 되었다.

왕관이 목소리를 잔뜩 낮춘 채 입을 열었다.

「어찌하여 이번 순행길에 조정의 박사관 중에서 여섯 명만 가게 되는 것이오? 그리고 중신들 중에서는 승상 이사, 어사대부 풍거질, 중거부령 조고와 몇 명만 수행하도록 되어 있지 않소? 더욱이 황자 중에서 호해 황자만 가고 황장자인 부소 황자는 데리고 가지 않는 이유가 과연 무엇 이겠소?」

순우월은 왕관의 말에 한동안 입을 열지 못하고 있다가 잠시 후 겨우 말을 꺼냈다.

「다른 건 몰라도 부소 황자는 여산대묘(驪山大墓)의 수축 문제로 폐하 께 간언을 하였다가 죄를 얻어서……」

「여산대묘의 수축은 나도 들었소. 폐하께서는 소부(少府) 장한(章邯) 에게 명하여 10만의 백성을 동원해서 시황제묘를 수축한다지요?」

「그렇습니다.」

「백성은 나라의 근본으로, 근본이 튼튼해야 나라가 평안한 법, 황자의 백성 사랑은 진정으로 얻기 어려운 나라의 기쁨이거늘……」

왕관은 안타까운 듯 말 끝을 잇지 못했다.

「박사, 이번 동행에 있어서 폐하께서는 박사를 어떻게 대하고 있소?」

「쉽게 말씀드리면 찬밥 신세라고 할 수 있지요.」

순우월은 왕관에게 제나라 출신의 유생들이 겪는 설움을 한숨을 내쉬며 일러주었다.

「그렇다면 어찌하여 박사의 동행을 허락한 거요?」

왕관이 의아한 표정으로 물었다.

「첫째는 소신이 봉선의 예를 실시해야 한다고 주청하였고, 둘째는 소신이 예의의 나라인 제나라에서 태어나 봉선의 예를 잘 알고 있기 때문이지요.」

「폐하께 봉선을 주청드린 박사가 바로 그대였구려. 축하하오. 이제는 관운(官運)이 트이게 되었소.」

왕관이 이렇게 비아냥거리며 냉소 가득한 눈으로 순우월을 노려보았다. 그러자 순우월은 부끄러움에 그만 얼굴을 붉히며 고개를 숙였다.

「지금껏 태산과 양부에 봉선의 예를 행한 일은 그다지 많지 않았소. 이번 일로 박사의 이름은 후대에 길이 남을 것이오.」

순우월이 제일 싫어하고 두려워 하는 일은 자신이 기개 없는 선비라고 손가락질당할 때였다. 그는 수치심에 더욱 얼굴을 들지 못했다.

「전하는 말에 따르면 지금까지 72왕이 태산과 양부에서 봉선의 예를 행했다고 하는데, 그때에는 하늘에서 상서로운 기운이 감돌았다고 하오. 지금 시황제는 선왕의 예법을 거역하고 성인의 말씀을 저버렸으며, 분봉제의 전통을 무시하고 군현제를 실시하고 있소. 또한 공을 세운 황친과 귀족들을 멀리하고 형법에 의거하여 가혹한 정치를 펼치고 있으며, 궁전과 묘의 수축에 국고를 낭비하고 있소. 사정이 이러할진대 어찌 태산과 양부에 봉선의 예를 올릴 수 있단 말이오?」

왕관이 목소리를 높이며 소리쳤다. 순우월은 왕관의 충언에 감동하였다.

「대인의 가르침에 감사를 드립니다. 자칫 소신이 불의에 빠질 뻔하였습니다. 시황제는 진정 봉선의 예를 드릴 자격이 없는 사람입니다. 소신은 이번 순행길에 빠지도록 하겠습니다.」

순우월의 말에 왕관이 고개를 끄덕이며 계속 말을 이어갔다.

「박사는 유생 가운데 덕망이 뛰어난 인물인데 그렇게 황제의 명을 거역하면 어찌 되겠소?」

「그럼 어떻게 하면 좋겠습니까?」

「박사는 총명하니 스스로 기회를 엿보면서 행동하면 문제가 발생하지 않을 것이오.」

「이(利)와 의(義)를 어떻게 함께 추구할 수 있겠습니까?」

순우월이 길게 탄식을 하자 왕관이 웃으며 그를 격려하였다.

「너무 걱정하지 마시오. 내가 해주고 싶은 말은 '큰 지혜는 바보와 같다'는 것이오.」

순우월이 고개를 끄덕이며 하직 인사를 하고 자리를 떠났다. 순우월이 돌아가자마자 바로 우승상이 된 이사가 왕관을 찾아왔다.

「폐하께서 소신에게 도량형의 실시가 어떻게 진행되고 있는지 물으셨는데 아직 회답을 올리지 못했습니다. 이 일은 왕 승상께서 주관하시었으니 마무리를 해주시면 고맙겠습니다.」

이사의 요청에 왕관은 답할 준비를 하였다.

한편 안륙현의 현존이었던 종회와 함께 병기 거두는 일을 하던 장량은 우연히 항백을 만나 그를 위기에서 구해준 뒤 자신은 북쪽으로 멀리

달아나기 시작했다. 그는 지난 수년 간 방랑한 경험으로 낮에는 동굴에
숨고 밤에만 움직이며 계속 북상을 하였다. 그러던 중 장량은 지니고 있
던 금덩이를 모두 팔아 신분을 표시하는 부패(符牌)를 어렵사리 살 수
있었고 그 후로는 낮에도 동굴에서 나와 편하게 활동하였다.

북쪽으로 나아가던 장량은 무관(武關;지금의 섬서성 단봉 지역)과 이
궐(伊闕;지금의 하남성 낙양시 남쪽) 지역으로 들어가게 되었는데 그곳
에는 이미 그의 얼굴이 그려져 있는 방이 여기저기 나붙어 있었다. 하지
만 관방을 지키는 무사들은 부패를 가지고 있는 장량을 알아보지 못하
고 아무 의심 없이 길을 열어주었다.

드디어 장량은 꿈에도 그리던 고국 한나라의 도성이었던 신정으로 돌
아왔지만 한왕(韓王)의 수인대(授印臺)는 무너져 내린 채였고, 자신의
저택은 이미 다른 귀족이 차지하고 있었다. 장량은 치밀어 오르는 슬픔
을 삼키며 그리운 옛날 친구들을 찾아다녔다. 하지만 친구들은 모두들
벌써 먼 곳으로 떠났거나 이미 세상을 등진 뒤였다. 오랜 수소문 끝에
장량은 먼 친척 되는 사람이 신정에서 그리 멀리 떨어지지 않은 고양향
(高陽鄉;지금의 하남성 기현 서남쪽)에 살고 있다는 사실을 알아냈다.
그는 일단 그곳으로 가 비바람이라도 피할 생각을 하였다. 신정 땅으로
돌아온 장량은 과거 한나라 사람들을 찾아다니며 한의 복국을 설득하였
지만 대부분이 고개를 설레설레 흔들며 부정적인 입장을 나타냈다. 모두
들 이구동성으로 강대한 진나라를 도저히 당해낼 수 없다는 주장을 했
던 것이다. 장량은 고양향의 친척 집에 가서 잠시라도 몸을 쉬고 싶었다.

고양향은 옛날 주(周) 천자(天子)의 영지(領地;직접 다스리는 땅)로
매우 번성했던 지역이었으나 후에 주나라 왕실이 쇠퇴하자 그에 따라
쇠락하기 시작했고, 진나라가 주를 멸망시키면서 가을바람에 흩날리는
낙엽처럼 스산한 마을로 변해갔다. 고양향에 살고 있는 장량의 친척은

그가 누군지조차 모르는 표정이었다. 그런 그에게 장량은 자신의 집안 내력을 자세히 설명하였고, 그제서야 친척은 반갑게 장량을 맞이하였다. 촌수로 따져서 그는 장량에게 아저씨뻘이 되었다. 그러나 아무리 친척이라고 해도 거의 남과 같은 집에서 얹혀 사는 일은 보통 얼굴이 두껍지 않고서는 견디기 어려운 일이었다. 장량은 하릴없이 신세만 지는 것이 미안해 주머니를 털어 있는 돈을 모두 친척 아저씨에게 건넸지만 그 정도의 돈은 며칠 정도의 밥값에 불과하였다. 날이 갈수록 아저씨는 난처한 표정을 지었고 그의 아내인 아주머니는 표독스러운 말투로 장량을 빗대어 마구 욕을 퍼부었다. 그러나 달리 갈 만한 곳도 없고 쫓기는 처지라 장량은 그저 이를 악물며 참고 지냈다.

어느 하루 느지막히 일어난 장량은 그날따라 배가 몹시 고팠다. 인색하기 짝이 없는 아주머니가 끼니 때마다 그에게 풀죽이나 보리밥을 해 준 탓이었다. 장량은 주린 배를 움켜쥐며 자리에서 일어나 천천히 마당으로 나왔다. 친척 아저씨와 가족들은 어디로 나갔는지 집안에는 사람 그림자조차 보이지 않았다.

배고픔을 참지 못한 장량의 발길이 자신도 모르게 부엌으로 향했다. 잠시 후 찬장 속에서 찬밥을 발견한 장량은 딱딱하게 굳은 밥알을 우적우적 씹었다.

「그래도 일가친척인데 어떻게 이렇게 푸대접을 할 수 있단 말인가?」

어느 정도 허기가 가시자 장량은 문득 자신을 거지 취급하는 친척에 대한 증오심이 솟아났고 결국 화를 참지 못해 밥그릇을 바닥에 내던져 버렸다. 그런데 일이 꼬이려는지 그때 마침 밖에서 들어오던 아주머니가 그릇 깨지는 소리를 듣게 되었다. 깜짝 놀란 그녀가 부엌문을 열어젖히더니 장량을 보고 고래고래 소리를 질러댔다.

「하루 종일 하는 일 없이 밥만 축내는 주제에 이제는 없는 살림까지 박살내는구먼!」

그러자 곁에 서 있던 아저씨가 장량을 홀겨보면서 그녀에게 말했다.

「그만해, 그래도 일가 친척인데……」

「흥, 친척 좋아하네. 그래, 저 인간이 부귀영화를 누릴 때 우리를 거들 떠보기나 했어요? 게다가 지금은 도망다니는 신세잖아요. 꼴도 보기 싫으니까 당신이 알아서 하세욧!」

그녀의 말이 끝나기도 전에 장량은 부엌문을 박차고 밖으로 뛰쳐나갔다. 장량은 아무 생각 없이 무작정 거리를 달렸다. 지난날의 반듯하고 번성했던 거리는 이미 흔적조차 사라지고 스무 채 정도의 집만이 양쪽으로 늘어서 있을 뿐이었다.

한참을 뛰어가다 보니 거리 끝에 있는 사당에 다다르게 되었다. 사당 앞 공터에는 많은 장사꾼들이 진을 치고 물건을 팔고 있었다. 밀가루빵을 구워 파는 사람, 옥패(玉佩) 장수, 원숭이의 재주를 팔아먹는 기예꾼이 장량의 눈에 들어왔다.

장량은 비적비적 사당 한구석으로 걸어가 그들을 물끄러미 바라보았다.

「이 넓은 천하에 내 한 몸 의탁할 곳이 없단 말인가? 사람들이 이렇게 많은데 나와 어울릴 친구 하나 없다니!」

사람들을 바라보던 장량의 입에서 자신도 모르게 탄식이 터져나왔다. 장량은 용수(榕樹) 아래 털썩 주저앉으며 품에서 퉁소를 꺼내 불기 시작했다.

장량이 내는 퉁소소리는 매우 애절하고 은은하였다. 시간이 조금 흐르자 시장을 보러 나왔던 사람들이 퉁소소리에 이끌려 장량 앞으로 몰려들었다. 퉁소소리는 점점 그윽하고 처량해져 어버이를 잃은 소녀의 울부짖음 같기도 하고, 전장터에 나가는 남편의 바지춤을 부여잡고 훌쩍이는 아낙네의 넋두리 같기도 하였다. 잠시 후 슬픈 가락이 끝나자 퉁소소리 는 전혀 다른 음으로 바뀌어 갑자기 높아졌다가 낮아지고, 바다처럼 여 유 있다가 급류처럼 빨라졌다가 하며 한순간에 사람들의 비겁함을 질책 하는 채찍이 되고, 세상의 어지러움을 비판하는 호통소리가 되기도 하였 다.

마침내 연주를 끝낸 장량이 퉁소를 입에서 떼더니 조용히 탄식을 하 였다.

「아깝다, 아까워! 아무리 좋은 칼도 주인을 잘못 만나면 녹이 슬듯, 이 퉁소소리를 알아듣는 사람이 과연 얼마나 될까?」

이때 장량이 퉁소를 부는 모습을 멀리서 구경하고 있던 한 사람이 그 말에 귀가 솔깃하여 가까이 다가왔다. 그 사람은 동그란 눈동자에 가는 눈썹을 지녔으며 코는 반듯하고 입술은 두툼했다. 팔뚝에는 털이 수풀처 럼 우거졌고 구렛나루가 인상적으로 보였다. 소매에는 두툼한 두루마리 와 죽편(竹片)이 몇 쪽 드러나 있었고 허리에는 쇠꼬리로 엮은 허리띠 를 둘렀으며 날이 가늘고 뾰족한 첨도(尖刀)를 매달고 있었다. 한눈에 보아도 범상한 사람이 아니었다.

그 사람이 장량에게 허리를 굽혀 인사를 올리며 말했다.

「정말 훌륭한 음악을 듣게 되어 영광입니다.」

「그저 부끄러운 실력입니다. 감히 찬사를 들을 만한 가락이 아닙니다.」

장량이 겸손하게 대답했다.

「이 사람에게도 노래를 할 줄 아는 친구 몇 명이 있었는데 모두들 고 산유수(高山流水)의 악장(樂章)을 알지요. 그런데······」

「그럼 장사께서는 연나라 땅에서 오신 모양이군요. 그렇다면 역수비가 (易水悲歌)란 노래를 들어보셨습니까?」

장량이 몹시 기쁜 표정으로 물었다.

「비천한 이 사람은 고양(高陽;지금의 하북성 고양현 동쪽) 사람으로
개고기를 팔고 있습니다.」

개고기를 팔고 있다는 그의 말에 장량의 눈이 번쩍 뜨였다.

「연나라 땅에 송의(宋意)라는 선생이 계신다고 하던데, 혹시 그분이
아니십니까?」

그가 고개를 끄덕이며 장량에게 말했다.

「그렇게 말씀하시는 선생께서도 그냥 심심풀이로 퉁소를 부시는 게 아
닌 듯한데?」

「저는 장량이라고 합니다. 진나라 국법을 어겨 도망다니고 있는 중이
지요.」

장량은 송의가 묻기도 전에 자신이 국법을 어긴 도망자임을 밝혔다.
그만큼 송의를 믿는다는 뜻이었다. 송의는 장량의 손을 부여잡으며 오랜
친구를 만난 듯이 아주 기뻐했다.

서로의 신분을 알게 된 송의와 장량은 의기가 투합되어 근처에 있는
주막으로 달려갔다. 두 사람은 술단지를 앞에 놓고 주거니받거니 하면서
서로의 울분과 괴로움을 토로하였다.

「제가 형님으로 모시겠습니다. 아우의 술을 받으십시오!」

장량이 술사발을 송의에게 건네며 소리쳤다.

「하하하, 그럼 이 사람은 그대를 아우님이라고 부르겠네, 어떤가?」

두 사람은 서로의 술사발을 주고받으며 기분좋게 술을 마셨다.

잠시 후 장량과 송의는 주막집을 나와 다시 사당으로 걸음을 옮겼다.
마침 장량이 퉁소를 불던 자리에는 노래를 파는 아가씨와 축을 켜는 노
인이 사람들을 불러모으고 있었다. 호기심을 느낀 두 사람은 사람들을
헤치고 안쪽에 자리를 잡고 앉았다. 그때 누군가 크게 소리를 질렀다.

「앗, 관병이 온다!」

그 말에 장량과 송의는 화들짝 놀라 자리에서 벌떡 일어났다. 창을 꼬나든 네 명의 관병들이 나타나 구경하고 있는 사람들을 급히 해산시켰다. 그리고 조금 뒤 멀리서 기마병의 호위를 받고 있는 수십 대의 수레가 쏜살같이 달려왔다. 수레 제일 앞에는 황제의 사신을 표시하는 깃발이 힘차게 펄럭이고 있었다.

「무슨 일이지?」

난데없는 수레 행렬에 고개를 가로젓던 장량이 수레가 지나가자 담대하게 관병에게 다가가 물었다.

「무슨 수레 행렬이기에 저렇게도 요란하답니까?」

「이 사람아, 소문도 못 들었나? 황제 폐하께서 태산에 행차하시는데 저 수레는 미리 길을 알아보고 있는 거라네.」

관병의 설명에 장량은 고개를 끄덕이며 송의와 함께 사당을 벗어나 산마루로 자리를 옮겼다.

「아우님, 우리와 진왕 영정은 불과 물의 관계가 아니겠나?」

장량이 희미한 눈빛으로 송의를 바라보았다. 무슨 뜻인지 모르겠다는 표정이었다.

「낙양으로 가자는 말이야. 기회를 노리고 있다가 언젠가는 그 목을 따내 형가의 원한을 갚아야지.」

「물론입니다. 예로부터 낙양성은 방비가 삼엄하다고 들었습니다만, 진왕 영정이 그곳에 있으니 기회는 충분합니다. 백지장도 맞들면 낫다고 했으니 이 동생은 마땅히 형님을 따라가야지요.」

송의는 장량의 호쾌한 대답에 머리를 흔들며 커다랗게 웃었다.

그즈음 왕단은 태산에서 아버지 왕충과 헤어진 뒤 두 해 동안 계속해서 세상을 떠돌아다니던 중이었다. 세상은 왕충이 말한 대로 참으로 많이 달라져 있었다. 한마디로 천하가 하나로 통일되면서 백성의 삶이 많이 평안해지고 있었던 것이다.

그러던 어느 날 왕단은 시황제가 태산으로 봉선의 예를 올리러 떠났다는 소식을 듣게 되었다. 그는 곧바로 성고고도(成皐古道)를 따라 추봉산(鄒峰山:지금의 산동성 추봉산)으로 급히 발길을 향했다. 왕단은 틀림없이 아버지 왕충이 시황제를 수행하고 태산으로 오리라 믿었다.

성고고도는 많이 변해 있었다. 옛날에는 길이 좋지 않아 비만 오면 진흙뻘이 되었고, 노면도 고르지 않아 수레가 다니기 불편했지만 지금은 수많은 갱졸(更卒)들이 나와 도로를 보수하는 중이었다. 진나라의 법률에 따르면 성인 남자는 일 년에 한 번씩 나라의 명에 따라 한 달 동안 부역을 해야 했다. 갱졸은 바로 이런 사람들이었다. 그들은 모래를 퍼다가 도로의 패인 곳을 메우고, 자루에 흙을 담아 축대를 쌓았다. 그 덕분에 도로의 노면이 편평해졌고 전보다 너비도 훨씬 넓어져 있었다. 게다가 석 장 거리로 나무를 심어 주변 풍경도 한결 좋아 보았다.

'저 갱졸들이 무슨 죄를 지었길래 이다지도 고생을 한단 말인가. 한 사람을 위해 숱한 젊은이들이 고생하는 게 천하 통일이더냐?'

하루 종일 허리 한 번 제대로 펴지도 못한 채 작업에 열중하고 있는 백성들의 모습에 왕단은 자신도 모르게 두 주먹을 불끈 쥐었다.

그즈음 시황제는 이미 낙양성을 벗어나 태산으로 향하고 있었다. 왕단은 시황제의 행궁(行宮)이 있는 방향으로 발걸음을 돌렸다. 그리고 며칠 지나지 않아 행궁이 바라다보이는 부근의 산마루에 도착하였다.

어느덧 해가 기울어 서쪽 하늘에 황혼이 물들기 시작했다. 주변을 살피고 있던 왕단의 눈에 선발대가 마련한 행궁에 도착하고 있는 시황제의 어가가 들어왔다.

「음, 대단한 행렬이군!」

화려한 시황제의 어가 행렬을 보는 왕단의 입에서 절로 탄성이 흘러나왔다.

 시황제의 행렬 제일 앞에는 청로(淸路;앞서 달리며 길을 트는 행렬)라 불리는 수십 기의 금위군이 달렸고 그 뒤를 깃발을 든 기수단 수백 명이 따르고 있었다. 기수단의 선두에는 해, 달, 구름, 청룡, 백호, 주작, 현무(玄武), 천마(天馬)와 같은 그림을 수놓은 144기가 펄럭였고, 바로 뒤에 쌍으로 이루어진 장방형의 깃발 96기가 현란한 색깔을 내뿜으며 사람들의 눈을 현혹시켰다. 기수단 다음에는 황제를 보필하는 시위병들의 행렬이 이어졌는데, 시위병들은 금칠(金漆)한 과, 모, 극, 추(酋), 수를 들고 시황제의 수레를 호위하였으며, 특히 그 가운데 도끼를 쥔 여섯 명의 시위병들은 철갑옷에 투구를 쓰고 있었다.

 시황제가 탄 여섯 필의 검은 말이 끌고 있는 수레는 멀리서 보아도 화려하고 아름답기 그지없는 수레였다. 수레의 여(輿)에는 6장 3척의 일월기(日月旗)가 양쪽에 꽂혀 있었다. 그리고 시황제의 수레 뒤로 좌우로 81대나 되는 황제의 부거(副車;황제의 권위를 위해 따르는 수레)가 나란히 이어졌는데 이 수레들 또한 모두 검은색 치장이 된 채였다. 부거의 뒤로는 시황제를 수행하는 관리, 비빈(妃嬪), 궁인들의 행렬이 따르고 있었다.

 이날 밤 수소문 끝에 왕단은 아버지 왕충을 만날 수 있었다. 태의 왕충은 너무도 오랜만에 아들을 보자 눈물을 금하지 못했다.

 「애야, 이제 이 아비도 많이 늙었다. 내가 폐하께 간청을 할 터이니 이제는 내 곁에서 너의 앞날을 꿈꾸는 게 어떻겠느냐?」

 아버지의 간곡한 말에 왕단은 아무 대답도 하지 못하고 고개를 푹 숙였다.

 '어찌해야 좋단 말인가. 진나라는 확실히 활기차게 세상을 움직이고 있어. 농부들은 비지땀을 흘리며 밭을 갈고 여인들은 열심히 길쌈을 하

지 않는가. 그렇지만 황제의 행렬은 어떠한가. 사치와 교만이 흘러넘치고 있지 않은가.'

왕단은 선불리 마음의 결정을 내리지 못하고 깊은 생각에 잠겼다. 왕충은 왕단의 그런 모습에 가슴이 답답해 왔다. 한참 뒤 왕단이 고개를 들고 무어라 말하려는 순간에 어디선가 날카로운 외침이 들려왔다.

「도적놈을 잡아라!」

이 소리에 왕단은 급히 왕충에게 하직 인사를 올리고 숲으로 뛰어들어가 몸을 숨겼다. 시간이 흘러갈수록 도적을 찾으러 나선 사람들의 수가 늘어났다.

숲속에 숨어 주변 동정을 살피던 왕단의 귀에 어디선가 속닥거리는 목소리가 들렸다.

「형님, 제가 추격병을 유인하겠으니 달아나셨다가 제 복수를 해주십시오.」

「아우님, 내가 적병을 유인할 테니 먼저 떠나게나. 아우님은 나보다 경험이 풍부하고 지혜도 뛰어나니 나라를 망하게 한 원수를 반드시 죽일 수 있을 거야.」

「아닙니다. 형님의 무예가 뛰어나니 원수를 제거하고 백성을 구하는 일을 맡으셔야 합니다.」

왕단은 두 사람의 대화에 매우 감동하였다. 어려운 처지에 놓여 있으면서도 대의(大義)를 위해 서로 죽겠다고 말하는 그들의 의리가 한없이 부러웠던 것이다. 왕단은 더 이상 머뭇거리지 않고 자리에서 벌떡 일어나 두 사람이 숨어 있는 곳과 반대되는 쪽으로 달아나기 시작했다. 도적을 찾고 있던 추격병들은 도망치는 왕단을 발견하고 호각을 부르며 우르르 그리로 뒤쫓아갔다. 숲에 숨어 있던 두 사람은 자신들을 대신해 엉뚱한 사람이 도적으로 몰려 쫓기게 되자 안타까우면서도 다행스런 표정이 되었다.

왕단을 감동시킨 두 사람은 장량과 송의였다. 그들은 의기 투합하여 시황제를 죽이기 위해 낙양성으로 갔지만 방비가 엄중하여 끝내 성 안으로 들어가지 못했다. 하는 수 없이 두 사람은 계획을 바꿔 시황제가 낙양성을 떠나 태산으로 가는 도중에 행궁을 차리면 그곳에 잠입하여 죽이기로 결정하였다. 이날 저녁 두 사람은 행궁에 접근하다 시위병에게 발각되어 도망치던 중이었다. 병사들의 시선에서 놓여난 두 사람은 조용히 숲을 빠져 나와 산 속으로 몸을 피했다.

한편 시황제는 낙양성을 떠난 지 며칠 되지 않아 행궁에 도적이 들었다는 보고에 몹시 화를 냈다. 그 다음날부터 시황제의 행렬은 더욱 경비가 삼엄해지고 속도도 매우 늦어졌다. 시황제의 행렬은 성고고도에 위치한 탕군(碭郡), 동군(東郡)을 지나 설군(薛郡)의 추봉산으로 향했다.

추봉산은 노(魯:지금의 산동성)의 추현에서 남쪽으로 백 리 정도 떨어진 곳에 위치한 산으로, 추현은 주나라 초기에 주(邾)나라가 있었고 추봉산의 이름도 그에 따라 처음에는 주봉산이라고 불렸다. 그러나 후에 노(魯)나라의 목공(穆公)이 주를 추(鄒)로 바꾸자 주봉산도 자연스레 추봉산이 되었다. 이 산의 이름을 〈서경〉에서는 봉양(峰陽)이라 하였고, 〈시경〉에서는 부역(鳧繹)이라 명명하였다. 또한 추봉산 위에는 학궁(學宮)이 있었다고 하는데, 진(晉)나라가 한, 위, 조로 갈라진 뒤 시작된 전국 시대 초기, 유학의 큰 봉우리였던 맹가(孟軻)가 이곳 추현에서 태어났으며, 그는 등봉산에 올라 학문을 수련했는데 그곳이 바로 학궁으로 전해내려오고 있었다 .

이 산의 양달에서 자라는 오동나무는 금슬(琴瑟)을 만드는 데 가장 좋은 재료로 그 소리가 맑고 깨끗하여 사람들은 봉양금(峰陽琴)이라 불렀다.

시황제는 경서를 읽다 이곳의 유래를 알게 되었고 산에 오르려는 마음으로 순행의 길목에 추봉산을 넣도록 하였다. 그는 이번 순행 중 반드시 추봉산 봉우리에 올라 돌에다 자신의 덕행(德行)을 새기겠노라 다짐하였다. 마침내 추현에 마련된 행궁에 도착한 시황제는 곧바로 위위(衛尉)를 산 위로 보내 다음날 산에 오를 수 있도록 만반의 준비를 시켰다.

이날 저녁 무렵 산 위에 올라갔던 위위가 돌아와 시황제에게 보고를 올렸다.

「비직(卑職;신하가 임금에게 자신을 낮추는 말)이 시위병들을 이끌고 산 위에 올랐을 때 키가 어마어마하게 큰 두 사람을 발견하였사옵니다. 감히 두 사람에게 대항하지 못하고 신분을 밝히자 그들은 폐하를 알현하겠다는 뜻을 밝혔사옵니다. 비직은 어떻게 처리해야 좋을지 난처하여 그들을 행궁으로 데리고 왔사옵니다만 부디 폐하께서 가르침을 내려주옵소서.」

시황제는 위위의 보고에 고개를 끄덕이며 두 명의 거인을 만나보았다.

두 사람은 과연 위위가 말한 대로 기이한 모습을 하고 있었다. 키는 1장이 넘어 마치 대청의 기둥 같았고, 입은 주먹이 들어갈 만큼 컸고, 코는 우뚝하며 빛나는 두 눈 아래 누런색을 띤 수염이 턱을 가렸다. 또한 그들은 북방 초원에 사는 유목민의 옷을 입었고, 발걸음은 구름을 밟듯이 무척 가벼웠으며, 허리에는 오구(吳鉤)를 매달았고 손에는 박옥(璞玉)을 들고 있었다.

「저희들의 아비는 동이인(東夷人)으로 추현의 학풍(學風)을 흠모하여 이곳에 왔다가 월녀(越女)를 만나 혼인을 하고 형제 여섯을 낳았사옵니다. 우리 형제들은 일찍이 천하를 통일한 대왕을 흠모하여 함양으로 가고자 하였으나 뜻밖에도 어가가 추봉산에 이르렀다기에 이렇게 박옥을 받들고 찾아왔사옵니다. 저희 형제들의 애타는 마음을 헤아려 주시옵소서.」

시황제는 멀리 동이(東夷)의 이인(異人)들이 자신을 흠모하고 있다는 말에 매우 흡족한 표정을 지으며 그들 형제를 금위낭관(禁衛郞官)에 봉하고 어가를 수행토록 명했다. 그 이튿날 시황제는 추봉산에 오르지 않고 곧바로 동이에서 온 여섯 명의 형제들을 이끌고 태산으로 향했다.

천제(天帝)의 손(孫)으로 대종(岱宗)이라고도 불렸던 태산은 노(魯)의 명산이며 오악(五岳)의 으뜸으로 그 둘레가 160리에 달하고 높이는 5백 장에 이르렀다. 태산에는 향나무가 울창하고 기암 괴석이 즐비했으며, 푸르른 소나무가 이와 어울려 더욱 장엄하고 은은한 풍취를 느끼게 했다. 또한 깊은 골짜기에는 폭포가 바위에 걸려 굽이쳐 쉴새없이 쏟아졌으며, 산허리를 휘감은 흰구름은 전설에 싸인 태산의 신비감을 한껏 북돋아 주었다. 오래 전부터 사람들은 이러한 아름다움에 반하여 태산을 천하의 성산(聖山) 가운데 최고로 쳤다. 이 때문에 사람들은 은연중 성군(聖君)이나 현왕(賢王)만이 태산에 올라 하늘에 제사를 올릴 수 있다고 생각했다.

시황제는 성격이 몹시 급하고 자존심이 강한 군주였다. 그는 태산에 도착하자마자 곧바로 대례를 치를 준비를 지시하고 복점을 쳐서 길일을 잡도록 하였다. 시황제를 수행하던 박사들은 이러한 조서에 따라 추로(鄒魯;산동 지역을 일컫는 말) 지방에서 이름난 학자들을 모두 행궁의 대전으로 불러들였다. 대조박사(待詔博士) 순우월은 왕관의 충고를 받고 완강하게 수행을 사절했지만 시황제의 단호한 명령에 굴복하여 어쩔 수 없이 태산까지 따라올 수밖에 없었다. 박사들이 모인 자리에서 순우월은 시황제가 순행 도중 도적을 맞았다는 이유를 들어 봉선의 예가 부당하다는 의견을 제시하리라 굳게 마음을 먹었다.

회의가 시작되자 순우월이 제일 먼저 앞으로 나서며 말했다.

「천하에 명산이 다섯 있으니 중악(中岳)인 숭산(嵩山), 서악(西岳)인 화산(華山), 북악(北岳)인 항산(恒山), 남악(南岳)인 형산(衡山), 그리고 마지막으로 동악(東岳)인 태산이 바로 그것입니다. 그 중에서도 동악인 태산이 가장 숭고하게 받들어지고 있어 예로부터 성군(聖君)이 아니면 오르지조차 못했습니다. 전하는 말에 따르면 황제가 태산에서 봉선을 행했는데, 천하에 곡식이 풍성하였고 봉황이 나타나고 기린이 얼굴을 내밀었으며, 동해에서는 성스러운 물고기가 나타났다고 합니다. 이런 상서로운 조짐이 열다섯 가지에 이르렀다고 전해오고 있지요. 하지만 지금 천하가 비록 하나로 통일이 되고 기강이 잡혔다 하지만 오히려 인의(仁義)는 적어지고 있습니다. 따라서 봉선의 대례를 올리기에는 아직……」

「무슨 소리를 하고 있는 거욧!」

시황제가 버럭 소리를 지르며 순우월의 말을 단호하게 끊었다. 분노에 찬 시황제의 눈에 시뻘겋게 핏발이 섰다. 한자리에 있던 추로의 유생들은 벌벌 떨며 시황제보다 더욱 다급한 표정이었다. 이들은 생전에 한 번 볼까말까 한 봉선의 예를 하루라도 빨리 보고 싶은 심정이었다.

시황제가 몹시 불쾌한 표정을 짓자 추로의 유생들이 벌떼처럼 일어나 순우월을 공격하기 시작했다.

「폐하의 신성(神聖)은 이미 천하에 널리 떨쳤으며 천하를 통일한 위업은 그 공덕이 마를 날이 없소이다. 설사 삼황오제가 다시 살아온다 해도 폐하의 업적에는 미치지 못할 것이오.」

그 말에 순우월이 뭐라 대꾸하기도 전에 다른 유생이 일어나 소리쳤다.

「진나라는 수덕을 받아 이미 흑룡(黑龍)을 얻었으며 나라를 연 지 어언 5백 년이 지났소. 폐하께서는 6국을 멸하여 천하를 안정시키고 문자와 도량형을 통일하셨으니 이보다 더한 공적은 없을 것이오. 그런데 어찌하여 봉선의 예를 행할 수 없다는 게요?」

그들은 순우월을 공격하면서 동시에 침이 마르게 시황제의 공덕을 찬양하며 적극적으로 고대로부터 내려오는 봉선의 예를 행해야 한다고 주장했다. 박사들과 유생들은 서너 패로 갈라져 치열하게 입싸움을 벌였다. 그들은 자신들이 가지고 있는 지식과 열정을 다해 열띤 논쟁을 시작했다.

시황제는 한쪽으로 물러선 채 이들의 다툼을 보며 음흉한 미소를 지었다. 비록 생사가 걸린 전장의 전투보다는 긴박감이 떨어지지만 자신들의 재량을 몽땅 퍼부어 치고 박고 싸우는 모습이 너무나도 흥미로웠다. 시황제와 문무백관들은 조용히 이들의 논전에 귀기울였다. 어느덧 논쟁은 봉선을 행하는 게 옳으냐 마느냐 하는 문제에서 한걸음 더 나아가 누가 주재하며 어떤 절차로 예를 치러야 하는지의 문제로 발전되었다.

이들의 분분한 의견을 들으면서 시황제는 한 가지 중요한 사실을 깨닫게 되었다. 비록 이곳에 모인 박사와 유생들이 봉선의 예를 떠들어대고 있지만 실지로는 그들조차도 봉선에 대해 뚜렷한 지식을 갖고 있지 못하다는 것이었다. 이런 결론에 도달하자 시황제는 더 이상 이들의 의견을 경청할 필요가 없다고 판단했다.

'쓸데없이 이곳에서 저런 바보 같은 놈들과 시간을 보냈군. 전해내려오는 고대의 예법이 없으면 내가 고법(古法)을 재현하면 될 테고, 세세대대로 나의 예(例)를 따르게 하면 그만일 것을.'

이윽고 마음의 결정을 내린 시황제가 입을 열려는 순간, 늙은 유생 하나가 말을 꺼냈다.

「〈예기〉에 이르기를 한 집안에 들어가면 그 이름을 묻고, 한 나라의 경계에 이르면 금기(禁忌)를 물으며, 한 나라 안에 들어서면 풍속을 물으라고 하였소. 이것이 바로 예의 근본이오. 선유(先儒)께서 말씀하시기를 '옛날에 천자가 태산에서 봉선을 할 때면 수레 바퀴를 모두 청포로 감싸 태산의 초목이 다치는 걸 막았다'고 하였소. 또한 정상에 오르면 그곳의 흙바닥을 깨끗하게 쓸고 그 위에 볏짚을 깔아 자리를 만든 다음, 제기는 토기를 사용하며 제수(祭需)는 담백한 것, 즉 예를 들면 맑은 술과 살아 있는 물고기 따위를 써야 한다고 했소. 이는 고인들이 질박함을 숭상하고, 어느 누구라도 감히 천황상제(天皇上帝)와 열성조(列聖祖)의 영전을 번잡하고 화려하게 꾸며서는 안 된다는 예법 때문으로……」

「그만들 두시오!」

늙은 유생의 장황한 예법 설명을 듣고 있던 시황제가 갑자기 고함을 지르며 일어섰다. 시황제는 내심 봉선의 예를 화려하고 복잡하게 꾸며서 천하에 자신의 공덕을 널리 알리고 싶었다. 때문에 소박하고 간략하게 예를 치러야 한다는 늙은 유생의 주장은 시황제의 비위를 몹시 뒤틀리게 만들었다.

시황제는 한동안 씩씩거리며 거친 숨을 몰아쉰 뒤 아주 불쾌한 표정으로 좌중을 바라보았다.

「짐은 하늘로부터 명(命)을 받은 몸으로 천황상제 이외에는 어느 누구도 나를 구속할 수 없소. 동악의 산신(山神)이 어찌 짐보다 높으리오? 초목이 다치니 짐의 어가를 조심스레 다루라니. 이제 짐은 태산에 올라 진나라의 예법에 따라 봉선의 예를 올리겠소. 추로 지방의 명유(名儒)라는 그대들은 더 이상 봉선의 예를 거론하지 마시오!」

시황제의 말에 유생들의 얼굴이 납빛으로 변했다. 그들은 시황제의 진노가 너무도 두려운 나머지 온몸을 부르르 떨 뿐 뭐라 대꾸하지 못했다. 잠시 침묵이 흐르는 가운데 그들 중 노생(盧生)이라는 사람만이 조용히 고개를 끄덕이며 시황제의 의견에 동조하는 태도를 보였다. 노생은 유생들이 모두 물러가자 시황제 앞으로 나아가 부복하고 입을 열었다.

「폐하, 부디 진노를 푸시옵소서. 신이 살피건대 폐하의 몸 속에는 선맥
(仙脈)이 꿈틀거리고 정수리에는 자광(紫光)이 가득하니 태산의 어떤
신(神)과 선(仙)도 폐하를 따를 수 없을 것이옵니다. 또한 폐하의 위엄
은 태산을 눌렀으니 작고 작은 산들의 산신(山神)들 따위는 안중에도
두실 필요가 없사옵니다.」

노생은 잠시 말을 끊고 시황제의 표정을 살핀 다음 계속 말을 이어갔
다.

「신이 들은 바에 의하면, 태산의 꼭대기에 단을 쌓고 흙을 덮어 하늘
의 덕에 보답하는 예를 봉(封)이라 하옵고, 그 곁에 있는 작은 봉우리인
양부(梁父)에 나아가 땅을 깨끗이 하고 단을 쌓아 땅의 공(功)에 예를
드리는 의식을 선(禪)이라 하여 천여 년 동안이나 내려왔다고 하옵니다.
옛말에도 '작은 의혹은 일의 선후를 살피어 바꾸라'고 하였사옵니다. 봉
선의 절차는 작은 의혹에 불과하니 폐하께서는 과거의 예법에 얽매이지
마시고 새로운 절차를 만드시옵소서.」

노생의 말을 들은 시황제는 봉선의 예법을 거의 파악할 수 있었다. 이
윽고 노기가 풀어진 시황제의 얼굴에 미소가 흐르기 시작하자 대신들은
그제서야 안도의 숨을 내쉬었다.

봉선의 예는 봉상(奉常) 왕무(王戊)가 시황제의 조서를 받고 준비하였
다. 무사(巫師)들은 점복을 쳐서 길일을 오월 단옷날로 정했으며, 공부
(工府)에서는 태산과 양부에 단을 쌓는 일을 시작했다. 봉선을 올릴 제
단은 청석(靑石)을 다듬어 만들었는데 돌의 크기가 무려 둘레만 열두
장이었고 높이는 6척이었다. 그 주변으로 동서남북 사방에 돌계단을 만
들었고 산길도 깨끗하게 단장하였다. 또한 험한 산길은 나무기둥으로 버
팀목을 세운 후 새끼줄로 연결하여 오르기 편하게끔 하였다.

마침내 단옷날의 새벽이 밝아오자 계인(谿人;아침마다 관리를 깨우는

사람)이 사방을 돌아다니며 시각을 알렸다. 곧 자리에서 일어난 낭중령(郎中令)이 시위들을 깨워 송진으로 만든 횃불을 들고 산길 곳곳에 서 있도록 명하였다. 촘촘히 산길을 밝히고 있는 횃불의 모습은 마치 붉은 용이 요동을 치며 산으로 오르는 듯이 보였다.

아직 동이 트지 않아 사방이 어두컴컴했지만 시황제를 태운 어가는 서서히 태산을 오르기 시작했다. 봉상 왕무가 옥벽(玉璧)과 금로(金爐)를 든 태축(太祝)과 태복(太卜)을 이끌고 앞장을 섰다. 모두들 매우 엄숙한 표정이었다. 바로 이들 뒤로는 악대(樂隊)가 따르며 청아하고 고요한 가락을 연주하였다. 고요한 태산이 악대의 은은한 가락에 서서히 아침잠을 깨기 시작했다. 악대 바로 다음으로는 제천에 쓰일 희생물 행렬과 제수를 든 사람들, 그리고 갖가지 깃발을 든 행렬이 이어졌다. 양, 돼지, 소와 같은 희생물은 모두 화려한 비단으로 몸을 감싼 채 네 명의 시위병들에 의해 산 위로 옮겨졌다. 행렬의 끄트머리에는 시황제를 태운 어가와 대신들이 따르고 있었다.

아직 해가 뜨지 않은 어두운 새벽, 길게 늘어서 있는 횃불 속에서 태산을 오르는 시황제의 행렬은 마치 한 마리 용이 승천하는 광경처럼 보였다. 어느덧 시황제 일행은 태산의 가장 험한 곳에까지 이르렀다. 그 지점은 깎아지른 듯한 절벽과 계곡이 이어지는 곳으로 오르기에 여간 어려운 것이 아니었다. 그곳에서 시황제는 금여(金輿)로 갈아탔으며 옥호(玉壺)를 떠받든 황문령들이 시황제 바로 뒤에 붙어서서 따라왔다. 거대한 한 마리 용의 모습과도 같은 시황제의 행렬은 점점 더 험한 지형으로 접어들게 되었다. 면사로 얼굴을 가린 채 금여에 앉아 있던 시황제 또한 긴장이 되는지 가느다랗게 손을 떨었다. 그는 면사 틈 사이로 짙은 회색빛 하늘을 힐끗힐끗 훔쳐보았다. 갈수록 산길의 경사는 더욱 급해져 시황제는 거의 몸을 눕다시피 하며 하늘과 산봉우리를 바라보았다.

「저게 바로 당심(當心)이고 앞쪽이 천문(天門)이야! 발 아래를 자세히 봐!」

누군가 큰소리로 외치는 소리가 시황제의 귀에 들려왔다.

잠시 후 드디어 마지막 가파른 봉우리를 넘자 훤히 트인 산마루가 눈에 들어왔다. 금여에서 내린 시황제는 바위 끝에 서서 발 아래로 꿈틀거리는 태산을 굽어보며 감탄사를 연발하였다.

「참으로 험하고 멋진 곳이군! 진정 용기가 없다면 봉선의 예조차 올릴 수 없구나!」

그곳에서 잠시 숨을 돌린 시황제 행렬은 또다시 산 정상으로 향하기 시작하여 정오가 되어서야 태산의 중턱에 이를 수 있었다. 산 아래 쪽에서는 짙은 구름이 점점 두텁게 깔리기 시작하여 높고 작은 봉우리들을 단숨에 삼켜버렸다. 수많은 봉우리 가운데 구름 위로 높이 솟아오른 몇 개의 봉우리만이 너른 바다에 떠 있는 섬처럼 아련히 제 모습을 드러내고 있을 뿐이었다. 봉선의 예를 올릴 태산의 정상이 멀리 희미하게 눈에 들어왔다. 사람들은 갑자기 밀려온 구름의 기세에 압도되어 두려운 표정을 지었다. 악사들의 연주소리도 점점 기운을 잃어갔다.

이때 갑자기 시황제가 평여에서 내리더니 옥녀지(玉女池)를 향해 성큼성큼 걸어갔다. 그는 옥녀지 맞은편에 우뚝 서서 끝이 보이지 않는 하늘을 바라다보았다. 시황제는 천하를 통일한, 세속에서 으뜸가는 권력을 가진 황제였지만 태산에 오르니 전혀 새로운 느낌을 갖게 되었다. 신선술을 추구하는 도사들이 말하는 진인(眞人)이니 선경(仙境)이니 하는 말들이 거짓 아닌 진실처럼 받아들여졌다.

바로 곁에서 시황제의 표정을 살피던 승상 이사가 힐끗 노생을 바라보며 갑자기 밀려들어오는 구름이 심상치 않다는 눈짓을 보냈다. 이사의 눈길을 의식한 노생이 얼른 시황제 곁으로 달려가 입을 열었다.

「폐하, 오늘의 봉선 의례는 8방의 귀신까지 모두 불러모으는 성대한 잔치이옵니다. 뇌전신(雷電神)이 장난을 부리기 전에 속히 오르셔야 할 것이옵니다.」

시황제는 노생의 말에 퍼뜩 먹구름이 몰려오고 있다는 사실을 깨닫고 곧바로 평여에 올랐다.

다시 산행을 한 지 얼마 되지 않아 날씨가 나빠지더니 바람이 일면서 시커먼 먹구름이 밀려들어오기 시작했다. 그러더니 곧이어 번개와 벼락이 치고 폭우가 쏟아져 내렸다. 갑자기 불어닥친 비바람에 더 이상 산에 오를 수 없게 되자 모두들 제자리에 멈춰 서서 시황제의 명령만을 기다렸다. 노생은 시황제에게 봉선을 포기하고 신선이 나타난다는 동해(東海)로 행선지를 바꾸는 게 어떻겠느냐고 제안했다. 이에 어쩔 수 없이 시황제는 갑작스런 폭풍우의 방해에 굴복하고 태산을 내려가도록 명령했다. 태산에서 내려온 시황제의 어가는 곧바로 동해를 향해 출발하였다. 시황제는 세상에 태어나서 처음으로 드넓은 바다를 보게 되었다. 지난 어린 시절 그는 시위장이었던 등승에게 동해로 고래를 잡으러 가자고 말한 적이 있었는데 그로부터 20여 년이 훨씬 지나서야 시황제는 비로소 망망대해를 구경할 수 있었던 것이다.

31

신선술에 빠진 시황제

시황제는 함양으로 돌아와서도 동해의 아름다운 경치를 잊지 못했다. 들리는 말에 따르면 동해에는 신선이 산다는 삼신산(三神山)이 있는데 그곳에 사는 신선들은 장생불사(長生不死)를 한다고 하였다. 시황제는 노생으로부터 들은 연단(煉丹)의 비법과 불로초(不老草) 생각에 시간 가는 줄 몰랐다. 조정 대신들은 시황제가 연단과 신선술에 빠진 것을 알고 몹시 걱정들을 하였다. 모두들 사술에 현혹되어 정사를 등한시하는 시황제를 염려했지만 조고만은 이런 분위기에 아랑곳없이 조카인 호해 황자와 새를 잡고 낚시를 하며 즐거운 나날을 보내고 있었다.

이날도 조고는 호해와 더불어 메추라기 싸움을 하고 있었다.

「물어, 꽉 물어! 눈을 부릅뜨고 물어 뜯어…… 에이, 바보!」

호해는 황자의 차림새답게 머리에 금관을 쓰고 온갖 꽃을 수놓은 비단을 걸치고 있었다. 백지장처럼 창백한 호해의 입술에서 장난기 섞인 웃음이 간간이 흘러나왔다.

핏물이 낭자한 메추라기를 가리키며 소리를 지르고 있는 호해의 맑은 눈동자에서 순간순간 잔인한 빛이 쏟아져 내렸다. 하얀 색깔의 메추라기는 호해의 명령에 따라 검은 색깔의 비쩍 마른 메추라기를 공격하고 있었다. 두 마리 메추라기는 서로의 다리를 물어뜯으며 처절하게 싸움을 벌였는데, 처음에는 호해가 지휘하는 하얀 메추라기가 일방적으로 검은 메추라기를 압도하였다.

「눈을 똑바로 뜨고 한 입에 물어 뜯어!」

조고가 손뼉을 치면서 자신이 지휘하는 검은 메추라기를 응원하였다. 그러자 갑자기 검은 색깔의 메추라기가 흥분을 하면서 맹렬하게 반격을 가하였다. 검은 메추라기는 비록 몸집은 작았지만 투지가 넘치고 표독스러웠다. 하얀 색깔의 메추라기가 돌연 투지를 잃더니 힘없이 바닥에 고꾸라졌다.

곁에서 이를 지켜보고 있던 몇 명의 황문령들이 급히 나무막대로 검은 색깔의 메추라기를 막았다.

「자, 이제는 패배를 시인하시고 비수를 건네주시지요.」

조고가 의기양양한 표정을 지으며 호해에게 말했다.

「흥, 그것도 안 달렸으면서 비수는 무엇에 쓰나?」

싸움에서 진 호해가 신경질적으로 조고를 쏘아붙였다. 그 말에 조고의 얼굴빛이 푸르게 변하며 입술이 파르르 떨렸다.

「아무리 황자마마이지만 외숙부에게 그런 말씀을 하실 수 있습니까?」

「하하하, 외숙부?」

호해가 가소롭다는 듯 비죽거리며 웃었다.

「나는 황제 폐하의 골육으로 황족(皇族)이지만, 그대는 남자 구실도 못하는 사람이 아니에요? 그러고도 외숙부라고?」

언젠가 시황제가 호해 앞에서 조고에게 심하게 면박을 준 이후로 어느덧 호해도 조고를 깔보기 시작한 듯했다. 하지만 이와 비슷한 일은 여러 번 있었어도 이날과 같이 모욕적인 발언은 처음이었다.

'호해, 이 무례한 놈!'

너무도 화가 난 조고는 자신을 아예 무시하며 등을 돌리고 서 있는 호해의 뒤통수를 치려다 그만 손을 힘없이 내리고 말았다.

「그래, 그렇지. 황자마마는 금지옥엽이시고 나는 불알도 없는 병신이지.」

조고가 자조 섞인 표정으로 중얼거렸다. 한참 동안 호해의 뒷모습을 물끄러미 바라보면서 그는 입술을 잘근잘근 깨물었다.

'그래, 참자. 언젠가는 네 놈의 몸뚱아리를 갈기갈기 찢어버리겠다. 두고 보자.'

조고는 인내만이 마지막 승리를 안겨다 주리라 생각하고 호해의 이름을 몇 번이고 마음 속으로 부르며 이를 악물었다. 그러나 그런 그의 머리 속에는 두 가지 목소리가 아우성치고 있었다.

'인내는 무슨 놈의 인내야. 그건 고통의 출발이야. 참지 말고 터뜨려!'

'아니야, 인내는 미덕이야. 참으면 승리는 네 것이야!'

조고는 마음 속의 외침을 들으며 고개를 힘껏 가로저었다.

'그래, 호해는 복수를 이루기 위한 도구에 불과해. 내가 참아야 한다.'

잠시 뒤 호해도 마음이 풀어졌는지 조고에게 말을 붙였다.

「하나만 말해 주세요. 어떻게 훌륭한 메추라기를 골랐나요?」

호해의 질문에 조고는 검은 색깔의 메추라기를 가리키며 대답했다.

「황자마마, 자세히 보시지요. 이놈의 눈동자를 보면 매우 흉흉하게 생기지 않았습니까. 사지가 튼튼하고 가볍게 걸으며 조용히 있다가 갑자기 공격하니 전투에서 질 리가 없지요.」

「아, 옳은 말이에요.」

　조고의 설명에 호해는 손으로 검은 색깔의 메추라기를 잡고 가까이 들
여다보았다. 그런 호해의 모습에 조고는 마음을 누그러뜨리고 가볍게 미
소지으며 자신의 메추라기를 건네주었다. 호해가 기뻐하며 그 메추라기
를 얼굴에 대려 하는데 갑자기 메추라기가 펄쩍 날아오르더니 그의 볼
을 물어뜯었다. 깜짝 놀란 호해가 메추라기를 바닥에 내팽개쳤다. 땅바닥
에 떨어진 메추라기는 다리와 날개가 부러졌는지 바둥거렸고, 성이 채
가시지 않은 호해가 발바닥으로 메추라기를 짓이겨 버렸다.

　「이놈이 감히 나를 물다니!」

　「잘 하셨습니다. 만사에 이처럼 과감성이 있어야 합니다.」

　곁에서 지켜보던 어린 황문령들은 호해의 잔인한 행동에 혀를 끌끌 차
며 걱정스런 표정을 지었지만, 조고는 오히려 박수를 치며 호해를 칭찬
하였다.

　이때 황문령이 급히 달려오더니 시황제가 후원으로 오는 중이라고 전
하였다. 그러자 조고는 태도를 바꿔 황급히 메추라기를 치우고 호해에게
거짓으로 꾸짖는 척하였다.

　「황자마마, 폐하께서는 뜻을 멀고 높은 데 두시어 천하를 통일하시지
않았습니까? 폐하께서는 어려서부터 숱한 어려움을 겪으셨어도 좌절하
지 않으시고 큰뜻을 세워나가셨습니다. 잠시라도 손에서 책을 놓지 않으
시어 위로는 천문(天文)을 꿰뚫고 아래로는 지리에 통달하셨습니다. 제
자백가의 경문은 물론이고 모르시는 게 없습니다. 황자마마께서는 그 피
를 물려받으셨으니 절대로 메추라기 싸움 같은 건 하시지 마시고 수신
제가(修身齊家)의 학문을 닦으셔야 합니다.」

　조고가 훈계를 내리고 있는데 숲속에서 나온 시황제가 이 광경을 보고
는 흐뭇한 표정을 지었다.

　「호해 황자가 무슨 죄를 저질렀는고?」

「폐하, 미신이 미처 영접을 하지 못했으니 죽을 죄를 지었사옵니다.」

조고가 바닥에 무릎을 꿇으며 머리를 조아렸다.

'외숙부는 거짓말이 신의 경지에 이르렀어.'

호해는 속으로 중얼거리며 경이로운 눈빛으로 조고를 바라보았다.

「경은 예를 거두시고 일어나시오. 호해가 무슨 일을 저질렀기에 경이 이처럼 난처한 표정을 짓는 게요?」

「어떤 사람이 메추라기를 황자마마에게 선물하였는데 그 중 한 놈이 제 손에서 벗어나 황자마마의 얼굴을 물어뜯었사옵니다. 그러자 황자마마께서 단호한 태도로 메추라기를 벌주었사옵니다.」

「아바마마, 저는 제 죄를 잘 알고 있사옵니다.」

호해가 조고의 말에 맞장구치며 천연덕스러운 표정으로 말했다. 그러자 시황제는 호해의 머리를 쓰다듬으며 조고에게 일렀다.

「옥도 다듬지 않으면 보물이 되지 못하는 법이오. 앞으로 경은 더욱 엄하게 호해를 훈계해 주시오.」

「폐하께서는 그 공덕이 삼황과 오제를 능가하시어 범인의 눈에는 해와 달과도 같사옵니다. 때문에 황자마마께서는 마땅히 폐하와 같은 교육을 받는 것이 옳을 줄 사료되옵니다.」

조고가 매우 엄숙한 목소리로 이렇게 말했다.

「하하하, 그렇게만 해준다면 이 아이의 앞날이 밝아지겠지요.」

시황제는 기분좋은 얼굴로 호해를 바라보았다.

「호해야, 어서 그 얼굴의 핏자국을 씻거라.」

시황제의 말이 떨어지자 호해는 재빨리 후원을 벗어났다.

후원에 조고와 단둘이 남게 된 시황제가 은밀하게 입을 열었다.

「요즘 짐은 혼이 달아난 듯 몽롱한 지경이오. 경이 생각하기에 그 원인이 무엇이라 생각하오?」

조고가 시황제의 눈치를 살피며 나지막하게 대답했다.

「혹 신선술을 추구하시기 때문이 아니옵니까?」

이에 시황제는 아무 말 없이 고개만 끄덕였다.

시황제가 방사인 노생과 서복을 처음 보았을 때 그는 단지 이들의 말이 기이하고 신비하여 호기심을 가졌을 뿐이었다. 그러나 그 뒤 그들과 만나는 시간이 많아질수록 시황제는 몸이 깃털처럼 가벼워져서 신선처럼 하늘로 올라갈 수 있다는 우화등선(羽化登仙)이 거짓이 아니라고 믿기 시작했다.

그러던 어느 날 시황제가 매우 총애하는 어린 황문령 하나가 갑자기 몸을 떨며 입에 거품을 물고 쓰러진 사건이 일어났다. 소식을 듣고 몰려든 태의들은 어떻게 해볼 도리가 없어 서로 얼굴만 바라볼 뿐이었다. 궁중에서 의술이 가장 뛰어나다는 왕 태의조차도 손을 쓰지 못하고 있었다.

이를 본 노생이 앞으로 나아가더니 시황제에게 말했다.

「이 황문은 요기가 깃드는 바람에 본성(本性)을 잃었사옵니다. 소신이 그것을 내쫓겠사옵니다.」

시황제는 내노라 하는 태의들도 어쩌지 못하는 상황 속에서 노생이 나서자 믿지 못하겠다는 표정을 지었지만 곧 고개를 끄덕이며 허락해 주었다.

시황제의 응낙을 받은 노생은 곧바로 단(壇)을 쌓은 뒤 장검을 빼어들더니 맑은 물을 묻혀 공중에 뿌렸다. 이어서 비단을 꺼내 부적을 쓰고 어린 황문령의 이마와 코에 그것을 붙였다. 잠시 후 놀랍게도 어린 황문령이 발작을 멈추고는 부시시 눈을 떴다. 이런 광경을 본 모든 이들의 입술에서 탄성이 흘러나왔고, 시황제는 노생의 법술을 믿지 않을 수 없었다.

이 일이 있고 난 며칠 후 이번에는 연단을 만드는 방사가 주사(朱砂)
와 수은을 섞어 서너 시간 만에 은빛이 나는 단약을 만들어 시황제에게
바쳤다. 비운단(飛雲丹)이라는 단약을 받은 시황제는 그것을 먹으면 죽
지 않고 영원히 산다는 착각에 빠져들었다.

「늙지 않고 영원히 산다니? 얼마나 멋진 일이더냐……」

시황제는 점점 방사들의 말을 그대로 믿기 시작했다.

며칠 전 각 지역에서 연단에 쓰일 단사(丹砂)가 함양궁에 도착한 일이
있었는데, 방사들은 그 단사의 등급이 낮아 연단으로 쓰일 수 없다고 판
정을 내버렸다. 많은 연단을 만들 수 있으리라 잔뜩 기대했던 시황제는
무척 실망이 컸다. 그런 그의 머리 속에 불현듯 파군(巴郡)에서 단사로
거부가 되었다는 청(淸) 씨 성의 과부가 떠올랐고, 그 생각이 들자마자
시황제는 조고를 밀실로 불러 파군에 사는 청씨 과부의 단사를 급히 구
할 방법을 물었다.

시황제의 물음에 조고가 의아한 표정을 지으며 황급히 되물었다.

「폐하, 비운단을 만드는데 어찌 굳이 멀고도 험한 파군의 단사를 쓰시
려 하시옵니까? 다른 곳에도 단사는 많이 있사옵니다.」

시황제가 한심하다는 얼굴로 길게 탄식하며 대답했다.

「경도 역시 모르는 게 있구료. 연단에 필요한 단사는 아무것이나 쓰는
게 아니오. 전촉사(箭簇砂;육각형의 결정이 마치 화살촉과 같이 생긴 단
사)와 경면사(鏡面砂;표면이 빛나서 거울과 같은 단사)가 아니면 쓸 수
가 없소. 그런데 이 두 가지 단사는 천하에서 오로지 파군의 단혈(丹穴;
지금의 사천성 배능현에 있음)에서 나는 게 으뜸이라오. 짐은 이 단사를
얻으려 하니 좋은 생각이 있으면 말해 보시오.」

조고는 시황제의 간청에 속으로 웃으며 말했다.

「파군의 청 과부는 조상 대대로 단혈(丹穴)을 파서 부자가 된 집안이

옵니다. 소신이 듣기에 청 과부는 비록 여자의 몸이지만 행동거지가 대범하고 주위에 자선을 베풀어서 널리 신망이 두터운 여인이옵니다. 폐하께서 필요하시다면 서슴지 않고 바칠 것이옵니다.」

「경은 총명하기 그지없으면서도 어찌 하나는 알고 둘은 모른단 말이오?」

조고의 말을 듣던 시황제가 갑자기 소리를 버럭 질렀다.

「짐은 천하의 주인인데 어찌 일개 과부 여인이 바치기만을 기대하고 있겠소! 설사 필요해서 바치라고 한들 얼마나 많은 양이 되겠소? 〈열자〉에 보면 용백국의 어떤 사람은 한 번 낚시질에 여섯 마리의 거북이를 잡았다고 하는데, 과부의 수중에서 그까짓 단혈을 빼앗지 못하겠소?」

「폐하, 좋은 방도가 생각났사옵니다.」

조고가 시황제의 눈치를 살피며 의견을 냈다.

「소신의 생각으로는 파군에 밀조(密詔)를 내려 청 과부에게 죄가 있으니 하옥시키게 한 다음에 그녀의 재산을 관에서 몰수하면 좋을 듯하옵니다.」

「그건 안 되오.」

시황제가 고개를 가로저었다.

「이 일은 짐과 경, 둘만이 알아야 할 것이오. 결코 밖에 누설이 되면 아니 되오. 옛말에도 '권세 있는 집안의 자식은 저잣거리에서도 죽지 않는다'고 하지 않았소? 덕망 있는 청 과부에게 죄를 뒤집어씌우고 죽인다면 많은 사람들이 믿지 않을 것이오.」

시황제의 말에 조고는 고개를 끄덕이며 한동안 생각에 잠기더니 잠시 후 조용히 입을 열었다.

「그녀를 일단 함양성으로 불러들인 다음 다시 낭야대로 유인하면 어떻겠사옵니까?」

조고가 가까이 다가와 귀엣말로 자신의 책략을 이야기하자 시황제의 얼굴은 어느덧 만족한 웃음으로 가득찼다.

그로부터 며칠 후 조고는 청 과부를 함양으로 불러들이라는 명령서를 파군에 보내고 이날 저녁 조용히 거처로 돌아와 가부좌를 틀고 운기조식(運氣調息;도인들이 기를 돌리며 수련하는 것)을 하였다. 이때 갑자기 호해가 조고의 방으로 들어왔다. 호해의 눈에 기이한 몸짓으로 다리를 꼰 채 양손을 배 아래에 붙이고 깊은 숨을 들이마시며 눈을 감고 있는 조고의 모습이 들어왔다.

조고는 난데없는 인기척 소리에 살며시 눈을 떴다.

「어쩐지 아까부터 찾아다녔는데 보이지 않더니만 이런 곳에 숨어 있었군요. 어젯밤에 이상한 꿈을 꾸었는데 도무지 무슨 뜻인지를 몰라서……」

「황자마마, 천천히 말씀해 보시지요.」

조고가 가부좌를 풀며 호해에게 물었다.

「어젯밤 꿈에 제가 황룡을 타고 구중천(九重天)에 올라갔지 뭐에요. 훨훨 날며 세상을 구경했어요. 그런데 그때 머리 위로 아주 밝은 별이 솟구치고 그 위로 아홉 개의 작은 별이 일렬로 늘어섰으며, 또 그 별 아래에도 아홉 개의 작은 별이 늘어서는 거에요. 그런데 말이에요, 갑자기 별들이 저에게 달려들었어요. 전 너무도 뜨거워서 달아나려다가 그만 눈을 떴어요.」

조고는 얼마 전 노생과 서복으로부터 별자리 보는 법을 배웠었다. 그는 호해가 말하는 별이 자기 궤도를 이탈하면 좋지 않은 꿈이라는 사실을 잘 알고 있었다. 하지만 조고는 가슴 속이 음흉한 사람답게 얼굴을 밝게 펴며 대답했다.

「축하합니다, 황자마마! 아주 좋은 일이 생길 징조입니다.」

「아이 답답해라. 무슨 좋은 일이 생기는지 빨리 말해 보세요.」

「황자마마가 꾸신 꿈은…… 그 큰 별은 대제성(大帝星)이라 하고, 그 위에 늘어선 별은 강(杠)이라 하는데, 그런 별자리를 꿈에서 보실 줄이야.」

조고는 호해의 눈치를 보며 말을 할듯 말듯 머뭇거렸다.

「뭐에요? 답답해 죽겠네!」

「소신은 목이 하나라 감히 말할 수 없습니다.」

그 말에 호해가 조고의 얼굴을 똑바로 바라보며 작은 목소리로 중얼거렸다.

「남자답게 약속하고 다른 사람한테는 절대로 얘기하지 않겠으니 빨리 말해 봐요. 무슨 일이 생기면 제가 책임을 지겠어요.」

「황자마마, 그, 그것은 바로 황자마마께서 천자가 되리라는……」

「황제? 황제라고, 내가 황제가 되는 꿈이라고? 하하하! 내가 바라고 바라던 꿈이 현실로 나타나다니……」

조고는 어쩔 줄 모르고 좋아하는 호해를 슬며시 바라보며 속으로 피식 웃었다.

「황자마마, 조용히 하십시오. 폐하께서 들으시면 우리 두 사람의 목은 온전치 못합니다.」

「걱정말아요. 아바마마께서 저를 얼마나 끔찍하게 아끼시는데요. 저는 반드시 황제가 될 거에요.」

「그게 쉽지 않습니다. 지금 폐하께서는 불로장생의 선약을 구하시어 제왕의 자리를 영원히 지키려고 합니다. 아직도 이런 사실을 모르십니까?」

이 말은 호해의 가슴을 비수로 찌르는 듯 충격으로 다가왔다.

「그러면 어쩌지요? 어떻게 해야 좋지요?」

호해가 안타까운 표정을 지으며 어쩔 줄 몰라 했다.

「하늘이 꿈으로 계시해 주셨는데 설마 그 뜻을 저버리겠습니까?」

「그래요, 그건 맞아요. 그렇지만……」

「소신에게 한 가지 생각이 있긴 한데……」

조고가 머뭇거리며 말하자 호해가 바짝 달려들었다.

「말해 봐요. 무슨 말을 하든 외숙을 그대로 따를 게요. 어때요?」

조고는 호해의 애타는 눈동자를 응시하며 무겁게 말을 꺼냈다.

「소신은 지금 폐하의 특별한 명을 받아 한 가지 일을 처리하고 있으니, 황자마마의 일은 후에 더욱 치밀하게 계획을 짜서 실행하는 게 좋겠습니다. 그리고 오늘의 일은 절대로 누구에게 말해서는 아니 됩니다.」

「알았어요. 죽음으로 약속을 지키겠어요.」

호해의 굳은 표정을 바라보며 조고는 가볍게 미소를 지었다.

그 뒤 얼마 후 청 과부가 함양에 올라오자 조고는 그녀를 반갑게 맞이하였다.

「황제 폐하께서 특별히 낭야대에서 그대를 뵙고자 하오.」

낭야대가 시황제의 행궁이라는 사실을 알고 있던 청 과부는 낭야대가 위치한 낭야산과 동해를 구경하고 싶었다. 조고는 그녀와 함께 낭야대로 들어가면서 슬쩍 단혈을 시황제에게 바치면 어떻겠느냐고 물어보았다.

「단혈을 나라에 바치면 폐하께서 후한 상과 작위를 내릴 것이오. 어떻소?」

그 말에 청 과부는 얼굴 가득 미소를 띠우며 대답했다.

「소첩은 비록 과부의 몸이지만 조상이 물려주신 가업(家業)을 저버릴 수가 없습니다. 폐하께서는 천하의 주인이시온대 겨우 파군의 단혈 정도를 원치는 않을 것이라 믿습니다.」

그녀는 조고에게 애원의 눈빛을 던지며 계속 말했다.

「가장 좋은 단사는 땅 밑으로 20여 장을 파야 얻을 수 있습니다. 또한 어렵게 파내려가 단사를 얻는다 해도 모두 쓸 수 있는 게 아니지요. 반 정도는 품질이 나빠 버려야 합니다. 그래서 광산의 운영이 그리 쉽지가 않습니다.」

조고는 그녀의 말에 아무런 표정도 짓지 않은 채 속으로만 중얼거렸다.

'당신도 결국은 죽음의 길을 택하고 마는군'.

다음날 아침, 낭야대에서 조고를 눈이 빠지도록 기다리던 시황제는 조고가 도착했다는 소식에 급히 그를 침전으로 불렀다.

「지시한 일은 잘 처리하였소?」

「어젯밤에 폐하의 계책에 따라 청 과부를 처리했사옵니다.」

「훌륭하오! 하하하……」

시황제는 그제서야 안심이 되는지 크게 숨을 내쉬고는 조고의 수고를 침이 마르게 칭찬하였다.

「만에 하나 어느 누가 알기라도 한다면 큰일이니 만사에 조심하오.」

「염려 놓으십시오. 독약을 먹여 깨끗하게 처리했으니 절대로 소생하는 일은 없을 것이옵니다.」

「경은 역시 짐의 심복 중의 심복이오. 경이 짐의 곁에 있으니 항상 마음이 놓이오. 이제는 이 승상과 몽 대인을 불러 이 일을 매듭지으도록 하시오.」

시황제의 명을 받든 조고는 가볍게 예를 올리고 부지런히 침전을 물러났다.

이날 오전, 행궁에서 조회를 마친 시황제는 이사와 몽의에게 지난밤에 청씨 과부가 스스로 목숨을 끊었으니 그 진상을 조사하라고 지시했다.

「짐의 손으로 온 귀인이 초대에 응하지도 못하고 스스로 목숨을 끊었으니 이는 진정 짐의 불찰이라 하겠소. 철저하게 조사하여 진상을 밝히도록 하시오.」

승상 이사와 중서자 몽의, 두 사람은 시황제의 명령을 받아 청 과부의 자살 사건을 조사하기 시작했다. 그로부터 대엿새가 지난 어느 날 이사가 몽의의 관부를 찾아왔다.

「몽 대부, 수고가 많소. 어디 단서라도 찾았소이까?」

「승상 대인, 폐하께서는 대인과 저한테 이 사건을 맡기셨는데 오히려 대인께서는 태평하시고 저만 시간에 쫓기는 듯합니다. 폐하께서 조사를 마치라는 기일이 바로 내일인데 큰일이군요.」

자신의 부형(父兄)들이 모두 이사와 교분이 깊었던 몽의는 이사에게 남다른 친근감을 느껴 솔직하게 어려움을 털어놓았다. 그러자 이사가 난감해 하는 몽의의 얼굴을 뚫어지게 바라보며 대답했다.

「너무 염려하지 마오. 옛말에도 급할수록 돌아가란 말이 있지 않소. 안에 들어가서 잠시 쉬면서 이야기를 나눕시다.」

몽의는 평소에도 어려운 일이 있으면 이사를 찾아가 문제를 의논하곤 하였다. 이사의 표정을 보니 무언가 자신에게 긴히 할 말이 있는 듯했다. 이사를 밀실로 안내한 몽의가 자리에 앉으며 길게 한숨을 쉬자 이사가 얼른 몽의의 손을 잡으며 말했다.

「몽 아우, 무슨 어려운 일이 있는지 내게 서슴없이 털어놓으시오.」

「두 여자가 나란히 죽어 있는 것이 도저히 믿어지지 않습니다. 때마침 보름달이 뜬 밤이었습니다. 부귀영화를 누릴 대로 누리고 있는 그녀가 스스로 목숨을 끊을 이유가 어디에 있겠습니까?」

「몽 아우, 이 일은 황제 폐하와 관련이 있는 일이라오」

「예, 폐하께서?」

몽의가 눈을 껌뻑거리며 놀란 듯이 이사를 바라보았다.

「그날 폐하께서 그렇게 진노를 하시면서 대인과 저에게 생사여탈권

(生死與奪權)까지 내려주셨는데, 어떻게 그런 일이?」

몽의의 머리 속에 시황제가 마구 화를 내며 범인을 하루빨리 잡아내어 엄벌에 처하라고 호통치던 그때의 모습이 떠올랐다.

「하하하, 청 과부를 과연 누가 초청했소?」

「중거부령 조고입니다. 이 일은 행궁에 있는 궁인들도 모두 알고 있습니다.」

몽의가 명쾌하게 대답했다.

「그렇다면 그녀를 낭야대로 부른 사람은 또 누구요?」

「그야 물론 중거부령 조고이지요.」

「주인과 하녀의 시신이 누구의 방에서 발견되었소?」

「조고가 준비해 준 방에서 발견되었습니다.」

이사가 피식 웃으며 다시 물었다.

「그럼 몽 아우는 누가 범인이라 생각하오?」

「그렇다면 중거부령 조고이겠지요.」

앞뒤 사정을 파악한 몽의가 단호한 말투로 대답했다. 그런 몽의의 표정을 보며 이사가 계속 웃어댔다. 잠시 생각을 정리한 몽의가 갑자기 자리에서 일어나며 소리쳤다.

「승상 대인이 저를 깨우쳐 주시니 고맙기 이를 데 없습니다. 당장에 조고를 잡으러 가겠습니다!」

몽의가 득의만만한 표정으로 밖으로 나가려 하자 이사가 황급히 일어나며 그를 만류했다.

「몽 아우! 중거부령 조고를 그냥 놔두시오. 이번 일은 무조건 모른 체하는 게 좋을 거요.」

몽의는 이사의 말을 들으며 자신의 귀를 의심했다.

「그냥 놔두라니요?」

이사가 손가락으로 몽의의 입술을 막으며 나직한 목소리로 말했다.

「몽 아우처럼 총명한 사람이 20년 동안 관직에 있더니 갑자기 머리가 굳어졌는가 보오. 청 과부에게 아무런 원한이 없는 조고가 무엇 때문에 그녀를 죽였겠소?」

「그렇지만 어쨌든 중거부령 조고는 살인혐의자가 아닙니까?」

몽의는 조고의 살인 동기 따위는 그다지 중요하지 않다는 표정이었다. 그런 몽의를 쳐다보며 이사가 고개를 설레설레 흔들었다.

「청 과부가 죽고 나면 단사가 나오는 광산은 누구에게 돌아가겠소?」

「후손이 없으면 당연히 진율에 의거하여 나라에 귀속이 되겠지요.」

「그렇다면 불사약(不死藥)에 필요한 단사는 누가 찾고 있었소? 설마 조고는 아니겠지요?」

「조고가 아니라 바로 폐하입니다.」

이사가 웃으며 다시 물었다.

「그렇다면 조고는 누구의 말을 듣고 청 과부를 죽였겠소?」

「그건…… 당연히 폐하겠지요.」

「이제야 알았소? 사람의 마음은 누구도 알 수가 없는 법이오. 이제야 몽 아우는 누가 범인이고 무엇 때문에 죽였는지 그 이유를 아시겠소?」

「이제야 확실히 알 수 있겠습니다. 그렇지만?」

「이보게, 몽 아우!」

이사가 몽의의 어깨를 부여잡으며 고개를 흔들었다.

「그대와 나는 오랫동안 폐하를 모시며 많은 공을 세웠소. 하지만 어찌 됐건 폐하는 주인이고 우리는 신하일 뿐이오. 그 높낮이의 거리는 하늘 과 땅의 차이, 남군의 군수였던 등승을 보시오. 우리와 그 사람 중에서 누가 폐하와 절친했소? 하지만 지금 등 군수는 어디에 사는지 그림자조 차 찾을 수가 없어. 몽 아우, 토끼 사냥이 끝나면 사냥개를 구워 먹는다는 말을 절대로 잊지 마시오.」

「승상 대인의 뜻은 잘 알겠지만 억울하게 죽은 그녀들의 영혼은 구천에 떠돌며 통곡할 텐데.」

몽의가 안타까운 표정으로 중얼거렸다.

「법, 법, 법, 제아무리 떠들어도 진나라의 엄격한 법은 폐하께서 나라를 다스리는 데 필요한 채찍에 불과할 뿐! 그런데 폐하께서 채찍으로 자신을 칠 수가 있겠소? 백성들은 그저 그 채찍이 자기에게 내려지지 않기만을 바랄 뿐이오.」

이사가 한숨을 내쉬며 계속 말을 이었다.

「그러니 제발 몽 아우는 이번 일에 섣불리 나서지 마오. 지금 폐하께서는 방사들에게 빠져 불사약을 구하기 위해 정신이 없소. 며칠 전에는 서복에게 3천의 동남동녀(童男童女)를 이끌고 해중(海中)에 있는 삼신산에서 불로초를 구해오라는 성지를 내리셨소. 도저히 이치에 맞지 않는 황음(荒淫)한 일이 극치에 이르렀으니 어찌 함부로 나설 수 있겠소? 우리는 폐하의 몸에 철퇴를 내릴 수 없는 신하일 뿐이오. 그러니 조용히 물러나 모른 척하는 게 좋소.」

몽의는 이사의 충고에 몸을 가늘게 떨면서 눈을 질끈 감았다.

「승상 대인의 따끔한 충고에 감사드립니다. 가르침을 주시지 않았다면 끓어오르는 혈기에 참지 못하고 일을 그르쳤을 것입니다.」

이사는 몽의에게 빙그레 웃어 보이며 말했다.

「우리는 다만 폐하의 면전에서 '영명하신 폐하이시여, 사방에 군림하시니 백성들의 칭송이 그칠 줄 모르옵니다' 라고만 하면서……」

이사가 갑자기 낮게 목소리를 깔고는 몽의에게 귀엣말을 했다.

다음날 이사와 몽의는 낭야궁에서 청 과부의 죽음에 얽힌 의문점을 조사하여 시황제에게 보고를 올렸다. 이사와 몽의의 보고서는 크게 네 가지의 의견으로 집약되었다.

첫째는 청 과부가 다년간 수절을 지키며 가난하고 어려운 백성에게 재물을 내려 구제한 공이 크므로 청부인(淸夫人)으로 제수하고 고향인 파군에 회청대(懷淸臺)를 세워 그녀를 오랫동안 기리도록 한다.

둘째, 죽음의 진상을 자세히 조사했으나 청 과부의 죽음은 중거부령 조고와 하등의 관련이 없다.

셋째, 청 과부는 오랜 피로와 갑작스런 여행으로 기력이 쇠진했고 오는 동안에 풍기(風氣)가 들어 그만 숨을 거둔 것이며, 그녀들의 건강과 안전은 황문령들이 책임을 져야 하는데 관리가 소홀했으니 해당 황문령을 엄벌에 처한다.

넷째, 청 과부에게 후손이 없으니 단사가 나오는 광산과 재산은 관부에 귀속시킨다.

시황제는 보고서를 읽고 매우 흡족한 표정을 지었다. 특히 보고서의 끝 부분에 '영명하신 폐하이시여, 사방에 군림하시니 백성들의 칭송이 그칠 줄 모르옵니다'라고 쓴 구절에 이르러서는 껄껄 웃으며 이사와 몽의의 노고를 거듭 칭찬하였다.

몽의는 젊었을 때부터 패기 넘치고 야망 있는 시황제를 매우 존경하였다. 그러나 이번 일로 그는 시황제의 다른 면모를 발견하게 되었고, 그런 군주의 모습에 길게 탄식하면서 눈물을 떨구었다.

시황제는 만족스러운 얼굴로 보고서를 탁자 위에 놓으며 두 사람에게 일렀다.

「청 부인은 도덕이 고상하고 충절이 빼어나니 천하의 부녀자들에게 귀감이 되므로 이곳에 대를 세워 그녀를 기리도록 하겠소. 그리고 낭야궁에서 두 여인이 죽었으니 그 음기(陰氣)를 다스리기 위해서는 인근의 백성을 이곳으로 이주시키도록 해야 할 것이오. 이곳에 옮겨지는 30여만 명의 백성들은 12년 동안 부역을 면제토록 하시오.」

시황제가 낭야궁에 머문 지 석달째 되는 어느 날, 동월(東越)에 출정 나간 장군 조타(趙佗)가 보낸 문서가 도착되었다. 그동안 조타는 민월(閩越)의 여러 부족들을 정복하고 나아가 월성(越城), 도방(都龐), 맹저(萌渚), 기전(騎田), 대유(大庾)를 통일하여 오령(五嶺) 이남을 진나라의 판도에 끌어들였다.

조타의 문서를 받은 시황제가 벌컥 화를 내며 소리쳤다.

「아직까지 동월밖에 점령하지 못하다니 무안에서 기세를 떨치던 진병(秦兵)의 위용은 어디로 갔단 말이오! 남월의 오합지졸을 단번에 쓸어버리지 못해서야 원!」

조타의 전적에 성이 차지 않은 시황제는 이날 남쪽으로 순행을 떠나기로 결정하였고 그로부터 수십 일이 걸려 회수와 장강을 건너 전선(戰線)에 도착하였다. 그는 민월의 여러 부족들과 대치 중인 병사들을 독려하며 계속 전선을 돌았다. 시황제가 직접 전선에 나타나자 진병은 사기가 높아져 신속하게 남쪽으로 전진했다. 그런데 문제는 장강을 지나 월(越)의 끝에 이르렀을 무렵 울창한 숲과 수많은 늪이 이들의 진격을 가로막으면서 나타났다.

더 이상의 진격이 어려워지자 시황제는 감어사 사록을 급히 불렀다. 사록은 정국거(鄭國渠)와 난지(蘭池)를 설계하고 만든 인물로 당시에는 군량을 나르는 책임을 맡고 있었다. 사록은 형산에 주둔하고 있는 중군(中軍)으로 말을 달려 그곳에서 시황제를 만났다.

시황제는 오랜만에 사록을 보자 매우 반가운 표정을 지었다.

「군중에 양식이 제대로 보급되지 않아 사기가 말이 아니오. 이번에는 육로와 수로에 많은 길을 내야겠소.」

시황제의 명에 사록은 한참을 생각하더니 마침내 입을 열었다.

「폐하, 수로를 뚫는 게 수송에 빠르고 안전할 것이옵니다. 즉 이수와 상수 사이에 운하를 파면 양식을 수송하는 데 문제가 없을 듯하옵니다. 이수와 상수는 비록 수원(水源)은 다르지만 두 강 사이가 그리 멀지 않고 물의 높이도 별 차이가 나지 않아 그리 어려운 일은 아닐 것이옵니다.」

시황제는 사록의 의견에 안심이 되는 듯 연신 고개를 끄덕였다.

「감어사에게 10만의 군사와 20만의 백성을 내리겠으니 빠른 시일 내에 운하를 완성하시오. 민월의 야만족을 평정하면 그 공은 감어사에게 돌아갈 것이오. 이 운하는 영묘한 생각에서 나왔으니 그 이름을 영거(靈渠)라 하겠소.」

사록은 시황제의 명령이 떨어지자 곧바로 시공에 들어가 4년이 지난 시황제 32년(BC 215년)에 영거를 완성시켰다. 운하의 길이는 33킬로미터에 이르렀고, 남북 두 개의 수로가 만들어졌는데 남쪽의 수로는 이강의 물을, 북쪽의 수로는 상강의 물을 이용했다. 후에 진군은 양식의 수송이 원활하게 이루어지자 시황제 33년(BC 214년)에 신속하게 남쪽으로 진격하여 백월(百越)을 정복하고 그 지역에 계림(桂林), 남해(南海), 상(象) 등 세 개의 군을 설치했다.

시황제는 백월의 전투가 마무리되자 장강에서 배를 타고 운몽택(雲夢澤)으로 순행하였다. 시황제의 행렬이 운몽택에 이르렀을 때 난데없이 바람이 세차게 불기 시작하고 집채만한 파도가 요동을 치면서 시황제가 타고 있는 용주(龍舟)를 덮쳤다.

시황제가 너무나도 놀라 주위를 둘러보며 소리쳤다.

「운몽택에는 어떤 신이 살고 있소?」

박사 순우월이 재빠르게 대답했다.

「상군(湘君)이 살고 있사옵니다.」

「상군은 어떤 신이오?」

순우월이 잠시 침묵을 지키더니 곧 입을 열었다.

「상군은 요(堯) 임금의 따님이며 순(舜) 임금의 아내이온대 이곳에서 장사를 지냈사옵니다. 그래서 초나라 사람들은 예부터 극진히 상군을 숭배하고 있사옵니다.」

순우월이 설명하는 도중 어느덧 거센 바람이 멈추었다. 시황제는 순우월의 말에 역정을 내면서 소리쳤다.

「한갓 음신(陰神)에 불과한 천한 물귀신이 짐을 능멸하다니! 지금 당장 형(荊)의 장정 3천 명을 징발하여 상산(湘山)의 나무를 모두 베고 그 산을 불 태워 징계토록 하시오!」

이날 저녁 시황제는 웬일인지 갑자기 몸이 아프기 시작했다. 그러나 그는 신하들 앞에서 허약한 몸을 보이고 싶지 않아 억지로 아픔을 참으며 저녁 나절을 보냈다. 밤이 깊어가자 모진 바람이 다시 세차게 불기 시작했다. 온몸이 으스스 떨려오며 오한을 느끼던 시황제는 언뜻 낮에 상군을 욕한 일이 떠올랐다. 갑자기 두려워진 시황제는 얼른 자리에서 일어나 방사 노생과 서복을 시켜 부적을 만들어 상군을 위로하도록 하였다.

그 다음날 아침, 시황제는 남군의 행궁에 들러 여장을 풀었다. 조고는 황제를 모시는 황문령으로부터 시황제가 지난밤에 제대로 잠을 이루지 못했다는 이야기를 전해 들었다.

'폐하는 단약에 빠져 스스로 몸을 버리고 있군. 이제는 치명적인 중독 상태에 이르렀어. 그렇다면 이제부터 정신을 똑바로 차려야 한다. 호해 황자는 아직 나이가 어리고, 부소 황자는 심복도 많고 기개가 높으니……'

여기까지 생각하던 조고가 갑자기 큰소리를 질렀다.

「의관, 태의령은 빨리 내전으로 드시오!」

조고는 안에서 누워 있던 시황제가 들으라는 듯이 다시 소리를 질렀
다.

내전에 누워 있던 시황제는 조고의 목소리를 듣고 내심 마음을 놓았
다. 그는 무척이나 몸이 아프고 속이 쓰렸지만 자존심 때문에 어느 누구
에게도 드러내 놓고 아프다고 하지를 못했다. 그런데 다행히 조고가 의
관과 태의를 부르자 새삼 조고의 존재를 다시 한 번 생각하게 되었다.

'내게 충복은 조고 하나뿐이로군.'

조고가 급히 내전으로 들어가자 시황제가 반갑게 그를 맞이했다.

「경은 어서 호해 황자를 찾아 이곳으로 오도록 하시오.」

시황제는 조고와 같은 충신이 호해를 가르친다면 틀림없이 호해가 훌
륭한 재목으로 성장하리라 믿어 의심치 않았다. 그즈음 호해는 전에 화
개성이 궤도를 벗어난 꿈을 꾸고 난 뒤부터 자신이 천자가 된다는 환상
에 젖어 있었다. 호해는 그날 이후 모든 문제를 조고와 상의하고 전적으
로 그에게 의지하였다. 그는 며칠 전부터 시황제가 몸이 아프다는 사실
을 알았다.

「틀림없이 꿈대로 되어가는구나.」

조고가 찾아와 시황제가 부른다는 말을 전해 들은 호해는 기분이 좋
아 낄낄거리며 말했다.

「외숙부, 부황께서 곧 돌아가실 기운인가요? 그래서 나를 부른 거지
요?」

그 말에 조고가 얼굴이 납빛이 되어 소리쳤다.

「무슨 망발이시오! 지난날 소신이 그렇게 당부했거늘…… 꿈 이야기는
어떤 경우에도 입에 담지 마십시오. 조용히 때만 기다리고 있으면 기회
는 황자마마에게 오게 됩니다. 조급하게 서둘다가는 될 일도 안 됩니다.
오늘은 그저 부황을 뵙는 자리이니 최대한의 공경과 효순(孝順)을 보여

주시면 그만입니다. 아시겠지요?」

호해는 시황제가 아직 건재하다는 조고의 말에 다소 실망은 했지만 조고의 충고가 옳다고 생각했다. 조고와 호해가 내전에 도착할 즈음 승상 이사가 시황제를 만나고 있었다.

「폐하, 하루빨리 순행을 마치시고 도성으로 가셔야 하옵니다. 궁성을 오랫동안 비우시면 민심이 이반되고 조정의 기강도 흐트러지기 십상이옵니다.」

이사는 시황제에게 환궁을 요청하고 있었다. 그러나 시황제는 한마디로 이사의 청을 거절하였다.

「짐은 남군을 돌아보고 다시 남쪽으로 내려갈 생각이오.」

이때 조고가 호해와 함께 들어오자 시황제가 가볍게 웃으며 자리를 권하였다. 조고가 무릎을 꿇으며 입을 열었다.

「이번 폐하의 순행에는 많은 수확이 있었습니다. 추봉(鄒峰)에 송덕비를 세웠고, 태산에는 봉선의 예를 올렸으며, 동쪽으로는 낭야에 이르렀고, 남쪽으로 오령(五岑)에 다다라 천하의 백성을 위로하였습니다. 이번 순행은 감히 말하건대 이전에는 없는 커다란 공적이라 할 수 있습니다. 옛날에 요 임금과 순 임금이 사방을 순행하여 민심을 모으고 우(禹)가 구초(九招)의 음악을 일으켰다지만 그 거리는 겨우 천 리에 불과했습니다. 이에 비한다면 폐하의 순행은 수천 리에 달하고 억조창생(億兆蒼生)을 위한 일이니 승상 대인은 환궁을 재촉하는 일은 그만두시는 것이 옳을 듯합니다. 더욱이 이번에는 선인(仙人)이 스스로 찾아와 폐하께 보물을 바치셨으니 이보다 더한 경사가 어디에 있겠습니까?」

시황제는 선인이 보물을 바쳤다는 조고의 말에 깜짝 놀랐다.

「선인이 보물을 바쳤다는 게 정말이오?」

「부황마마, 그 말은 사실이옵니다. 어제 저녁에 보고를 받았는데 은빛

수염이 석 장 길이나 되는 노선인(老仙人)이 장생불사한다는 선초(仙
草)를 바쳤다고 하옵니다.」

곁에서 호해가 귀여운 말투로 끼어들었다.

「그처럼 중요한 일을 어찌하여 서둘러 보고하지 않았느냐?」

「부황께서는 어젯밤 일찍 휴식에 들어가셨습니다. 외숙과 저는 내전
밖에서 밤새워 부황이 깨어나시기만을 기다렸지만……」

시황제는 호해의 말에 기분이 몹시 좋아 연신 벙글거리며 이사에게
말했다.

「경은 먼저 도성으로 돌아가도록 하시오.」

시황제는 이사를 물리친 후 호해에게 말했다.

「호해 황자는 외숙한테서 충효와 예절을 잘 배워 하느니라. 그래야 세
상을 다스리는 능력이 생겨나는 법이지.」

내전 한쪽에서 부복하고 있던 조고는 그 말에 가벼운 미소를 흘렸다.

시황제가 동쪽을 순행할 때 그를 암살하려다 실패한 장량과 송의는
다행히 추격해 오는 병사들을 왕단이 따돌려 주는 바람에 위기를 모면
하고 깊은 산중에 숨어 들어 있었다. 두 사람은 다시 기회를 만들 때까
지 그곳에서 검술을 익히며 지내기로 결정하였다. 인가에서 멀리 떨어진
산 속에서 지내던 장량과 송의는 이따금씩 산에서 나무와 약초를 캐 저
자에 나가 팔고 먹을 것을 구해오곤 했다.

이날 오후, 나무짐을 모두 팔고 주막에 잠시 들른 두 사람은 시황제가
다시 동쪽으로 순행한다는 소식을 듣게 되었다. 게다가 마침 시황제는
두 사람이 살고 있는 산중에서 그리 멀리 떨어지지 않은 양무현(陽武
縣;지금의 하남성 양무현)을 통과한다는 것이었다. 이 소식에 장량과 송
의는 급히 산중으로 돌아와 시황제를 처치할 방법을 모색하였다. 두 사

람은 밤새워 의논한 끝에 일단 양무현에서 시황제를 기다리기로 합의했다.

다음날 양무현에 이른 두 사람은 우선 주막집에 짐을 풀고 주변의 지리를 조사하기 시작했다. 그들은 현성(縣城)에서 서쪽으로 20여 리 떨어진 박랑사(博浪沙)에서 시황제를 암살하기로 정했다. 박랑사는 양무현에서 가장 험한 요새로 산세가 험준하고 산길이 굽이치며 숲이 많아 치고 숨기에 적격이었다. 이들은 현성에서 며칠 먹고 지낼 음식을 준비한 후 곧바로 박랑사로 다시 걸음을 옮겼다. 그곳에서 시황제를 저격하기에 가장 좋은 길목을 찾은 두 사람은 박랑사의 한 동굴에 몸을 숨긴 채 시황제가 나타나기만을 손꼽아 기다렸다.

이날 아침은 어느 때보다 바람이 찼고 비까지 구슬프게 쏟아지고 있었다. 왠지 기분이 꺼림칙해진 송의가 걱정스런 목소리로 장량에게 말했다.

「이렇게 날씨가 스산하면 시황제가 순행을 포기하고 돌아갈지도 모르겠군. 아우님, 날씨가 추우니 술 한잔으로 몸을 녹이시게.」

그러자 장량이 손으로 빗방울을 받으며 대답했다.

「영정은 위인됨이 간사하고 조심성이 많아 여간해서는 거사를 성공시킬 수 없습니다. 오히려 이런 날씨에는 여우 같은 그도 방심을 할 테니 참고 기다려 봅시다.」

「하하하, 아우님은 매사에 치밀하고 꼼꼼하며 의지가 굳세니 앞으로 모든 건 아우님에게 맡겨야겠어.」

두 사람이 두런두런 대화를 나누고 있는데 산 입구에서 서너 명의 병사들이 초립을 쓰고 주위를 수색하는 모습이 보였다.

「형님, 준비합시다! 영정이 올 모양입니다.」

장량과 송의는 잔뜩 긴장된 표정으로 동굴을 빠져 나가 저격할 지점으로 급히 몸을 움직였다.

시황제 28년(BC 219년), 동남쪽을 순행한 시황제는 그 해 초겨울 무렵 함양성으로 돌아와 한겨울을 보냈다. 그러나 이듬해 봄이 되자 시황제는 좀이 쑤셔 그대로 도성에 눌러앉지 못하고 서쪽으로 순행을 떠나 함곡관과 삼천(三川;지금의 사천성)을 지나 부산(罘山)에 송덕비를 세우고 싶어 안달을 부렸다. 그러나 막상 봄이 되자 그는 마음이 바뀌어 동쪽으로 순행을 하기로 결정하였다.

시황제는 스산한 기운에 비까지 구슬프게 내리자 기분이 우울해져 양무현에 행궁을 차리고 그곳에서 쉬기로 마음을 먹었다. 시황제의 수레 행렬이 양무현성에서 30리 정도 떨어진 곳에 이르렀을 무렵, 구름이 산허리를 감싸고 낮게 깔리기 시작했다. 날이 어두워가자 수레 행렬의 속도는 점점 빨라지기 시작했다. 어느덧 수레 행렬이 박랑사 입구에 다다랐을 때 갑자기 바람이 세차게 불어오자 시황제를 호위하던 시위들이 재빨리 수레 주변을 에워싸며 조심스럽게 말을 몰았다. 엎친 데 덮친 격으로 이때 갑자기 사방에서 돌덩이가 수레 쪽으로 떨어지기 시작했다.

「참으로 험한 산길이군.」

시황제가 자신도 모르게 중얼거렸다. 그는 돌덩이가 바람에 날려 떨어졌다고 생각했던 것이었다.

이때 다시 수많은 돌무더기가 시황제의 수레로 쏟아졌다. 그제서야 그는 돌덩이가 그냥 단순하게 떨어진 게 아니라는 사실을 깨달았다.

「어서 빨리 이곳을 벗어나라!」

시황제가 시위 무사들에게 소리쳤다. 그의 말이 떨어지기가 무섭게 공중에서 사람 하나가 뛰어내리며 철퇴를 내리쳤다. 시황제 바로 뒤를 따르던 수레가 떨어지는 철퇴 한 방에 박살이 났다. 깜짝 놀란 시위들이 황급히 시황제의 수레를 보호하며 급히 말을 몰았고 나머지는 장량과 송의에게 달려들었다.

　장량과 송의는 시황제가 타고 있을 것으로 예상한 수레를 공격했지만 아깝게도 실패를 하자 산 위로 달아나기 시작했다.

「잡아라, 산으로 도망쳤다!」

　시위 무사들이 허겁지겁 장량과 송의를 쫓았지만 산길에 익숙한 두 사람을 잡을 수는 없었다.

　이날 밤 시황제의 분노는 극치에 달했다. 두 차례에 걸쳐 습격을 받은 그는 당장에 양무현의 현령을 파면하고 삼천군의 병사들을 동원하여 자객들을 수색토록 지시했다.

32

의로움을 지키는 사람들

　그즈음 태의령 하무차는 시황제가 자신에게 관심을 주지 않고 방사와 연단술사에게 마음을 빼앗기자 크게 낙심하고 있었다. 그는 매일 하는 일 없이 행궁을 돌아다니며 꽃을 가꾸는 일에 시간을 보냈다.

　이날도 하무차는 호수가 보이는 꽃밭에 앉아 손에 〈시경〉을 들고 홀로 시 구절을 읊으며 자신의 충심을 몰라주는 시황제를 원망했다.

　북풍은 쌀쌀하고 눈은 펑펑 내리누나

　점잖고 나를 좋아하는 님과 떠나버릴까.

　어이 우물쭈물 하느냐, 빨리 떠나야지

　하무차는 〈시경〉의 '북풍'이라는 시를 읊고 있었다. 근래에 하무차는 태의령으로 있으면서도 시황제를 위해 약재를 짓거나 병 간호를 해본 적이 없었다. 그는 자신의 총애를 빼앗아간 방사와 연단술사들이 한없이 증오스러울 뿐이었다.

「그까짓 거짓 술수만 부리는 방사나 연단술사에게 빠지시다니…… 폐하는 어찌 그리도 황음하시단 말이냐!」

원망이 깊었던 하무차는 자신도 모르게 이렇게 중얼거렸다.

「태의령이 어디서 감히 주군을 원망한단 말이오?」

이 소리에 하무차가 깜짝 놀라며 손에 들고 있던 죽간을 떨어뜨렸다.

「태의령, 마음을 놓으시오. 노신은 결코 잔잔한 호수에 돌을 던지는 그런 부류의 사람이 아니오. 다만 말을 조심하라고 일깨워 주었을 뿐이오.」

하무차는 그 말에 큰숨을 내쉬었다. 숲을 헤치며 조고가 하무차에게 다가왔다.

「아, 조 대인이었구려. 소생은 대인이 아니었다면 크게 당할 뻔했습니다. 그런데 어쩐 일로 이곳에는 납시었습니까?」

「납시다니요, 너무 황송한 말씀은 하지 마시오.」

조고가 빙긋이 웃으며 말했다.

「나는 단지 태의령에게 알려줄 게 있어서 왔을 뿐이오. 태의령도 잘 아시겠지만 요즈음 폐하께서는 약재를 믿지 않으시고……」

「그게 무슨 말입니까?」

하무차가 눈을 크게 뜨며 물었다.

「일전에 폐하께서 서복을 시켜 해중에 있는 삼신산에서 불로초를 구해오라고 하시었소. 그 약초를 먹으면 영원히 늙지 않고 살 수 있다고 하더이다. 서복은 명령을 받고 떠날 준비를 하고 있는 중이오. 폐하께서는 그 자에게 5백의 동남동녀와 커다란 배를 세 척이나 내려 주셨소. 그러다 보니 폐하께서는 태의와 거리가 점점 더 멀어지게 되셨소. 폐하께서는 어젯밤에도 스스로 진인(眞人)이라 부르시며 다시는 짐이란 말은 쓰지 않겠다고 하셨소. 지금은 승상 대인의 말도 듣지 않아요. 그래서 소신

은 태의령을 찾아와 차라리 방사를 스승으로 모시는 게 어떠냐고 권하
러 온 거요.」

하무차는 조고의 말에 입술을 깨물며 소리쳤다.

「조 대인, 방사와 연단술사의 미친 소리를 어이 믿는다는 말이오? 지
금은 비록 폐하께서 그들의 감언이설에 속고 계시지만 언젠가는 마음을
돌려 의관(醫官)을 찾게 될 것이오.」

조고는 본래 시황제에게 충성을 다하는 하무차를 방사의 무리에 들게
하여 언젠가 제거할 생각을 했지만 하무차가 의외로 완강하게 거절하
자 갑자기 생각을 바꾸었다.

「지금 폐하께서는 박랑사에서 자객의 공격을 받으시고 여러 곳을 계
획없이 순행하고 계시오. 언제 이곳으로 다시 돌아오실지 모르니 때를
기다리고 있으면 좋은 날이 올지도 모르지오. 아, 그러느니 차라리 흉수
를 찾아내면 폐하의 총애를 한 몸에 받을 텐데.」

하무차는 이 말에 한동안 생각을 하였다.

「조 대인께서 많이 도와주시기를 바랄 뿐이오.」

「그렇다면 제가 유능한 조수 한 명을 소개시켜 드리면 어떻겠소?」

「대인의 은혜에 감사드릴 뿐입니다.」

하무차가 조고에게 연신 머리를 조아리며 고마움을 표시했다.

그 이튿날 조고는 궁중의 금위무사로 있는 만량을 하무차에게 소개시
켜 주기로 마음먹었다. 그는 시황제에게 지극한 충성을 하는 하무차에게
는 만량과 같이 시황제에게 원한을 지닌 사람을 붙여 주어야 두 사람
사이에 갈등이 생겨 자신이 의도하는 바가 이루어질 것으로 판단하였다.
이날 아침 조고는 만량을 궁중으로 불러들였다. 만량은 매우 건장한 것
이 무사의 기운이 넘쳐흐르는 듯했다.

'음, 지난날 맹상의 시신을 거두어가던 때와는 비교가 되지 않을 정도

로 무사의 냄새가 물씬 나는군.'

갑옷을 입고 허리에는 단검을 찬 만량의 두 눈에서는 예리한 빛이 쏟아졌다. 그 눈빛에 조고는 약간 어깨를 움츠리며 입을 열었다.

「만 궁금(宮禁), 폐하께서 위급한 일을 당하시어 그대를 파견하려고 하는데 어떻게 생각하나?」

「무슨 일로 파견하시려 하는지 대인께서 알아서 해주십시오.」

만량이 싸늘한 표정으로 대답했다.

「폐하께서 일전에 박랑사에서 자객의 공격을 받으셨다네. 흉수는 지금 도망다니고 있는데 이 일은 잘 알고 있겠지?」

「알고 있습니다.」

만량이 무뚝뚝하게 대답했다.

「오늘 하 태의령이 자진해서 흉수를 찾아나서시기로 했다네. 그런데 조수가 한 명 필요해서……」

「무엇 때문에 저를 추천하셨습니까?」

「폐하를 공격한 자객은 무예가 뛰어나고 흉악한데 지난날 맹상 아가씨를 공격했던 그놈들과 검술이 비슷한 것 같아서이네.」

이 말에 만량이 고개를 들어 조고를 노려보았다.

「원수를 갚고 싶지 않나?」

만량은 한동안 생각을 하더니 고개를 끄덕이며 승낙을 했다. 조고는 속으로 쾌재를 부르며 만량에게 몇 마디 당부를 건넸다. 그러나 다른 어떤 말도 만량의 귀에는 들어오지 않았다. 그의 가슴에는 복수의 일념만이 있을 뿐이었다. 어떻게 하든 시황제의 곁에 가까이 다가갈 수 있기만을 염원하였다. 궁중의 금위무사로 지낸 지 수년 동안 몇 번이나 시황제를 가까이에서 만났지만 궁중에서는 무기를 지니고 있지 못하기 때문에 손을 쓸 수 없었다.

만량은 처음 금위무사로 들어왔을 때 동지를 규합하고자 했다. 그러나 비슷한 계급의 무사들은 대부분이 서민의 자제들로서 출세를 하기 위해 궁중에 들어왔기 때문에 만량과 같은 위험한 행동은 애당초 꿈조차 꾸지 않았다. 만량은 시황제를 공격한 협사들을 만나고 싶었다. 그들과 손을 잡으면 시황제를 충분히 살해할 수 있으리라 믿었기 때문이었다.

조고는 만량이 흔쾌히 승낙하자 그에게 낭중령의 부패와 1백 금을 건네주고 하무차에게 보냈다.

장량과 송의는 박랑사에서 진시황을 저격하려는 계획이 실패로 끝나자 삼천군을 빠져 나가 황하의 북쪽으로 달아났다. 두 사람은 조현(趙縣)으로 가는 관도(官道)에서 수많은 사람들의 싸늘한 눈초리 때문에 할 수 없이 초립을 쓰고 갈포로 옷을 바꾸어 입었다. 장량은 손에 긴 퉁소를 들고 송의는 어깨에 금(琴)을 맸는데 이런 두 사람의 모습은 영락없이 거리의 악사 차림이었다.

이윽고 두 사람이 현성에 도착한 때는 마침 장날이라 많은 사람들이 그쪽으로 몰려들고 있었다. 이들은 주위의 시선에 아랑곳하지 않고 서둘러 주막집으로 발걸음을 옮겼다. 송의는 자리에 앉자마자 바로 개고기와 술 한 단지를 시켰다. 두 사람이 술을 마시고 있는데 갑자기 밖이 시끌거리며 청년 하나가 서너 명의 장정을 이끌고 주점 안으로 들어왔다. 장량과 송의가 얼마나 질펀하게 술을 먹고 있었던지 주점 밖을 지나던 향유격(鄕遊擊;향의 치안을 담당하는 벼슬)이 이들의 대화를 들었던 것이었다.

「아뿔싸, 너무 큰소리로 떠들며 술을 마셨구나.」

장량이 나지막한 소리로 중얼거렸다. 그는 조현의 현위와 향유격 유박(劉薄)의 악독한 명성을 익히 듣고 있었다. 현위와 향유격은 비록 직급은 낮았지만 조현의 치안을 확실하게 잡아놓은 것으로 유명했다. 외지에서 온 사람은 성문을 지날 때 많은 도적들의 목이 효시된 나무 밑에서 조사를 받곤 했다. 두 사람을 발견한 향유격 유박이 다가오더니 장량과 송의에게 부패를 요구하였다. 그는 두 사람이 당당하게 관부에서 발행한 부패를 내밀자 의외라는 듯 고개를 갸우뚱했다.

당시 진나라 규정에 따르면 거주민이나 이주민은 모두 관의 증명을 받아 부패를 받았고 특히 외출할 때는 반드시 부패를 지니고 있어야 했다. 만일 부패를 지니지 않고 여행을 하다 잡히면 모두 도망자나 노예로 취급되었다. 그리고 그러한 도망자를 잡게 되면 귀족이나 서민할 것 없이 모두 후한 상을 받았다.

장량이 당황해 하는 유박을 바라보며 빙긋이 웃었다. 바짝 약이 오른 유박은 어떻게든지 두 사람의 불법 사항을 끄집어내기 위해 독사 같은 눈을 부라렸다. 이때 장량이 슬그머니 주머니에서 금덩이를 꺼내 향유격의 손에 몰래 건넸다. 그제서야 향유격은 얼굴색을 펴고 주점에 있는 여러 사람에게 소리쳤다.

「여기 두 악사가 우리 현성에 오시었으니 모두 박수로 환영합시다!」

그 말에 장량과 송의가 서로 얼굴을 바라보며 씨익 웃었다.

조현에서 가장 잘 사는 주씨라는 부자가 있는데, 그는 젊었을 때 진나라의 무사를 지냈고 공이 많아 불경(不更;진나라 군관의 20등급 직위 중 4등급에 속하는 고급 군관)에 이르렀으며 은퇴한 뒤 조성에 들어와 산지 이미 십여 년이 되어갔다. 그는 인근 지방에도 널리 알려진 효자로 이번에 노모의 고희연(古稀宴)을 맞아 악사를 구하지 못해 걱정이 태산 같았다. 그는 때마침 그곳에 두 명의 악사가 들어왔다는 소식을 듣고 부리나케 주점으로 달려왔다. 이렇게 해서 장량과 송의는 손쉽게 주씨 집에서 머물 수 있게 되었다.

주씨 저택에 들어선 송의는 저택의 엄청난 규모에 놀란 듯 벌린 입을 다물지 못했다. 이곳저곳을 두리번거리며 걸어가던 송의는 후원 쪽에서 어떤 사람이 걸어가는 모습을 보았다. 송의는 그 뒷모습이 눈에 익다 생각하면서 고개를 갸우뚱하며 안으로 계속 들어갔다.

주씨 집안의 주인은 오십의 나이에 키가 훤칠하고 얼굴에 칼자국이 깊게 나 있어 지난날 군관을 지냈던 사람임을 금방 알 수 있었다. 다만 몸에 화려한 비단옷을 걸치고 있어 부자티가 난다는 점이 예사 군관과는 달라보였다. 주씨는 중당에서 장량과 송의를 맞이하고 간단하게 술상을 차렸다. 그들이 담소를 나누고 있는데 하인이 급히 달려와 보고를 올렸다.

「어르신, 하, 하 대인이 오셨습니다.」

「하 대인이라니, 누구를 말하느냐? 설마 그 사람?」

깜짝 놀란 주씨가 허겁지겁 자리에서 일어나 밖으로 나갔다.

하무차는 일찍이 태의령으로 발탁되기 전까지 시골에서 떠돌이 의사를 하면서 지낸 바 있었다. 그는 이곳 조성이 고향으로 과거 주씨의 모친도 자주 진맥하며 돌본 적이 있었고 그때마다 주씨는 하무차에게 많은 사례금을 주었다.

후에 하무차는 궁중에 발탁되어 태의령이 된 뒤에도 자신이 어려웠던 시절 도움을 주었던 주씨를 잊지 않았다. 그러던 중 이번에 시황제를 저격한 홍수를 찾기 위해 천하를 주유하다 이곳 조성에 이르자 갑자기 주씨가 떠올라 이 집을 방문하게 되었던 것이었다.

주씨는 조정 대신인 하무차가 뜻밖에도 모친의 고희연에 참석하자 너무도 반가웠다. 하무차가 주씨를 뒤따라 중당으로 들어왔다.

자리에 앉던 하무차가 주씨에게 물었다.

「노모는 어디에 계시오?」

「몸이 아파 자리에 누워 계십니다.」

「하하하, 너무 걱정하지 마시오. 제가 왔으니 진맥을 하고 병세를 살피면 곧바로 완쾌되실 거요. 궁중에서도 못 고친 병이 없으니까.」

「대인께서 왕림하시었으니 마음이 놓이오. 우선 먼 곳에서 오셨으니 오늘은 편히 지내시기를 바랍니다.」

주씨가 중당에 모인 사람들을 바라보며 큰소리로 말했다.

「가모(家母)의 고희연에 이렇게 찾아주시니 너무도 고맙습니다. 모친을 대신하여 제가 술잔을 올리겠습니다.」

주씨가 술잔을 머리 높이 올리며 건배를 제안하자 모두들 술잔을 들었다. 이때 악사로 초청된 장량과 송의는 벽난로가 있는 구석에 앉아 있었다. 주인이 음악을 부탁하자 장량은 퉁소를 불고 송의는 축을 켰다. 퉁소는 매우 낮고 잔잔하게 울려퍼졌으며 축은 우렁차고 힘이 넘쳤다. 두 사람은 기쁜 날인 만큼 제나라에서 유행하던 '방중지락(房中之樂)'이라는 곡과 연나라에서 널리 애송되는 '종묘지락(宗廟之樂)'을 연주하였다.

두 사람이 음악을 연주하고 있는데 한 사람이 조용히 중당 밖의 계단에 앉아 있는 모습이 보였다. 나이는 대략 마흔 정도로 송의가 그 뒷모습을 보고 어디선가 많이 보았다고 고개를 갸우뚱했던 바로 그 사람이었다. 계단에 앉아 있던 사내가 눈을 감고 조용히 축의 소리를 들으며 중얼거렸다.

「아, 비록 뜻은 가상하나 기예가 따르지를 못하는구나.」

마침 음식을 나르던 하인이 그 소리를 듣고 주인에게 다가가 귓속말로 이를 전하였다. 주씨는 고개를 끄덕이고 바깥 계단에 자리를 잡은 중년 사내를 가만히 바라보았다.

그 사람은 조용히 눈을 감고 축음에 따라 고개를 끄덕이고 손을 들었다 놓았다 하면서 진지한 표정을 지었다. 주씨는 그가 반년 전에 자신의 집에 와서 일자리를 구했던 사람임을 깨달았다. 주씨가 조용히 자리에서 일어나 그에게 다가갔다.

「음악에 조예가 깊으신 듯하오니 한 곡 청할까 합니다.」

중년 사내는 입술을 지그시 깨물며 주씨를 바라보았다. 주씨의 표정이 몹시 진지하자 그는 결심을 굳힌 듯 자리에서 일어나 가볍게 고개를 숙이고 승낙을 하였다. 잠시 후 장량과 송의가 연주를 마치자 그는 뚜벅뚜벅 가운데로 걸어가 송의가 켜던 축을 받아들고 자리를 잡았다. 그는 왼손으로 음가(音價)를 조절하고 오른손으로 축을 두드리며 음량을 맞추었다.

이윽고 중년 사내가 축을 켜기 시작했다. 마치 서늘한 가을 바람이 중당에서 회오리를 이는 듯 사람들의 가슴에 잔잔한 파문을 일으켰다. 그곳에 모인 사람들은 순간 숨조차 죽이고 조용히 그 소리에 온몸을 맡겼다. 수많은 꽃들이 다투어 피고 벌과 나비가 힘차게 날아오르는 듯한 소리가 사람들의 귀를 때렸다. 그러더니 갑자기 구름이 몰려오고 소나기가 내리퍼붓는 소리로 변하였다. 울부짖는 말이 벌판을 달리고 번개와 벼락이 지상에 떨어졌다. 축의 소리는 최고로 고조되었다가 점점 평온한 상태로 가라앉기 시작했다. 소리가 멈추자 사람들은 조용히 눈을 뜬 채 아무 말도 꺼내지 못했다.

송의는 입가에 잔잔한 미소를 머금고 있었으며, 장량은 누굴까 생각하는 모습이었다.

'저렇게 훌륭하게 축을 켤 수 있는 사람은 이 천하에 고점리뿐이야.'

장량이 존경 어린 눈으로 중년 사내를 바라보고 있는데 송의가 자리에서 벌떡 일어나며 소리쳤다.

「선생, 저희 같은 무명소졸을 거두어 주십시오!」

중년 사내는 송의를 발견하고는 얼굴색을 붉히며 입을 열었다.

「저는 남을 거느릴 만한 수준도 아니고 또한 떠돌이 신세라서 제자를 둘 수 없습니다.」

그러자 송의가 주씨를 바라보며 다시 말했다.

「주인 어른, 이런 훌륭한 악사를 며칠이라도 더 머물게 해주신다면 그 사이에 이 사람이 조금이라도 기예를 더 배울 수 있을 것입니다.」

주씨는 송의의 말에 고개를 끄덕이며 승낙을 표했다.

「뜻밖에 하루 사이에 세 명의 훌륭한 악사를 만나다니 이는 이 주씨의 행운인가 보오. 여러분을 모두 본가의 악사로 초빙하니 언제라도 들르시고 머물러 주십시오.」

주씨는 하무차에게 눈길을 돌리며 계속해서 말했다.

「여러분, 여기 계신 한 분을 소개해 드리겠습니다. 뜻밖에도 궁중에서 태의령으로 계신 분이 이곳에 왕림하셨습니다.」

이 말에 하무차가 자리에서 일어나 가볍게 고개를 숙이며 인사를 했다.

「우연히 이곳에 들렀다가 평생에 한 번 들을까말까 한 음악의 기인(奇人)을 만났소이다. 이 세상에 저분과 기예를 견줄 수 있는 사람은 단 한 사람뿐이오.」

그러자 사람들이 모두들 소리쳤다.

「그 사람이 누구입니까?」

「고점리라는 사람이지요.」

하무차가 고개를 들며 대답했다.

「그 사람은 천하를 떠돌아다녀 만날 수는 없지만 축을 켜는 솜씨만은 세상에서 으뜸이지요. 그 사람은 형가라는 자객의 친구인데 연나라의 역수(易水)에서 살았지요. 그런데 형가가 죽고 나서 갑자기 몸을 감추어 지금은 행방을 찾을 수 없습니다.」

사람들은 하무차의 말에 모두들 고개를 끄덕이며 뛰어난 기예를 가진 중년 사내를 다시 한 번 우러러보았다.

잔치 분위기가 어느 정도 무르익었을 즈음 장량과 송의는 중당에서 나와 후원의 처소로 돌아왔다.

「우리는 먼저 떠나야겠습니다. 잘못하다가는……」

장량이 먼저 입을 열었다.

「알았네. 고 선생을 만나보고 떠나도록 하세.」

「하씨 성을 가진 사람과 그를 따르는 만량이라는 사람이 수상합니다. 특히 하씨 성을 가진 태의령은 고 선생을 알아보는 눈치였습니다.」

「고 선생의 신분이 밝혀지면 우리도 떠나기가 곤란하지.」

송의가 얼굴을 찡그리며 대답했다.

「잠깐, 누가 옵니다.」

장량이 반사적으로 품에서 비수를 꺼냈다. 그러자 송의가 조용히 문을 열고 밖을 내다보았다.

「송 아우님, 날쎄, 고점리일세.」

뜰에서 고점리가 달빛을 뒤로 한 채 서서 송의를 바라보고 있었다.

「고 형님, 반갑습니다. 아까는 중당에서 너무나 기쁜 나머지 고 형님의 이름을 부를 뻔했습니다. 어서 안으로 드시지요.」

송의는 고점리가 안으로 돌아오자마자 몹시 궁금한 듯 질문을 퍼부었다.

「어쩌다가 이곳까지 오시게 되었습니까?」

「계성에서 형가와 헤어진 후 사방을 유랑하며 다녔네. 드러내 놓고 축을 켤 수도 없고 노래도 부를 수가 없어서 이처럼 농부 차림으로 밭을 갈며 끼니를 때웠지. 그렇지만 가슴 속에서 꿈틀거리는 울분을 참을 수는 없었다네. 반년 전에 이곳 주씨 집안에 들어와 막일을 하면서 오늘까지 성도 이름도 잊고 살았는데…… 그런 아우님은 어떻게 지냈는가?」

「저는 형님보다는 운이 좋은 편입니다. 먼저 동해로 달아나 개 장수를 하며 지내다가 뜻이 맞는 협사를 만났지요. 여기 계신 이 협사는 한나라 공자인 장량이라고 합니다.」

장량이 일어나 고점리에게 인사를 하였다.

「장 공자는 형가처럼 지모가 뛰어나고 침착하여 가히 대사를 의논할 수 있는 사람입니다. 며칠 전에 우리 두 사람이 박랑사에서 시황제를 저격했는데 마차를 잘못 지정하는 바람에 실패를 하였습니다. 지금 그 일 때문에 쫓기는 몸이지요.」

「하하하, 천하에 소문이 자자하더니 바로 자네들이 일으킨 거사였구만. 장하네, 이런 난세에 두 사람 같은 의혈남아를 만나게 되니 감개무량하다네. 형가를 대신하여 내가 절을 올림세.」

고점리가 자리에서 일어나 절을 하려 하자 장량과 송의가 황급히 그의 어깨를 잡으며 말렸다. 세 사람은 서로 의기가 투합되어 큰소리로 웃으며 하룻밤을 보냈다.

한편 후원으로 돌아온 하무차는 축을 켜던 사내 생각에 잠을 이룰 수 없었다.

'저렇게 축을 잘 켜는 사람을 황제 폐하께 소개시키면 어떨까. 폐하께서는 축 소리를 아주 좋아하시니 말이야. 그렇게 된다면 더 이상 방사들의 현혹된 말에 속지 않으시고 음악만 들으시겠지.'

이런 생각이 들자 하무차의 가슴이 갑자기 쿵쿵 뛰기 시작했다.

「그래, 빨리 그 사람을 찾아가 설득을 해야겠어.」

하무차는 혼자 중얼거리며 서둘러 자신의 처소를 나왔다. 후원으로 나와 보니 서쪽에 있는 여러 개의 방 가운데 아직도 등불이 환히 켜져 있는 곳이 있었다. 그는 불빛을 따라 서쪽 후원으로 걸음을 옮겼다. 방 앞에서 선 하무차는 뜻밖에도 낮에 보았던 세 명의 악사들이 방안에 앉아

서로 어울려 이야기를 나누는 소리를 듣게 되었다. 그는 숨을 죽이고 창가에 다가가 바짝 귀바퀴를 세웠다.

「아니, 이놈들이 바로!」

하무차는 그들이 바로 자신이 그토록 찾아헤매던 흉수라는 사실을 깨닫자 온몸이 부르르 떨렸다. 하무차는 살그머니 후원을 빠져 나가 급히 하인을 불러 현령에게 이 사실을 알리도록 지시를 내리고 만량을 찾았다.

이때 만량은 자리에 누워 협사들을 만나면 어떻게 해야 좋을지 곰곰 생각하고 있었다. 그는 낮에 축을 켜던 악사의 기예에 흠뻑 빠져 있었다. 슬픔과 분노와 향수가 한데 어우러져 듣는 사람을 무아의 경지로 끌어올리는 솜씨는 천상의 선녀만이 가질 수 있다고 생각했다.

「만 궁금, 빨리 밖으로 나오게!」

밖에서 하무차가 급히 만량을 불렀다. 그 소리에 만량이 자리에서 벌떡 일어나 방문을 밀치고 나갔다.

「무슨 일이십니까?」

「하하하, 정말 기쁜 일이 있네. 폐하께서 그토록 잡아들이려고 애쓰시던 세 명의 흉수가 바로 이곳에 모두 들어 있지 뭔가.」

「무슨 꿈을 꾸고 계십니까?」

만량이 믿지 못하겠다는 투로 대꾸했다.

「이런 쯧쯧쯧, 매사에 그러니 출세를 못하는 게지. 사람이 뜻을 두면 언젠가는 이루어지는 법일세. 꿈에서까지 흉수를 찾으려고 애타게 바라니까 이렇게 보물이 그냥 손으로 굴러들어온 거야.」

그제서야 만량은 정신을 바짝 차리고 하무차를 따라 후원으로 달려갔다.

고점리는 장량과 송의로부터 그들과의 동행을 응낙받자 기분이 몹시 좋았다. 그는 떠날 채비를 갖추기 위해 두 사람의 방에서 나와 부리나케 자신의 처소로 발걸음을 옮겼다. 콧노래를 흥얼거리며 후원을 가로질러 가던 고점리는 뜻밖에 어둠 속에서 사람 하나가 불쑥 나타나자 가슴이 철렁 내려앉았다.

「고 선생, 방에서 나눈 얘기를 모두 들었소.」

「그렇다면…… 어쩔 생각이오?」

「고 선생, 염려놓으시오. 나 하무차는 의리 있는 사람이라오. 어떻게 그대와 같은 협사를 시황제와 같은 폭군의 소굴에 밀고를 하겠소. 나도 일찍이 궁중에 들어가 시황제를 독살하려고 했으나 실패하여 가슴을 태우던 중이었소. 그런데 얼마 전부터는 시황제가 방사의 무리에 현혹되어 접근조차 어렵게 되었소. 그래서 궁을 빠져 나와 세상을 떠돌아다니고 있는 것이오. 그러하니 선생께서 이 사람을 거두시어 시황제를 죽이는 일에 동참하도록 도와주시오.」

고점리는 하무차의 말에 감동하는 듯하였다.

「여기에서 이야기를 나눌 게 아니라 제 방으로 가서서 상의를 하시지요.」

고점리가 하무차를 이끌고 자신의 처소로 달려갔다. 고점리의 뒤를 쫓아가던 하무차의 입에서는 음흉한 웃음을 흘러나왔다.

'협사 좋아한다, 네 놈들은 조금 뒤 모두 체포되어 형장의 이슬로 사라질 게다, 후후후.'

그는 득의만만한 표정으로 고점리의 뒤를 따라갔다. 그런데 앞서 가던 고점리가 그런 하무차의 속셈을 간파하고 후원 모퉁이를 돌면서 그에게 달려들었다. 뜻밖의 공격을 받은 하무차가 급히 만량을 불렀다.

후원 나무 밑에 숨어 있던 만량은 하무차와 고점리가 서로 엉켜붙어 싸우는 모습을 보자 마음이 흔들렸다.

'저 협사들을 빨리 달아나게 만들어야 하는데 그들은 아직도 눈치를 채지 못하고 있는가 보구나, 어쩌지.'

「만 궁금, 어디에 있어! 빨리 나 좀 도와줘!」

하무차가 계속 만량을 불렀다. 그러나 만량은 장량과 송의와 같은 협사들과 교분을 맺고 맹상의 원수인 시황제를 죽이겠다는 마음을 굳게 다졌다.

결심을 굳힌 만량이 숲에서 뛰쳐나오며 소리를 질렀다.

「강도다! 강도야!」

만량은 장량이 있는 방 쪽으로 달려가며 계속 소리쳤다.

「잡아라, 강도가 도망친다!」

이때 주씨 저택의 밖에서 말 울음 소리가 크게 들려왔다. 현위가 병사들을 데리고 도착한 것이었다. 그 소리에 고점리가 하무차의 목을 비틀며 소리쳤다.

「이런 나쁜 놈! 가만 두지 않겠다!」

고점리는 있는 힘을 다하여 하무차를 바닥에 내동댕이치고 재빨리 후원으로 뛰어갔다.

「잡아라, 저놈을 잡아라!」

하무차가 마구 비명을 지르며 소리쳤다.

「송 아우, 장 아우! 빨리 달아나게!」

송의와 장량은 만량의 고함소리에 이미 후원으로 나와 있었다. 그러나 병사들은 벌써 주씨 저택을 포위하고 후원 쪽으로 달려오는 중이었다. 장량과 송의는 서둘러 숲을 지나 담 쪽으로 달려갔지만 뛰어넘기에는 담벽이 너무나 높았다. 그때 만량이 두 사람 곁으로 다가왔다.

「만 궁금, 어디에 있나?」

하무차가 만량을 부르며 병사들과 함께 후원으로 오고 있었다. 장량은 만량을 발견하자 비수를 꺼내들고 그에게 던지려 하였다.

「잠깐만요, 검을 멈추시오! 저는 여러분의 적이 아닙니다!」

만량은 일단 장량의 행동을 저지하고는 다급하게 말했다.

「자, 이제 시간이 없으니 어서 담을 넘어 달아나시오. 내가 저 병사들을 유인하겠소」

만량이 숲에서 나오며 후원을 수색하는 병사들에게 소리쳤다.

「나는 만 궁금이다! 도적들이 저쪽으로 달아났으니 빨리 추격하라!」

병사들은 궁복을 입고 몸에는 갑옷을 걸친 만량의 말을 의심치 않고 그의 명을 그대로 따랐다. 장량과 송의, 두 사람은 병사들이 멀리 사라지자 재빨리 담벽으로 다가가 먼저 장량이 송의의 어깨를 올라타고 담벽에 다리를 걸친 채 송의를 끌어올렸다. 두 사람은 힘겹게 주씨 저택의 담을 뛰어넘어 잽싸게 산으로 달아났다. 이윽고 위험으로부터 벗어난 두 사람은 비로소 자신들을 구해준 만 궁금이라는 사람과 고점리의 안전을 걱정하였다.

만량은 병사들을 이끌고 후원을 지나 앞뜰로 뛰어오다가 하무차를 만났다. 하무차는 고점리와 싸우고 있을 때 아무리 불러도 만량이 나타나지 않자 매우 화가 났다. 게다가 송의와 장량마저 놓친 것을 알고는 화를 벌컥 냈다.

「강도가 나타났다고? 네 놈이 그들을 달아나게 만들었지! 네 놈은 본래부터 그들과 한통속이었어.」

이때 현위가 나타나더니 하무차에게 물었다.

「도적놈들은 어디 갔습니까?」

하무차는 계속 씩씩거리며 만량을 가리켰다.

「이놈이 한통속이 되어가지고 모두 달아나게 만들었소」

그러자 만량이 숨을 크게 내쉬며 천연덕스럽게 대답했다.

「저는 숲에 숨어 있다가 갑자기 어둠 속에서 두 사람이 나타나기에 그놈인 줄 알고 소리친 것입니다.」

하무차는 의심의 눈초리를 풀지 않고 만량을 노려보며 소리를 질렀다.

「그런 변명은 함양으로 돌아가서 지껄여라!」

「하하하, 결국은 놓쳤구나! 협사들은 하늘이 도우는 법이지.」

고점리가 밧줄에 묶인 채 하무차 앞에 나타났다. 그는 장량과 송의가 무사히 달아났다는 말에 기분이 좋아 크게 웃었다. 만량은 그런 고점리가 존경스러웠다. 자신은 잡혀서 죽을지도 모르는 판국에 협객의 안전을 생각해 주는 그런 의기가 부러웠던 것이다.

만량은 등승의 곁에 있으면서 조정 대신들의 허세와 거짓을 보고 환멸을 느꼈다. 더욱이 나라에 충성을 다 바친 등승을 하루아침에 저버리고, 더욱이 부녀자를 납치해 능욕하는 시황제가 저주스러웠다.

현위는 하무차와 함께 만량과 고점리를 포박하고 현성으로 돌아갔다. 만량과 고점리는 며칠 후 함양성으로 압송되었다. 중거부령 조고는 진율에 의거하여 만량은 여산능(驪山陵) 공사에 부역을 시키고, 고점리는 극형에 처하는 게 좋다고 시황제에게 보고했다. 그러나 하무차는 만량을 살려주면 후환이 생길 터이니 극형에 처하고, 고점리는 음악에 조예가 깊으니 목숨만은 살려주도록 시황제에게 주청했다. 시황제는 두 사람의 의견을 받아들여 만량은 여산능 공사에 부역시키도록 명령하고, 고점리는 두 눈을 멀게 한 후 궁중으로 불러들였다.

그 해 가을, 서복은 고점리를 불러다가 동남동녀 5백 명에게 춤과 노래를 가르치도록 명하였다. 삼신산에 올라 불사약을 구할 때 하늘에 예를 올리는 음악과 춤이 필요했기 때문이었다. 고점리는 축을 켜면서 두 눈을 잃은 고통을 삭였으며, 시황제는 마음이 울적하면 고점리를 불러다 그의 축 연주를 들었다.

고점리를 잡은 일로 하무차는 시황제에게 많은 상을 받고 다시 총애를 얻자 기고만장해졌다. 그러던 어느 날 하무차는 서복을 찾아가 고점리를 후원의 한적한 곳에 거처할 수 있도록 시황제에게 주청을 부탁하였고, 그 다음날로 시황제는 고점리에게 조그마한 정원을 하나 하사하고 어린 황문령 두 명을 시중으로 딸려보냈다.

「고 선생, 요즘은 편히 주무시오?」

하루는 하무차가 고점리를 찾아와 안부를 물었다.

「서 선인의 약은 기묘하오. 답답하고 우울했던 마음이 어느덧 깨끗이 사라지고 힘이 솟구치며 편안하다오. 지난날의 괴로움이 모두 씻겨나가 사라졌소이다.」

그 말에 하무차는 곁에 있던 서복을 흘겨보면서 말했다.

「그처럼 좋은 약이라면 당연히 폐하께 올려야지 어떻게 둘이만 속닥거리며 드실 수 있소?」

그러자 서복이 껄껄 웃으며 말했다.

「물론 폐하께서는 이미 드시고 계십니다. 이것은 내가 특별히 고 악사를 위해서 몇 개 만들었을 뿐이오. 이제는 이것도 두 알 남았구려.」

서복은 환약 두 알을 고점리의 손바닥에 올려놓으며 계속 말을 이었다.

「이제 두 알밖에 남지 않았으니 얼른 복용하여 마음의 평정을 찾도록 하시오.」

약을 받은 고점리가 연신 고개를 숙이며 고마움을 표시했다.

「이처럼 신경을 써주시어 고맙기 이를 데 없습니다.」

「무릇 모든 소리는 사람의 마음에서 비롯되는 거지요. 마음이 평안하고 고요하면 아름다운 소리가 나오고, 마음이 뒤틀려 있으면 소리도 뒤틀리게 되지요. 고 악사는 환약을 드시고 좀더 훌륭한 곡을 켜도록 하오.」

하무차는 서복의 말에 속으로 무척 놀랐다.

'이 자는 그냥 사람들을 속이는 무리 중 하나라고 생각했는데 그것이 아니군.'

하무차는 고점리마저 감동시키는 서복에게 질투심이 일어났다. 그러나 서복은 그런 하무차의 눈길을 의식하지 못하고 계속 고점리에게 말했다.

「며칠 후면 또다시 환약을 만들 재료가 도착하니 그때 다시 만들어 주겠소. 그러니 지금부터 폐하의 공덕을 찬양하는 노래나 많이 만들어 주시오.」

하무차는 고점리의 표정을 유심히 살폈다. 고점리는 시황제라는 말이 나와도 전혀 동요하는 빛이 없었다.

이튿날부터 고점리는 새로운 곡을 만드는 데 신경을 쓰느라 사람들의 방문을 받지 않았다. 하무차는 몇 번이나 고점리가 있는 곳을 찾았지만 동정만 살피고 되돌아갈 수밖에 없었다.

시황제는 박랑사에서 자객의 습격을 받은 이후 더 이상 순행을 하지 않고 정사(政事)를 돌보며 방사들과 우화등선이나 장생불사의 술수에 골몰했다. 그즈음 시황제는 왠지 초조하고 불안함에 사로잡혀 화려한 궁궐이나 맛난 음식에도 그다지 흥미를 가지지 못했고 후궁들과 어울려 노는 데에도 싫증이 났다. 깊은 밤 바람이 불고 비라도 내릴라치면 쓸쓸하고 허전한 마음뿐이었다. 그러던 어느 날 답답한 심사를 씻고자 밤하늘을 보고 있던 시황제의 머리 속에 갑자기 한 생각이 떠올랐다.

'그래, 우아하고 세속에서 벗어난 음악을 듣는 거야.'

이런 생각이 든 시황제는 급히 황문령을 불러 사대(榭臺)에 주연을 마련하고 궁중의 악사를 모두 모이게 하도록 지시했다. 잠시 후 사대에는 여섯 마리의 외뿔소가 떠받들고 있는 향로가 옮겨져 오고 궁녀들이 시중을 들기 위해 자리를 잡았다. 이윽고 고점리가 궁녀의 부축을 받으며 사대에 오르자 시황제는 보좌에서 두어 장 떨어진 곳에 눈 먼 그를 앉도록 하였다. 고점리는 눈앞에서 형가의 원수인 시황제가 자신을 보고 있다는 생각이 들자 갑자기 가슴에서 불길이 치솟았다.

'내 두 눈을 멀게 한 원수, 나의 친구를 죽인 원수, 나의 조국을 삼킨 폭군, 네가 아무리 황제라 하더라도 나의 마음만은 꺾지 못하리라.'

고점리는 축을 부여잡으며 피가 나도록 이를 악물었다.

'나는 밤하늘에 나타났다 사라지는 별똥별이다. 이 한 몸 내던져 너를 죽인다면 여한이 없다.'

고점리는 속마음을 감춘 채 시황제에게 간단하게 인사를 올리고 자리에 앉았다. 시황제는 편안하게 두 다리를 뻗고 고점리의 행동거지를 자세히 살펴보았다.

「폐하, 미천한 노예가 어떤 곡을 연주해 올리리까?」

고점리가 의외로 공손하게 행동하자 시황제는 안심이 되었는지 고개를 끄덕이며 입을 열었다.

「아주 가볍고 밝은 곡을 연주하라. 추수를 기다리는 곡식, 푸릇푸릇한 보리밭, 백성들이 벅찬 가슴으로 곡식을 거두는 모습을 그릴 수 있는 그런 곡으로.」

「오늘과 같이 봄볕이 따사로운 날에 어찌하여 제나라에서 유행하던 찬춘곡(贊春曲)을 들으려 하지 않으시옵니까?」

고점리가 자신의 의견을 말했다.

「그것도 괜찮지. 제나라의 곡은 반주에 맞춰 노래가 있어야 하니 창을 하는 궁중의 여악사를 불러야겠군.」

시황제는 얼마 전에 임치군에서 보낸 여악사를 떠올렸다.

잠시 후 예쁘장하게 단장한 제나라 출신의 여악사가 사대에 도착했다.

그녀는 화사한 웃음을 머금고 교태스런 동작으로 사뿐사뿐 시황제의 앞으로 걸어나왔다. 여악사가 시황제 앞에 앉아 자리를 잡고 목청을 가다듬는 동안 고점리는 축을 가볍게 두드리며 음정을 골랐다. 조금 뒤 고점리가 축을 두드리며 상춘곡을 연주하자 그녀는 청아하고 맑은 목소리로 노래를 부르기 시작했다.

봄날의 아름다운 소화(韶華)
햇볕이 얼마나 따사로워요
꾀꼬리 나무가지에 목을 떨고
뽕잎 따는 아가씨 손길이 바빠라
등에 멘 광주리에는 잎 가득하고
벌, 나비 가지 사이로 날아다니네
버드나무 상큼하게 물길을 유혹하고
계곡에는 복숭아꽃 다투어 피네
광주리에 뽕잎 가득 담기면
얼른 복숭아꽃 꺾어 머리에 꽂을 텐데

노래와 축음이 한데 어우러진 봄날의 밤하늘이 그윽한 정취로 가득했다. 시황제는 눈을 감고 노래와 가락이 이루어내는 봄날의 광경을 머리 속에 떠올렸다. 그의 눈앞에 어느덧 복숭아꽃을 꺾어다 머리에 꽂는 아리따운 아가씨의 얼굴이 나타났다.

「이 얼마나 태평성대인가? 천하를 통일하니 백성들은 농사에 열중하고 상인들은 저잣거리에 가득하고……」

시황제가 눈을 감으며 흐뭇한 표정을 지었다. 그는 자신의 치적을 상상만 해도 즐거웠다. 어느결에 쓸쓸하고 공허했던 기분이 한순간에 사라지고 영씨 왕조의 파란만장했던 지난날들이 마침내 자신의 대에 이르러 천하 통일의 위업으로 바로 세워졌다는 생각에 다시금 호기가 솟아났다.

「짐은 천하를 통일하였다. 어디를 다녀도 왕토(王土)가 아닌 곳이 없으며 황제의 권위가 미치지 않는 곳이 없다. 이제 짐에게 할 일이 무엇 있겠는가? 장생불사의 약초를 찾아내어 천 년의 복을 누리리라.」

그러나 불현듯 삶의 영속성에 대해 생각하자 시황제는 또다시 허탈한 심정이 되었다.

「인생이란 슬픈 것이로다. 사람들이 어찌 이 이치를 깨닫겠느냐?」

심란해진 시황제는 여악사를 물리친 후 고점리에게 말했다.

「악사는 세상에서 가장 비장한 음악이 무엇이라 생각하느냐?」

고점리는 그 물음에 잠시 생각을 하다가 대답했다.

「세상에서 가장 비장한 음악은 위나라 영공(靈公)이 얻은 노래이옵니다. 어느 날 영공이 진(晉)나라를 방문하는 길에 박수(濮水)에 이르렀는데 밤이 깊어 그곳에서 묵게 되었사옵니다. 그 밤 삼경이 되었을 때 문득 물 속에서 사람의 마음을 감동시키는 음악이 흘러나왔다 하옵니다. 영공은 악사를 시켜 곡을 만들어 위진(衛晉) 양국의 회담장에서 연주하게 하였사옵니다. 그런데 그 자리에서 갑자기 진의 악사가 곡을 멈추게 했사옵니다. 그 노래는 바로 주(紂)왕의 폭정으로 망한 상(商)나라 음악이었기 때문이옵니다. 주(紂)왕은 이 음악을 매우 좋아했는데 주나라에 나라를 잃고 박수에서 죽었기에 그 음악은 그렇게도 비장했던 것이옵니다. 그래서 세상 사람들은 그 음악이 가장 비장하다고 말하옵니다. 그러나 어떤 악사들은 오히려 고대의 성인이 된 황제(黃帝)가 귀신들을 소집하기 위해 제사를 지내면서 연주한 고악(古樂)이 가장 비장감 있다고도 하옵니다.」

시황제는 고점리의 설명을 듣더니 가만히 고개를 가로저으며 말했다.

「주왕이 좋아했다는 음악은 짐도 관심이 없네. 또한 황제의 고악도 비장감 있다고 보기는 어렵지. 진정으로 비장감이 넘치는 음악은 영웅호걸이 험난한 파도를 헤쳐나가 수많은 공을 세우고 마지막 전투에서 나라를 위해 목숨을 바치는 그런 일을 노래한 것이야. 이런 음악은 온갖 걱정을 떨쳐버리게 하고 곧바로 비장감을 일으키지. 들으면 들을수록 가슴 속에서 무엇인가 꿈틀거리고 한걸음에 전장으로 달려나가고 싶은 마음이 일어나는 이런 음악이야말로 가장 비장한 음악이라고 할 수 있다네.」

시황제의 말이 끝나자 고점리가 배에 힘을 주며 나지막한 목소리로 입을 열었다.

「폐하의 말씀에 따른다면 이 세상에서 가장 비장한 음악은 연나라의 형가가 진나라로 들어올 때 제가 그를 위해 연주한 '형경입진곡(衡卿入秦曲)'을 들어야겠다는 생각이 드옵니다.」

잠시 고점리의 과거를 잊고 있던 시황제는 이 소리에 경각심을 일으켰다. 그는 예리한 눈초리로 고점리를 노려보며 중얼거렸다.

「형가? 그런 놈이 어떻게 영웅이 될 수 있단 말인가! 그 놈은 한 마리 개새끼에 불과하지. 영웅이란 반드시 천지의 변화에 순응하고 백성들의 마음을 따라야 하며, 천하에 뜻을 두고 깊이 있게 학문을 익혀야 하지 않겠는가? 비열한 음모를 꾸미고 자객짓이나 하는 그런 자는 영웅이 아냐.」

시황제는 비록 고점리가 두 눈을 잃은 맹인이지만 갑자기 불안한 마음이 들어 허리에 찬 보검의 손잡이를 꼭 쥐고 소리쳤다.

「그래, 어디 '형경입진곡'이라는 음악을 들어보자!」

고점리는 뜻밖에도 시황제가 연주를 허락하자 대나무 자를 들고 몇 년 동안 한 번도 켜보지 않은 '형경입진곡'을 연주하기 시작했다.

'형경입진곡'은 시작부터가 매우 비장했다. 가락이 마치 평지에서 음침한 바람이 이는 듯 온몸을 오싹하게 만들었다. 바람은 아득한 곳에서부터 점점 가까이 불어와 순식간에 바닥에 흩어진 나뭇잎을 쓸어안고 저멀리 사라졌다. 이윽고 검은 구름이 힘겹게 몰려와 천지를 뒤덮더니 이어서 번개와 천둥이 요란하게 울리며 폭우가 대지를 때렸다. 이때 고점리가 갑자기 자리에서 일어나며 더욱 세차게 축을 두드렸다. 시황제는 눈을 감은 채 신경을 온통 곤두세우며 흥분하고 있었다. 연주가 계속되면서 바람, 비, 벼락, 천둥이 시황제의 가슴을 번갈아 내리치기 시작했다. 피를 부르는 전투가 치열하게 벌어진 것이었다. 수많은 병사들이 한 명의 영웅을 에워싼 채 그의 온몸을 창으로 찔러댔다. 그러자 피가 사방으로 솟구치며 영웅의 부릅뜬 눈이 시황제를 노려보았다.

그 눈길에 시황제는 너무나도 놀라 눈을 번쩍 떴다. 이와 동시에 축을 켜던 고점리가 몸을 날리며 시황제를 내리쳤다. 순간 축이 산산조각으로 깨져나가며 하얀 가루가 사방으로 퍼졌다. 갑작스런 사태에 곁에서 부복하고 있던 황문들이 달려들어 고점리의 팔과 다리를 부여잡았다. 시황제의 주위에는 축에서 쏟아져 나온 납덩어리와 가루들이 수북하게 쌓여 있었다.

시황제가 놀란 가슴을 진정시키며 소리쳤다.

「이 납덩어리는 어디에서 가져온 게냐!」

「하하하, 하무차에게 얻은 것이다!」

고점리가 악을 쓰듯 대답했다.

「하 태의령이?」

시황제는 충성심이 강한 하무차를 떠올리며 믿지 못하겠다는 표정을 지었다.

「믿었던 도끼에 발등이 찍혔는가, 이 천하의 폭군아! 세상 사람들 모두가 너를 죽이려고 혈안이 되어 있다!」

「저 놈의 입을 막아라!」

시황제가 부들부들 떨며 버럭 소리를 질렀다.

「어서 하 태의령을 불러오라!」

시황제는 고점리의 말이 사실인지 알아보기 위해 하무차를 불렀다. 잠시 후 하무차가 토끼눈을 하고 급히 사대로 올라왔다. 조금 뒤 전후 사정을 알게 된 하무차는 시황제의 심문을 받으며 억울하다는 표정을 지었다.

「폐하, 속지 마시옵소서. 저 놈이 소신을 모함하는 것이옵니다.」

이 말에 시황제가 하무차를 노려보며 물었다.

「그렇다면 저 놈이 어떻게 해서 이런 납덩이를 가질 수 있느냐?」

「그, 그건…… 하지만 거기에는……」

「흥!」

시황제가 콧방귀를 뀌며 안절부절 못하는 하무차를 쏘아보았다.

「저, 저 놈의 간계에 속아서는 아니 되옵니다, 폐하.」

하무차는 어떻게 말을 해야 좋을지 몰라 연신 머리를 조아리며 울먹였다.

「하무차, 너는 본래부터 그렇게 담력이 적은 소인이었더냐?」

포박된 채 엎어져 있던 고점리가 온몸을 비틀며 소리쳤다.

「폭군을 죽이기 위해 궁중에 잠입했다고 나에게 직접 말하지 않았더냐? 그 납덩이를 주면서 폭군을 죽이라고 하더니 저만 살겠다고 동지를 배신하다니!」

「모함하지 마라, 이놈아!」

하무차는 고점리에게 고래고래 소리를 지르며 자신의 결백을 주장하였다.

「폐하, 속지 마시옵소서. 납덩어리는 방사 서복이 그에게 준 것이옵니다.」

이때 한동안 입을 열지 않고 사태를 지켜보던 조고가 앞으로 나섰다.

「폐하, 소신이 조사한 바에 의하면 하 태의령은 지난해 겨울에서 올봄까지 여러 차례 스무 개가 넘는 납덩이를 구한 사실이 있사옵니다. 저 악사 놈의 축에서 나온 납덩어리는 하 태의령이 구해온 바로 그것이옵니다.」

시황제는 조고의 말에 고개를 끄덕이며 생각했다.

'그간 정말로 무서운 음모가 숨어 있었구나. 십수년 간 충성을 다 바친 태의령이 사실은 짐을 음해하기 위해 숨어든 자객이라니. 사람의 속마음은 누구도 알 수가 없도다.'

시황제는 고점리와 하무차를 참형에 처하도록 지시를 내렸다.

고점리가 시황제를 저격하려다 실패했다는 소식이 궁내에 전해지자 황자 부소와 호해를 비롯한 황자들과 비빈들이 사대로 달려왔다. 이들의 모습을 본 고점리가 고개를 빳빳이 들고 시황제에게 소리쳤다.

「아, 하늘도 무심하구나! 어찌하여 저런 무도한 폭군에게 징벌이 내려지지 않는단 말인가?」

시황제는 고점리의 저주에 다시 자리에서 벌떡 일어나 온몸을 부르르 떨었다. 바로 그때 이 소리를 들은 황자 호해가 검을 빼어들고 앞으로 뛰쳐나가더니 말릴 겨를도 없이 고점리의 가슴에 칼을 깊숙이 꽂았다.

곁에 있던 부소가 이런 호해를 쏘아보며 소리쳤다.

「아우는 어찌하여 법이 집행되기도 전에 이런 무도한 일을 저지른단 말이냐! 그렇게 절차와 원칙을 무시하고 어떻게 나라를 올바르게 다스릴 수 있겠느냐?」

그러자 호해는 부소의 꾸지람에 눈을 흘기며 대답했다.

「형님이야말로 그리도 마음이 약해서야 어디 천하를 다스릴 수 있겠습니까?」

호해와 부소의 다툼을 보던 시황제는 아무 소리 없이 뒤도 돌아보지 않고 사대를 떠났다.

시황제 31년(BC 216년), 비록 고점리의 저격은 실패했지만 시황제는 이번 일로 마음에 커다란 충격을 받았다. 그 후 우울하고 불안한 기분에 사로잡혀 반년이 넘게 병석에 누워 지내던 시황제는 왕충의 정성 어린 간호에 힙입어 겨우 자리에서 일어날 수 있었다.

어느덧 계절은 겨울에 접어들었다. 이즈음 한 악사가 민요에 의거하여 '시황제는 영원히 죽지 않는 임금'이라는 노래를 지어 바쳤다. 이 노래를 들은 시황제는 우울했던 기분을 깨끗이 씻고 전통으로 내려오는 납제(臘祭)를 그 민요에 따라 가평(嘉平)이라 이름짓고 성대하게 제례를 올렸다.

동짓날 함양성에는 서설(瑞雪)이 내려 이십 리가 넘는 평원은 백설로 가득하였고 황궁에도 흰눈이 하늘을 덮었다. 시황제는 누대에 올라 눈 내리는 광경을 감상하다 홀연 세상을 떠난 왕비 조희 생각을 했다. 언젠가 그는 조희와 함께 흰눈을 맞으며 궁중을 걸은 적이 있었다. 지난 추억이 떠오르자 시황제는 갑자기 난지로 가고 싶어 얼른 가벼운 옷차림으로 바꾸어 입고 허리에는 태가보검을 찬 뒤 여섯 명의 수행원만 데리고 함양성 동쪽 교외로 말을 달렸다.

난지의 행궁에 도착한 시황제는 조희와 함께 거닐던 옛길을 따라 눈을 밟으며 지난날의 아름다웠던 시절을 회상했다. 문득 그의 귀에 조희가 불렀던 노랫소리가 들리는 듯했다.

하늘에 눈이 바람결에 흩날리고
돌아보니 내 발자국은 사라지네

　호수 가의 나무는 눈꽃이 피고
　쌍쌍이 참새는 눈 속을 날아가네

　시황제가 조희와의 즐거웠던 과거에 깊이 잠겨 있는데 갑자기 병기 부딪치는 소리가 요란하게 들려왔다. 고개를 돌려보니 멀리서 두 명의 흰 옷 입은 자객과 수행원들이 치열한 싸움을 벌이는 중이었다.
　「또다시 자객이란 말인가?」
　가슴이 섭짓해진 시황제는 자신도 모르게 태가보검을 빼어들었다. 태산으로 봉선의 예를 올리러 가는 도중에 만나 수행원으로 데리고 다니게 된 여섯 명의 거인들은 모두 검술과 권법이 뛰어났다. 시황제를 노리고 달려든 자객들이 이들의 방어를 뚫지 못하고 점점 밀리고 있자 그제서야 시황제는 안심을 하고 소리쳤다.
　「두 놈을 사로잡는 자에게 큰 상을 내리겠다!」
　자객들은 거인 형제들의 집중적인 방어에 땅바닥을 구르며 서너 장이나 뒤로 물러났다.
　「사부님, 안 되겠습니다, 빨리 물러나십시오! 이 자리는 제가 맡겠습니다.」
　「아니다, 너라도 피하거라. 뒷일을 부탁하마.」
　자객들이 서로 이야기를 주고 받는 틈을 타 거인들이 일제히 하늘로 몸을 날리더니 두 사람을 포위하였다. 그러자 사부라고 불리운 자객이 갑자기 거인 형제들 중 맏이에게 검을 내던지며 재빨리 제자의 몸을 부여잡고 담벽으로 뛰어올랐다. 뜻하지 않게 검이 날아오자 여섯 명의 거인들은 주춤하고 뒤로 물러났고 그 사이에 두 사람의 자객은 서너 장이나 되는 담을 뛰어넘어 멀리 달아나 버렸다. 수행원들이 그 뒤를 쫓으려 하자 시황제가 소리쳤다.

「그만 됐다! 바닥에 떨어진 검을 가져오너라.」

시황제는 자객이 내던진 검을 건네받으며 손잡이를 살폈다.

「왕(王) 자라?」

검의 손잡이에는 '왕(王)' 자라는 글자가 음각되어 있었다.

「성내에 통금을 내리고 왕씨 성을 가진 자들을 모두 잡아들이라고 하라!」

시황제는 또다시 자객의 공격을 받자 분노가 하늘까지 치솟았다.

그날 이후로 왕씨 성을 가진 관리와 백성들은 모두 관가에 끌려가 심한 고초를 당하였다. 그러나 한 달이 지나도록 자객은 잡히지 않았다.

33

시절이 하 수상하니

시황제가 서너 차례 자객에게 공격을 당하고 있을 즈음, 관직을 삭탈당하고 평민의 신분으로 강등된 등승은 이대퇴와 능매를 이끌고 남군을 떠나 동백현(桐柏縣)에서 남쪽으로 수십 리 떨어진 동백산에 거처를 마련하였다. 그곳은 험준한 산자락과 깊은 숲으로 둘러싸인 분지로 뒤에는 태백산이 버티고 있었다. 태백산 꼭대기에 오르면 수많은 산들이 다투어 솟아나 사방으로 달리고, 깊은 계곡과 물줄기가 한 폭의 그림처럼 펼쳐져 있는 모습이 한눈에 들어왔다. 이곳의 산자락에는 회하(淮河)가 근원하는 백석령(白石嶺)과 봉황화석(鳳凰火石)의 산지로 유명한 봉황령이 자리하고 있었다.

등승은 관직에서 쫓겨나 이렇게 험한 산골에 살면서도 결코 비관하거나 불편스러워 하지 않았다. 성격이 워낙 밝고 거침이 없어서 그런지 그는 하루하루가 즐거울 뿐이었다. 시황제가 군현제를 채택하고, 문자를 통일한 후 이어서 도량형마저 하나로 정하자 그는 자신의 이해와는 관계없이 시황제를 존경하였다. 또한 관리의 품계가 7급 이상이면 가족들이 평생 동안 부역에서 면제되는 진율에 따라 등승은 비록 군수 자리에서 내려와 산골에 살았지만 아무런 제약 없이 편안하게 지낼 수 있었다. 그동안 관직에 있을 때는 하루도 쉴 수 없을 만큼 바쁜 나날이었지만, 평민으로 돌아와 산 속에서 사는 생활은 매우 한적하고 여유로웠다. 게다가 등승은 어렸을 때부터 산에서 양을 치면서 살았던 경험이 풍부하여 쉽게 이런 생활에 적응을 하였다.

등승은 아침 일찍 일어나 삽과 가래를 짊어지고 숲에 나가 황무지를 개간했고, 시간이 나면 사냥을 하였다. 얇은 삼베옷에 풀죽으로 하루하루를 살면서도 그는 무척이나 기분이 좋았다. 전투에 나서서 수많은 사람들을 죽이고 피 냄새를 맛보아야 했던 지난날들의 처절한 삶보다는 숲에 나가 사냥을 하면서 마음껏 산자락을 뛰어다니는 게 편했던 것이다.

이대퇴와 능매 또한 가끔씩 숲에 들어가 산나물이나 약초, 버섯을 캐거나 계곡에서 물고기를 잡으며 행복하게 지냈다. 이대퇴는 집 뒤켠에 조그마한 초가를 짓고 누에를 길렀으며 마당에는 아름다운 화초를 가꾸었다. 꽃밭에는 꽃 향기가 진동해 늘 나비와 벌이 날아들었다. 특히 능매는 매일 등승을 볼 수 있다는 사실만으로도 너무 기뻤다. 능매는 또한 곁에서 맹상의 어머니가 보살펴 주어서 그다지 외롭지도 않았다. 홀로 된 맹상의 어머니를 등승이 얼마 전에 복우산에서 이곳으로 데리고 왔던 것이었다.

등승은 능매와 맹상의 어머니가 함께 지내고, 이대퇴가 곁에서 이들을 보호하자 마음놓고 숲에 나가 사냥을 즐겼다. 보통 때는 두서너 마리의 이리나 늑대를 잡아 가죽을 얻었고 사냥이 잘 되는 날에는 멧돼지도 잡았다. 능매는 창고에 등승이 잡아온 동물 가죽이 쌓여갈 때마다 앞으로 늘어날 가족의 미래를 생각하며 달콤한 꿈에 잠기곤 하였다.

하지만 이런 조용한 생활 속에서도 등승은 한시도 마음을 놓지 않았다. 집안의 평화를 지키는 일이 그렇게 쉽지가 않다는 사실을 그는 너무도 잘 알고 있었다. 조그마한 일에도 실수가 없어야 하며 잠시라도 방심하면 위험이 곧바로 닥쳐오는 사례를 수없이 보아 왔기 때문이었다. 등승은 쉬지 않고 일을 하여 황무지를 개간하고 사냥을 하면서 활솜씨를 갈고 닦았으며 틈이 나면 검술도 익혔다. 그리고 능매는 그런 등승을 볼 때마다 듬직한 생각에 더욱 그를 사랑하였다.

그러던 어느 날 짐승 가죽을 팔러 저잣거리에 나갔던 등승이 침울한 표정으로 돌아왔다. 능매는 가죽의 값을 후하게 받지 못해 속이 상해서 저런가 보구나 하면서 대수롭지 않게 생각했다. 그러나 등승의 표정은 며칠이 지나도 우울한 그대로였다. 그런 등승의 모습에 능매는 불안한 마음이 되어 마침내 그 까닭을 물었다.

「어찌된 일이에요? 얼굴 표정이 너무 어두워요.」

등승은 한숨을 내쉬며 이대퇴와 맹상 어머니를 불러 자초지종을 이야기했다. 그날 등승은 저잣거리에 나갔다가 만량이 죄를 저질러 여산능수축 공사에 보내졌다는 소식을 들었던 것이다.

「조부님, 제가 여산으로 가서 만량을 구해와야겠습니다.」

등승은 간절한 목소리로 이대퇴에게 허락을 구했다. 곁에서 맹상의 어머니는 그저 눈물만 떨구며 아무런 말도 꺼내지 못했다. 그즈음 아기를 가져 한없는 행복감에 젖어 있던 능매는 갑작스런 사태에 어찌해야 좋을지 몰라 등승의 얼굴을 바라보며 훌쩍거렸다. 그녀는 등승과 혼례를 올린 지 몇 해가 지나서야 겨우 아이를 갖게 되었는데 이제 다시 그와 헤어지게 되니 여간 마음이 아픈 게 아니었다. 등승도 임신 중인 능매를 혼자 두고 떠나기가 불안해서 그동안 말을 꺼내지 못했었다. 이런 사정

을 알고 있던 네 사람은 서로 얼굴만 바라보며 섣불리 말을 꺼내지 못
했다.

마침내 능매가 결심을 한 듯 이를 악물고 먼저 입을 열었다.

「저는 염려마시고 떠나세요.」

등승은 능매의 눈을 똑바로 쳐다보며 자신을 이해해 주는 그녀에게
감격스런 표정을 지었다.

그로부터 며칠 후 등승은 여산으로 떠날 준비를 하였다. 이대퇴는 등
승과 동행을 하겠다고 고집을 부렸고 모두들 한사코 반대했지만 결국
이대퇴의 의지에 꺾이고 말았다.

능매는 떠나는 할아버지의 품에 얼굴을 묻고 울먹이며 말했다.

「조심해서 다녀오세요. 그리고 꾸러미에 산삼을 넣었으니 가시는 길에
잡수세요. 기운이 나야 만량 오라버니도 구할 수 있을 거에요.」

「아니다. 그 인삼은 오히려 아이를 가진 네가 필요하니 두고 가겠다.」

등승과 이대퇴가 여산으로 길을 떠나게 되자 능매와 맹상의 어머니는
현성으로 거처를 옮겼다. 여자 둘이 산 속에서 지내는 게 너무 위험하다
고 판단한 등승의 배려 때문이었다.

산에서 내려온 등승과 이대퇴는 달포 만에 함양성에 도착하였다. 등승
은 객점에 거처를 마련하고 다음날 아침부터 지난날 교분이 깊었던 사
람들을 찾아나섰다. 그러나 며칠 동안 하루 종일 밖에 나돌아다니던 등
승은 밤마다 시무룩한 표정으로 돌아왔다. 그 얼굴이 심상치 않음을 안
이대퇴가 등승을 붙잡고 그 사정을 물었다.

「일이 제대로 되지 않느냐?」

등승은 이대퇴에게 걱정을 끼치고 싶지 않았지만 어쩔 수 없이 모든
사실을 털어놓았다.

「예, 사람들을 만날 수가 없습니다.」

「오늘은 이 승상을 만나러 가지 않았느냐?」

「문밖에서 그냥 돌아왔습니다. 만날 수 없을 뿐만 아니라 저를 피하고 있었습니다.」

「그렇게도 친밀했는데 설마 그럴 리가?」

「총관이 이르기를 며칠 전에 이 승상이 큰 변을 당했다고 합니다. 승상의 수레 행렬이 지나치게 화려하다고 폐하께서 기분이 좋지 않으셨는데, 이 사실을 어떤 궁녀가 승상에게 전했다고 합니다. 이 승상은 폐하의 투기를 염려하여 다음날 조회 때 수레의 행렬을 매우 간소하게 했는데, 시황제는 자신의 말이 누설되었다고 판단하여 그에 관련된 궁녀와 황문들을 모두 처형시켰다고 합니다. 그래서……」

「그러니까 이 승상은 관직에서 물러난 너를 만나면 또다시 무슨 변을 당할까봐서 만나지 못하겠단 말이구나.」

「그렇습니다. 이제 이 승상을 만나지 못하니 여산으로 갈 수 있는 방법은 없게 되었습니다. 이를 어쩌지요?」

「그렇다면 중거부령을 찾아가면 어떻겠느냐?」

「조고를?」

「그래, 지난번 부소 황자가 너를 재판할 때 그가 변호하지 않았더냐? 설마 너를 외면하겠느냐?」

「알겠습니다. 한번 찾아가 사정을 해보겠습니다.」

등승은 이대퇴의 말에 따라 중거부령 조고를 찾아갔다.

등승이 찾아왔을 때 조고는 마침 부중(府中)으로 일을 나가려던 참이었다. 그는 등승이 만나러 왔다는 전갈에 고개를 끄덕이며 의관을 갖추고 문을 나섰다. 이때 마침 호해가 안으로 들어오며 소리쳤다.

「외숙부, 축하해요! 외숙부가 천거한 거인들이 자객들을 막았다면서요?」

호해는 조고에게 매우 공손하고 다정하게 말을 붙였다. 자신의 야망을 이루기 위해서는 무엇보다 조고의 도움이 필요하다는 사실을 깨닫고 난 뒤부터 호해는 말과 행동을 무척 조심하는 듯했다.

「그렇지도 않습니다, 황자마마. 자객을 막으면 무엇합니까? 아직도 잡지를 못해서 걱정이 태산 같은데요. 폐하께서는 한 달의 기한을 주셨는데 아직도 잡지를 못했으니 큰일났습니다.」

「그런 건 걱정하지 마세요. 제가 아바마마께 말씀을 잘 드릴 테니 염려를 놓으세요.」

조고는 호해의 말에 미소를 지으며 낮은 목소리로 말했다.

「큰일을 이루기 위해서는 황자마마께서도 늘 몸을 조심하셔야 합니다.」

「나도 알아요. 더욱이 많은 형들과 싸우기 위해서는 독한 마음 품어야 되겠지요.」

「그렇습니다. 약점을 잡혀서는 안 됩니다. 특히 부황의 진노를 사는 일은 절대로 피하셔야 합니다.」

「그렇다면 부소 형님은 아바마마께 또다시 미움을 사게 되었네요.」

「그게 무슨 말씀입니까?」

「형님은 얼마 전에 민간의 어여쁜 아녀자들을 뽑아 궁중으로 불러들이는 일에 반대를 하였는데……」

「그렇습니다. 그런 일에는 섣불리 끼어들지 마십시오.」

「부황께서 새로 지은 별궁에는 백여 개가 넘는 방이 있는데 그곳에 궁녀를 채우지 않으면 무엇에 쓰겠습니까? 그런데 부소 형님은 결사코 반대를 하시니 미움을 사지요.」

호해는 기분이 좋은 듯 음흉하게 웃으며 계속 중얼거렸다.

「부소 형님이 미움을 받으면 다음의 황제 자리는 자연스레 나에게 돌아오겠지요. 그렇게 되면 외숙부의 공을 잊지 않겠어요.」

「황자마마는 하나만 알고 둘은 모르고 있습니다.」

「저에게 경쟁자라도 생겼나요?」

「황마마마는 어찌 그렇게도 어리석습니까? 폐하께서는 장생불사의 선약을 구하고 계십니다. 더욱이 불혹에 불과한 폐하께서는 수백 명의 비빈들과도 일체 밤을 지내지 않으시고요. 그러니 아마 백 살은 넘기실 수 있을 것입니다. 그런데 어느 시절에 황자마마께 기회가 오겠습니까?」

조고의 말에 호해는 낙심이 되어 고개를 깊이 떨구고는 한숨을 내쉬며 밖으로 나갔다.

「그날 밤에 꾸었던 꿈은 개꿈이었단 말인가?」

조고는 상심한 표정으로 이렇게 중얼거리며 나가는 호해의 뒷모습을 보면서 회심의 미소를 지었다. 조고는 중거부에 들러 간단히 일을 마치고 등승이 기다리고 있는 객실로 급히 들어갔다.

「평민 등승이 중거부령 조 대인을 뵙습니다.」

「하하하, 아니오. 일어나시오. 그래도 옛날에는 남군의 군수였는데……」

「아닙니다. 이 몸은 그저 평민에 불과한 미천한 신분일 뿐입니다.」

「그래 무슨 일로 오시었소?」

「예, 만량이라고 제가 옛날에 거느렸던 무사를 만나려는데 부패가 필요해서 염치를 무릅쓰고 왔습니다.」

조고는 등승의 말에 갑자기 얼굴색을 바꾸며 소리쳤다.

「아직도 세상이 바뀐 줄 모르오? 만량은 죄를 저질러 겨우 죽음만 면했는데 그대가 만량을 찾아갔다는 사실을 폐하께서 아신다면 어떻게 되겠소?」

「그래서 몰래 이렇게 찾아온 것이 아닙니까. 만일 화가 미친다면 제가 모든 걸 뒤집어쓰겠으니 그 점은 염려놓으십시오. 그러니 제발 한 번만

도와주십시오.」

등승은 간절한 어조로 조고에게 사정했다. 등승의 말에 조고는 재빨리 자신의 이해 득실을 따져보았다.

'그래, 등 군수는 의리가 있고 한 번 말한 약속은 죽음으로도 지킬 수 있는 사람이지.'

결심을 굳힌 조고는 고개를 끄덕이고 여산능에 출입할 수 있는 부패를 등승에게 건네주었다.

등승은 부패를 받아들고 급히 객점으로 돌아와 이튿날 이대퇴와 함께 위수의 남쪽으로 걸음을 옮겼다. 부교를 건너던 이대퇴가 웅장한 돌다리에 감탄하였다.

「이렇게 멋진 돌다리를 건너다니 꿈이더냐, 생시더냐?」

「조부님, 서민이 이 부교를 건너게 된 것은 불과 얼마 전의 일입니다. 예전에는 조정의 대신들이나 건널 수 있었지요. 이 다리의 길이는 무려 380보라고 합니다.」

「이 다리가 놓여지는 바람에 위수의 남쪽과 북쪽의 통행이 편해지긴 했어도 얼마나 많은 사람들의 고생이 있었겠느냐?」

이대퇴는 여산능과 궁전을 짓는 데 많은 백성들을 동원시키고 있는 시황제의 폭정을 비난하였다. 등승은 자신이 함양 내사로 있었을 때의 함양성과 지금의 함양성을 비교하면서 깊은 감회에 젖어들었다.

「참으로 많이도 변했구나. 저 많은 궁전과 건축물 그리고 번화한 저잣거리! 가히 천하의 제일 도성이라는 말이 어울린다.」

등승은 다리를 건너며 위수 남쪽에 늘어선 궁전을 바라보았다.

「조부님, 저기 보이는 거대한 궁전이 바로 신궁(信宮)입니다. 마치 지붕의 꼭대기가 하늘에 걸쳐 있는 듯하다고 해서 사람들은 극묘(極廟)라고 부르지요. 제가 내사로 있을 때 짓기 시작했는데 얼마 전에 완공을 하였답니다.」

　이윽고 등승과 이대퇴는 부교를 지나 위수의 남쪽에 이르렀다.

「둥와야, 저것 좀 보거라. 참으로 거대한 장벽이로구나.」

「조부님, 저것은 장벽이 아니라 황제의 전용 도로입니다.」

「저게 수레가 다니는 길이란 말이냐?」

「폐하께서 천자가 되신 이후로 방사의 말에 현혹되어 신선의 술을 추구하신답니다. 저 길은 바로 하늘로 올라가는 길이라고 합니다.」

「황제는 많은 백성들의 바람을 저버리고 있구나.」

　이대퇴가 안타까운 표정으로 입맛을 다셨다.

「조부님, 남의 이목이 쏠리면 안 되니 빨리 여산으로 걸음을 옮깁시다.」

　등승은 자신의 얼굴을 알아보는 사람이 혹시나 있을까 걱정이 되었다. 두 사람은 그날 저녁에 여산 근처에 도착하였다.

　여산 아래에는 궁전 건축물이 이백여 개나 넘게 자리를 잡고 있었다. 궁전 뒤로 아름다운 여산의 모습이 구름 속에 가려져 보이지 않았다. 지난날 주유왕(周幽王)이 총애하던 포사의 장난으로 난리가 일어나지도 않았는데 봉화를 올려 거짓으로 제후들을 몇 차례나 불러모았다가 정작 북방의 오랑캐가 쳐들어왔을 때는 그동안 속은 제후들이 나타나지 않아 나라를 망하게 한 사건이 바로 이곳 여산에서 일어났었다.

　여산에 도착한 다음날 이른 아침, 등승은 만량을 찾아나섰다. 시황제가 묻힐 여산릉은 거대한 산이었다. 이윽고 멀리 수많은 백성들이 부역으로 끌려나와 일하는 모습이 등승의 눈에 들어왔다.

　어영차 영차, 돌을 날라다 어서어서 능을 만들자

　어영차 영차, 빨리빨리 지어서 여산의 기개를 누르자

어영차 영차, 다함께 노래부르며 돌을 나르자

부역으로 끌려온 사람들이 열심히 돌을 나르며 노래를 부르고 있었다.
이때 이대퇴가 갑자기 소리를 질렀다.

「아, 만량이 저기 있구나!」

만량은 수많은 노예들과 함께 돌을 나르다 자신의 이름이 들리자 고
개를 들었다.

「아, 이 할아버지! 등 군수님!」

만량은 등승과 이대퇴를 알아보고 한걸음에 달려와 바닥에 무릎을 꿇
고 인사를 올렸다. 등승은 만량의 처참한 몰골에 눈물을 떨구고 말았다.
만량은 이마에 죄인의 낙인이 찍힌 채 발목에는 철퇴가 달린 자물쇠가
채워져 있어 도망가지 못하게 되어 있었다. 등승과 이대퇴를 발견한 만
량이 갑자기 작업장에서 나오자 감독하던 군관이 채찍을 들고 쫓아왔다.
그러나 그는 등승의 허리춤에 있는 부패를 보고는 얼른 공손하게 예를
표시하며 뒤로 물러났다. 만량과 많은 이야기를 나눈 등승은 그에게 구
하러 다시 올 때까지 참고 지내라는 말을 던지고 이대퇴와 함께 객점으
로 돌아왔다.

등승은 함양성에 묵으면서 백방으로 만량을 구할 방도를 찾았으나 모
두가 허사였다. 이대퇴는 늙은 나이에 오랜 여행을 해서인지 몸이 급격
히 나빠졌다. 등승은 어쩔 수 없이 복우산으로 돌아가 이대퇴의 병 간호
를 한 다음 다시 함양성으로 돌아오기로 결정했다.

두 사람은 한달이 지나서야 복우산에 돌아와 옛집에서 하루를 묵고
다음날 현성으로 내려왔다. 능매가 묵고 있는 집에 도착한 등승과 이대
퇴는 폐허로 변한 집을 발견하고 깜짝 놀랐다. 두 사람이 복우산을 떠난
지 석달밖에 안 된 사이에 무슨 일이 일어났던 것이다. 등승이 떨리는

손으로 문을 열고 안으로 들어가 보니 그곳에는 능매의 위패가 모셔져 있었다. 등승은 너무나도 놀라 그 자리에서 혼절하였다.

한참이 지난 후 등승은 누군가 곁에 있다는 생각에 서서히 눈을 떴다. 이대퇴와 맹상의 어머니가 옆에 앉아 걱정스런 눈빛으로 내려다보고 있었다.

「어떻게 된 일입니까?」

등승의 물음에 맹상의 어머니는 제대로 대답을 못하고 눈물만 흘렸다.

등승과 이대퇴가 떠나고 얼마 되지 않아 장씨 성을 가진 현승이 나타나 능매를 현으로 끌고가 만량과의 공모를 추궁하며 핍박을 가하기 시작했다. 모진 고문과 학대에 더 이상 견딜 수 없는 지경에까지 이른 능매는 마침내 나무기둥에 목을 매달고 스스로 목숨을 끊었다는 것이었다.

「이럴 수가? 이럴 수가 있다는 말인가? 나라에 충성을 다 바친 결과가 이것이란 말인가?」

등승은 분노를 참지 못하고 온몸을 부르르 떨었다.

이대퇴는 그동안의 여행으로 극도로 몸이 쇠약해졌고 거기에다 손녀를 잃은 충격으로 인해 자리에 눕고 말았다. 맹상의 어머니와 등승이 지극한 정성으로 간호를 했지만 이대퇴는 일주일을 넘기지 못하고 세상을 떠났다. 등승은 석 달 사이에 사랑하는 능매와 세상에 태어나지도 못한 아기를 잃고 조부마저 세상을 떠나자 철저한 복수를 결심하였다.

이대퇴의 장례를 마친 등승은 맹상의 어머니에게 가지고 있는 돈을 모두 내어주고 깊은 곳에 숨어지내라 당부한 뒤 그날 밤 현성으로 잠입하였다. 현승의 침소에 들어간 등승은 그 자리에서 장 현승의 목을 베고 산 속으로 달아나 몸을 숨겼다.

한편 장량과 송의는 만량의 도움으로 조현을 빠져 나와 숱한 고생을 하면서 반년 만에 사수군(泗水郡)의 치소(治所)가 위치한 상현(相縣)에 이르게 되었다. 현성에 들어서던 두 사람은 성벽에 붙여진 방을 보고는 급히 되돌아나올 수밖에 없었다. 두 사람을 수배하는 방이었다. 장량과 송의는 할 수 없이 현성에서 멀리 떨어진 민가를 찾아들었는데 다행히도 민가에는 여자들만 있었고 남정네는 한 명도 보이지 않았다. 집을 지키고 있던 한 노파에 의하면 남자들은 아침 일찍부터 현성에 부역을 나가고 없다는 것이었다. 그제서야 마음을 놓은 두 사람은 그곳에서 하룻밤을 묵어가기로 하였다.

노파는 두 사람의 험한 몰골을 보고 가엾다는 듯이 혀를 끌끌 찼다.

「요즘 남정네들은 밖에서 너무나 고생들하는구만. 자, 안으로 들어가 쉬었다 가시구려.」

노파는 방으로 들어오는 장량을 이리저리 바라보더니 땅이 꺼질 듯한숨을 푹 쉬었다.

「휴, 천하가 통일이 되어 이제사 편안해지겠구나 생각했더니만 이제는 궁전을 짓는다, 도로를 낸다 하며 남자들을 모두 부역으로 끌고 가니 언제나 세상이 태평하려는지 모르겠구만.」

장량은 노파의 한탄에 갑자기 측은한 생각이 들었다. 그는 품에서 조그만 금덩이 하나를 꺼내 노파에게 건네며 말했다.

「변변치 못한 돈이지만 생활에 보태쓰십시오.」

「아, 아니오. 뜻은 고맙지만 받을 수가 없어요. 만일 이런 걸 받았다가 들통이라도 나면 관가에서 가만 있지 않을 거에요. 돈은 받지 않을 테니 편안하게 하룻밤 묵었다 가시구려.」

장량과 송의는 다시 한 번 허리 숙여 감사를 표시하였다.

그 다음날 두 사람은 현성을 우회하여 하비(下邳;지금의 강소성 조현)로 향하였다. 이곳은 지난날 제나라의 관할 구역으로 공자의 고향인 곡부(曲阜)와 멀리 떨어지지 않은 유서 깊은 마을이었다. 하비는 오랜 세월 제나라의 영향을 받아서인지 가는 곳마다 학당이 있었고, 민풍이 아직은 온순하고 질박하였다.

장량과 송의는 객점에 들러 술 한 동이를 비우고 머물 만한 곳을 찾아 허름한 사당으로 들어갔다. 두 사람이 사당에 들어갔을 때 그곳에는 점을 치며 세상을 돌아다니는 도사가 자리를 잡고 있었다. 도사는 5척의 작은 키에 관을 쓰고 황포를 입은 채 어깨에는 푸른 대나무를 걸쳐 세우고 가볍게 눈을 감고 앉아 있었다. 대나무 끝에는 전자(篆字)로 '신(神)' 이라고 쓰여진 깃발이 하나 걸렸고, 발 아래에는 팔괘(八卦)를 그린 헝겊이 펼쳐진 모습이 두 사람의 눈에 들어왔다.

도사를 본 장량은 갑자기 호기심이 일어나 그에게 다가가 가볍게 목례를 하고 말을 붙였다.

「선인(仙人)께서는 저의 앞길을 한번 보아 주시겠습니까?」

장량의 말에 도사는 감은 눈을 가볍게 뜨며 두 사람을 쳐다보았다.

「손님들은 과거를 되새겨 보려고 그러오, 아니면 미래를 점치려고 그러오?」

도사는 이렇게 묻더니 허리춤을 뒤적거리며 누런 주머니를 이삼십 개 꺼냈다. 장량은 도사의 목소리가 맑고 우렁차자 다시 미간을 찌푸리며 말했다.

「지난 일을 되새겨 보고 싶습니다.」

장량이 자신의 생년월일을 바닥에 쓰자 도사는 고개를 가로저으며 미소를 지었다.

「수고비를 먼저 주시게. 그러면 봐주지.」

송의가 장량의 어깨를 치면서 자리를 뜨자는 표시를 했지만 장량은 아랑곳없이 품에서 귀고리를 꺼내 도사의 손에 쥐어주었다.

「건곤둔명(乾坤屯命;64괘의 첫번째에서 4번째까지의 괘명) 육십사괘,

미래를 구하지 않고 지난 일을 살피련다. 육효(六爻) 음양(陰陽)의 변화
는 무궁하고, 길흉화복은 이미 정해졌도다.」

귀고리를 품에 넣은 도사가 누런 주머니를 흔들며 주문을 외웠다. 장
량은 가만히 자리에 앉아 도사의 행동을 지켜보았다. 도사는 주문을 외
우다 누런 주머니들 가운데 하나를 끄집어내더니 장량에게 건넸다. 장량
이 주머니의 주둥이를 열고 안으로 손을 집어넣자 조그마한 비단자락이
손에 잡혔다. 얼른 그것을 꺼내 살펴보았지만 거기에는 아무런 글자도
쓰여 있지 않았다.

도사는 장량의 손에서 비단자락을 거두어 가운데를 잘라 위쪽의 비단
자락은 불에 쪼이고 아래쪽의 비단은 물에 담근 후 장량의 눈 앞에 펼
쳐보였다. 위쪽의 비단자락에는 여전히 아무런 표시도 없었지만 아래쪽
비단자락은 물이 마르기 시작하자 기이하게도 그림이 나타났다. 강물 위
에 작은 배가 떠 있고 배 위에 두 사람이 아주 놀란 모습으로 떨고 있는
그림이었다. 강 언덕에는 흉악한 모습의 무사가 칼을 들고 두 사람을 노
려보고 있었다.

장량은 그 그림을 보자 자신이 한나라를 떠날 때의 모습과 너무도 흡
사하다는 생각이 들었다. 가슴을 한 번 쓸어내린 장량이 도사에게 다시
예를 올리며 물었다.

「소생은 아둔하여 그림의 뜻을 알 수 없습니다. 가르침을 주십시오.」

도사는 장량에게 빙그레 웃어보이며 자리에서 일어났다.

「장량, 송의! 아직도 호랑이 입에서 벗어나지 못했으니 어디라도 숨어
서 때를 기다려라.」

도사는 말을 마치자마자 깃발을 거두고 사당 밖으로 걸어나갔다. 장량
은 한 번도 본 적이 없는 도사가 자신의 이름을 부르자 놀라서 벌린 입
을 다물지 못했다. 조금 뒤 정신을 차리고 밖으로 나가 보니 도사의 모

습은 어디론가 사라지고 보이지 않았다. 송의가 장량의 당황해 하는 모습을 보면서 껄껄 웃었다.

「아우님, 이전에는 귀신을 섬기는 사람만 보아도 비웃더니 어찌하여 그렇게도 당황하고 놀라는가?」

그러나 장량은 심각한 얼굴로 송의의 팔을 부여잡으며 중얼거렸다.

「형님, 저는 그분을 찾아가 스승으로 모시고 학문을 배우고 싶습니다. 형님께서는 먼저 객점에 가서서 저를 기다려 주십시오. 저는 도사님을 찾아보겠습니다.」

급히 달려나간 장량은 반 시간이 못 되어 도사의 행적을 찾을 수 있었다. 도사는 마침 사수가 내려다보이는 언덕에 앉아 여러 사람에게 둘러싸여 다른 사람의 운명을 봐주고 있었다. 도사를 발견한 장량은 급히 뛰어가 무릎을 꿇고 자신을 제자로 삼아달라고 애원했다. 사람들이 그런 장량의 모습을 보고 마구 웃었다.

도사는 애처롭게 사정하는 장량이 귀찮다는 듯 갑자기 신발을 벗더니 강물에 내던지며 말했다.

「저 신발을 주워다 내 발에 신기면 제자로 삼아주겠네.」

그 말에 장량은 서슴없이 강물로 뛰어들어 신발을 건져 도사에게 신겼다. 그러자 도사는 다시 윗옷을 벗어 장량에게 내동댕이쳤다.

「이 옷을 빨아 말려서 내게 입혀주게.」

이에 장량은 아무 군소리 없이 옷을 빨고 군불을 지펴 옷을 말렸다. 사람들은 그런 장량의 행동에 고개를 가로저으며 자리에서 일어나 제 갈길을 떠났다.

「저 공자는 돌았나봐. 뭐 배울 게 있다고 도사에게 저리 매달리는지……」

사람들이 장량을 손가락질하며 비웃었다. 그러나 장량은 그런 비웃음에 개의치않고 계속해서 도사에게 제자로 거두어 달라고 애원했다.

「장 공자는 과연 대단하오.」

도사는 장량의 정성에 탄복했는지 자신도 모르게 중얼거렸다.

「선사님, 저에게 가르침을 내려주십시오. 앞으로 어떻게 해야 좋겠습니까?」

「허허허, 장 공자는 난세의 영걸이시고 치세(治世)의 수재이니 한 가지 말만 하고 가겠네.」

도사는 장량을 내려보며 계속 말을 이었다.

「주나라는 화덕(火德)으로 일어났고, 진나라는 수덕(水德)을 받아 흥했으니 다음에는 토덕(土德)을 가진 사람이 일어날 걸세.」

장량은 머리를 조아리며 계속 가르침을 청했다. 그런 장량의 태도에 도사는 어쩔 수 없다는 표정을 지으며 품에서 비단 주머니를 하나 꺼내 장량에게 건넸다.

「여기에는 하늘의 뜻이 적혀 있는 천서(天書)가 있으니 이것을 배우고 익혀서 대업을 이루기 바라네.」

「선사님의 존함은 어떻게 되옵니까?」

「허허허, 부귀와 공명은 뜬구름 같은 것, 정 알고 싶으면 천서를 보게나. 그곳에 내 이름이 있으니.」

도사는 껄껄 웃으며 자리에서 일어났다. 장량은 도사가 시야에서 사라질 때까지 머리를 조아리며 예를 다하였다. 마침내 도사의 모습이 더 이상 보이지 않게 되자 장량은 하비로 돌아와 송의가 묵고 있는 객점으로 들어갔다. 송의는 장량이 방으로 들어서자 반가운 표정으로 물었다.

「아우님, 그 도사분은 만났는가?」

「물론이지요. 천서까지 받았습니다.」

「그것 참으로 잘 되었네. 어디 천서가 어떤 것인지 보고 싶구만.」

장량은 떨리는 손으로 비단 주머니를 열었으나 손에 잡힌 것은 조그마한 비단자락 하나뿐이었다. 장량은 흠칫 놀라며 급히 비단자락을 펼쳐보았다. 그의 눈에 들어온 것은 참을 '인(忍)' 자, 그 글자 하나만이 덜렁써 있었다.

「아우님, 천서가 바로 이 '인' 자로구만, 하하하.」

장량은 호탕하게 웃는 송의를 뒤로 한 채 가만히 고개를 숙이고 도사가 어째서 천서라고 하면서 '인' 자만 적힌 비단자락을 주었는지 곰곰이 생각해 보았다.

「형님, 저는 그동안 원수만 쫓아다니며 뜻을 이루려고 했는데 지금 가만히 생각해 보니 그것은 참으로 잘못된 일이었습니다. 필부의 작은 뜻이 중요한 게 아니라 폭정에 시달리고 있는 백성을 구하는 일이 진정으로 제가 할 일이라는 생각이 들었습니다.」

송의는 장량의 말에 감동이 되어 그의 손을 잡으며 눈물을 흘렸다.

「아우님, 정말 훌륭한 생각을 하였네. 나도 적극적으로 아우님을 도우겠네.」

장량은 송의의 도움으로 하비에 조그마한 학당을 차리고 때를 기다리기로 하였다. 얼마 후 두 사람은 하비현에 황원(簧園)이라는 학당을 차렸다. 당시 진나라에는 교육 기관이 두 가지 있었는데 하나는 관에서 운영하는 학당으로 주로 관리나 부호들의 자제가 다니는 곳으로, 여기에서는 진나라의 형법이나 법가의 학설을 가르쳤다. 다른 하나는 마을에서 덕망이 있거나 학식이 깊은 사람들이 개인적으로 운영하는 사숙(私塾)이었다. 이곳에서는 어린아이들을 대상으로 제자백가의 학설이나 예의도덕을 주로 가르쳤는데 사숙은 약간의 학비만 내면 평민의 자제들도 마음대로 학문을 배울 수 있었다.

장량과 송의가 문을 연 학당은 비록 화려하고 우람한 저택이 아닌 초가에 불과했지만 장량의 학문이 주변에 소문이 나서 학동들로 가득했다. 황원 학당은 세 칸짜리 초가로 벽은 대나무에 황토를 물에 개어 붙였고, 지붕은 갈대와 볏짚을 엮어서 얹었다. 학당은 초가 한가운데에 있는 방에 마련되었는데 그곳에는 갈대로 바닥을 깔았고 문은 달지 않았다. 장량에게서 학문을 배우는 학동들은 십여 명 정도로 대부분이 아직 관례를 치르지 않은 소년들이었다.

이날은 손빈병법(孫臏兵法)을 공부하는 날이었다. 학동들은 장량의 가르침에 따라 '장패(將敗)'라는 대목을 읽고 있었다.

「싸움에서 장수가 패하는 이유는 첫째가 능력이 없으면서 스스로 능력이 있다고 자만하고, 둘째는 부하와 적에게 교만하며, 셋째는 자리에 연연하고, 넷째는 재물을 탐하기 때문이며……」

학당에서 학동들이 낭랑한 목소리로 손빈병법을 읽고 있는데, 학당 밖에서 아주 젊은 유생 한 명이 관심 있는 표정으로 이를 듣고 있었다. 안에서 선생의 말이 흘러나왔다.

「장수가 패하는 데에는 아홉 가지 이유가 있다. 첫째는 능력이 없으면서 스스로 능력이 있다고 믿는 경우이다. 옛날에 조나라는 능력도 없으면서 40만의 군대를 장평으로 보냈지만 진나라에 패해 모두 땅에 묻히고 말았지. 두번째로 교만하여 패한 경우를 보면 오나라의 부차가……」

장량이 '장패'를 설명하고 있는 소리를 듣고 있던 유생이 긴 숨을 내쉬며 중얼거렸다.

「어찌하여 이 시대에 병가를 가르치는가?」

이때 이상한 목소리가 들리는 것 같아 문밖을 내다보던 송의가 유생을 발견하고는 밖으로 급히 뛰쳐나왔다.

「유생이 어디라고 이런 데에 들어와 허튼 소리를 하는 거요!」

유생은 송의의 성난 얼굴에 놀라 손을 내저으며 말했다.

「군, 군자, 화를 내지 마시고 이 사람의 말을 들어보시오.」

밖에서 소란스러운 소리가 들리자 장량이 책을 덮고 마당으로 걸어나왔다. 그러자 십여 명의 학동들이 주르르 장량의 뒤를 따라 밖으로 나왔다.

「선생은 뉘신데 이곳에 오셨습니까?」

유생은 장량의 부드러운 말투에 안심을 하면서 허리 굽혀 인사를 올렸다.

「소생은 곡부에 사는 공부(孔鮒)라는 사람인데 하비에 들렀다가 우연히 선생의 황원 학당의 소문을 듣고 이렇게 찾아왔습니다.」

송의는 유생이 곡부의 공씨 집안이라는 말에 코웃음을 쳤다.

「공문(孔門;공자의 집안을 일컫는 말)이 뭐가 대단하길래.」

장량은 얼마 전 도사가 자신에게 큰일을 이루기 위해서는 참을 인을 생각하라는 가르침이 떠올라 공부에게 공손하게 예를 올리고 방안으로 들였다. 공부는 이러한 장량의 예의바름에 감탄하면서 곁에 서 있던 송의를 노려보았다. 그러자 송의는 겸연쩍은 표정을 지으며 학동들을 데리고 마당으로 나갔다.

장량과 공부는 학당 오른쪽에 있는 방으로 들어가 자리를 잡고 이야기를 나누었다.

「이 사람은 조정의 초청을 받고 함양성으로 가던 중이었소. 지난달에 부소 황자께서 건의를 하여 박사들을 초청하였는데 저도 천거를 받게 되었지요. 하비에서 하루를 묵고 가려는데 황원 학당의 소문이 자자하여 잠시 구경이라도 하려고 들렀습니다.」

그제서야 장량은 공부가 자신의 학당에 들른 이유를 알고 미소를 머금었다.

「그런데 뜻밖에도 인의를 제창하고 예악(禮樂)을 가르쳐야 할 학당에서 병법을 가르치고 있는 걸 보고 놀랐습니다.」

장량이 이렇게 말하는 공부를 바라보며 웃었다.

「공 선생께서는 지금의 황제가 인의를 베풀고 있다고 생각하십니까, 예악을 지킨다고 생각하십니까?」

「장 선생께서는 하나만 알고 둘은 모르시는군요. 시황제는 귀가 밝지 못하고 눈이 어두워 선현들의 가르침에 잠시 멀어졌지만 박사들이 조정 일에 참여하게 되면 황제도 인의와 예악을 베풀 것이외다.」

「하하하, 공 선생의 뜻이 이루어지기만을 기대하겠소.」

공부는 장량과 더 이상 말이 통하지 않는다고 생각했는지 곧바로 자리에서 일어나 작별 인사를 하였다. 공부가 마당으로 나왔을 때 마침 송의는 학동들과 말타기 놀이를 하는 중이었다. 공부는 그런 모습에 고개를 설레설레 흔들며 황급히 학당을 떠났다.

장량은 그런 공부의 뒷모습을 보면서 안타깝다는 듯 고개를 저었다.

시황제 34년(BC 213년)의 새해가 밝아왔다. 시황제는 영거가 완성되었다는 소식에 자신의 쉰일곱번째 생일을 함양에서 성대하게 치르기로 하였다. 그즈음 어느 날, 하루일을 마치고 내전으로 돌아온 시황제는 거울을 보다가 점점 늙어가고 있는 자신의 모습을 발견하고 심란해지는 마음을 가다듬을 수 없었다. 그 이튿날부터 시황제는 조회도 제대로 보지 않고 정사에도 관심을 기울이지 않았다. 그는 매일 서가에 들러 방술에 관련된 책과 장생불사의 연단을 구하는 데에만 온통 신경을 썼다.

이날 저녁에도 시황제는 '천추만세(千秋萬歲)'라는 명문이 새겨진 거울을 보다가 자신도 모르게 가슴을 내리쳤다.

「어찌하여 세월은 이리도 빨리 가는가?」

그는 주름살이 가득한 자신의 모습에 두려움을 느꼈다.

「방사들이 말한 대로 음식을 먹고 연단을 복용하며 방사(房事)조차 피하거늘 어찌하여 이리도 몸은 자꾸만 늙어가는가? 서복과 석 도사도 어디로 갔는지 모습조차 보이지 않고, 잠시 방심하는 사이에 짐을 속이고 달아나다니.」

갑자기 시황제는 거울 앞에 놓인 단약을 바닥에 내던지며 소리쳤다.

「이놈 방사들이 짐을 능멸하다니!」

이때 진시황의 서가 근처에서 이사와 함께 이야기를 나누던 조고는 난데없이 터져나오는 시황제의 고함소리를 듣자 황급히 시황제 앞으로 달려갔다. 잠시 시황제의 안색을 살피던 이사가 조용히 입을 열었다.

「폐하, 진노를 푸시옵소서. 오늘은 좋은 소식이 두 가지나 있사옵니다.」

시황제가 이사를 힐끗 바라보며 퉁명스럽게 물었다.

「무엇이오? 빨리 말하시오.」

「몽염 장군이 드디어 폐하의 바람대로 흉노를 물리치고 고궐(高闕), 음산(陰山), 북가중(北假中)을 개척하였다고 하옵니다.」

「그래서 호(胡)가 진나라를 망치게 한다는 그 걱정이 사라졌다는 말이오?」

시황제가 시큰둥한 반응을 보이며 대꾸했다. 그러자 조고가 얼른 나서며 말했다.

「폐하, 호라는 족속을 가볍게 보아서는 아니 되옵니다. 그놈들은 말을 타고 활을 쏠 줄 알며 사냥에도 능하옵니다. 몽염 장군이 설사 그놈들을 쳐부쉈다 하더라도 그들의 손실은 그다지 크지 않을 것이옵니다.」

「경은 어째서 그렇게 생각하오?」

「북방에는 큰 산이 없고 그저 망망한 평원뿐이옵니다. 지난날의 진, 조, 연, 제나라는 이를 막기 위해 각자 장성(長城)을 쌓고 봉화대를 세워 호의 침략에 대비했지만 그런데도 편안한 날이 한 번도 없었사옵니다.」

조고의 설명에 시황제가 고개를 끄덕였다.

「지난번 갈석산(碣石山)에 순행을 갔을 때 연나라에서 수축한 장성이 모두 허물어져 있는 모습을 보고 진나라를 망칠 자는 호라는 말에 수긍이 갔었소」

시황제는 몇 년 전에 갈석산에 갔다가 노생으로부터 비결서를 받았던 광경을 떠올렸다. 시황제가 갈석산에 갔던 것은 두 해 전(BC 215년)의 일이었다. 그 해에 시황제는 갈석산에 순행을 나가 그곳에 송덕비를 세우고, 방사 노생을 시켜 전설에 나오는 연문과 고서라는 두 명의 신선을 찾도록 하였다. 이에 노생은 연의 땅을 샅샅이 뒤졌지만 연문과 고서는 찾을 수 없었고, 그들의 제자라는 사람만 만날 수 있었다. 그런 보고를 받은 시황제는 제자라고 자처하는 사람들을 만나기로 결정하였다.

그러자 노생이 난감한 얼굴로 말했다.

「폐하, 신선의 제자들은 속세의 사람을 만나려고 하지 않사옵니다」

시황제는 노생의 말에 화를 내며 소리쳤다.

「감히 짐의 땅 안에 살고 있는 무리들이 나를 능멸하려고 하다니 용서할 수 없도다!」

「폐하, 고정하시옵소서. 그들은 다만 폐하께 한마디 말만 전해달라고 하였사옵니다」

「그게 무엇이오?」

노생이 시황제의 눈치를 보며 힘겹게 입을 열었다.

「폐하의 대업을 해하려는 자가 있다고 하였사옵니다」

이렇게 말한 노생이 품에서 두루마리 하나를 꺼내 시황제에게 바쳤다. 두루마리에는 다섯 글자가 쓰여져 있었다.

「'진나라를 해할 자는 호이다(亡秦者胡也)'」

「호란 무엇을 말하는가?」

「호는 흉노를 가리키옵니다. 이는 하늘의 계시이니 반드시 대책을 세우셔야 할 것이옵니다.」

시황제는 바로 다음날 조서를 내려 몽염에게 30만 대군을 내리고 북쪽의 흉노를 막도록 명하였다.

시황제는 그때의 일을 되새기며 이사에게 말했다.

「6국에서 쌓은 장성을 모두 이으면 만 리는 될 것이오. 짐은 40만의 백성을 뽑아 몽 장군에게 넘겨서 그 일을 마무리할 생각인데 경의 의견은 어떻소?」

이사는 섣불리 말했다가 죄를 받을까 염려되었다. 그는 시황제의 눈치를 살피며 조심스럽게 자신의 생각을 말했다.

「폐하, 가장 훌륭한 계책은 국고를 늘리고 백성들을 생업에 종사토록 배려하는데 있다고 생각하옵니다. 지금 군현에서는 많은 백성들이 부역에 나가는 바람에 부세(賦稅)가 줄고 잦은 전쟁과 공사로 인하여 국고마저 점점 고갈되고 있사옵니다. 관자에 이르기를 '나라를 다스리는 길의 으뜸은 반드시 백성을 부유하게 해야 한다'고 하였사옵니다. 따라서……」

시황제는 이사의 말에 냉소를 보냈다.

「백성은 편안해지면 방종에 빠져 말을 듣지 않는 법이오.」

이사가 뭐라고 말을 꺼내려고 하는데 부소 황자가 안으로 들어오며 말했다.

「부황, 승상 대인의 말씀이 옳다고 생각하옵니다. 백성들을 지나치게 혹사하면 나라의 명령을 듣지 않사옵니다. 천하를 잘 다스리기 위해서는 백성과 토지를 가장 소중하게 여겨야 할 것이옵니다.」

시황제는 부소마저 이사의 편을 들며 자신의 말을 거역하자 버럭 화를 내며 소리쳤다.

「짐이 장성을 쌓으려는 계획이 백성을 보호하고 토지를 지키려는 뜻이 아니란 말이더냐? 부소 황자는 어찌하여 사사건건 짐의 뜻을 거스린단 말이냐?」

이때 잠자코 사태를 관망하던 조고가 얼른 앞으로 나서며 말했다.

「황자마마, 장성을 쌓는 일은 종묘사직을 세세대대로 이으려는 깊은 뜻이 있는 공사입니다. 황자마마께서 그토록 기백이 없으시면 장차 누가 따르겠습니까? 장성을 쌓는 일은 태산에 공덕비를 새긴 일이나 낭야대를 세운 일보다 더욱 위엄 있는 나라의 대사업입니다.」

시황제는 조고의 말에 그제서야 화를 풀고 이사에게 명을 내렸다.

「짐은 장성을 쌓고 그곳에 많은 백성을 옮겨 왕토를 더욱 넓힐 생각이오.」

「부황의 명성은 멀리 호에도 미치어 장성을 쌓지 않아도 그들은 감히 침략해 오지 못할 것이옵니다.」

부소가 이렇게 말하고는 자리에서 일어나며 탄식했다.

「아, 하늘에 구름이 덮여 있으니 햇빛이 쬐지 않는구나.」

시황제는 한숨을 내쉬며 밖으로 나가는 부소의 뒷모습을 바라보며 화를 냈다.

「어찌하여 너는 짐을 자꾸만 범하려 하느냐!」

이사는 시황제가 몹시 화를 내자 조금 전 자신이 한 말에 대해 깊이 후회를 했다.

'너무나 성급했다. 폐하의 진노를 사지 말아야 했는데.'

이렇게 생각한 이사는 분위기를 바꾸기 위해 두번째 기쁜 소식을 전했다.

「폐하, 영거를 완공하고 조타 장군이 남월을 공격하여 계림, 남해, 상군을 개척했다는 경사로운 소식이 있사옵니다.」

시황제는 남월에 3군을 설치했다는 소식에 껄껄 웃으며 중얼거렸다.

「짐이 남군으로 순행을 간 지가 엊그제 같은데 벌써 몇 년이 흘렀구려. 영거를 완공했다 싶더니 곧바로 3군을 설치하여 짐의 마음을 이토록 기쁘게 하다니, 하하하. 이제는 천하가 모두 40군이 되었구려.」

「폐하, 천하는 얻기 쉬우나 지키기는 어렵다는 말이 있사옵니다.」

이사가 시황제의 눈치를 보며 다시 입을 열었다.

「그건 무슨 뜻이오?」

「민간에 나도는 풍문에 따르면 진의 패업이 오래가지 못할 거라고 한다 하옵니다.」

「어느 놈이 감히 그런 유언비어를 퍼뜨린단 말이오?」

시황제가 다시 보좌에서 일어나며 소리쳤다. 이사는 자신의 계책이 먹혀들어가자 침착하게 말을 이었다.

「폐하, 소신이 조사한 바에 따르면 유생들이 이런 말을 지어다니고 있는 듯싶사옵니다.」

「무슨 근거라도 있는 거요?」

이사는 시황제가 자신의 의도대로 움직이자 더욱 낭랑한 목소리로 말했다.

「민간에 떠도는 말은 백성들이 지어낼 수 없는 심오한 문장들이옵니다. 내용도 모두 6국을 병합한 일을 비난하는 것이어서 옛날 6국에서 총애를 받던 유생들의 무리가 아니면 지어낼 수 없사옵니다. 소신이 유언비어의 진원지를 찾아보았는데 제나라의 곡부로 밝혀졌사옵니다. 그런데 그곳에 공맹의 무리 말고 누가 살고 있겠사옵니까?」

「그것만 가지고 유생들이라 단정하기는 곤란하지 않겠소?」

시황제가 거듭 이사에게 물었다.

「또 있사옵니다. 지난번에 태산에서 지내기로 하였던 봉선의 예가 비바람으로 무산되자 '봉선의 예가 이루어지지 않았으니 이는 황제가 부덕하기 때문이다'는 유언비어가 나돌고 있사옵니다. 더욱이 유생들은 사사로이 학당을 열고 자신들의 세력을 키우며 6국을 다시 재건하려는 망상에 사로잡혔사옵니다. 하루속히 이를 뿌리뽑지 않으면 조만간 이들이 난리를 일으킬 것이옵니다.」

한자리에서 이사의 이야기를 듣고 있던 조고가 속으로 탄식을 하였다.

'참으로 무서운 사람이야. 한마디 말로 수많은 유생들을 죽이려 들다니.'

이사의 열변에 시황제는 고개를 끄덕이며 걱정스런 표정을 지었다.

「하지만 만일 잘못하였다가 짐에게 화가 돌아오지는 않겠소?」

「폐하, 방사, 단객(丹客), 술사의 무리들과 이들을 함께 엮어서 처리하신다면 사람들로부터 그다지 원망을 듣지 않을 것이옵니다. 방사와 단객의 무리들은 부역에도 나가지 않으므로 백성들은 그들을 몹시 싫어하고 있사옵니다.」

마침내 시황제는 이사의 말에 동의하고 말았다. 그도 처음에는 장생불사와 우화등선을 꿈꾸며 방사들의 술수에 빠졌지만 지금은 그들에게 속고 있다는 생각을 하던 참이었다.

「그렇다면 조서에 한 가지를 더 추가하겠소. 방술을 가진 자는 앞으로 그 기술을 쓰지 못하며, 그 기술을 쓰다가 발각되면 모두 처형하겠소.」

이사는 일시에 유가와 도가의 무리들을 제거할 수 있게 되자 기쁨을 억누르며 황급히 서가를 빠져 나갔다. 시황제는 유생과 방사들을 모두 제거하는 계획을 이사에게 일임하고, 부소 황자를 몽염에게 보내 장성을 수축하는 일을 맡기기로 하였다. 시황제는 사사건건 자신의 의견에 반대하는 부소를 멀리 보내는 게 가장 좋은 방법이라고 생각했다. 또한 그는 조고에게 은밀히 특명을 내려 조정의 대신들을 감시하는 임무를 맡겼다.

이러한 조치가 취해지자 조고는 곧바로 호해 황자를 찾아가 방사와 유생을 멀리하라고 당부했다. 호해는 처음에 어리둥절한 표정을 지었으

나 조만간 방사와 유생들에게 황제의 커다란 재앙이 내릴 것이라는 조
고의 귀띔에 고개를 끄덕였다.

34

분서갱유(焚書坑儒)

시황제 34년(BC 213년)에 진나라는 전국에 40군을 설치하고 이를 경축하기 위해 함양성에서 주연을 베풀고 조정의 대신들과 박사들을 초청하였다. 주연은 술시에 함양궁의 금역전에서 시작되었다. 금역전은 함양궁 가운데에 자리를 잡은 웅장한 건물로 주연을 베풀기에 가장 적당한 곳이었다. 대전 가운데 대들보에는 아홉 마리의 용이 꿈틀거리는 등잔이 걸려 있었고, 사방에 놓여 있는 향로에서 나는 은은한 향기가 실내를 진동시켰다. 대전의 중앙에는 팔괘도를 수놓은 커다란 바닥 깔개가 펼쳐져 있었으며, 식탁에는 갖가지 음식이 푸짐하게 놓여 사람들의 구미를 자극하였다.

술시를 알리는 종소리가 울려퍼지자 조정의 대신들이 금역전으로 나란히 들어왔다. 잠시 후 조천락이 울려퍼지면서 시황제가 금역전에 들어섰다.

「만세, 만세, 만만세!」

황문들이 일제히 소리치자 이에 따라 조정 대신들도 만세 삼창을 하였다. 시황제는 초췌한 얼굴로 품계에 따라 자리를 잡고 앉은 대신들을 훑어보았다.

조고는 특히 이번 주연을 준비하기 위해 많은 고생을 하였다. 시황제의 마음에 들기 위하여 소, 양, 개, 닭, 돼지를 잡고 바다 물고기와 과일도 풍성하게 준비했다. 또한 시황제의 공덕을 찬양하기 위하여 새로운 노래도 마련하였다. 시황제가 나타나자 악사들이 일제히 악기를 연주하고, 박사들을 관리하고 있는 주청신(周靑臣)이 헌사(獻詞)를 읊기 시작했다.

「지난날을 되돌아보건대
지옥 같은 나날들이 끊이질 않았네.
사방을 둘러보아도 암흑만이 있었네.
우리 폐하께서 검을 뽑아들고
제후들을 한칼에 쓸어버리니
어둠은 걷히고 암흑은 사라졌네.
분봉제를 폐지하고 군현제를 실시하며
문자를 통일하고 도량형을 하나로 만들었네.
물길을 뚫어 농사에 보탬이 되게 하시고
장성을 쌓게 하여 오랑캐를 막으시네.
백성들은 평안하여 왕업을 칭송하고
우리 황조(皇朝)는 천년 만년 이어지네.
그 공은 헤아릴 수 없으니 노래로 칭송하네……」

시황제는 주청신의 헌사를 들으며 마음이 흐뭇해져 입가에 웃음을 지었다. 헌사가 계속되는 동안 대조박사 순우월은 매우 못마땅한 표정을 지으며 숨을 거칠게 내쉬었다. 순우월은 태산의 봉선이 무산되고, 그를 천거한 제비가 시황제의 총애를 잃은 이후로 조정 일에 소외되고 있었다. 더욱이 백성을 부역에 동원하여 장성을 쌓고 학당을 금한다는 조서가 내려지자 그는 매우 분개하였다.

'사내 대장부로 태어나 어찌하여 폭정을 그냥 두고 볼 수 있겠는가?' 맹자께서 이르기를 의를 위해서는 목숨을 아까워 하지 말라고 하였다.'

순우월은 힐끗 왕관과 안설을 바라보았다. 그들도 헌사의 내용이 너무 찬사에만 기울어진 듯싶자 얼굴빛이 좋지 않았다. 순우월은 청신이 계속해서 시황제의 공덕을 찬양하자 자리에서 벌떡 일어나며 주청신에게 소리쳤다.

「무지한 필부가 나라를 어지럽히도다! 천하의 40군이 어찌 폐하 혼자만의 공덕이겠는가? 수많은 공신들과 백성들의 노력이 없었다면 어림도 없는 일이다. 더욱이 광대한 왕토를 어떻게 폐하 혼자서 능히 다스릴 수 있단 말이냐?」

순우월은 좌중을 훑어보며 계속 소리를 높였다.

「선왕들은 나라를 다스림에 백성을 자식처럼 여기셨소. 어진 정치를 펴시고 교화를 베푸는 걸 으뜸으로 여기셨소. 그런데 안타깝게도 오늘에 와서 폐하께서는 백성들의 바람을 저버리고 계시오. 백성들을 짐승처럼 부리고 있단 말이오. 부세가 가중되고 부역이 나날이 늘어나고 있으니 만일 백성들이 나라에 등을 돌리면 종묘사직은 능히 보존할 수 없으리오. 옛말에 '후덕한 사람은 자신의 이익을 위해 남을 해치지 아니하고, 어진 사람은 자신의 이름을 날리기 위해 남을 위험에 빠뜨리지 않는다'고 하였소. 주청신은 진실을 왜곡하여 자신의 영달을 꾀하고 있는 것이 아니오? 이런 자는 나라를 좀먹는 썩은 신하요. 폐하께서는 당장에 이런 자를 조정에서 내쫓아야 하옵니다.」

순우월의 비분강개한 말에 좌중에 있던 사람들은 아무런 소리도 내지 못하고 조용히 침묵을 지켰다. 시황제 또한 무표정한 얼굴로 순우월의 이야기를 들으며 속으로 생각했다.

'황제의 권위와 통치력은 군현제에서 보장된다. 그런데 아직까지 유생들은 분봉제의 미련을 버리지 못하는군. 지난번에 이 승상이 유생들을 모두 잡아없애야 한다는 말이 맞았어.'

시황제의 눈치를 보던 이사가 자리를 박차고 벌떡 일어나 순우월에게 소리쳤다.

「순 박사는 폐하께 고례(古禮)를 행하지 않는다고 질책하는 것이오? 고례는 이미 폐기된 지 오랜 일이오. 나라를 좀먹는 썩은 신하는 바로 그대요!」

순우월은 시황제가 화를 낼 줄 알았는데 오히려 그는 아무 소리 없고 곁에 있던 이사가 자신을 질책하자 다시 눈에 불을 켰다. 이사는 순우월에게 말할 기회를 주지 않고 더욱 우렁차게 그를 공격했다.

「순 박사는 말끝마다 나라와 백성을 걱정하는데 자신이 마치 천하에서 가장 훌륭한 성인인 것으로 생각하시는 모양이로군. 묻겠는데 누가 감히 당신을 성인으로 생각하겠소? 그대는 진나라가 천하 통일의 위업을 달성하는 데 무슨 공을 세웠으며 무슨 계책을 올린 적이 있소? 천하가 안정을 찾아가자 그제서야 나타나 나라가 어지러우니 백성이 도탄에 빠졌느니 하는 망발을 하는데 어디 그럴 수가 있단 말이오? 무릇 옛 제도를 변화시키는 자는 흥하고, 지난날의 폐습에 빠진 자는 망하는 법이오. 박사의 직위에 있으면서도 이런 도리를 모른단 말이오?」

「옛 제도를 변화시켜 따른다는 말은 누구라도 믿을 수가 없소.」

순우월이 이사에게 지지 않으려는 듯 큰소리로 대꾸했다.

「승상 대인은 천하의 호적을 관리하기 때문에 잘 알 것이오. 지금 백성들은 옛날에 비해 몇 배에 달하는 부역에 시달리고 있소. 이것이 승상 대인이 말하는 흥(興)이고 성(盛)이란 말이오?」

이사는 순우월이 가장 아픈 곳을 찌르면서 반박하자 한순간 말문이 막혔다. 그러나 이사는 당대의 최고가는 변론가답게 순우월을 다시 공격하였다.

「지난날 5백여 년에 걸쳐 세상에는 전쟁이 끊이질 않았소. 그러나 지금은 폐하의 덕으로 천하가 안정을 찾고 백성들은 생업에 종사할 수 있게 되었소. 그런데 순 박사는 황은(皇恩)을 무시하고 매번 조정을 공격하며 폐하의 공덕을 능멸하고 있소. 진실로 죄를 뉘우치지 않으면 참형에 해당하는 죄를 받을 것이오.」

「승상 대인, 옛말에 '의로운 죽음은 도끼를 겁내지 않는다'고 하였소. 지금 이 자리에서 할 말은 해야겠소. 바른 말은 귀에 거슬리지만 행동에 약이 되고, 좋은 약은 입에 쓰지만 병에 좋다고 하였소. 여산능과 아방궁을 건설하고 장성을 축조하는 일에 얼마나 많은 백성들이 시달리고 있소?」

순우월은 격앙된 목소리로 시황제의 폭정을 비난하였다. 조정 대신들은 순우월의 직선적인 말에 너무나도 놀라 모두들 몸을 떨었다.

조용히 두 사람의 격론을 지켜보고 있던 시황제는 드디어 유생들과 방사들을 한번에 제거할 기회가 왔다고 생각했다. 이사는 시황제의 눈치를 살피며 더욱 분개한 표정으로 소리쳤다.

「그대의 무리들은 진율(秦律)을 거들떠보지 않고 계속해서 고례만 숭앙하고 있소! 그대들은 국법과 황제 폐하의 권위를 무시하고 사사로이 사학을 일삼으며 세력을 키우고 있는 반역자의 무리요!」

왕관과 안설은 순우월의 간언이 이미 도를 지나쳐버리자 당황한 표정

을 숨기지 못했다. 이사의 맞은편에 앉아 있던 어사대부 풍거질이 자리
에서 일어나며 말했다.

「폐하, 오늘의 일은 결코 우연이 아니옵니다. 근자에 폐하를 능멸하는
유언비어가 난무한데 모두 이들의 무리와 관련이 있사옵니다.」

이사는 자신을 도와주는 풍거질의 발언에 더욱 용기를 갖고 왕관과 안
설을 힐끗 바라보며 힘차게 순우월을 비판하였다.

「썩은 유생의 무리들이 조정에 가득하니 나라의 안녕이 좀먹고 있사옵
니다. 폐하께 주청하는 바이오니 조서를 내려 이들의 무리들을 모두 처
단해 주옵소서.」

이사의 말이 끝나자 좌중이 갑자기 찬물을 끼얹은 듯 조용해졌다. 마
치 폭풍우가 밀려오기 전의 적막과도 같았다. 시황제는 이사가 자신이
하려는 말을 대신하자 속으로 쾌재를 부르며 좌중을 뚫어져라 응시하면
서 마침내 입을 열었다.

「어떻게 했으면 좋은지 의견을 말해 보시오.」

「신은 폐하께 다음 몇 가지를 주청하옵니다. 첫째는 사학을 금하게 하
고, 학당에서는 진율만을 가르치며 또한 관리를 한 명씩 파견하여 감독
케 하시옵소서. 사악한 학설이 세상에 나돌아다니지 못하게 진나라의 역
사책과 농(農), 의(醫), 역(曆)에 관련된 서책을 제외한 〈시경〉, 〈상서〉와
같은 제자백가의 서책은 모두 거두어들여서 없애도록 하시옵소서. 함양
내사에게 지시하여 사흘 이내로 모든 서책을 모아 불태우게 하고, 지방
군수에게 조서를 내려 이를 시행토록 하시는 게 좋겠사옵니다.」

이사의 주청이 끝나자 부소가 제일 먼저 반대를 표하였다. 그는 얼마
전 시황제의 진노를 받아 만리장성을 축조하는 몽염에게 보내지도록 명
령을 받았으나 아직 출발하기 전이었다.

「부황마마, 순 박사의 말은 지나치게 당돌하고 부황의 권위를 침범하

여 처벌을 받아 마땅하오나 그 일로 인해서 천하의 서책을 불태우는 조치는 너무 가혹하옵니다.」

시황제는 이번에도 부소가 반대를 하자 벌컥 화를 냈다.

「어째서 부소 황자는 아직도 함양성을 떠나지 않았느냐?」

시황제는 부소를 밖으로 내쫓으며 이사에게 계속 말을 하도록 지시했다.

「이후로 〈시경〉이나 〈상서〉를 소지하거나 읽는 사람은 물론이고 고풍을 들먹이는 사람은 신분이나 지위를 막론하고 모두 엄벌에 처하셔야 하옵니다. 당사자는 일족을 멸하고 그걸 알면서도 고하지 않은 자는 범인과 똑같이 취급해 참형을 하면 뿌리가 뽑힐 것이옵니다. 하루속히 분서령(焚書令)을 내리시어 3개월 안에 모든 서책을 없애고 이를 어기는 자는 4년의 부역에 처하여 장성을 쌓는 일에 동원하시옵소서.」

「좋소, 이 승상의 의견에 따르도록 하겠소. 내일부터 당장 분서령을 시행토록 하시오.」

시황제는 이사에게 분서령을 지시하고 자리에서 일어나 주연장을 빠져 나갔다.

이튿날 함양성의 12개 성문에는 시황제의 분서령을 알리는 방이 나붙었다.

분서령이 내려진 바로 그날 아침 곡부를 떠나 함양성에 도착한 공부는 성문을 들어서다 분서령이 내려진 방을 보고 소스라치게 놀랐다. 성문을 조금 지나니 광장에 많은 사람들이 모여 있었다. 사람들의 틈새를 비집고 안으로 들어가 보니 그곳에는 〈상서〉와 〈시경〉은 물론, 숱한 서책들이 산더미처럼 쌓여 있었다. 조금 뒤 병사 한 명이 기름 항아리를 가지고 와서 책더미에 붓고는 불을 질렀다. 공부는 자신이 생명처럼 아끼고 있는 〈서경〉과 〈시경〉 따위들이 불타고 있자 온몸을 부르르 떨었다.

「천리(天理)를 어기는 짓이로다. 이는 천리를 거스르는 짓이야.」

공부는 허탈한 심정을 가누지 못하고 바닥에 털썩 주저앉으며 멍하니 하늘만 바라보았다.

분서령이 내려진 지 사흘 만에 함양성 내에서 규정에 어긋난 모든 서책이 거두어져 소각되었다. 분서령은 함양성에 그치지 않고 시황제의 명이 떨어진 지 반개월도 되지 않아 촉군, 임치, 즉묵에서 상군에 이르기까지 신속하게 이어졌다. 시황제와 이사의 눈에 들기 위해 지방관들은 더욱 가혹하게 서책을 거두어들였고 수백 년 동안 이어지던 제자백가의 학설은 이렇게 해서 하루아침에 잿더미로 변하게 되었다. 먹고 살기에 바쁜 백성들은 서책이 불타는 것에는 관계없이 세상이 다시 어지러워진다는 불안감에 모두들 두려워 하고 있었다.

주연에서 시황제의 진노를 사 분서령을 내리게 만든 순우월은 공부가 함양성에 도착했다는 소식을 전해 듣고 그가 묵고 있는 객점으로 급히 달려왔다. 이때 조고의 명을 받고 순우월을 감시하던 병사가 그의 뒤를 미행하였다. 객점에서 공부를 만난 순우월은 그를 데리고 곧바로 자기 집으로 돌아왔다. 이미 순우월의 집에는 십여 명의 손님들이 도착해 있었다. 좌중에는 중대부 안설이 가장 직급이 높아 보였으며 나머지는 박사로 초청되어 함양에 와 있는 유생들이었다.

순우월이 방으로 들어서며 입을 열었다.

「오랫동안 기다리게 해서 죄송하오.」

「아니오, 괜찮소이다. 혹시 왕 노승상께서 어떤 분부는 없었소?」

한 유생이 순우월에게 물었다. 가운뎃자리에 앉아 있던 중대부 안설이 불만 섞인 목소리로 중얼거렸다.

「왕 노승상께서는 우리의 방문을 거절하시고 다만 〈시경〉의 '도끼자루를 베려면(伐柯)'이라는 시 한 구절만 읊으셨소.」

「그게 무슨 의미이오?」

「도끼자루를 베려면 어떻게 하지? 도끼 아니면 안 되는데…… 아무리 생각해 보아도 그 뜻을 알 수가 없소.」

그 말에 순우월이 코웃음을 치면서 말했다.

「왕 노승상께서는 이미 나이가 드셔서 그런지 세상 일에 두려움을 느끼시는가 보오. 아, 진정으로 의를 위해 목숨을 버릴 사람이 그렇게도 적단 말인가?」

순우월은 평소 왕관을 존경하며 따라왔었다. 그러나 이렇게 유생들이 매우 어려운 처지에 놓였는데도 알 듯 말 듯한 시 구절을 읊으며 유생들의 방문을 막았다. 그는 승상직에서 물러난 왕관이 겁을 먹고 모든 일에 소극적으로 대처하고 있다고 판단했다. 안설과 유생들은 순우월이 왕관을 비난하자 서로 얼굴을 바라보며 입을 다물었다. 이때 한구석에 앉아 있던 방사 노생이 헛기침을 하더니 자리에서 일어났다.

「소생은 비록 이 자리에 참석할 자격은 없으나 우리는 모두 한 배를 탄 사람들이라 한말씀 올리지요. 구름은 해를 가릴 수 없고, 진흙탕은 수레를 엎어버릴 수 없는 법이오. 어젯밤에 제가 하늘의 별자리를 관찰하니 진나라의 수덕이 쇠하고 토덕이 흥할 징조였소. 천하는 바야흐로 커다란 재난이 일어날 것이오.」

노생은 잠시 말을 멈추고 사방을 훑어본 다음 계속해서 말했다.

「여러분, 모두 일어나 귀하신 분의 왕림을 축하합시다.」

노생이 갑자기 한 유생에게 머리 숙여 예를 표하였다. 사람들은 그제서야 순우월과 함께 방에 들어온 유생을 바라보았다. 유생은 매우 젊고 수려한 것이 부유한 귀공자의 모습이었다. 순우월이 재빨리 일어나 사람들에게 그를 소개하였다.

「이 분은 저의 오랜 친구로서 공부자(孔夫子)의 7대손인 공부 선생이오.」

유생들은 공부라는 유생이 공자의 적손(適孫)이라는 말에 모두들 존경의 빛을 띠며 정중하게 예를 표하였다.

「선생의 후예를 만나게 되니 가히 영광이오.」

한 유생이 감격 어린 목소리로 말했다. 그들은 공부를 마치 살아 있는 공자를 보듯이 대우하였다.

「공 선생께서는 곡부에서 오셨으니 오는 도중에 많은 것들을 보았을 것이오. 지금 천하의 정세는 어떻소?」

중대부 안설이 공부에게 물었다. 공부는 벼슬길에 올라 인의와 도덕을 펼칠 희망만을 품고 함양성에 왔다가 하루아침에 분서령으로 꿈이 좌절되자 매우 상심하고 있었다.

「여러분, 지난 한 달 동안 천하의 모든 서책들이 불살려졌소. 선현들의 발자취가 하루아침에 사라지니 이제는 암흑과도 같은 세상이 도래한 것이오.」

공부가 얼굴이 흙빛이 되어 말했다.

「만일 우리가 분서를 당한 그 서책들을 다시 살려내지 못한다면 죽어서 어떻게 조상님의 얼굴을 뵐 수 있겠소? 천하의 공도(公道)가 사라지니 이제 진나라의 멸망은 멀지 않았소. 이제껏 폭군으로 이름난 하나라의 걸왕과 은나라의 주왕조차도 분서령은 내리지 않았소. 그런데 천리를 거역하면서 영정은 그걸 감행하였소. 하늘은 반드시 영정에게 천벌을 내릴 것이오!」

공부는 감정이 격동했는지 시황제의 이름을 들먹이며 비판을 가하였다.

「여러분에게 알려드리고 싶은 게 있소. 다행히 하늘이 도우셔서 유가의 경전은 화를 피할 수 있었으니 때가 되면 모두 복원을 할 수 있을 것 이외다.」

「그게 사실이오?」

유생들이 놀라 소리쳤다. 공부는 유생들이 자신의 말에 활기를 되찾자 계속해서 말을 이었다.

「그리고 서책이 아니더라도 임치에는 시서(詩書)를 암송하는 유생들 이 수없이 많소. 이들이 후대에까지 계속해서 입에서 입으로 서시를 전 한다면 영원히 사라지지는 않을 것이오. 소생은 순 박사와 부소 황자의 용기에 감복하였소. 폭압한 영정 앞에서 당당하게 의를 밝히고 악을 비 판하였으니 후세에 이름이 길이 남으리라 굳게 믿소. 아무리 사학을 금 지시키고 서책을 불살라 버린다 해도 우리가 살아 있는 한 성현의 가르 침은 죽지 않고 이어질 것이오.」

조용히 경청하던 노생이 공부의 말에 끼어들었다.

「수년 전에 제가 시황제를 수행하고 갈석산에 갔다가 한 선인으로부 터 비결이 적힌 비단 두루마리를 받은 적이 있었소. 그곳에는 뜻밖에도 진나라를 망칠 자는 호라고 쓰여져 있었는데, 사정이 이러하니 조금만 기다리면 좋은 날이 오리라 생각하오.」

노생은 사람들이 자신에게 주목하자 다시 말을 이었다.

「진나라의 수덕은 그 운이 다 되어 곧이어 토덕을 가진 사람이 일어날 것이오. 부소 황자는 목덕(木德)을 가졌으나 토덕이 이를 보호하니 그를 황제로 내세우면 천하가 안녕해지리라 보오.」

노생의 말이 끝나자 유생들은 여러 갈래로 의견이 갈라져 논쟁을 하 기 시작했다. 어떤 유생은 부소 황자야말로 덕이 깊고 인품이 훌륭하니 황제감이라 주장하였고, 어떤 유생은 영씨 성은 이제 운이 다했으니 새 로운 성씨의 군주를 옹립해야 옳다고 주장하였다.

공부는 좌중이 갑자기 소란스러워지자 목청을 돋우고 말했다.

「소생이 오는 도중 하비에 이르렀는데 젊은 유생이 학동들에게 병법을 가르치며 세상이 어지러우면 검을 들어야 한다고 주장하는 것을 들었소. 그러나 우리는 성현의 가르침을 따르는 유생으로 어찌 그런 일을 도모할 수 있겠소? 인의와 도덕으로써 나라를 바로 세우는 게 중요하지 않겠소?」

「맞소이다. 공 선생의 말씀이 지당하오. 당연히 부소 황자를 추대하여 세상을 바르게 잡는 게 옳습니다.」

「모두들 옳은 말씀입니다. 하지만 보다 중요한 건 바른 일을 위해 우리가 나서야 한다는 점이오. 이를 위해 모두들 목숨을 내던질 각오를 합시다.」

순우월이 오랜만에 침묵을 깨고 말했다.

「우리 모두 함양성을 몰래 빠져 나가 각자 후학들을 지도하며 때를 기다리기로 합시다.」

공부가 순우월의 말에 맞장구를 쳤다. 분위기가 다소 화기애애해지자 순우월이 밖에 나가 간단하게 주안상을 차려오도록 지시를 하고 다시 안으로 들어왔다. 유생들은 술을 마시며 날이 새는 줄 모르고 이런저런 논의를 하였다. 그 다음날 유생들과 방사 노생, 후생은 순우월의 집에서 나와 각자 멀리 달아날 준비를 하였다.

이런 기운을 탐지한 순우월을 감시하고 있던 간자가 재빨리 조고에게 이 사실을 알렸다. 조고는 호해를 찾아가 시황제에게 유생과 방사들이 모두 함양성에서 도망칠 준비를 한다고 보고하게 하는 한편 이사에게도 이 소식을 전했다.

시황제는 호해에게 이야기를 전해 듣고 곧바로 이사를 내전으로 불렀다. 이사가 내전에 당도하자 그를 기다리고 있던 시황제가 불쑥 말을 던졌다.

「이 승상, 유생들과 방사들을 어떻게 처리하면 좋겠소?」

이사는 시황제가 중요한 결정을 내릴 때면 조정 대신들의 의중을 미리 떠보고 실행하는 버릇을 잘 알고 있었다. 그는 마음의 준비를 하고 낮은 목소리로 말했다.

「마음 속으로 진나라의 법치를 부정하고 성현을 들먹이며 사악한 학설을 주장하는 무리들은 유생이나 방사를 막론하고 모두 죽여 후환을 없애는 게 좋다고 생각하옵니다.」

「승상의 의견은 짐의 생각과 똑같소. 하지만 그들은 아직도 관직이 있고 명성이 있는 사람들인데 괜찮겠소?」

이사는 시황제의 눈치를 보며 어떻게 하면 좋을지 생각했다.

「짐이 듣자 하니 마곡(馬谷:지금의 섬서성 임동)의 동령과(冬令瓜)가 익을 때라고 하던데……」

이사는 시황제의 말 속에 숨은 뜻을 알아차리고 곧바로 입을 열었다.

「폐하, 마곡의 동령과가 익었으니 유생들을 그곳으로 초청하여 사고를 위장시키면 어떻겠사옵니까?」

이사가 생각했던 대로 반응하자 시황제가 고개를 끄덕였다.

「가벼운 바람도 자주 불면 갓끈을 떨어뜨린다는 말이 있소. 천하를 제대로 다스리기 위해서는 가벼운 죄도 무거운 벌로 다스려야 하는 법이오. 이번 일은 경이 알아서 집행토록 하시오.」

이사가 자리에서 물러나려는데 어사대부 풍거질이 급히 내전으로 들어와 시황제를 알현하였다.

「순우월, 안설의 일행이 방사 후생, 노생의 무리와 함께 모두 달아났사옵니다. 그리고 박사로 초청되어 함양성에 온 공부도 달아났다 하옵니다.」

「그들이 벌써 달아났다고?」

시황제가 허리에 차고 있던 태가보검을 빼어들고 이사에게 소리쳤다.

「모든 관방과 검문소에 지시하여 죄인들을 체포토록 조치하고, 성내에 통금을 실시하여 가택을 샅샅이 수색하여 잔당들을 찾아내도록 하시오!」

이사에게 명령을 내린 시황제가 조고를 바라보며 말했다.

「그리고 공부라는 유생은 반드시 살려내어 중거부령에게 일생을 맡기도록 하시오. 그 자를 남자 구실을 못하는 병신으로 만들어 짐의 노예로 부릴 생각이오.」

이사는 시황제의 지시를 받고 곧바로 함양성과 지방에 조서를 내려 유생과 방사의 무리를 체포토록 하였다.

시황제 35년(BC 212년), 늦겨울이 가고 봄이 올 무렵이 되어서 함양성에 있는 460여 명의 유생들이 여산의 마곡이라는 계곡에 초대되었다. 그들은 동령과를 맛보기 위해 너도나도 초청에 응하였는데 이사는 시황제의 명령을 받아 그 계곡에 유생들을 모두 생매장하였다. 이 사건이 있은 후 얼마 되지 않아 각 지방에서도 수많은 유생들과 방사들이 생매장을 당하였다. 이사에 의해 계획되고 추진된 분서갱유(焚書坑儒)라는 혹독한 정적(政敵)의 제거 조치는 그 유래를 찾아볼 수 없을 정도로 참혹하였다.

아직 함양성을 떠나지 않은 부소는 유생들을 생매장하였다는 소식에 곧바로 시황제에게 알현을 요청하였다. 그러나 시황제는 부소의 성격을 잘 알고 있었기 때문에 알현을 허락하지 않았다.

「이번에도 짐을 거역하는 말을 할 테지.」

시황제는 부소를 만나지 않겠다는 뜻을 강력하게 전했다. 그러나 부소는 자신을 제지하는 황문들을 제치고 내전으로 달려와 무릎을 꿇고 울먹이며 말했다.

「어찌하여 마곡에서 수많은 유생들을 생매장하셨사옵니까?」

시황제는 부소의 말에 고개를 돌리며 외면하려 들었다.

「부황, 벽장에도 귀가 있는 법이옵니다. 숨기려 해도 백성들은 모두 이 사실을 알고 있사옵니다. 어찌하여 천하의 공도(公道)를 거역하는 일을 하시옵니까?」

「황자는 짐이 한 일이 공도가 아니라고 생각하느냐? 황자는 그동안 시(詩;〈시경〉), 서(書;〈상서〉), 예(禮;〈예기〉), 악(樂;악기)과 같은 부유(腐儒;유생을 낮추어 부르는 말)의 학설에 올바른 판단을 잃었구나.」

「부황, 분서갱유로 말미암아 천하에는 진정한 성현의 학문이 끊어졌사옵니다. 이제는 어떤 가르침으로 천하를 다스리려 하시옵니까?」

시황제는 부소의 계속되는 질책에 더 이상 참지 못하고 화를 냈다.

「진나라에는 진율이 있고 천하에는 짐의 성덕이 있거늘 무엇이 걱정되겠느냐? 황자는 어서 물러가 자중하라.」

「부황, 마지막 간청이옵니다. 예악을 살리시고 인의를 바탕으로 정사를 보시기 바라옵니다. 그렇지 않으면 천하의 백성들이 등을 돌리게 되고……」

「닥쳐라!」

시황제가 소리를 지르며 부소의 말을 끊고는 자리에서 일어났다. 이때 호해가 밖에서 들어오며 부소에게 말했다.

「부소 형님은 어젯밤에 마곡을 몰래 다녀오고, 오늘 아침에는 왕 노승상의 집에 들렀지요? 겉으로는 나라의 안위를 걱정하는 척하면서 뒤로는 허황된 무리들과 어울려 다니면 되겠어요?」

시황제는 호해의 말에 미간을 찌푸렸다.

「내가 조서를 내려 금하도록 한 것을 황자는 모두 어기고 있구나. 아무리 황자의 신분이라 해도 도저히 용서할 수 없도다.」

시황제는 부소를 노려보며 밖에다 대고 큰소리로 외쳤다.

「밖에 아무도 없느냐! 당장 부소 황자를 끌어다 참수하라!」

시황제의 명이 떨어지자 시위들이 들어와 부소의 두 팔을 잡아끌고 밖으로 나갔다. 이때 마침 장군 하나가 내전으로 들어오다 이 광경을 보고 급히 무릎을 꿇으며 읍소했다.

「폐하, 황자마마에게 한 번만 기회를 주시옵소서. 소장이 하루속히 부소 황자마마와 함께 변방으로 떠나겠사옵니다.」

시황제에게 부소 황자를 용서해 달라고 간청하는 사람은 몽염이었다. 그는 흉노를 물리친 공로와 함께 부소를 데리고 변방으로 가라는 조서를 받고 한 달 전에 함양성에 와 있었다.

시황제는 부소의 모습에 갑자기 측은한 생각이 들었다.

「알겠소. 부소 황자를 감군(監軍)으로 삼아 장군에게 맡기겠으니 제대로 교육을 시켜주면 고맙겠소.」

몽염은 시황제의 마음이 변할까 두려워 급히 부소를 이끌고 내전을 빠져 나갔다.

시황제의 조서에 따라 사학이 금지되자 장량과 송의는 학당을 폐쇄하고 또다시 방랑의 길을 떠났다. 그들은 몇 년 동안 준비한 자신들의 계획이 하루아침에 물거품이 되자 아쉬운 마음을 가눌 길 없었지만 다음을 기약하기로 마음먹고 하비를 벗어났다. 두 사람은 하비를 떠난 지 일주일 만에 남양군에 있는 한 동산에 당도했다. 산 속으로 들어가려는 두 사람에게 산자락 입구에 사는 농부들이 산에는 무서운 사람들이 많으니 가지 말라고 타일렀다.

「누가 살기에 그렇게 무섭습니까? 그 자들이 도적질이라도 한답니까?」

「그들은 절대로 도적질은 하지 않지만 난리를 피해 숨어 살고 있기 때문에 낯선 사람을 꺼린답니다.」

이 말에 장량이 송의를 바라보며 씨익 웃었다. 무서울 게 무어 있겠냐는 표정이었다. 두 사람은 농부들에게 위험을 알려주어 고맙다고 인사하며 아무 거리낌 없이 동백산으로 들어갔다.

과연 동백산에는 수백 명의 사람들이 살고 있었다. 이들은 약초를 캐거나 나무를 베어 저잣거리에 나가 팔고 그것으로 양식을 사가지고 생활해 나갔다. 그리고 만일 산 아래 사는 농부들의 물건에 손을 대는 사람이 있으면 엄격한 규율에 의거해 모두 처형하였다. 이들은 자신들의 우두머리를 장군이라고 불렀다.

이날 저녁, 산자락을 감시하던 초병이 장군에게 급히 달려와 보고를 올렸다.

「등 장군님, 낯선 사람 두 명이 산으로 올라오고 있습니다. 어떻게 하지요?」

「그냥 올려보내라. 오랜만에 오신 손님들인데 그냥 내쫓아서야 되겠느냐?」

등 장군이라 불리는 사람이 이렇게 대답을 하더니 산채 사람들을 모두 불러모았다.

「낯선 사람들이 오랜만에 우리 산채를 방문한다고 하니 간단하게 주연을 베풀고 환영하라.」

사람들은 장군의 명령이 떨어지자 바쁘게 움직였다. 잠시 후 송의와 함께 산채에 도착한 장량이 장군에게 인사를 하였다.

「동백산에 장군이 은거하고 있다길래 무례를 무릅쓰고 찾아왔습니다.」

「설마 나를 보러 이곳에 오신 것은 아니겠지요?」

「이 사람은 거처없이 세상을 떠돌아다니는 유생에 불과한 몸입니다. 며칠 전에 남양군에 들렀다가 농부들로부터 장군의 소문을 듣고 그냥 올라왔습니다.」

장량이 겸손하게 자신을 소개하자 송의가 가슴을 탁탁 치면서 말했다.

「저는 이제껏 이름을 숨기고 살았지만 이곳에서는 밝히고 싶소이다. 저는 고양이라는 땅에서 개고기를 팔았던 송의라는 사람이오.」

「송의? 지난날 시황제를 저격하려다 실패한 형가의 친구이며 축으로 시황제를 내리쳤으나 역시 헛수고가 된 고점리의 둘도 없는 지기라는 바로 그 사람이 맞소?」

「하하하, 박랑사에서 시황제 영정을 내리친 사람이 바로 저입니다. 수레를 바로 정했다면 반드시 죽일 수 있었을 텐데……」

등 장군이 고개를 끄덕이며 다시 장량을 바라보았다. 그러자 송의가 얼른 입을 열었다.

「이 사람은 저와 함께 어깨를 겨루며 영정을 공격하였던 장 공자시오.」

「장 공자?」

장군이라는 사람은 송의의 말에 장량을 뚫어지게 바라보았다. 갑자기 장량이 고개를 빳빳하게 들고 소리쳤다.

「이곳 남양군은 옛날 한나라의 땅이었소. 장군은 바로 남양군의 군수를 지내고 한나라를 멸한 진나라의 일등공신 등승이 아니오?」

장군이 매우 놀라는 표정을 지으며 더듬거렸다.

「그렇다면 그대는 장량? 참으로 기구한 인연이오. 나 등승이 이곳에서 그대를 만날 줄이야.」

등승이 자신의 신분을 털어놓으며 탄식을 올렸다. 눈앞의 사람이 자신이 그토록 찾아헤매던 원수임을 확인하자 장량이 갑자기 허리에서 검을 빼어들고 등승의 가슴을 겨누었다.

「나라의 원수, 가문의 원수, 도저히 용서할 수 없다!」

이때 송의가 재빨리 장량의 팔을 채며 소리쳤다.

「아우님, 이게 무슨 짓인가? 잠깐 참고 등 장군의 사정을 들어보자구!」

간신히 목숨을 구한 등승이 길게 한숨을 내쉬며 중얼거렸다.

「모두가 지난 일이오. 생각하면 무엇하겠소? 다같은 피해자들인데.」

「당신이 피해자라고? 나는 당신의 손에 동생을 잃었어.」

「나도 마찬가지오. 3년 전에 아내와 아이를 잃었다오.」

등승은 장량과 송의에게 자신이 겪었던 지난날의 우여곡절을 털어놓았다. 이야기를 들은 장량이 등승의 처지에 공감하면서 말했다.

「지난 일은 모두 잊어버리고 새 출발을 하는 게 어떻겠소? 나도 동생의 일은 잊을 테니 우리 힘을 합쳐 천하를 구하는 일을 합시다.」

「그렇게 합시다, 등 장군. 우리와 함께 폭정을 휘두르는 진나라를 뒤엎는 깃발을 올립시다.」

송의가 장량의 말에 맞장구쳤다.

「내게 반란을 하라는 말이오?」

등승이 고개를 설레설레 흔들었다.

「그렇소. 반진(反秦)의 깃발을 올리는 거요. 그렇게 된다면 폭정에 시달리는 많은 백성들이 사방에서 호응을 해올 것이오.」

「천하가 하나로 통일이 되어 이제는 전쟁이 끝났다고 생각했는데 어떻게 백성들에게 또다시 전쟁의 가화를 당하게 할 수 있겠소?」

등승의 말에 장량이 버럭 화를 내며 소리쳤다.

「장군은 어찌 하나만 알고 둘은 모른단 말이오? 천하가 통일이 되었다지만 백성들은 이전보다 더 많은 부역과 조세에 시달리고 있소. 자연의 이치란 겨울이 오면 다음에 봄이 오고, 싹이 트면 꽃이 피고 열매를 맺는 법이오. 이제 진나라는 천명(天命)이 다했으니 새로운 덕을 세워야 하오.」

「장 아우님 말이 옳습니다. 더욱이 등 장군은 수십만의 대군을 지휘했던 진나라의 대장군이었지만 그 결과는 어떠하오? 영정은 천하의 공도를 저버린 폭군이며 많은 백성들이 그가 죽기만을 바라고 있소. 등 장군이 깃발을 든다면 반드시 성공할 것이오.」

그러나 등승은 차마 마음의 결정을 내리지 못하고 머뭇거렸다. 장량이 송의의 말을 받아 계속 등승을 설득하였다.

「부역에 끌려온 수많은 백성들이 지금 길가에 쓰러져 죽어가고 있소. 이들이 누구입니까? 천하의 백성들입니다. 백성들은 하루속히 세상이 뒤바뀌어지길 바라고 있습니다.」

등승은 지난날 복우산 산자락에서 시황제를 처음 만났을 때를 생각했다. 그때 어린 시황제는 천하의 백성들에게 광명을 내려주는 일에 동참하면 어떻겠느냐고 등승을 설득하였다. 그러나 그로부터 수십 년이 지난 오늘에 이르러 시황제의 말은 모두 거짓이 되어버렸다.

「장군, 이 사람은 처음에 오로지 복수를 하기 위한 일념으로 시황제를 몇 번이나 습격했소. 그러나 모두 실패하고 하비에 숨어 지내며 학당을 열었지요. 그곳에서 저는 백성들이 진나라에 등을 돌렸다는 사실을 발견하였소. 천하는 백성이 주인이거늘 어찌 한 사람의 폭정에 모두 벌벌 떨어야만 하오? 이는 하늘의 이치에도 맞지 않는 일이오.」

등승은 서서히 장량의 말에 감화를 받았다. 마침내 등승은 고개를 끄덕이며 조용히 입을 열었다.

「진나라는 병사만 백만이 넘고 6국의 땅에서 나는 곡식이 가득하오. 이곳에 있는 사람 가지고는 깃발을 들 수가 없소.」

「장군, 옛말에 백성은 물이라고 하였소. 물이 높은 데서 낮은 곳으로 흐르듯이 백성들도 순리에 따라 움직이게 되어 있소. 비록 처음에는 적은 숫자이지만 날이 갈수록 천하의 백성들이 동참하게 될 것이오.」

「아우님 말씀이 옳소. 더욱이 남양에서 봉기를 하면 남쪽에서 항 장군이 일어날 것이오.」

「항 장군이라 하였소?」

등승이 송의에게 되물었다.

「그렇소. 그는 초나라 항연 대장군의 공자로 초나라가 멸망하자 각지를 떠돌아다니며 봉기를 준비하였지요. 더욱이 그의 아들인 항우는 이제 겨우 열여덟 살에 불과하지만 기백이 넘치고 지략이 뛰어난 소년 영웅이라오.」

등승은 장량을 다시 바라보며 드디어 마음의 결심을 굳혔다.

「좋소이다. 모두 함께 이곳에서 봉기를 준비합시다.」

등승은 흔쾌히 대답을 하고 장량과 송의와 함께 거사를 준비하였다.

등승이 동백산에서 봉기를 준비하고 있을 즈음 난지에서 시황제를 습격하였다가 실패한 왕단이 산 속에 숨어들었다. 그곳에서 왕단은 시황제가 분서갱유의 참사를 저질렀다는 소문을 들었다. 왕단은 갑자기 태의로 있는 아버지 왕충이 보고 싶었다. 그로부터 며칠 후 그는 산에서 내려와 함양성으로 발걸음을 옮겼다.

여산은 진령(秦嶺)에서 가지가 뻗은 산으로 임동현(臨潼縣)에 위치해 있었다. 여산에는 동백나무가 많이 자라고 산세가 마치 푸른 말이 달리는 모습 같다고 하여 '여산(驪山)'이라는 이름을 얻게 되었다. 한 달이 넘게 길을 달리던 왕단이 드디어 함양성이 보이는 여산에 도착하였다. 여산 곳곳에서 병사들이 길목을 지키고 일반 백성들의 통행을 막고 있었다. 왕단은 객점에 들러 음식을 먹다가 문밖에서 사람 소리가 들리자 깜짝 놀라 고개를 숙였다.

「황자마마, 이곳에서 잠시 쉬었다 가십시오. 조금 늦더라도 위령제는 지낼 수 있을 것입니다.」

객점에 들어온 사람은 시황제의 큰아들인 부소 황자였다.

「먼저 위령제를 지내고 쉬는 게 나을 텐데……」

부소는 왕단의 맞은편에 있는 탁자에 자리를 잡고 간단하게 먹을 수 있는 음식과 술을 시켰다. 왕단은 황자 부소가 갑자기 여산의 객점에 나타나자 자리에서 일어나며 간단하게 예를 표하였다.

「황자마마께서 왕림하시었으니 빈도(貧道)가 인사를 올립니다.」

부소는 입을 다문 채 왕단을 뚫어지게 바라보았다. 그는 몽염을 쫓아 변방으로 가기 전에 여산의 마곡에 들러 억울하게 죽은 유생들의 넋을 위로하고자 하였다. 그는 처음 보는 사람이 말을 걸어오자 혹시 부황이 자신의 행동을 감시하려고 보낸 첩자가 아닌가 의심이 들었다. 그러나 자세히 뜯어보니 그는 세상을 떠돌아다니는 방사처럼 보였다. 허리에는 호로병과 비단 자루를 걸쳤고 등에는 용천검(龍泉劍)을 메고 있는 모습이 세속을 벗어나 도를 구하는 사람의 전형적인 형상이었던 것이다.

왕단은 부소가 의심스러운 눈초리로 자신을 노려보자 다시 입을 열었다.

「황자마마께서는 궁중에 오래 계셨으니 왕 태의를 아시겠지요?」

「아, 태의 왕충 어른을 말하는군요. 어젯밤에도 나는 그분에게서 두 알의 구생환(救生丸)을 얻었소이다.」

왕단은 부친이 아직도 건강하게 살아 있다는 말에 저으기 안심을 하였다.

「저는 조나라 사람으로 일찍이 왕 태의 어른께 많은 신세를 지었습니다. 다행히 살아계시다니 언젠가는 은혜를 갚을 날이 오겠지요.」

잠시 뒤 부소는 왕단에게 작별을 고하고 따라온 몇 명의 시종들과 함께 자리에서 일어나 객점을 나섰다. 이때 갑자기 십여 명의 병사들이 나타나 부소의 앞길을 가로막았다. 그 사이를 뚫고 함양 내사 이유가 나서며 말했다.

「황자마마는 위령제를 지낼 수 없습니다. 어젯밤에 성지가 내려져 마곡에는 누구도 출입이 통제됩니다. 그러니 돌아가십시오.」

「이 내사, 그대는 진정 마곡의 변고를 모른단 말이오? 함양성의 유생들이 이곳에서 모두 죽었단 말이오. 나는 비명에 간 이들을 위로해야 하오. 그러니 내 앞길을 막지 말아주오.」

부소는 얼마 전 함양 내사로 부임한 이사의 아들 이유에게 간청했다.

「황자마마는 어찌하여 고초를 자처하시는 겁니까?」

이유가 난감한 눈빛으로 부소에게 말하였다. 곁에서 두 사람의 실랑이를 보고 있던 왕단이 참지 못하고 소리쳤다.

「내사 대인, 어찌하여 위령제를 지내지 못하게 합니까?」

「그대는 누구길래 감히 이 자리에 끼어드느냐! 여봐라, 저 자의 부패를 검사하거라.」

왕단은 이유가 부패를 요구하자 다시 소리를 질렀다.

「저는 동해에 사는 방사로 이곳에 위령제를 지내고자 왔습니다!」

「뭐라고, 너도 위령제를 지내려고 왔단 말이냐? 그렇다면 너는 누구를 제사지내려 하며 언제 이곳에 왔느냐?」

그 말에 왕단은 부소와 이유를 번갈아보면서 대답했다.

「며칠 전, 별자리를 보니 수많은 원혼들이 울부짖고 있었습니다. 동해에서 출발하여 일주일 만에 이곳에 도착하였지요.」

「이곳에 무슨 원귀가 있다고 망발을 지껄이느냐? 지난날 여산능을 수축하며 많은 돼지피를 바쳐 원귀들을 위로한 지 5년이 넘도록 아무 일도 없었다.」

옆에서 지켜보던 부소는 왕단의 뜻이 갸륵하다고 생각하여 그를 가로

막고 나선 무사들을 뒤로 물러나게 하였다.

「이 내사, 부황께서 아무리 위령제를 못 지내게 했다고 감히 나의 앞길을 막고 나의 부하를 잡으려 하다니 참으로 간덩이가 부었구려.」

이유는 부소가 강하게 나오자 당황한 표정을 지었다.

「황자마마, 저는 감히 황자마마를 막을 생각은 없습니다. 하오나 이 자가 어떻게 마마의 사람이 될 수 있습니까?」

부소는 이유의 항변에 두 눈을 부릅뜨고 말했다.

「이 자는 동궁에서 잡일을 하던 송호(宋虎)라는 사람으로 수년 전에 갑자기 방술을 배우겠다고 궁을 나가 이제서야 돌아왔소. 그러니 나의 사람이 틀림없소.」

이유는 부소의 고집을 꺾을 수 없다는 판단이 들자 병사들을 이끌고 궁으로 돌아갔다.

35

시황제, 세상을 떠나다

시황제 36년(BC 211년), 중대한 보고 사항을 지닌 파발마가 조금도 쉬지 않고 하로(夏路;함양에서 동남쪽으로 이어지는 도로)를 따라 함양성으로 내달려왔다. 남양군 동백산에서 수많은 노예들과 부역에서 도망친 백성들이 모여 봉기를 준비하고 있는데 이제 더 이상 군(郡) 차원에서 통제할 수 없을 만한 규모로 불어났다는 보고였다. 이 소식을 들은 시황제는 답답하고 불안한 심정을 감추지 못했다. 그는 조금이라도 우울한 기분에서 벗어나기 위해 궁을 떠나 상림원으로 자리를 옮겼다. 갑자기 사냥을 하고 싶었기 때문이었다. 시황제는 등에 활을 메고 말에 올라타 서둘러 상림원으로 향했다. 둘레가 120척이나 되는 늑대 우리에는 수십 마리의 늑대들이 눈에서 파란 불꽃을 내뿜으며 서성거리고 있었다. 말에서 내린 시황제는 늑대 우리 남쪽에 있는 늑대 사냥을 하기 좋도록 높이 세워 만든 누대 위로 올라갔다. 십여 마리의 늑대 무리들이 시황제의 눈에 들어왔다. 이때 황문들이 잽싸게 우리에 닭과 토끼를 넣어 늑대를 남쪽으로 유인하자 십여 마리의 늑대들은 시황제가 화살을 겨누고 있는 사실에는 전혀 아랑곳없이 먹이 쪽으로 달려들었다.

시황제는 누대에 우두커니 앉아 늑대가 토끼를 사냥하는 모습을 지켜보았다. 토끼는 살려고 이리저리 발버둥치면서 도망다녔지만 결국 늑대의 발톱에서 벗어나지 못했다. 단 한번의 공격으로 토끼의 목줄기를 낚아챈 어미 늑대는 사정없이 토끼 몸뚱어리를 갈기갈기 찢어댔다. 멀리서 이를 본 늑대 몇 마리가 이빨을 드러낸 채 토끼의 살을 뜯어먹으려고 덤벼들었다. 그러자 제일 먼저 토끼를 사냥한 늑대가 날카로운 이빨을 번득이며 접근을 못하게 만든 다음 차례대로 다른 늑대들에게 살점을 뜯어 나누어 주었다.

어미 늑대의 행동을 물끄러미 바라보던 시황제가 조용히 누대를 내려왔다.

「저런 미물들도 저렇게 삶에 애착을 가지는데 나는 뭐란 말이냐?」

시황제는 그즈음 복통과 음낭의 통증으로 무척 괴로운 나날을 보내고 있었다. 더욱이 음낭에는 혹같이 딱딱한 물체가 손에 잡혀 그는 자신이 지독한 성병에 걸렸음을 깨닫고 있었다.

「아, 진인(眞人)이면 무엇하나? 이까짓 병 하나도 고치지 못하는데……」

시황제는 이렇게 중얼거리며 말을 타고 하릴없이 상림원을 배회하였다. 때마침 이사가 나타나 시황제에게 말했다.

「폐하, 소신이 조사한 바에 따르면 유생들을 뒤에서 조종한 사람은 왕노승상이었다고 하옵니다. 진율에 따라 처벌하도록 하겠사옵니다.」

시황제는 일찍이 왕관이 유가의 학설을 들먹이며 형법을 비난할 때부터 언젠가는 그를 제거하리라 마음먹었다. 다행히도 자신의 결심이 서기도 전에 이사가 먼저 왕관의 죄를 밝혀내자 흔쾌히 승낙을 하였다. 이 일로 다소 기분이 나아진 시황제는 저녁이 되어서야 궁으로 돌아왔다.

잠시 후 조고가 내전으로 들어와 시황제를 알현하였다.

「폐하, 요즘 근심이 많으신 듯하온대 어인 일이시옵니까? 의서에 보면 걱정을 많이 하면 폐와 비장이 다친다고 하였사옵니다. 폐하께서는 만백성의 어버이신데 옥체라도 상하시면 어떻게 하옵니까?」

「짐은 요사이 즐거운 일이라고는 하나도 없소. 경에게 좋은 생각이 있으면 말해 보시오.」

「폐하, 소문에 들으니 낭산(狼山)이라는 산은 기암 괴석과 수많은 화초들이 가득하여 선경(仙境)같이 아름다운 명승지라고 하옵니다. 물에는 물고기가 가득하고 숲에는 새들의 노래가 끊이지 않으며 산허리에는 구름이 띠를 두르는 이 산을 한 번 다녀가면 세상의 시름이 잊혀진다고 하옵니다.」

이 말에 시황제는 자객들의 공격으로 한동안 중단했던 순행을 떠올렸다.

「이번 겨울에는 오월(吳越) 지방으로 순행을 하겠으니 경은 태상(太常), 복관(卜官)에게 명하여 길일을 택하도록 조치해 주시오.」

조고는 머리를 조아리고 곧바로 내전을 나왔다.

이사는 상림원에서 왕관을 체포하여 엄벌에 처하라는 시황제의 조서를 받아내고 수십 명의 병사를 이끌고 왕관의 저택으로 쳐들어갔다. 이날은 마침 왕관의 일흔다섯번째 생일이었다. 왕관은 예전과는 달리 간소하게 음식을 차리고 가까운 친지들만 불러 조촐하게 생일을 보내고 있었다.

이사가 대문을 열어젖히며 소리쳤다.

「오늘같이 좋은 날에 불청객이 왔소이다!」

왕관은 이사 뒤에 수십 명의 병사들이 창과 칼을 빼어들고 들이닥치자 올 것이 왔다는 생각이 머리를 스치고 지나갔다.

「노부는 이미 벼슬을 버리고 평민처럼 살고 있는데 승상 나으리께서 어인 일로 오시었소?」

이사는 왕관의 물음에 아무 대답 없이 빙그레 웃으며 병사들에게 그 자리에 모인 사람들을 모두 체포하라는 눈짓을 보냈다. 그러자 하얗게 얼굴이 질려 있던 왕관의 부인이 소리를 쳤다.

「무엄하다! 아무리 세상이 어지럽다고 해도 지난날 승상을 지낸 사람을 이렇게 취급할 수 있단 말이냐?」

「하하하, 이미 날개가 꺾인 새는 다시 날지 못하는 법이요.」

이사가 왕관을 힐끗 바라보며 입술을 비죽였다.

「무엇들 하느냐? 어서 포박하지 않고!」

이사의 호통소리에 왕관은 하늘을 우러러보며 탄식했다.

「하늘도 무심하구나. 어느새 소인배의 무리가 조정에 가득하여 나라를 어지럽히다니……」

「흥, 그대는 그런 소리를 할 자격도 없소. 지난날 축객령을 내린 사람이 누구요? 군현제를 극구 막은 사람이 과연 누구요? 그대는 대세를 거역한 죄가 얼마나 큰지 알기나 하오?」

왕관은 가족들이 끌려나가는 모습에 눈을 부라리며 이사에게 외쳤다.

「이사, 이놈! 너의 말로도 결코 나보다 좋지는 않을 것이다!」

왕관의 저주에도 아랑곳없이 이사는 음흉한 웃음을 흘리며 왕관이 끌려가는 모습을 끝까지 지켜보았다.

시황제는 50번째 생일이 되던 해(BC 210년)에 우승상 풍거질에게 국내의 정사를 맡기고 좌승상 이사, 중거부령 조고, 황자 호해, 중서자 몽의를 이끌고 순행길에 올랐다. 시황제는 먼저 서쪽으로 내려갔다가 거기에서 동남쪽으로 방향을 틀어 양자강을 따라 동해에 이르면 북상하는 일정을 잡았다. 이에 따라 시황제의 어가는 운몽(雲夢)을 지나 단양(丹

陽;지금의 안휘성 당도)에 이르렀다가 동남쪽으로 돌려 구의를 거쳐 전당(錢塘;지금의 절강성 항주)에 도착하였다. 그곳에서 시황제의 행렬은 장강을 건너 낭산(狼山)에 올라간 다음 회계에 들렀다가 대우(大禹)에서 산천에 제사를 지냈다.

시황제가 대우를 지날 즈음 갑자기 그의 병세가 악화되기 시작했다. 조고는 시황제에게 주청하여 산천에 제사지내는 일을 몽의에게 맡기게 하였다. 강승(江乘;지금의 강소성 구용)에서 낭야로 행선지를 바꾼 시황제가 낭야에 도착했을 때 이미 계절은 녹음이 짙은 여름이 되었다. 낭야에서 일주일을 머문 시황제는 고질병이 점점 악화되자 모든 순행을 중지하고 급히 함양으로 돌아가기로 결정하였다. 이렇게 해서 도성으로 되돌아가는 시황제의 어가가 권리(闕里;지금의 산동성 자양)에 이르렀을 무렵, 공자묘에서 나왔다는 유언비어가 백성들에게 널리 퍼지고 있었다.

「시황제는 사구(沙丘;지금의 산동성 평원현)에서 죽는대요.」

이런 소문을 들은 시황제는 크게 노하여 공자묘를 파헤치고 사당도 파괴하였다. 이윽고 시황제의 어가는 평원진(平原津)에 도착하였다. 이 즈음 시황제의 병은 더욱 심각해져 수시로 식은땀을 흘리고 사람조차 제대로 알아보지 못할 정도였다.

그런데 마침 이해 여름은 오뉴월 뙤약볕에 누렁이도 숨을 쉬지 못한다는 더위가 기승을 부렸다. 시황제의 수레 행렬이 사구에 이르렀을 때는 더 이상 수레를 이끌고 함양성으로 갈 수 없을 정도로 시황제는 중태에 빠져들었다. 이에 따라 이사는 사구에 행궁을 꾸며 한동안 그곳에서 묵기로 결정하고 곧바로 함양성으로 사람을 보내 급히 왕충을 불러오도록 조치를 취했다. 그리고 백구(白狗)를 잡아 하늘에 제사를 올려 하루빨리 지독한 더위가 물러나게 해달라고 기원했다.

함양성에서 급보를 받은 왕 태의는 바로 다음날 서둘러 수레를 타고 사구로 향했다. 왕충이 함양성에서 사구로 오는 며칠 동안에도 시황제는 몇 번이나 혼절을 거듭하였다. 마침내 왕충이 도착하자마자 응급 조치를 취하자 오랫동안 혼수 상태에 빠져 있던 시황제는 그제서야 깨어날 수 있었다.

왕충이 사구에 도착할 즈음 그의 아들 왕단은 여산 마곡에서 부소의 도움으로 위기를 벗어난 후 다시 태산에서 은거하기로 결심하였다. 천하를 주유하며 태산 근처에 이른 왕단은 시황제가 사구에 행궁을 차렸다는 소식을 들을 수 있었다. 그곳에서 왕단은 아버지 왕충이 분명 시황제와 함께 순행길에 나섰으리라 생각하고 지체없이 사구로 달려갔다.

시황제가 깨어나자 왕충은 조용히 밖으로 나왔다. 이미 칠십이 넘어선 왕충은 거동이 매우 불편한 듯하였다. 뜰로 나간 그는 난간에 조용히 앉아 먼 하늘을 바라보며 한숨을 쉬었다.

「이제 내 나이도 어느덧 일흔이 넘었구나. 마지막으로 왕단의 얼굴이라도 보고 죽었으면 좋으련만, 그 아이는 지금 어디에 있는지 소식조차 없으니……」

왕충이 중얼거리고 있는데 젊은 황문이 가까이 다가와 소리쳤다.

「왕 태의 어른, 그동안 안녕하셨는지요?」

왕충은 자기를 부르는 소리에 번쩍 고개를 들었다. 눈앞에 나타난 황문은 공부였다.

지난해 공부는 유생들이 생매장당했을 때 시황제의 명에 따라 목숨은 구할 수 있었지만 남자로서는 감당하기 어려운 형벌을 받아야만 했다. 공부는 체포를 당하자 바로 조고에게 넘겨졌고 다행히 목숨만은 건졌다고 안심하고 있는데 난데없이 가장 치욕적인 혹형이 자신을 기다리고 있었다. 시황제는 공부에게 사내 구실을 하지 못하게 부형(腐刑)을 내리고 황문으로 삼도록 조치했다. 형벌이 내려진 후 공부는 몇 차례나 목숨을 끊으려 하였다. 그때마다 왕충은 그를 극진히 치료하면서 목숨만은 부지하여 후일을 도모하라고 타일렀었다. 시간이 흐름에 따라 공부는 점차 마음의 상처가 아물어지자 피눈물을 삼키며 복수를 결심하였다. 이번 시황제의 순행길을 수행하게 된 공부는 기회를 기다리며 묵묵하게 지내고 있던 참이었다.

이런 사연이 있는 공부는 왕충을 만나자 부모를 만난 듯이 무척 기뻐했다.

「공 선생은 이제 완전히 몸이 나은 듯하구려.」

이 말에 공부는 이를 갈며 낮은 목소리로 말했다.

「왕 태의 어른, 지금 세상은 광명과 암흑이 뒤바뀌었습니다. 하지만 조만간 천하에 큰 난리가 일어나 진나라는 반드시 망할 것입니다.」

왕충은 공부의 말에 놀란 표정으로 사방을 훑어보았다.

「쉬이, 말을 조심해야 하오. 벽장에도 귀가 있다는 말을 잊지 마시오.」

「태의 어른께서는 잘 아시겠지만 사람은 누구도 죽음을 피할 수 없습니다. 이제 시황제는 며칠 살지 못할 것입니다. 제 말이 틀렸습니까?」

그 말에 왕충은 고개를 끄덕이며 침울한 표정을 지었다.

「만일 시황제가 죽게 된다면 모든 죄는 태의 어른이 지게 됩니다. 그러니 하루빨리 이곳에서 벗어나 살 길을 찾으십시오.」

왕충은 공부의 말에 다시 왕단을 생각했다. 이때 공부가 갑자기 표정을 바꾸며 말했다.

「태의 어른, 화하(華夏)의 병세가 위급하니 빨리 방도를 찾으셔야 합니다.」

왕충은 무슨 영문인지 몰라 두 눈을 휘둥그레 뜬 채 공부를 바라보았다.

「화하는 누구를 말하오? 내가 갖고 있는 옥지(玉芝)는 어떤 병이라도 고칠 수 있으니 걱정마오.」

왕충이 태산에서 얻은 옥지를 품에서 꺼내 손바닥에 올려놓았다. 그러자 공부가 눈을 한 번 껌벅였다. 그제서야 왕충은 누군가 그들 가까이에 왔다는 사실을 눈치챘다. 급히 고개를 돌려보니 어느새 조고가 그의 뒤에 서서 빙그레 웃고 있었다. 조고가 나타나자 공부는 황급히 자리에서 물러났고, 왕충은 손바닥에 올려놓은 옥지를 치우지 못한 채 멍하니 하늘만 바라보았다.

조고가 왕충을 노려보며 소리쳤다.

「그렇게 귀한 옥지를 얻었으면서 어찌하여 지금까지 숨기셨소?」

왕충은 조고의 날카로운 눈빛을 피하며 어떻게 하면 이 위기에서 벗어날 수 있을까 궁리를 하였다.

「이 옥지는 가장 위험할 때 쓰려고 아껴둔 물건이오. 이제 폐하의 병세가 위중하니 쓸 때가 되었나 봅니다.」

조고는 왕충의 적절한 변명에 뭐라 대꾸를 하지 못했다.

「폐하께서 찾으시니 내전으로 들어가 보시오.」

그 말에 따라 왕충은 황급히 내전으로 걸음을 옮겼다. 시황제는 정신을 차리고 침상에 앉았는데 곁에 두 명의 궁녀가 그의 팔을 부축하였고, 황자 호해, 승상 이사, 오대부 양로(楊櫓)가 앞에 부복하고 있었다.

왕충의 뒤를 따라들어온 조고가 음흉한 미소를 지었다. 왕충은 침상 가까이에 다가가 조용히 무릎을 꿇고 시황제의 맥을 짚었다. 그런데 시황제는 그런 왕충을 한동안 노려보더니 갑자기 소리쳤다.

「왕 태의를 포박하여 당장에 참수하라!」

왕충은 시황제가 갑자기 자신을 해치려 하자 영문을 모른 채 몸을 덜덜 떨었다. 이때 조고가 얼른 앞으로 나서며 말했다.

「폐하, 왕 태의에게는 신비한 옥지가 있으니 우선 그걸 복용하시고 그 다음에 죄를 내리셔도 늦지 않을 것이옵니다.」

「흥, 왕 태의는 짐을 능멸하였다! 짐보다 나이가 들었으면서도 기력이 뛰어나다니, 이는 태의로 있으면서 갖가지 약재를 몰래 제조하여 자신이 먹었기 때문이로다. 이것 하나만으로도 왕 태의는 죽을 죄를 지었도다!」

왕충은 시황제의 말에 너무도 기막혀 눈을 질끈 감았다.

「왕 태의, 어찌하여 짐은 양기가 점점 부족해지고 그대는 흘러넘치는가?」

「특별한 재주는 없사옵니다. 다만 폐하와 소신은 체질이 달라서……」

「아직도 바른 말을 하지 않다니!」

시황제가 충혈된 눈을 번득이며 소리쳤다.

「소신은 이제 나이가 들 만큼 들었사옵니다. 무엇이 아쉽다고 거짓을 아뢰겠사옵니까?」

조고가 다시 시황제의 눈치를 보며 왕충을 나무랐다.

「무엄하게 어느 안전에서 말대꾸를 하는가?」

「소신은 이미 수십 년 전부터 폐하는 물론, 돌아가신 선왕과 모후를 보살폈사오나 그동안 한 번도 정성을 쏟지 않은 적이 없었사옵니다. 폐하 몰래 무슨 특별한 약재를 복용하지는 않았으니 믿든지 말든지 마음대로 하시옵소서.」

시황제는 왕충의 말에 이를 부득부득 갈았다.

「당, 당장에 밖으로 끌어내 참수하라!」

시황제의 명에 왕충은 허탈하게 웃으며 자리에서 일어났다. 조금 전 공부가 경고하던 말이 그의 뇌리에 스쳤다.

「폐하, 이제는 어떤 약재를 복용하셔도 때가 너무 늦었사옵니다. 사람은 어차피 한 번은 죽게 마련이옵니다. 그러니 조용히 때를 기다리십시오. 소신은 이미 나이가 칠십이 넘어 그다지 삶에 애착이 없사옵니다.」

왕충은 말을 마치자 천천히 밖으로 걸어나갔다. 시황제는 이미 자신이 죽음의 문턱에 이르렀다는 왕충의 말에 충격을 받고 벌린 입을 다물지 못했다.

이런 시황제의 모습을 본 이사가 급히 말했다.

「폐하, 왕 태의가 늙어 헛소리를 한 것이오니 심려놓으시옵소서. 다행히 왕 태의에게 옥지가 있으니 그것을 복용하시면 곧 완쾌될 것이옵니다.」

「그럼 어서 옥지를 가져오너라.」

호해가 급히 왕충에게 달려가 그의 품에서 옥지를 빼앗아 시황제에게 건넸다.

「폐하께서는 하늘이 도우셔서 옥지를 얻으실 수 있었사옵니다. 이것을 복용하시면 수명이 백 년은 늘어날 것이옵니다. 그리고 성스러운 이곳에서 살생을 하시면 하늘이 진노할지 모르니 왕 태의는 함양성으로 압송하여 그곳에서 엄벌에 처하시는 것이 좋을 듯하옵니다.」

조고의 말에 시황제는 입술을 깨물며 옥지를 받아들었다. 이때 갑자기 멀리서 이상한 노랫소리가 들려왔다.

세상에 징조가 나타나니
재앙의 문이 활짝 열리네
암흑이 대지를 모두 덮고
수많은 현인들이 피를 토하네
세상에 징조가 나타나니
푸르른 강물에 피빛이 서리네

시황제는 노래의 내용이 끔찍하고 마치 자신을 비웃는 듯하자 벌컥 화를 내었다.

「대체 어느 놈이길래 저런 노래를 궁전에서 부른단 말이오!」

노랫소리는 더욱더 크고 시끄럽게 궁내에 울려퍼졌다.

「저 놈을 당장 궁에서 내쫓으라!」

시황제의 안색이 달라지자 이사가 급히 입을 열었다.

「폐하, 걱정하실 필요가 없사옵니다. 저 자는 지난날 선왕을 모시던 악사인데, 선왕께서 조나라에 인질로 계시다가 함양으로 탈출하실 때 조나라 병사와 싸우다가 두 눈을 다쳤사옵니다. 후에 장양왕에 오르신 선왕께서는 그에게 후를 봉하고 이곳에 별궁을 지어 살게 하셨사옵니다.」

시황제는 노래를 부르는 사람이 선왕 시절에 공을 세운 자라는 이사의 말에 화를 누그러뜨렸다.

어느덧 노래의 내용이 바뀌어졌다.

기러기야 멀리멀리 날아가거라
부소 태자에게 복이 내리리라
거울같이 맑고 고운 그의 마음
백성들의 바람이요 믿음이다
기러기야 멀리멀리 날아가거라
부소 태자에게 복이 내리리라

가만히 노래를 듣고 있던 시황제가 눈살을 찌푸리며 물었다.

「그가 부르는 노래요?」

「부황, 저 자는 부소 형님을 감히 태자라고 부르고 있사옵니다. 그리고 백성들의 바람이요, 믿음이라니……」

시황제는 흥분하는 호해를 무시한 채 '부소태자가'라는 노래에 조용

히 귀기울였다. 이런 시황제의 모습에 호해는 속에서 끓는 분노를 참지
못하고 다시 소리쳤다.

「무엄한 저 놈의 목을 당장에 베고야 말겠어요!」

「너는 어찌하여 그리도 생각이 좁단 말이냐? 저 사람은 선왕께서 후로
봉하신 선대의 공신이다. 아무리 중죄를 지었어도 함부로 대할 수가 없
는 법이다.」

시황제는 날뛰는 호해를 엄히 꾸짖고는 조용히 자리에 누운 채 계속해
서 그의 노래를 들었다.

이날 오후, 시황제는 또다시 혼절하여 정신을 차리지 못했다. 시황제
곁에서 혼자 앉아 병간호를 하던 호해는 시간이 지나도 시황제가 깨어
날 줄 모르자 슬그머니 밖으로 빠져 나가 후원으로 발걸음을 옮겼다. 마
침 후원에서는 궁녀들과 황문들이 숨바꼭질을 하며 떠들어댔고, 느티나
무 아래에서 조고가 어느 황문과 함께 궁녀들이 노는 투호를 관전하고
있었다. 궁녀들은 두 패로 갈라져 항아리에 화살대를 던지며 무엇이 그
리도 재미있는지 까르르 웃었다. 호해가 이들 가까이로 다가가며 소리쳤
다.

「그것도 제대로 못 던지느냐! 나는 열 번 던지면 모두 들어가는데.」

조고가 고개를 돌려 호해를 바라보았다.

「황자마마, 쉽지 않을 것입니다. 열 개를 던져 반 만 넣으면 제가 선물
을 드리지요.」

호해는 궁녀에게 열 대의 화살을 받아 항아리에 던졌다. 그러나 열 대
중 한 대만이 항아리에 들어갔을 뿐이었다.

「하하하, 보기에는 쉬워도 그리 만만치 않습니다.」

「에이, 재미 없어. 다른 놀이가 있으면 그것으로 했으면 좋겠어요.」

이때 조고가 갑자기 궁녀들을 노려보며 소리를 질렀다.

「모두들 조용하지 못하겠느냐! 폐하께서 지금 환우가 위중하신데 방자하게 떠들다니.」

이 소리에 궁녀들은 조고를 힐끗힐끗 바라보며 뒷걸음질을 쳤다. 궁녀들과 황문들이 물러가자 조고가 호해에게 고개를 돌리더니 중얼거렸다.

「황자마마, 자중하십시오. 대신들이 보기라도 하면 어떻게 합니까?」

호해는 겸연쩍은 표정으로 얼굴을 씰룩이며 대답했다.

「에이, 재미 있었는데. 매일 궁녀들과 놀았으면 좋겠다.」

「황자마마, 그녀들은 폐하의 시중을 드는 궁녀들로 배분이 한 계단 높습니다.」

「에이, 나보다 나이가 어린 궁녀도 있어요.」

「황자마마, 제왕이 되시면 천하의 미녀들은 모두 마마의 소유가 되니 지금 욕심을 부릴 필요는 없습니다. 옛날 기록에 따르면 제왕은 3천 명의 궁녀를 거느릴 수가 있다고 합니다.」

「그렇게 많이 거느릴 수가 있어요? 하루에 한 명씩 품에 안으면 10년은 걸리겠네요.」

「아무튼 그때까지 조심하십시오.」

조고가 염려스런 표정을 지으며 말했다.

「에이, 아바마마는 너무 오래 사셔.」

「아니 그게 무슨 망발입니까?」

「외숙부도 좋잖아요. 제가 황제가 되면 천하의 반은 외숙부에게 돌아갈 거예요.」

조고는 이렇게 말하는 호해를 내려다보며 속으로 비웃었다.

'꿈깨라. 너에게 줄 천하의 반이 어디 있겠느냐? 너는 나의 꼭두각시가 될 거야.'

호해는 조고의 음흉한 미소를 훔쳐보며 자신도 피식 웃었다.

「빨리 폐하의 곁으로 돌아가십시오. 정신이 드셨을 때 후계자를 정하실지도 모릅니다.」

호해는 조고의 말에 코웃음을 쳤다.

「방금 전까지 그곳에 있었는데 혼절한 이후로 간신히 숨만 쉬고 계셔요. 그런데 깨어날 턱이 있겠어요?」

조고는 이런 호해를 나무라며 다시 말했다.

「황자마마, 설사 그렇다고 해도 곁을 떠나 있는 건 옳지 못한 일입니다. 혈육의 정 때문이라도 반드시 곁에서 병간호를 하셔야 됩니다. 참고 참으며 기다려야 대업을 이룰 수 있습니다. 아셨지요?」

그러나 조고의 간곡한 당부에도 호해는 고개를 설레설레 흔들며 얼굴을 찌푸렸다.

「옆에 한 시간만 앉아 있어도 살이 썩는 냄새 때문에 버티지를 못할 정도예요. 제가 내전에 여러 가지 향을 피웠지만 냄새가 가시지를 않아요.」

이렇게 말하는 호해에게 조고는 다시 역정을 내며 소리쳤다.

「2세 황제가 되고 싶지 않으면 마음대로 하십시오. 아, 안타깝다. 제왕이 되는 마지막 계단에서 포기하고 그만 내려오려고 하다니……」

조고의 한탄에 호해가 갑자기 표정을 바꾸며 애원했다.

「외숙부, 저를 버리지 마세요. 외숙부가 계시지 않으면 저는 한치 앞도 보지 못하는 바보가 된다구요.」

조고는 호해의 창백한 얼굴을 바라보았다.

「앞길은 멀고도 험합니다. 다행히 어젯밤에 괘를 짚었는데 길괘가 나왔습지요. 그러니 이제는 황자마마의 굳센 결심만이 남았습니다.」

「아바마마께서 후계자를 지정하지 않으시고 돌아가시면 어떻게 하지요?」

「과일을 따먹으려면 나무에 올라가야 합니다.」

「알았어요. 나무가 아니라 불길이라도 뛰어들겠어요, 오로지 외숙부만 믿어요.」

호해는 음흉스럽게 웃으며 품속에서 옥지를 꺼내 조고에게 보였다.

「하하하, 황자마마께서는 효심을 훔치셨군요.」

호해가 조고의 말에 얼른 대답했다.

「잠시의 효심을 훔치면 천하를 얻을 수 있잖아요. 아까 '부소태자가'를 들으시던 아바마마의 표정을 보았어요?」

「보았습니다. 간절히 부소 황자를 보고 싶어 하시는 모습이었습니다.」

「일이 잘못되어 부소 형님에게 제위가 넘어가면 어떻게 되지요?」

「그때는 생사를 건 싸움을 할 수밖에 없습니다.」

조고가 단호하게 말하며 품에서 옥새를 꺼내 호해의 손에 쥐어주었다.

「이것은 우리 두 사람의 목숨만큼 중요한 도장입니다. 성지가 내려도 이 옥새를 찍지 않으면 무효이지요. 따라서 성지가 도중에 바뀌어도 옥새만 찍으면 누구도 의심을 못합니다.」

호해는 그제서야 조고가 자신에게 옥새를 주는 의미를 깨달았다. 조고와 호해가 은밀한 얘기를 나누고 있을 즈음, 황문이 나타나 조고에게 시황제의 명을 전했다.

「중거부령 조고 대인은 옥새를 승상 이사 대인에게 넘겨주라는 조서가 내렸습니다. 아울러 옥새령의 직책은 거두어졌습니다.」

갑작스런 조서에 호해는 낭패한 표정을 지으며 부지런히 내전으로 달려갔다. 조고가 그 뒤를 따르며 두 눈을 빠르게 굴렸다.

이때 마침 공부는 후원의 청소를 마치고 호수 가에 앉아 휴식을 취하고 있었다. 그는 그즈음 시황제의 병세가 바람 앞의 촛불처럼 오락가락하자 가슴을 졸이며 사태를 관망하였다. 잠시 생각을 정리하고 일어서던 공부는 마침 후원으로 나오고 있는 눈 먼 악사를 발견하였다. 그는 머리에 수건을 두르고 가벼운 궁복을 걸친 채 등나무 지팡이를 짚고 삼으로 엮은 신발을 신었다. 머리칼은 이미 은백색으로 어지럽게 엉클어져 있었고 걸음걸이는 몹시 비틀거렸다. 비슬비슬 호수 가로 다가와 바위 위에 걸터앉은 악사가 조용히 노래를 부르기 시작했다.

세상에 징조가 나타나니
재앙의 문이 활짝 열리네
암흑이 대지를 모두 덮고
수많은 현인들이 피를 토하네
세상에 징조가 나타나니
푸르른 강물에 피빛이 서리네

공부는 사구의 행궁에 며칠 머무르면서 눈 먼 악사의 노래를 서너 차례 들은 적이 있었다. 공부는 악사 앞으로 걸어나가 깊이 고개를 숙였다.
「어르신, 안녕하신지요?」
눈 먼 악사가 귀를 쫑긋 세우며 대답했다.
「목소리를 들으니 기백이 흘러넘치는 젊은 황문이구려.」
악사의 대답에 공부는 의아한 표정이 되었다.
「두 눈이 보이지 않으시면서 어떻게 알아낼 수 있습니까?」
「노부는 두 눈이 멀었지만 발자국 소리와 숨소리만 들어도 그 사람의 나이는 물론, 성격까지 알 수 있다오.」
「어르신은 여기에서 얼마나 사셨습니까? 그리고 이 궁의 내력은 어떻습니까?」
「이 궁전은 조무령왕(趙武靈王)이 세웠소.」

「호복기사(胡服騎士)를 과감하게 도입한 조나라의 무령왕을 말씀하십니까?」

「젊은 사람이 모르는 게 없구려. 조무령왕은 말년에 장자를 폐하고 막내를 공자로 삼은 다음 이곳에서 죽었지. 그런데 그대와 같이 학문이 뛰어나고 기개가 있는 사람이 어찌하여 황문이 되었소?」

「세상이 어지러우니 모든 게 뜻대로 되지 않았습니다. 혹시 어르신은 순황 선생이 지으셨다는 '성상가(成相歌)'를 아시는지요?」

「간신을 만나면 나라가 망하고 충신을 만나면 나라가 흥한다는 그 곡을 어찌 모르겠소?」

눈 먼 악사는 공부의 손을 잡으며 말을 계속했다.

「하하하, 노부는 그대와 같이 학문이 깊고 인품이 훌륭한 사람을 만나 한없이 기쁘오. 난세에는 목숨을 부지하는 게 중요하니 내 말 명심하시오.」

공부는 거듭 고개를 끄덕이며 자리에서 일어났다.

시황제 37년(BC 210년) 7월 3일, 시황제의 병세가 더욱 악화되자 사구궁 주위에는 삼엄한 경비가 펼쳐졌다. 대신들과 시위들은 몹시 초조한 표정으로 뜰을 서성였고, 승상 이사 또한 아침부터 줄곧 시황제의 머리맡을 떠나지 않았다. 이날 미시에 이르러서 시황제가 잠시 정신을 차리자 이사는 그 기회를 잃지 않고 이렇게 말했다.

「모든 군현과 대신들에게 지시하여 각자의 직분을 충실하게 수행하도록 하였사옵니다. 아울러 폐하와 황자마마에 대한 각별한 충성을 다짐해 두었사옵니다.」

그 말을 들은 시황제가 힘겹게 입술을 떼었다.

「잘, 잘했소. 그, 그리고 동남의 여, 여러 군, 군에서 난, 난, 난리가 일어났다고 하, 하니 짐, 짐의 대업을 무, 무너뜨리는 일, 일이 없도록 하,

하고, 그, 그리고 다, 다시 한 번 관, 관리의 도, 도를 일깨워 주, 주도록 하시오. 경, 경은 할, 할 말이 있으면 말, 말하시오.」

이사는 시황제가 완전히 정신을 차린 듯하자 목청을 가다듬고 말했다.

「관리의 도는 첫째로 충성과 믿음, 공경을 으뜸으로 두었사옵니다. 모름지기 위로는 충성을 다하고 밑으로는 백성에게 믿음을 나타내며, 위아래가 서로 공경해야 악이 발을 붙이지 못할 것이옵니다. 충성, 믿음, 공경을 따르지 않는 관리는 종묘사직을 해하는 자이니 뿌리를 뽑아버리도록 하겠사옵니다.」

이사의 말에 시황제는 눈을 껌벅이며 흐뭇한 표정을 지었다.

「이, 이제 짐은 얼, 얼마 살지 못할 것이오. 경이 생, 생각하기에 태, 태자는 누, 누구로 하는 게 좋겠소?」

이사는 그 말에 시황제의 두 눈을 똑바로 쳐다보았다.

「폐하께서 신의 충성을 믿으시고 물어주시니 소견이나마 감히 올리겠사옵니다. 여러 황자마마 중에서 인품과 학식, 재능 면에서 살펴본다면 부소 황자가 으뜸이고, 호해 황자가 그 다음이라 사료되옵니다.」

시황제가 가볍게 웃자 이사가 다시 말을 이었다.

「따라서 신의 생각으로는 서열에 따라서……」

이사가 자신의 의견을 말하려는데 밖에서 황문이 급히 들어와 보고를 올렸다.

「부소 황자마마께서 기위(騎尉) 장갑(張甲)을 보내셨는데 이미 침궁에 도착해 있사옵니다.」

시황제가 고개를 끄덕이자 잠시 후 부소가 보낸 장갑이라는 군관이 안으로 들어와 부소가 친필로 써서 보낸 서신을 바쳤다. 이사가 앞으로 나아가 서신을 받아들고는 시황제의 눈 앞에 그것을 펼쳐보였다. 서신을 읽은 시황제는 흐뭇한 표정을 지으며 중얼거렸다.

「북, 북방의 일이 잘, 잘 풀, 풀리고 있다니 짐은 기, 기쁘네. 서, 서신 말고 부소 황자의 다, 다른 말은 없었는가?」

장갑이 매우 떨리는 목소리로 대답했다.

「폐하의 성덕으로 부소 황자와 몽염 장군은 날마다 병사를 조련하고 둔전을 가꾸어 오랑캐들이 감히 장성을 넘어오지 못하도록 애쓰시고 계시옵니다. 부소 황자마마께서는 효성이 지극하여 하루빨리 함양으로 돌아가 부황을 뵙겠다고 하셨사옵니다.」

「그 아, 아이도 짐, 짐을 생각하, 하는구나.」

이때 장갑이 두 눈을 더욱 크게 뜨며 입을 열었다.

「소인은 어리석은 백성이라 이 말씀을 올려야 할지 말아야 할지 판단이 서지 않사옵니다.」

그러자 시황제가 머리를 흔들며 허락을 표시했다.

「폐하, 이곳은 오래 머무를 곳이 못 되옵니다. 하루빨리 함양성으로 옮기셔야 할 것이옵니다.」

「무슨 이, 이유라도 있, 있느냐?」

「이곳에는 태자의 책봉과 관련된 이야기가 전해오는데 그게……」

「조, 조무령왕의 이야기를 말, 말하는가?」

「그렇사옵니다. 태자마마를 책봉하시는 일은 매우 중요하다고 생각하옵니다. 소신이 명령을 받고 이곳으로 오는 도중에 자객의 습격을 받아 수행하던 두 사람은 목숨을 잃고 소인만 겨우 빠져나올 수 있었사옵니다.」

장갑의 보고에 이사는 사태가 심상치 않다고 생각해 시황제에게 하루빨리 태자를 책봉하는 일을 마무리지어야 할 것이라고 주청했다. 시황제도 자신이 이 상태로는 함양성까지 무사히 돌아갈 수 없다고 생각했다.

「그, 그대는 무사로서, 임무를 완, 완수했으니 장하도다. 만일 그, 그대가 도, 도착하지 않았다면 부, 부소 황자가 그, 그대를 파견한 일을 어, 어찌 알았겠느냐? 승, 승상, 어려운 일을 당, 당했을 때 비, 비로소 충신을 알 수 있는가 보, 보오.」

시황제는 숨을 헐떡거리며 장갑에게 다시 말했다.

「부, 부소 황자가 변, 변방에서 짐의 걱정을 덜어 주고 있다고 하니, 그 활약상을 듣, 듣고 싶구나.」

그러자 이사가 고개를 가로저으며 황급히 시황제에게 말했다.

「폐하, 병세가 위중하니 왕 태의를 부르겠사옵니다.」

이사는 시황제가 대답도 하기 전에 황문을 불러 급히 왕 태의를 모셔 오라고 일렀다. 이런 조치에 시황제는 눈만 껌벅이며 아무런 말도 꺼내지 않았다. 잠시 후 침전으로 든 왕 태의가 조용히 시황제의 맥을 잡았다.

「왕 태의, 어떻소?」

「병이 뼛속까지 침투하여 이제는 어떻게 해볼 도리가 없습니다.」

왕 태의의 대답에 이사가 놀란 표정으로 중얼거렸다.

「그럼 지금까지 생생하게 정신을 차리고 말씀하신 건 회광반조(回光反照)의 현상이란 말이군.」

이사의 중얼거리는 말을 들으며 시황제가 크게 숨을 내쉬었다.

「짐이 장, 장생불사의 선, 선약을 구했건만 인, 인간은 영원히 살, 살 수 없는가 보구려. 승, 승상, 내 곁을 떠, 떠나지 마오.」

시황제는 가냘픈 손으로 이사의 손을 잡으며 중얼거렸다.

「승, 승상, 부소 황자는 솔, 솔직하고 후, 후덕하여 충신이 그, 그를 보, 보좌하면 훌륭한 제왕이 될 것이고, 호해 황자는 꾀가 많고 질, 질투가 심할 뿐 아니라…… 조, 조고가 뒤에 버티고 있어…… 아, 조, 조고에게서 옥새는 거, 거두었소?」

이사가 고개를 끄덕이자 시황제는 다소 안심이 되는지 안간힘을 쓰면서 다시 입을 열었다.

「상, 상군에 조서를 보내 부, 부소 황자에게 함양성으로 돌아와 제, 제위를 잇도록 하시오. 승, 승상 대인이……」

이때 문밖에서 대기하고 있던 조고가 안으로 들어오며 말했다.

「조서대로 따르겠사옵니다.」

「그, 그대는 옥새를 건, 건네주고 이 방에서 썩, 썩 꺼지시오!」

조고를 발견한 시황제가 소리를 버럭 질렀다. 그러나 조고는 시황제를 힐끗 바라본 뒤 여전히 부복한 채로 입을 열었다.

「폐하, 승상 대인을 믿으시옵니까? 그와 저는 모두 야심이 있는 신하들이옵니다. 따라서 폐하께서 숨을 거두시면 어떻게 마음이 변할지 모르옵니다. 더욱이 이곳은 함양성이 아닌 사구임을 명심하옵소서.」

「저, 저 놈이……」

조고의 무례함에 시황제의 얼굴이 시뻘개졌다. 시황제와 이사가 냉랭한 눈빛으로 자신을 쏘아보자 조고는 자리에서 벌떡 일어나 이사를 힐끗 흘겨보고는 밖으로 나갔다.

「승, 승상, 저 놈을 당, 당장에 처형하시오!」

방문을 나서던 조고가 이 소리에 갑자기 몸을 돌렸다.

「폐하, 저를 이렇게 음흉한 놈으로 만든 사람이 누구이옵니까? 바로 폐하 아니십니까? 살기, 음모, 이간질과 같은 나쁜 것들은 모두 폐하에게서 배웠사옵니다. 살기등등한 함양성에서 음흉하지 않고서 어떻게 지금까지 살 수 있었겠사옵니까?」

시황제는 조고의 뒤를 졸졸 따라다니는 호해를 노려보며 소리쳤다.

「저, 저, 불효막심한 놈…… 조, 조고를 믿어서는 아니……」

「아바마마, 지난날 저에게 조 대인이 충신이라고 하시지 않으셨사옵니까? 그런데 지금 와서 그렇게 말씀하시면 누구의 말을 믿어야 하옵니까?」

시황제는 그제서야 진나라를 망칠 자는 북방에 사는 호족(胡族)이 아니라 바로 호해라는 사실을 깨달았다.

「승, 승상, 저 놈들을 두, 두고 짐이 어떻게 눈, 눈을 감을 수 있겠소?」

시황제가 거친 숨을 내쉬며 조고와 호해를 당장에 처형하라는 조서를 내리자 이사는 황문을 불러 급히 시위장과 낭중령을 대령토록 지시했다. 얼마 후 황문이 급히 들어와 이사에게 귓속말을 전했다.

「여섯 명의 거인 형제 시위들이 어젯밤 모두 독살되었습니다.」

이사가 그 말에 깜짝 놀라며 급히 밖으로 뛰쳐나갔다. 잠시 후 그가 낭중령 조경(趙慶)과 함께 침전으로 들어왔을 때는 시황제는 이미 숨을 거둔 뒤였다. 이사는 조경과 시위들에게 조고와 호해를 체포하도록 명령을 내렸다. 그러나 뜻밖에도 조경과 시위들은 침전을 에워싸고 조고의 명령을 받고 있었다. 그리고 이들은 궁내에 있는 장갑, 왕충은 물론이고 이사를 따르는 몇 명의 시위들도 재빠르게 체포하였다.

36

반 역

마침내 조고는 이사와 조경을 위협하여 사구궁의 대세를 장악하였다. 조금 뒤 호해가 이사를 찾아와 시황제의 유조(遺詔)를 요구하였다. 승상 이사의 글씨가 아니면 조정 대신들과 지방의 장군들이 시황제의 유조임을 믿지 않기 때문이었다. 어쩔 수 없이 이사는 입술을 깨물며 시황제의 주검 앞에서 조서를 써내려갔다.

「우리 시황제 폐하는 열셋의 나이로 왕위에 올랐다. 그때 천하는 혼란스러웠고 전쟁이 그칠 줄 몰랐으나 그 후 나이 스물여섯에 이르러 6국을 멸하고 천하를 통일하였다. 농상을 장려하여 백성은 부유해지고, 문자를 통일하였으며, 호(胡)를 물리치고 장성을 쌓아 국토를 보존하였다. 다섯 차례에 걸쳐 순행을 하여 천하를 안녕시켰지만 사구에 이르러 붕어하시니 천하에 슬픔이 끊이지 않는다. 향년 쉰이시고 그 이름은 천추에 길이 남으리라. 부소 황자는 인의에 밝고 현명하니 유조를 내려 황제로 세우리라.」

호해가 유조의 내용을 훑어본 후 크게 소리를 질렀다.
「이런 거지 같은 유조가 어디에 있어!」
「황자마마, 신은 폐하께서 생전에 하신 말씀을 그대로 옮겨놓았을 뿐입니다.」
이사가 매우 평온한 표정으로 대답했다.
「지금 천하의 존망(存亡)은 나, 외숙부, 그리고 승상의 손에 달려 있으니 다시 한 번 생각해 보세요. 부황은 이제껏 승상의 필적으로 조서를 내렸으니 천하의 사람들은 유조를 바꾸어도 반드시 믿을 것이에요. 그렇게 된다면 승상의 가문은 대대로 부귀영화를 보장받을 수 있을 거에요.」
이사는 유조를 바꾸라는 호해의 말에 마음이 흔들렸다. 그는 그런 자신을 책망하며 시황제의 주검 앞에서 눈물을 흘렸다. 곁에 있던 조고가 이사에게 말했다.
「승상, 지난 일을 가만히 생각해 보시오. 여불위의 문객으로 들어왔다가 그를 버렸고, 또한 사형 한비도 죽였지 않았소? 그런 배짱을 가진 사내 대장부가 유조를 바꾸는 일에 무얼 그리 주저하시오?」
조고는 이사에게 다가가 그의 손을 잡으며 거듭 설득을 했다.
「지금은 승상의 결단이 필요하오.」
이사가 그런 조고를 노려보며 소리쳤다.
「그런 망언은 하지 마시오! 이 사람은 상채에서 밭을 갈며 사는 평민이었으나 황은(皇恩)을 입어 승상의 자리에까지 오르고 통후(通侯)라는 작위도 제수받았소. 더욱이 세상을 뜨기 전에 폐하께서는 내게 유조를 내리며 후사를 당부하셨소. 폐하의 은혜는 태산과 같소. 충신은 죽음을 피하지 않고 효자는 어려움을 말하지 않는다고 하였소. 중거부령은 유조를 다시 거론하지 마시오!」

호해는 이사가 완강하게 나오자 더 이상 참지 못하겠는지 검을 빼어 들었다. 이사는 눈을 번득이는 호해를 바라보며 담담하게 웃었다. 그러 자 조고가 얼른 호해를 가로막으며 이사에게 다시 말했다.

「황은이 태산과 같다고 하였는데 사실인지 확인 좀 해봅시다. 양산궁 에서 있었던 일을 보면, 승상의 수레가 너무 화려하다고 지적한 폐하의 말을 승상에게 전한 궁녀와 황문들이 어떻게 되었소? 그날 밤 폐하 곁 에 있던 그들은 모두 죽임을 당했소. 시황제는 승상의 일거수일투족을 모두 감시하고 있었던 것이오. 또한 승상의 자제인 함양 내사 이유 대인 은 어떻소? 그가 어째서 한벽한 삼천군으로 쫓겨났는지 아시오? 여산의 마곡에서 유생들을 생매장한 비밀이 탄로날까 두려워서 그런 것이오. 사 정이 이러한데 아직도 은혜가 태산 같다고 주장하시겠소?」

이사는 그동안 가슴 깊이 간직한 시황제에 대한 미움을 조고가 끄집 어내자 매우 당혹스런 표정을 지었다.

「설사 주군이 신하를 욕되게 하여도 신하는 결코 주군을 거역할 수 없 는 법이오. 이게 바로 공경이오.」

조고는 이사의 말에 비웃음을 보냈다.

「승상은 화(禍)가 코 앞에 닥쳤는데도 아직 사태를 파악하지 못하고 있다니 참으로 슬픈 일이오. 부소 황자가 제위에 오르면 승상에게 무슨 공로가 돌아갈 줄 아시오? 부소 황자는 이제껏 줄곧 분서와 갱유, 장성 의 축조, 아방궁 건설을 반대했는데 이 일을 추진한 사람은 바로 승상이 아니오? 더욱이 부소 황자의 사부인 왕관 전 승상을 죽게 만든 사람이 누구입니까? 부소 황자는 절대로 그냥 넘기지 않을 것이오. 또한 그에게 는 몽염과 몽의가 있지 않소?」

이사는 조고가 조목조목 자신의 약점을 지적하자 아무런 대꾸도 하지 못하고 고개를 떨구었다. 이때 낭중령 조경이 부소의 밀사인 장갑을 끌고 들어왔다. 장갑은 황급히 조고의 발 아래 무릎을 꿇었다.

「나라에 커다란 환난이 있을 때는 주인을 잘 만나야 하느니라. 그대는 누구의 말을 따르겠느냐?」

조고가 음흉하게 웃으며 장갑에게 물었다.

「조 대인의 말씀을 따르겠습니다. 대인께서 시키시면 무슨 일이든 따를 생각입니다.」

「그렇다면 부소 황자와 몽염 장군이 어떤 역모를 꾸미고 있느냐? 소상하게 말하라.」

조고가 장갑을 일으켜 세우며 물었다. 장갑은 부소와 몽염이 역모를 꾸미고 있다고 말하는 조고의 억지에 아무 대답도 하지 못하고 눈만 껌벅거렸다.

「나는 이미 부소 황자가 일찍부터 역모를 준비한 증거를 갖고 있다. 네가 그렇다고 말만 하면 후한 상을 내리겠다.」

장갑은 등 뒤에 서 있는 시위들의 날카로운 칼날을 의식하고는 온몸을 으스스 떨며 답했다.

「부소 황자는 매일 폐하의 정책을 원망하였습니다. 더욱이 승상 대인을 자주 욕하셨지요. 그는 몽염 장군에게 병사를 훈련시켜 유사시에 대비토록 준비하였고, 만일 계승자가 되지 못하면 함양으로 쳐들어가 스스로 제위에 오르려는 생각을 하였습니다.」

호해는 장갑의 말에 고개를 끄덕였다.

「부소 형님의 모반은 틀림없는 사실이군. 승상께서는 빨리 유조를 다시 쓰십시오.」

이사는 마음이 약간은 움직였지만 여전히 반대를 표하였다.

「진(晉)나라는 태자를 바꿔 3대가 불안하였고, 제나라는 형제가 왕위를 놓고 다투다 다른 성씨에게 나라를 빼앗겼소.」

조고가 이사의 말에 얼른 반박했다.

「그건 승상이 잘못 생각하신 것이오. 폐하께서는 판단을 잘못하시어 부소 황자를 계승자로 말했지만, 만일 부소 황자가 제위에 오르면 유생들이 다시 득세를 하고 형법의 학설은 설 땅이 없을 것이오. 승상과 부소 황자는 그릇이 다르고 생각도 같지 않소.」

조고의 말은 채찍이 되어 이사의 온몸을 세게 때렸다. 하지만 이사는 조고와 호해가 조금 전 시위들을 시켜 장갑을 협박한 사실을 떠올리고 만일 유조를 바꿀 경우 후에 틀림없이 자신을 가만 두지 않을 거라는 생각을 하였다. 이사가 잠시 생각에 잠기자 조고는 그의 마음을 눈치채고 호해에게 눈짓을 보냈다. 이에 호해가 이사에게 무릎을 꿇고 세 번 절한 뒤 울먹이는 소리로 말했다.

「은상(恩相;은혜를 내린 승상)께 호해가 감사의 인사를 올립니다. 절대로 그 은혜는 잊지 않겠습니다. 부황께서는 평소에도 저를 끔찍이 아껴주셨습니다. 부황을 생각하면서 승상을 어버이처럼 따르고 존경하겠습니다.」

이사는 호해의 말에 감동이 되어 자리에서 그를 일으켰다. 조고는 호해의 작전이 성공하자 재빨리 품에서 비단자락을 꺼내 이사에게 건넸다.

「이게 바로 폐하의 진정한 뜻이오. 지난날 조회를 받아들였을 때 폐하께서 직접 약속하신 글이오.」

이사는 황급히 비단자락을 펼쳤다. 거기에는 만일 조회가 아들을 낳으면 후계자로 삼겠다는 내용이 적혀 있었다.

「좋소. 폐하께서도 일찍이 이런 약속을 하셨다면 이 몸이 그 뜻을 저버리는 게 절대로 아닐 것이오.」

「승상께서는 현명하신 판단을 하셨습니다. 이제는 이곳에서 이루어진 모든 일은 무덤으로 가져가고 영원히 비밀로 해야 합니다.」

　이사는 호해의 말에 고개를 끄덕이고 유조를 다시 쓰기 시작했다. 처음 내용은 먼저 것과 거의 같았고 마지막 부분만 이름을 호해로 바꾸었다.

　「우리 시황제 폐하는 열셋의 나이로 왕위에 올랐다…… 사구에 이르러 붕어하시니 천하에 슬픔이 끊이지 않았다. 향년 쉰이시고 그 이름은 천추에 길이 남으리라. 호해 황자는 인의에 밝고 현명하니 유조를 내려 황제로 세우리라.」

　유조를 건네받은 조고와 호해는 궁중에 있는 모든 황문들과 시위들을 한곳에 불러모으고 충성을 다짐받았다. 이어서 조고는 시황제의 죽음을 마지막으로 본 태의 왕충을 불렀다.
　「왕 태의, 우리에게 협조한다면 부귀영화를 보장하겠소.」
　왕충이 고개를 가로저으며 말했다.
　「후대에 부끄러운 일은 저지르고 싶지 않소. 시황제 폐하는 나의 아들 왕단과 같은 해, 같은 날짜에 태어나셨소. 그 이후로 나는 폐하를 충심으로 모셨지요. 이번 사건에 나는 개입하고 싶지 않소. 이 늙은이는 그저 조용히 은거하여 아들과 함께 살아가겠소. 그러니 앞길만 가로막지 말아주시오.」
　조고는 왕충이 부소와 몽염에게 이 사실을 누설할까 염려가 되었다. 그때 호해가 곁에서 있다 조고에게 말했다.
　「태의는 제가 병이 났을 때 한 달이 넘도록 간호를 한 적이 있소. 저는 태의를 핍박하고 싶지 않으니 조용히 물러나 여생을 보내시오. 그 대신 죽을 때까지 이 일은 절대로 입에 담지 말아주시오.」

왕충은 호해의 처분에 감사를 표하고 밖으로 나갔다. 그러자 조고가 호해에게 말했다.

「후환을 없애야 합니다. 그렇게 너그러우시면 어떻게 앞으로 닥칠 숱한 반발을 막으시겠습니까?」

호해가 빙그레 웃으며 엄지손가락으로 조고의 입을 막았다.

「외숙부, 제게 생각이 있으니 염려놓으십시오.」

그제서야 조고는 호해의 말뜻을 알아차리고 조용히 방에서 물러났다.

조고와 호해는 시황제의 주검을 옥관에 안치하고 부소에게 보낼 시황제의 밀서를 꾸미도록 이사에게 독촉하였다. 도저히 사태를 반전시킬 수 없다고 생각한 이사는 조고와 호해의 뜻에 따라 부소에게 보낼 밀서를 위조하였다.

「짐은 천하를 통일하고 백성을 위로하기 위해 순행에 나섰다. 이때 변방을 지키는 임명을 받아 호를 막아야 할 부소 황자는 몽염과 사사로이 작당하여 둔전을 가꾸어 양식을 보충하고 허황된 무리와 함께 조정의 정책을 비방하였다. 그 죄가 너무나 커서 용서를 할 수 없느니라. 이에 짐은 진율에 따라 명예롭게 목숨을 스스로 끊는 기회를 내리겠노라.」

밀서를 읽은 조고가 흐뭇한 표정을 지었다.

「승상 대인, 몽염 장군과 중서자 몽의도 그 안에 넣어 제거합시다. 만일 그 자들이 유조에 반기를 들면 우리는 이를 근거로 명분을 삼을 수 있지 않겠소?」

이사는 자신보다 더욱 간악한 조고의 간계에 그만 혀를 내두르고 말았다.

시황제가 세상을 떠난 이날 저녁, 사구에는 구슬픈 비가 하염없이 쏟아졌다. 시황제의 죽음을 애도하는 비라고 생각하기에는 무척 많은 양이었다.

그 다음날 시황제의 밀서가 변방에 나가 있는 부소에게 보내질 즈음, 왕충은 조고와 이사에게 인사를 올린 후 궁문을 빠져 나갔다. 낭중령 조경은 조고의 지시를 받아 칼솜씨가 빼어난 시위 한 명을 불러내 으슥한 산길에서 왕충을 죽이라는 명을 내렸다.

바로 그 시각 왕단은 사구궁 주변에 삼엄한 경계가 펼쳐지자 심상치 않은 변고가 생겼음을 눈치채고 그 주위를 서성거리고 있었다. 며칠 동안 사구궁 담을 오락가락하며 아버지 왕충의 동정을 찾고 있던 왕단은 마침 궁문을 빠져 나오는 왕충을 발견하고 몰래 그 뒤를 밟았다. 잠시 후 시위 한 명이 궁문을 나와 왕단과 마찬가지로 왕충의 뒤를 쫓더니 산길에 접어들자 왕충을 앞질러 으슥한 곳에 몸을 감추었다. 뒤에서 이런 모습을 발견한 왕단이 서둘러 허리춤에서 칼을 빼어들고는 재빨리 시위의 등 뒤에 숨었다. 조금 뒤 왕충이 나타나자 시위가 칼을 뽑고 나무 뒤에서 일어났다. 그 순간 왕단이 몸을 날리며 시위의 등을 찔렀고 갑작스런 공격을 받은 시위는 그 자리에서 숨지고 말았다.

「아니, 네가 어떻게?」

「아버님이 사구궁에 계시리라 믿고 오랫동안 기다렸습니다.」

「조고는 정말로 간악하구나.」

왕충은 왕단에게 사구궁에서 벌어진 일을 모두 이야기했다.

「아버님, 제가 뭐라고 했습니까? 자, 이제 이곳에서 벗어나 조용한 곳에서 은거해 사십시오. 아버님께서 무사하시니 저는 동백산으로 떠나겠습니다.」

「그곳에는 어찌하여 가느냐?」

「시황제가 죽었으니 이제 천하는 다시 난리가 일어날 것입니다. 다행

히 동백산에 뜻이 맞는 동지들이 세력을 키우고 있다 하니 그곳에서 사
나이의 뜻을 펼치겠습니다.」

「그렇다면 나도 가겠다.」

왕단은 아버지 왕충과 함께 동백산으로 걸음을 옮겼다.

이날 오전 시황제의 운구는 사구궁을 벗어나 함양으로 출발했다. 떠나
기 직전 조경이 조고에게 물었다.

「사구궁에 남아 있는 사람들은 어떻게 처리했으면 좋겠습니까?」

「시위 몇 명을 남겨서 후환을 없애도록 하시오. 사구궁에 남아 있는
사람은 누구를 막론하고 모두 죽여 입을 막도록 하고 궁은 불태우시오.」

조고의 명에 조경은 고개를 끄덕이고 일을 처리할 시위를 뽑아 사구
궁에 남도록 조치했다.

함양성으로 돌아온 호해는 천하에 시황제의 조서를 반포하고 장례를
주관하였다. 장례가 끝나자 호해는 성대한 즉위식을 거행하고 2세 황제
의 자리에 올랐다. 곧이어 이사는 조회를 열어 조정 대신들에게 시황제
의 뜻을 전달하고 2세 황제에 대한 충성을 약속받았다.

한편 부소는 거짓으로 만들어진 시황제의 밀서를 받고 밤새워 통곡을
하였다. 그러자 곁에 있던 몽염이 부소에게 간곡하게 말했다.

「그 밀서는 거짓입니다. 조고와 이사가 유조를 바꿨을 테니 절대로 따
라서는 아니 됩니다.」

「그렇다면 장군은 반기를 들자는 말이오?」

「그렇습니다. 황자마마께서 봉기를 하시면 많은 장군들이 따를 것입니
다.」

「이미 유조가 세상에 반포되어 되돌릴 수 없는 상황이오. 나라의 안녕
과 백성의 행복을 위하여 이 한목숨 버리는 게 차라리 낫소이다.」

「그건 안 됩니다. 호해 황자마마의 뒤에 간악한 조고가 있는 줄 모르

십니까?」

「아니오. 나는 그동안 아바마마의 정책을 사사건건 반대했습니다. 이제 껏 살아 있는 것만으로도 은혜를 입은 셈이지오. 만일 내가 반기를 들면 많은 생명들이 다치고 아바마마께서 이룩하신 천하 통일의 위업이 무너 질 것이오. 또한 이곳에서 반기를 들면 호의 무리들이 남하하여 토지와 백성들을 약탈하게 될 것입니다.」

그로부터 며칠 후 부소는 함양성을 향해 절을 하고 검으로 자신의 목 을 찔러 스스로 목숨을 끊었다. 그리고 몽염과 몽의는 반역죄의 명목으 로 함양성에 압송되어 처형되었다.

천하는 시황제의 죽음으로 인해 다시 들끓기 시작했다. 각지에서 농민 들이 폭정과 압제를 이기지 못해 난리를 일으켰는데, 그 중 가장 규모가 크고 오랜 저항을 한 지역이 바로 동백산이었다. 또한 초나라와 한중(漢 中)에서도 많은 협객들이 봉기를 준비하였다. 바야흐로 나라의 풍운은 백성에서 시작되어 백성으로 끝난다는 말처럼 진나라의 처참한 앞날은 백성들의 입에서 시작되고 있었다.

【전국 시대 지도 (B.C. 448 ~ B.C. 207)】

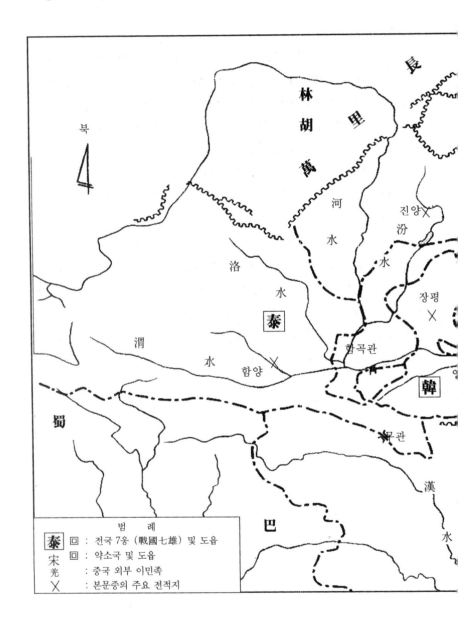

범 례

泰 回 : 전국 7웅 (戰國七雄) 및 도읍
宋 回 : 약소국 및 도읍
羌 : 중국 외부 이민족
✕ : 본문중의 주요 전적지

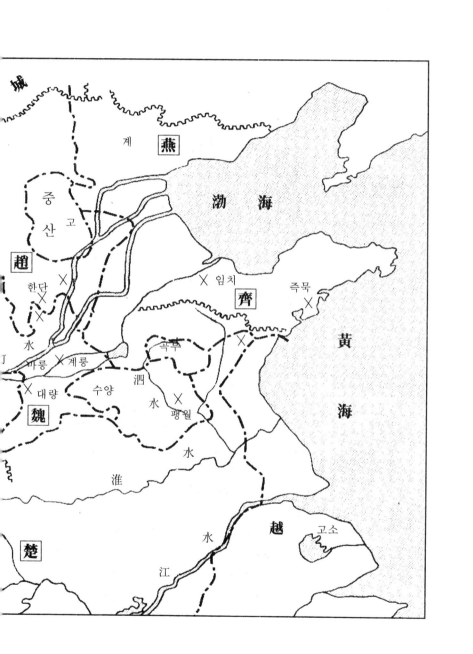

城

燕

계

渤　海

중
산

고

趙

한단 ✕

✕

✕

水

丁

마룽 ✕　계룽

✕　대량

魏

수양

임치 ✕

齊

곡부

泗

水

✕
팽월

水

淮

水

江

黃　　海

越

고소

楚

즉묵
✕

진시황제 연표

기원전 259년 : 진(秦) 소양왕 48년 1월 5일, 영정이 조나라 도
　　　　　　　 성인 한단성에서 출생함.

기원전 251년 : 진 소양왕 56년, 소양왕 죽음. 영정은 모친 주희
　　　　　　　 와 함께 인질 생활에서 풀려나 함양성으로 돌아
　　　　　　　 옴.

기원전 250년 : 진 효문왕 원년, 즉위 후 3일 만에 죽음. 진 장
　　　　　　　 양왕(子楚) 즉위함.

기원전 249년 : 진 장양왕이 여불위를 승상으로 삼다.
　　　　　　　 이 해에 진나라가 동주(東周)를 멸하고 한(韓)
　　　　　　　 나라를 공격하여 성고, 영양을 빼앗아 삼천군
　　　　　　　 (三川郡)을 설치함.

기원전 248년 : 진 장양왕 2년, 조(趙)나라를 공격하고 태원군
　　　　　　　 (太原郡)을 설치함.

기원전 247년 : 진 장양왕 3년, 장양왕 죽음. 영정이 열셋의 나
　　　　　　　 이에 즉위함.
　　　　　　　 이사가 진나라에 들어와 여불위의 문객이 되다.
　　　　　　　 이 해에 진나라가 위(魏)나라를 공격했으나 대장
　　　　　　　 군 몽오가 신릉군이 이끄는 5국연맹군에게 패함.

기원전 246년 : 영정 원년, 진나라에서 정국거(鄭國渠)를 착공함.

기원전 242년 : 영정 5년, 몽오가 위나라를 공격하여 장평, 옹구 등 20개 성을 빼앗고 동군(東郡)을 설치함.

기원전 241년 : 영정 6년, 초(楚)나라가 영성에서 수춘으로 천도함.

한, 위, 조, 위(衛), 초나라가 연합하여 진나라를 공격함. 진나라는 5개로(路)를 통해 반격하여 5국연맹군을 대파함.

기원전 240년 : 연나라 태자 단(丹)이 진나라의 함양성에 인질로 옴.

영정의 동생인 장안군 성교, 장군 번우기가 조나라를 공격하던 중 상당에서 반기를 들었다가 실패하여 성교는 자살하고, 번우기는 연나라로 달아남.

이 해에 노애가 장신후로 봉해지고, 여불위는 함양성의 성문에 〈여씨춘추〉의 내용을 공개함.

기원전 238년 : 영정 9년, 영정이 옹성에서 관례를 치르고 친정

(親政)을 실시함.

이 해에 노애가 함양성에서 반기를 들었으나
실패하여 죽음.

기원전 237년 : 영정 10년, 여불위가 노애의 반란죄에 연루되어
승상직에서 파면당함.

이 해에 정국거와 관련하여 축객령이 내려졌으
나 이사의 간언으로 축객령이 거두어짐. 영정이
왕료를 국위로 임명하여 병권을 넘겨줌.

기원전 236년 : 왕전, 번의, 양단화가 조나라를 공격하여 9개 성
을 탈취함.

이 해에 여불위가 하남으로 쫓겨남.

기원전 235년 : 영정 12년, 여불위가 촉으로 유배를 떠나라는 왕
명에 항거하여 스스로 목숨을 끊음.

기원전 233년 : 영정 14년, 한나라의 사신 한비가 진나라에 왔다
가 이사의 계략에 빠져 옥사함.

기원전 232년 : 연나라 태자 단이 함양성을 탈출하여 연나라로
도망감.

이 해에 진나라가 조나라를 공격하였으나 번오

에서 이목에게 대패함.

기원전 231년 : 등승이 남양 군수가 됨.

기원전 230년 : 영정 17년, 함양 내사가 된 등승이 한나라를 공격하여 멸망시킴. 한나라 땅에 영천군을 설치함.

기원전 229년 : 진나라가 대병을 일으켜 조나라를 공격하였으나 이목에게 계속 패함.

기원전 228년 : 진나라의 계략에 말려든 조나라에서 대장군 이목을 죽임. 왕전이 조나라를 멸망시키고 조왕 천을 한단성에 가둠. 조나라 공자 가가 대군에서 망명 국가를 세움. 이 해에 영정의 모후인 주희가 죽음.

기원전 227년 : 영정 20년, 연 태자 단이 자객 형가를 진나라에 사신으로 보내 영정을 노렸으나 실패함.

이 해에 장군 왕전이 연나라를 공격하여 역수에서 대패시킴.

기원전 226년 : 장군 왕분이 초나라를 공격하여 10개 성을 빼앗음. 이 해에 왕전이 연나라 수도인 계를 공격하여 연 태자 단을 죽임.

기원전 225년 : 영정 22년, 진나라가 우북평, 어양, 요서군을 설
치함.
이 해에 왕분이 위나라를 공격하여 멸망시킴.
이신과 몽무가 20만군을 이끌고 초나라를 공격
하였으나 초나라의 대장군 항연에게 대패함.
기원전 224년 : 진나라가 상곡군, 광양군을 설치함. 이 해에 진
나라의 대장군 왕전이 60만군을 이끌고 초나라
를 공격하여 수춘을 탈취함. 항연이 창평군을
형왕으로 옹립하고 회남에서 항거함.
기원전 223년 : 왕전, 몽무가 형(荊)을 공격하여 창평군을 죽이
고 초나라를 멸망시킴. 항연은 자살함.
기원전 222년 : 왕분이 연나라를 공격하여 희왕을 죽이고 연나
라를 멸망시킴. 진나라에서 그 땅에 요동군을
설치함.
이 해에 진나라가 대군을 공격하여 망명 국가인
조를 멸망시킴.
기원전 221년 : 영정 26년, 왕분이 제나라를 공격하여 멸망시킴.
이로써 6국을 모두 멸하고 천하를 통일함.

이 해에 영정이 시황제를 칭함. 이때 나이 39세.

기원전 220년 : 승상 왕관이 제, 연, 형의 땅에 분봉제를 실시해
야 한다고 주청하고 이사는 군현제를 주장하지
만 시황제는 결국 군현제를 받아들여 전국을 36
군으로 나누고 각 군에 수(守), 위(尉), 감(監)을
둠. 이 해에 문자를 통일함.

시황제가 농서, 북지를 순행함.

기원전 219년 : 시황제 28년, 도량형 제도를 통일하고, 천하의
부호 12만호를 함양성으로 이주시킴. 이 해에 시
황제가 동순하여 추봉산에 공덕비를 세움. 태산
에서 봉선의 예를 올리려 했으나 폭우로 실패함.
낭야대에 이르러 서복에게 3천의 동남동녀를 딸
려보내 불로초를 구해오도록 명령함.

기원전 218년 : 장량과 송의가 박랑사에서 시황제를 저격하였으
나 실패함.

기원전 217년 : 시황제 30년, 형가의 친구인 고점리가 시황제를
저격하였으나 실패함.

기원전 216년 : 시황제가 신선술을 숭배하여 12월을 가평(嘉平)

으로 이름지음. 이 해에 경자유전(耕者有田)의
법령을 반포하여 농민에게 토지를 나누어 줌.

기원전 215년 : 시황제가 동순 중 갈석산에 이르러 진나라를 멸
망시킬 자는 호(胡)라는 예언을 듣고 몽염에게
30만군을 내려 호를 공격함.

기원전 214년 : 시황제 33년, 서북쪽에 만리장성을 축조하고 남
쪽에는 영거(靈渠)를 착공함.

기원전 213년 : 천하를 40군으로 늘리고 함양성에서 축하연을
벌임. 이 자리에서 박사 순우월이 조정의 정책
을 비판하자 이사가 분서(焚書)를 건의함.

기원전 212년 : 시황제 35년, 상림원에 아방궁을 건축함. 이 해
에 갱유(坑儒)를 실시함.

기원전 210년 : 시황제 37년, 남쪽으로 순행하다가 평원진에서
병이 들어 함양으로 돌아오던 중 사구에서 죽
음. 조고와 이사가 합의하여 시황제의 유조를
위조해서 호해를 2세 황제로 옹립함. 황장자인
부소가 위조된 시황제의 조서에 따라 자살함.

소설 진시황제(3) (전3권)

2018년 11월 15일 인쇄
2018년 11월 20일 발행

지은이 | 유홍택
옮긴이 | 오정윤
펴낸이 | 김용성
펴낸곳 | 지성문화사
등 록 | 제5-14호(1976.10.21)
주 소 | 서울시 동대문구 신설동 117-8 예일빌딩
전 화 | 02)2236-0654
팩 스 | 02)2236-0655, 2952

정가 15,000원